Rose Snow

2 Seelen

DAS ERSTE BUCH
DER UNSTERBLICHKEIT

Ravensburger

MIX
Papier aus verantwortungsvollen Quellen
FSC www.fsc.org
FSC® C111262

1 3 5 4 2

Originalausgabe

Postfach 2460, D-88194 Ravensburg
Dieses Werk wurde vermittelt durch die
Michael Meller Literary Agency GmbH, München.

Lektorat: Franziska Jaekel
Umschlaggestaltung: Miriam Wasmus
Verwendete Bilder von © Elen Lane, © Kotkoa, © yanushkov,
© bokasana, © artrise, © pthub125896, © lightgirl, © aluna1,
© Olga Begak Art, © rangizzz, alle von Adobe Stock

Printed in Germany

ISBN 978-3-473-40211-3
www.ravensburger.de

Für meine Kinder und den Brief,
der niemals ankam

Eins

»Er ist tot, Kela.«

»Ich weiß, dass er tot ist«, sage ich. »Ich war auf seiner Beerdigung.«

»Eben. Großvater ist endlich unter der Erde. Er geistert hier nicht mehr herum.« Brandon lehnt mit dem Rücken an der Küchentheke, verschränkt die Arme vor der Brust und wirft mir einen skeptischen Blick zu, bevor er die Besteckschublade öffnet, nach einer Dessertgabel greift und die Schublade schwungvoll zuwirft. Sie schließt nicht ganz, bleibt fingerbreit offen. Es ist kaum ein Zentimeter, doch mir klafft aus diesem Spalt ein ganzer Abgrund entgegen.

Mein Bruder schnappt sich den Teller mit dem letzten Rest Apfeltorte, den uns die alte Nachbarin aus Mitleid vorbeigebracht hat. Ich starre auf das schmächtige Stück mit der dicken Zuckerglasur und spüre gleichzeitig die immense Unruhe, die mich befällt. Ich möchte nicht an die offene Schublade denken. Zu meinem Unglück ist es jedoch ein Ding der Unmöglichkeit, bewusst an etwas *nicht* zu denken. Meine Finger beginnen zu kribbeln, mein ganzer Körper spannt sich an. Der innere Druck steigt, schlingt sich wie ein Lasso um meine Gedanken und zurrt sie zusammen auf den einen, den ich nicht in meinem Kopf haben will. Kurz kämpfe ich dagegen an, doch die Erfahrung flüstert, dass es zwecklos ist. Zwei schnelle Schritte und eine Handbewegung, mehr ist nicht nötig, um die Anspannung zu lösen.

Als die Schublade einrastet, schwappt eine beschämende Welle der Erleichterung über mich hinweg.

Mein Bruder zieht die linke Augenbraue hoch. Mir fällt auf, wie müde er aussieht. Sein Gesicht könnte eine Rasur vertragen, sein kariertes Hemd einen Waschgang. Die Nachtschichten in der *Chocs Factory* strengen Brandon an, auch wenn er das niemals zugeben würde.

»Besser?«, fragt er.

Nickend schenke ich mir ein Glas Wasser ein und nehme einen großen Schluck, während ich wehmütig die hellbeigen Küchenfronten betrachte, die einen Anstrich bitter nötig hätten. Mom wollte sie immer streichen, in einem kitschigen Roséton, doch der Krebs hat uns davor bewahrt.

»Du musst dich beruhigen, Kela.«

»Ich bin ruhig.«

»Du hast mir gerade erzählt, dass du unseren toten Großvater gesehen hast.«

Ich stelle das Glas auf der Arbeitsplatte ab, etwas heftiger als beabsichtigt. »Glaubst du, ich weiß nicht, wie durchgeknallt sich das anhört? Aber ich habe das nicht geträumt, er stand definitiv vor meinem Bett. Mit seinem grimmigen Gesichtsausdruck und der grauen Schirmmütze.«

»Ah. Mit der grauen Schirmmütze. Na, dann muss es ja wahr sein. Der Alte hatte das Teil doch ständig auf dem Kopf, um die verdammten Teufelshörner zu verstecken.« Brandon grinst, zieht einen der Holzstühle zurück, der geräuschvoll über den alten Dielenboden schrappt, und lässt sich dann an unserem fleckigen Küchentisch nieder. Das Kuchenstück hat er bereits aufgegessen, der Teller mit dem verblichenen Blumenmuster steht neben meinem Wasserglas – wie ein altes Ehepaar, das nicht mehr zueinanderfindet.

»Nimm mich ernst«, verlange ich in vollem Bewusstsein, wie schwer das gerade ist. Um die restliche Anspannung abzubauen, beginne ich, den Geschirrspüler einzuräumen. Äußere Ordnung ist gerade das Einzige, was hilft, mein inneres Chaos zu besänftigen.

»Hey«, lenkt Brandon ein, dessen Augen einen sorgenvollen Schimmer annehmen. »Es war viel in letzter Zeit. Viel für uns beide. Veränderungen sind nicht dein Ding, Kela, und auch mir macht das Ganze zu schaffen. Nach Moms Tod vor zwei Jahren hatten wir endlich ein bisschen Ruhe, und dann stirbt uns der alte Mistkerl einfach weg.« Er reibt sich über die Stirn. »Ich meine, du warst schon immer kreativer als ich. Deine Gedichte sind wunderschön, und ich mag es, dass du in Wolken, Bäumen und Lichtspiegelungen die verrücktesten Dinge sehen kannst. Aber die Vorstellung, dass Grandpa hier noch immer herumspukt und mit seiner abartig schlechten Laune die Luft verpestet, will wirklich nicht in meinen Kopf.«

»Du bist unfair.«

»Mag sein. Aber ich werde nicht gut über ihn sprechen, nur weil er tot ist. Wir haben jetzt ganz andere Probleme. Mit Großvaters

Tod wurde auch seine Rente beerdigt – das Einzige, worum wir wirklich trauern sollten. Denn wenn wir bis zum Monatsende keine Untermieter finden, müssen wir hier raus.« Er seufzt schwer und seine Schultern sacken nach unten. »Hoffentlich sagen die beiden Mädels zu.«

Ich schalte den Geschirrspüler an und setze mich zu meinem Bruder an den Tisch. »Haben wir wirklich keine andere Wahl?«, frage ich und klammere mich an den letzten Strohhalm, der mir noch einfällt. »Morgen ist doch mein Vorstellungsgespräch.«

»Selbst wenn sie dich einstellen, was willst du denn nach dem Sommer machen? Du musst zurück an die Uni. Mom würde es mir niemals verzeihen, wenn du dein Studium abbrichst. Und ich ...« Er holt Luft, nimmt innerlich Anlauf, doch ich lege ihm eine Hand auf den Unterarm und blicke ihn liebevoll an.

»Du machst schon genug, Brandon. Deine Augenringe berühren bald den Boden, du kannst nicht ewig Nachtschichten in der Fabrik schieben, auch wenn sie besser bezahlt sind.«

Brandon ist dreiundzwanzig und damit gerade mal siebzehn Monate, zwölf Tage, elf Stunden und ein paar zerquetschte Minuten älter als ich, was genügt, dass er sich für mich verantwortlich fühlt. Hat er schon immer. Bevor wir mit Grandpa zusammengezogen sind, war mein Bruder der einzige Mann im Haus. Eine Rolle, die er nicht abgelegt hat, selbst wenn sie nie im Drehbuch stand.

»Vielleicht könnte ich neben der Uni weiter im Büro arbeiten, auch an den Wochenenden. Und wenn ich mit dem Babysitten noch etwas Geld verdiene ...«, füge ich hinzu, komme aber nicht weit.

»Kela.« Mein Name fällt wie ein Stoppschild. Ein knapper Moment vergeht, bevor Brandon weiterspricht. »Du musst Zeit zum Lernen haben. Und wir brauchen zusätzlich Kohle, um die Heizung zu reparieren, das Dach muss geflickt werden …« Er beginnt aufzuzählen, was noch alles erneuert werden muss. Es ist eine Menge. Doch wir beide lieben dieses Haus, jedes wilde Detail davon – ein wunderbares Sammelsurium aus zusammengewürfeltem Mobiliar, Böden und Tapeten, die einander so fremd sind, dass man hinter der Zusammenstellung beinahe Absicht vermuten könnte. Außerdem haftet an jeder Ecke die Erinnerung an Mom, die es nicht lassen konnte, sämtliche Abstellflächen mit kleinen Kitschfiguren zu bevölkern. Auf den Kommoden tummeln sich dämlich grinsende Engel zwischen verliebten Giraffen und tanzenden Zwergen aus Glas, Keramik und Plüsch, die Herzen in den Augen, auf den Händen oder ihrer Kleidung tragen. Über allem hängt der unerträgliche Ausdruck inniger Liebe, und auch wenn ich die Figuren bizarr finde, sind sie doch ein Teil von Mom.

Ich erinnere mich noch genau, wie sie mit uns in dem alten Van durch die Gegend gefahren ist, auf der Suche nach einem neuen Zuhause. Brandon war zehn, ich stand kurz vor meinem neunten Geburtstag. Davor hatten wir in einer kleinen Wohnung gehaust, in die Grandpa mit seiner Demenz nicht hineinpasste. Vermutlich passte er auch nicht zu uns in das große Haus, aber das war eine Entscheidung, die Mom schon längst getroffen hatte. Sie war einfach zu gut für diese Welt.

Das Haus war meine erste große Liebe.

Ich sah es und war überzeugt, dass ich darin wohnen musste, am liebsten sofort und für immer. Schon damals war es in einem desolaten Zustand, mit der weiß getünchten Veranda, den schiefen Dachgauben und dem Garten, den sich die Natur längst zurückerobert hatte. Dichte Efeuranken besetzten die Vorderfront des zweistöckigen Kolonialhauses und schlängelten sich wie ein dunkles Wesen weiter, um das Unkraut zu überwuchern, das früher einmal eine Wiese mit hübschen Beeten gewesen sein musste. Sofort sprang meine Fantasie an. Dieser Garten war wie das Öl, das meinen Motor speiste, denn er lud zum Träumen und Sich-darin-Verlieren ein. Brandon rümpfte bei diesem Anblick die Nase, aber meine Mutter sah mich an und erkannte das Leuchten in meinen Augen, dem sie ebenso wenig widerstehen konnte wie der dicken Eiche, die aus zwei Baumstämmen zusammengewachsen war.

Ich kann die Vorstellung nicht ertragen, hier auszuziehen, aber dass zwei fremde Frauen Großvaters Räume im ersten Stock besetzen, ist auch kein sehr angenehmer Gedanke.

»Vergiss den Van nicht. Bald macht er es auch nicht mehr, und dann brauchen wir eine neue Karre«, holt mich Brandon in unsere Küche zurück. Mit der Fingerspitze fahre ich die Einkerbungen des alten Küchentisches nach, auf den fahle Streifen Sonnenlicht fallen.

»Kela, hörst du mir überhaupt zu?«

Ich zeichne Kreise ins Holz und nicke. »Ja, natürlich. Wir brauchen das Geld.«

»Wir können von Glück reden, wenn Melissa und Wendy sich für uns entscheiden. Gib den beiden eine Chance.«

Ich lege den Kopf schief. »Melissa und Wendy klingen, als würden sie direkt aus einem Pferderoman zu uns ziehen. Bringen sie ihr Pony mit?«, frage ich.

Brandon lächelt schmal. »Sehr witzig. Sie sind wirklich nett, viel netter als du.«

Aus den Kreisen werden Quadrate. »Und das weißt du, weil …?«

»Weil ich die Mädels gestern vor der Arbeit getroffen habe. Sie haben Probleme mit ihrem Vermieter und wollen sich das Haus morgen ansehen.«

»Was für Probleme sind das?« Die Quadrate erhalten Zacken. Schon morgen. Mein Magen krampft sich zusammen.

»Irgendwas wegen zu lauter Musik. Ihre Anlage war kaputt und der Typ macht jetzt eine große Sache daraus. Aber sie wollten ohnehin etwas Größeres mit Garten.« Brandon lehnt sich auf seinem Stuhl zurück, eine Haarsträhne fällt ihm ins Gesicht. Er hat Moms Haarfarbe, ein warmes Kastanienbraun, das an Herbst und lange Spaziergänge erinnert. Ich hätte gern diesen Farbton geerbt, stattdessen sind meine Haare blond. Wenigstens meine Augen sind von dem gleichen satten Dunkelgrün erfüllt, das auch in Moms Blick zu finden war.

»Und es stört die beiden nicht, dass sie uns gar nicht kennen? Immerhin könnten wir total Verrückte sein.« Gespielt gleichgültig zucke ich mit den Schultern. »Ich meine ja nur. Zwei Mädels, die dich genau einmal getroffen haben, sind bereit, zu dir und deiner Schwester in ein altes Haus zu ziehen? Das klingt nach der ersten Szene eines Hitchcock-Films.«

»Vielleicht ist es auch der Beginn einer heißen Lovestory«, bemerkt Brandon und grinst. Es ist dieses selbstbewusste Grinsen, das Frauen ansprechend finden, wenn sie nicht die eigene Schwester sind.

»Der Anfang einer interessanten Dreiecksgeschichte«, macht

Brandon weiter. »Melissa oder Wendy? Für wen wird sich der gut aussehende, muskulöse Held wohl entscheiden?« Mein Bruder legt eine Hand auf seine Brust und holt tief Luft. Er sieht lächerlich aus.

»Du hast wirklich zu viele von Moms Liebesfilmen geguckt.«

»Ich bin ein Romantiker.«

Ich kneife die Augen zusammen. »Wie viele Beziehungen hattest du? Warte. Lass mich zählen.« Zwei meiner Finger wandern in die Höhe, einer davon wackelt leicht. »Eineinhalb«, fasse ich zusammen, wohl wissend, dass ich für meine Ex-Freunde auch nur zwei Finger benötige. Zumindest sind es zwei ganze Finger.

»Wer ist denn die Halbe?«, will Brandon wissen.

»Rachel Millwater.«

»Aus der Grundschule?« Er schüttelt entschieden den Kopf. »Wir waren nie zusammen.«

»Das hat sie anders gesehen. Sie hat überall herumerzählt, dass ihr auf der Toilette geknutscht habt. *Mit Zunge.*«

»Ich habe mit Rachel überhaupt nichts gemacht. Sie hat ihre Popel gegessen«, sagt er und streckt die Beine aus. »Zugegeben, das hat mich damals auf eine schräge Art beeindruckt, aber ich habe mir geschworen, sie nie zu küssen. Weder mit Zunge noch mit Popel.«

Ich lache und auch Brandon lacht, und dann unterhalten wir uns weiter über die Wunderlichkeiten unserer Schulzeit, bis ich irgendwann spätnachmittags in mein Zimmer gehe, um mich auf das Bewerbungsgespräch bei der *Chocs Factory* vorzubereiten. In der Gegend hier gibt es nicht viele große Arbeitgeber, und die Schokoladenfabrik bezahlt fair. Der ausgeschriebene Bürojob umfasst vierzig Wochenstunden, was das Ende meiner Sommerferien, aber auch Geld für Brandon und mich bedeutet. Inzwischen kenne ich den Text der Firmenwebsite, die als Logo einen anorektisch aussehenden Biber mit überdimensionalen Zähnen nutzt, beinahe auswendig. Als ich mir noch einmal die Ausschreibung ansehe, piepst mein Handy.

Hiermit reiche ich Beschwerde ein. Seit vier Tagen hast du dich nicht mehr gemeldet, dieses Verhalten widerspricht dem offiziellen Freundschaftskodex. Keine Ahnung, ob du überhaupt noch lebst. Falls nicht, muss ich das wissen, um mich garderobentechnisch auf deine Beerdigung vorzubereiten. PS: Glaube ja nicht, dass ich dann Schwarz trage, ich komme in Farbe.

Meine Mundwinkel zucken nach oben. Meine Freundin Suki gibt es tatsächlich nur in Farbe, am liebsten in Violett- und Grüntönen. Und nur sie kann sich so kurz nach einer Beerdigung über eine Beerdigung lustig machen.

In den vergangenen Jahren habe ich immer wieder Freundschaften geschlossen, aber ich hatte nie eine beste Freundin, mit der ich aufs Klo gegangen oder Pyjamapartys veranstaltet hätte. Bis Suki vor ein paar Monaten in eine Marketingvorlesung geplatzt kam, mit ihrem schwarzen Lockenkopf, den lilafarbenen Creolen und der neongrünen Steghose, bei deren Anblick man schlagartig blind wird. Suki besitzt nicht nur ein Faible für bunte Kleidungsstücke, sondern auch für die Neunziger. Damit habe ich mich abgefunden, genau wie mit dem Umstand, dass mich Suki zu ihrer besten Freundin auserkoren hat. Ich habe keinen Schimmer wieso, doch von der ersten Sekunde an ließ sie nicht locker. Und wenn Suki etwas will, wird sie zu einem Tornado mit enormer Überzeugungskraft, dem niemand etwas entgegenzusetzen hat. Sie fegt einfach über dich hinweg.

Mir kannst du nichts vormachen, tippe ich zurück. Du hast dein Outfit für meine Beerdigung doch schon längst zusammengestellt. Garantiert schon in der Woche, in der wir uns kennengelernt haben. Du bist vorbereitet, gut – vielleicht überlebe ich ja den morgigen Tag nicht?

Es piepst erneut. Ich überlasse nichts dem Zufall. Outfit Nummer eins: Latzhose mit Plateausneakers. Nummer zwei: Spaghettikleid über T-Shirt. Nummer drei: Samtrolli mit Schottenrock. Aber wieso solltest du den morgigen Tag nicht überleben? Geht es um den Schokoladenjob? Falls du auf eine Rettungsmission meinerseits aus bist: Fehlanzeige. Ich werde dich nicht vor Bibern beschützen, die nur für ein Foto so tun, als würde man von Schokolade nicht dick werden und keine schlechten Zähne bekommen. Unehrliche Tiere sind echt das Letzte.

Ich verweise auf Seite acht, Absatz drei des Freundschaftskodex, antworte ich sofort. Es ist deine Pflicht, mich vor manipulativen Nagetieren zu beschützen.

Die nächsten Minuten verbringen wir damit, uns erfundene Kodex-Pflichten an den Kopf zu werfen, die in ihrer Absurdität kaum zu übertreffen sind. Erst als ich Wendy und Melissa als neue Beste-Freundinnen-Option ins Spiel bringe, wird Suki ungewöhnlich ernst.

Hey. Ich könnte euch Geld borgen, meine Eltern würden euch garantiert helfen. Dann müsst ihr nicht aus dem Haus raus und – noch besser – keine Fremden ins Haus reinlassen.

Auch wenn Sukis Eltern, die ständig in der Weltgeschichte herumtingeln, keine finanziellen Sorgen haben, wäre es mir unangenehm, von ihnen Geld zu leihen.

Ich bekomme das schon hin. Immerhin habe ich Grandpa ausgehalten, wie schlimm können Melissa und Wendy denn schon werden?, schreibe ich und verzichte darauf, einen kotzenden Smiley hinter das Fragezeichen zu stellen, damit das Ganze glaubhaft klingt. Außerdem mag ich Smileys nicht besonders. Zu oft werden sie benutzt, um Wahrheiten abzufedern oder Gemeinheiten lustig klingen zu lassen. Smileys sind kleine Vertuschungsobjekte, die in Chats wie Massenware rausgehauen werden.

Doch Suki lässt nicht locker. Sie versichert mir, dass das wirklich überhaupt kein Problem wäre. Ihre Eltern würden mir das Geld ohne Weiteres geben, es mir sogar nachwerfen, wenn sie ihnen von meiner Situation erzählt. Ich beteuere, dass ich nicht gern beworfen werde, weder mit Wasserbomben, Brotkrumen noch mit Geld, und dass Brandon und ich das schon hinbekommen, weil wir unser ganzes Leben lang Übung darin haben.

Doch auch das reicht nicht aus. Suki mutiert zum Tornado. Ich kann förmlich spüren, wie ihre Rotationen heftiger werden, wie sie durch die Handyverbindung rauschen, und noch bevor sie mich mitreißen kann, beende ich das Gespräch, weil ich angeblich zu einem späten Termin mit Dr. Torres muss. Eine gut gemeinte Lüge. Würde der Freundschaftskodex tatsächlich als Standardwerk in jedem Bücherregal stehen, wäre diese Lüge nicht nur erlaubt, sondern in einer Situation wie dieser erwünscht, um die andere Partei nicht unnötig zu verletzen.

Anstatt zu Dr. Torres zu gehen, sortiere ich mein Bücherregal nach Farben und versuche, krampfhaft nicht an Grandpa zu denken, was mir natürlich nicht gelingt. Unbarmherzig schraubt sich die Erinnerung an seine blasse Gestalt in meine Gedanken, begleitet von einer fiebrigen Unruhe, die sich wie eine dunkle Welle in mir auftürmt, das innere Chaos weiter anfacht und ihren Höhepunkt erreicht, als ich aus dem Augenwinkel plötzlich einen düsteren Schatten wahrnehme, der geräuschlos über meinen Kleiderschrank gleitet.

Ich erstarre vor Schreck. Mein Herz setzt aus, mein Puls donnert nach oben. Mit angehaltenem Atem zwinge ich mich, meinen Blick auf die hellen Schranktüren zu richten, aber der lichterlose Schemen ist verschwunden.

Das schreckliche Gefühl jedoch bleibt.

Zwei

»Du siehst aus wie eine schlecht gelaunte Sphynx-Katze.« Oscar blinzelt mich mit seinen großen Augen an. Rote Haarsträhnen hängen ihm verschwitzt in die Stirn, das graue T-Shirt mit dem wundervollen Gedicht schlackert um seine Oberarme. *Love is my religion. I could die for that. I could die for you.*

Ich kenne keinen Neunjährigen, der John Keats so charmant auf der Brust trägt wie Oscar Coleman. Über den perfekt gemähten Rasen kommt der Nachbarsjunge auf mich zu. Er mustert mich von oben bis unten. »Scheißtag?«

»Du sollst nicht scheiße sagen«, entgegne ich. Es ist warm und meine Bluse klebt an mir, genauso wie die bittere Erkenntnis, dass aus dem Job wohl nichts werden wird. Nicht nach dem katastrophalen Interview.

»Du hast doch selbst gerade scheiße gesagt.«

»Um dir zu erklären, dass du das Wort nicht benutzen sollst.«

Er seufzt. »Du bist echt kein gutes Vorbild.«

Von jedem anderen Neunjährigen, der so altklug redet, wäre ich genervt. Bei Oscar ist es etwas anderes. Seit er drei Jahre alt war, helfe ich seiner Familie als Babysitterin. Auch wenn ich es vor ihm niemals zugeben würde: Er ist mein absoluter Liebling unter den Kindern der Straße, auf die ich ab und zu aufpasse. Seine Ehrlichkeit ist bestechend und verstörend zugleich.

»Wusstest du, dass Sphynx-Katzen mehr Futter benötigen als Katzen mit Fell?«, fragt er mich. »Sie sind also teurer in der Haltung *und* verdammt hässlich.«

»Manchen Leuten gefallen sie trotzdem. Aber danke, dass du mich eben mit einer verglichen hast.«

Oscar grinst sein Zahnlückenlächeln. »Es sind auch sehr intelligente Wesen.«

»Die Kurve bekommst du nicht mehr.«

Er zuckt mit den Schultern, als wäre ihm das vollkommen egal. »Du bist heute so hübsch angezogen. Warum?«

»Ich hatte ein Vorstellungsgespräch.«

»Und das lief sch… nicht gut?«

»Nicht besonders. Ich war so nervös, dass ich mein Wasserglas verschüttet habe, und dann natürlich unbedingt sauber machen musste. Außerdem gibt es mehr als vierzig Bewerber für diese Stelle, da stehen meine Chancen schlecht«, sage ich und beiße mir auf die Zunge. Schon seit Jahren wartet Oscar auf ein Spenderherz, da sollte ich ihm nichts über miese Chancen erzählen.

»Schon gut«, sagt er, als könnte er meine Gedanken lesen. »Ich bin in den letzten Tagen auf der Warteliste ein Stück nach oben gerückt. Mom und Dad haben sogar wieder mal gelacht.«

Ich freue mich. »Das sind doch gute Neuigkeiten.«

»Zumindest für mich. Für den Bus mit den Organspendern, der sich dreimal überschlagen hat, weniger.«

Es ist eine Feststellung, die völlig sachlich aus seinem Mund kommt und mir wieder einmal bewusst macht, dass der kleine Kerl viel zu viel Zeit mit Erwachsenen verbringt.

Im nächsten Moment hält mir Oscar den schmächtigen Arm angewinkelt entgegen, als würde er mich zum Tanz auffordern. »Soll ich dich nach Hause begleiten?«

»Ich bestehe darauf«, erwidere ich gestelzt, hake mich ein und lasse mich von ihm die wenigen Meter an dem alten Holzzaun vorbeiführen, der den Garten der Colemans von unserem trennt. Während bei Oscars Eltern alles perfekt gestutzt und getrimmt ist, sieht unser Grundstück wild und chaotisch aus. Wären es Musikstücke, dann wäre das Coleman-Haus eine klassische Symphonie mit zarten Violinenklängen, der wir einen kräftigen Heavy-Metal-Song entgegenschmettern.

Oscar und ich bleiben vor unserem verlotterten Gartentor stehen, das bei jedem Windstoß in den Angeln quietscht.

»Und? Welche Wolken hattest du heute?«

»Ich hatte acht Rennpferde, vier Schiffe und zwei Kamikaze-Hasen. Und du?«, fragt er zurück.

»Einen Dinosaurier und ein depressives Clownsgesicht, von dem ich heute schlecht träumen werde. Plus zwei kleine Elefanten.«

Oscar löst seinen Arm aus meinem und beginnt, auf dem Bürgersteig vor mir hin und her zu hüpfen. »Wusstest du, dass der Elefant das einzige Säugetier ist, das nicht springen kann?«

»Darüber sollten wir froh sein. Überleg mal, wie es wäre, wenn Elefanten springen könnten. Und zwar gleichzeitig.« Die bloße Vorstellung bringt mich zum Grinsen, auch Oscar kichert. Er war schon immer von Tieren fasziniert, genauso wie von skurrilen Fakten.

Oscar springt noch einmal in die Höhe, zieht dabei die Beine an und landet mit voller Wucht auf dem Asphalt, um die hüpfenden Elefanten nachzustellen. Bei Oscars Körpergewicht hält sich das Geräusch in Grenzen, doch er ist zufrieden. »Habe ich dir eigentlich schon mal mein krasses Muttermal gezeigt? Das musst du sehen, ist fast besser als die Wolken.« Der Kragen seines T-Shirts wandert nach unten.

Mein Blick fällt auf den kreisrunden Schönheitsfleck nahe seinem Schlüsselbein. Bislang war mir die Stelle nicht aufgefallen. »Sieht aus wie ein Kugelfisch.«

»Cool, nicht wahr?«

Ich hebe meine Hand und deute auf die unscheinbare Narbe in meiner Handfläche, deren blasse Linien seltsam elliptisch verlaufen.

»Ist doch bloß eine Blume. Mein Kugelfisch gewinnt«, sagt Oscar.

»Es ist keine Blume, es ist ein Drachenkopf.«

»Das hättest du wohl gern. Das ist niemals ein Drachenkopf. Wenn überhaupt, ist es ein großes Gänseblümchen. Vielleicht auch nur ein Kackhaufen.«

»Okay. Eigentlich wollte ich nicht so weit gehen. Topp das mal.« Ich hebe mein Bein an, was in dem engen Rock gar nicht so leicht ist. Stolz präsentiere ich eine Narbe an meinem Knöchel, die einem fliegenden Adler ähnelt, zumindest mit etwas Fantasie. Und davon haben wir beide reichlich.

Wie zwei Kriegsveteranen beginnen wir, unsere Narben und

Muttermale zu vergleichen, bis Oscar irgendwann zum ultimativen Endschlag ausholt.

»Schau dir das an.« Er zeigt mir eine Wunde am Knie, knapp unter dem kurzen Hosenbein, die er mir als tanzenden Oktopus verkaufen möchte. Ich lasse es gelten, wie könnte ich auch anders.

»Wann ist denn das passiert?«, frage ich vorsichtig und bin sicher, dass Mrs Coleman ausgetickt ist.

Oscar lehnt sich an unseren Gartenzaun. »Bin gestern mit dem Fahrrad blöd gestürzt. Dabei wollte ich nur zum Fluss, um die Frösche zu beobachten. Jetzt erlaubt Mom das nicht mehr.«

»Sie macht sich eben Sorgen«, sage ich und merke, dass ich mich wie diese Erwachsenen anhöre, die versuchen, Enttäuschungen mit Worten wegzureden.

Oscar zuckt mit den Schultern, was mich traurig macht, denn es ist ein resigniertes Zucken. Ein Zucken des Aufgebens. Oscar ist noch viel zu jung, um so zu zucken.

»Gib ihr etwas Zeit«, sage ich, beuge mich zu ihm und stupse ihn verschwörerisch mit der Schulter an. »Außerdem können wir ja … also wenn ich das nächste Mal auf dich aufpasse, können wir einen kleinen Trip zum Fluss unternehmen und die Frösche zu zweit stalken.«

Die Lebendigkeit kehrt in sein Gesicht zurück. »Hört sich gut an. Wann kommst du?«

»Nächsten Donnerstag. Die Frösche werden uns bis dahin nicht davonrennen.«

»Nein, aber davonhüpfen.« Oscar lacht und beginnt erneut, auf dem Bürgersteig auf und ab zu springen. »Hey, wir könnten zwei Frösche mitnehmen und in eurem Garten aussetzen.«

»Das könnten wir«, erwidere ich und bin gerührt, dass er nicht bloß einen aussiedeln möchte, sondern gleich an Gesellschaft gedacht hat.

»Wenn es zwei talentierte Frösche sind, werden wir ihnen eine hübsche Wohnung mit Aussicht einrichten«, fährt Oscar enthusiastisch fort und deutet auf ein mehrere Meter hoch gelegenes Astloch im Stamm der dicken Eiche, die Mom so sehr liebte. Auch Oscar liebt unseren Garten und treibt sich gern darin herum, was seiner Mom gar nicht gefällt.

»Und wenn die Frösche nicht talentiert sind, musst du sie eben trainieren, bis sie weit genug nach oben springen können.«

»Das schaff ich. Und ich richte ihnen die coolste Wohnung aller Zeiten ein, das wird richtig klasse. Ich kann's kaum erwarten.« Mit vollem Elan hüpft Oscar noch einmal besonders hoch und verzieht dabei quakend das Gesicht, als wäre er selbst ein Frosch. Er sieht witzig aus, und ich muss unwillkürlich lachen, wenigstens so lange, bis mein Blick auf unsere Veranda fällt, auf der drei große, dunkle Reisetaschen stehen, die gar nicht witzig aussehen.

Mein Magen kracht nach unten. *Nein. Nicht schon jetzt.*

»Bekommt ihr Besuch?«, will Oscar wissen.

Abwesend schüttele ich den Kopf und wünschte, es wäre nur Besuch, nur vorübergehend und gar nicht erst notwendig. Während ich mich von Oscar verabschiede, tobt sich mein Kopf bereits aus. Gedanklich sehe ich Wendy und Melissa in jeder Ecke unseres Hauses – wie sie Möbel verstellen, meinen Joghurt aufessen und ihre Sachen überall liegen lassen, weil wir nun eine große, glückliche WG sind, in der Sachen liegen gelassen werden und Essen geteilt wird.

Meine Schritte beschleunigen sich. Meine Beine führen mich an der Eiche, der Hollywoodschaukel und dem Gartenschuppen vorbei, die Verandastufen hinauf, durch die Eingangstür, in die Diele. Ich bleibe stehen, erwarte glockenhelles Lachen, das durch unser Haus schallt, doch es ist ruhig. Wahrscheinlich sind sie schon im ersten Stock und beziehen die Betten.

Entspann dich.

Nervös streife ich meinen Rucksack ab, schlüpfe aus den Ballerinas und steuere die Treppe an. Das Knarzen der Holzstufen verliert sich in meiner Wahrnehmung, ebenso wie der ungewohnte Duft nach gefallenem Regen, als ich die Stufen hinaufschreite.

»Brandon?«, rufe ich und folge den gedämpften Stimmen, die aus Grandpas Räumlichkeiten dringen. Vielleicht sind die beiden auch ganz nett, schießt es durch meine Gehirnwindungen, aber es ist nur ein Flüstern, nicht laut genug, um die restlichen Gedanken zu stoppen oder meine Hände davon abzuhalten, die Tür aufzureißen. Dahinter entdecke ich meinen Bruder, der zwischen Grandpas abgewetzter Couch und dem alten Fernseher steht und merkwürdig ertappt wirkt.

»Kela – du bist schon zurück?«

»Offenbar«, sage ich und mache zwei Schritte in den Raum hinein. Dabei starre ich abwechselnd die beiden Typen an, die nicht hierhergehören. »Das sind also Wendy und Melissa?«, frage ich zynisch und ernte dafür ein breites Grinsen von dem hageren Kerl mit dem aufgekrempelten Designerhemd, dessen Fingerspitzen gerade über die Plattensammlung meines Großvaters tanzen. Sein Freund mit den kurz rasierten Haaren und dem trainierten Bizeps, der stoisch an einem der Sprossenfenster Richtung Garten lehnt, zeigt hingegen keinerlei Regung.

Ich schnaube. »Irgendwie hatte ich mir die Mädels anders vorgestellt.«

»Das Leben ist eine Ansammlung von Enttäuschungen«, erklingt eine tiefe Stimme hinter mir, die mich augenblicklich innehalten lässt. Hätte die Stimme eine Farbe, dann wäre sie rauchschwarz, genau wie die Klamotten des Typen, der soeben aus Großvaters Badezimmer tritt. Er hat dunkelbraune Locken und ein markant schönes Gesicht, ähnlich jener schwermütigen Schauspieler, deren tragisch junger Tod einen Mythos aus ihnen machte. Ohne mich auch nur eines Blickes zu würdigen, beginnt er, durch das Zimmer zu schlendern, als wäre er auf der Suche. Er klopft gegen die Wände und fasst unsere Möbelstücke an, als würden sie ihm gehören.

»Melissa und Wendy haben sich für ein anderes Haus entschieden. Anscheinend ein Schnäppchen, das sich gestern noch ergeben hat«, beginnt Brandon zu erklären. »Das hier sind Todd, Jerome und Nero. Sie brauchen kurzfristig eine Bleibe. Ein Freund hat den Jungs meine Telefonnummer gegeben, und sie konnten glücklicherweise gleich vorbeikommen. Also, was sagt ihr?«

Ich funkele meinen Bruder wütend an und will ihm sagen, dass er und ich eine verdammt unterschiedliche Definition von Glück besitzen, doch da hat der muskulöse Typ vom Fenster schon eine andere Antwort parat.

»Nicht gerade das Hilton.«

»Die Möbel bleiben?«, will der Kerl mit dem Hemd wissen,

der mit seiner hippen Stoffhose aussieht, als würden sich nur teure Klamotten in seinen Schrank verirren.

»Ja, die Couch kann man ausziehen, da können zwei drauf schlafen. Das Zimmer nebenan hat ein Einzelbett, aber das habt ihr ja bereits gesehen.«

Stöhnend fährt sich der Muskelprotz über seinen Dreitagebart und blickt an mir vorbei zu seinem Freund, der sich noch immer suchend im Raum umsieht. »Nero«, mault er. »Nicht dein Ernst. Ich muss mit Todd auf der Couch pennen?«

»Du kannst auch gern den Fußboden nehmen«, wirft sein gestylter Kumpan ein, bei dem es sich offenbar um Todd handelt. »Der ist zumindest groß genug für dein Ego.«

»Wenigstens ist an mir etwas groß«, brummt Jerome zurück und betrachtet Todd abschätzig.

»Du sagst es. Wenigstens ist etwas an dir groß, den Rest versuchst du mit Muskelmasse zu kompensieren.« Lächelnd deutet Todd einen kleinen Abstand mit den Fingerspitzen an, woraufhin sich Jeromes Kiefermuskeln sichtlich anspannen.

Den Typ mit den dunkelbraunen Locken scheint das Hin und Her seiner Kameraden nicht zu interessieren. Ungerührt bleibt er vor einem düsteren Goya-Wandbild stehen, das neben dem kleinen Bücherregal hängt und zu Großvaters Grundstimmung passte, und nickt Brandon knapp zu. »Wir nehmen die Zimmer.«

Ich hoffe auf Gegenwehr von seinen Freunden, doch die kommt nicht, genauso wenig wie ein Erdbeben oder ein Wasserrohrbruch oder sonst irgendetwas, was die drei von ihrem Einzug abhalten könnte.

»Sehr gut. Wann wollt ihr einziehen?«, fragt Brandon, der mir einen kurzen, schuldbewussten Seitenblick zuwirft, den er sich sonst wo hinstecken kann.

»Heute«, sagt Nero.

»Bringt ihr Möbel mit?«

»Wir nehmen, was da ist.«

»Und euer Gepäck?«, frage ich bockig, in dem Versuch, das Ganze doch noch irgendwie abzuwenden. Gleichzeitig wünsche ich mir Wendy und Melissa zurück und verfluche die Sache mit den Wünschen, die eigentlich nie klappt oder einfach nur in die falsche Richtung läuft.

Und dann passiert es. Nero sieht mich an, zum allerersten Mal. Der Blick aus seinen fast schwarzen Augen ist so durchdringend, dass mir unwillkürlich der Atem stockt. Mein Herzschlag legt einen Gang zu, und ich verabscheue mich selbst für den nächsten Gedanken, aber ich bin tatsächlich noch nie einem derart schönen Mann begegnet, dessen Aufmerksamkeit sich wie ein einziger, dunkler Lichtstrahl auf mich legt. Es gibt kein dunkles Licht, doch wenn es das gäbe, dann würde es sich in Neros Blick wiederfinden.

»Steht vor der Tür«, beantwortet er ruhig meine Frage, die ich schon fast wieder vergessen habe.

Blinzelnd löse ich mich aus meiner merkwürdigen Starre und bin selbst verwundert, wie gleichmütig ich klinge. »Seid ihr etwa auf der Flucht?«

»Noch nicht«, verkündet er trocken. »Du wohnst auch hier?«, will er dann wissen, während er mich noch immer fixiert.

Es fällt mir schwer, mich aus seinem einnehmenden Sog zu befreien, dabei war ich noch nie jemand, der sich von Äußerlichkeiten beeindrucken lässt. Doch selbst der tiefe Klang seiner Stimme vibriert in meinem Inneren nach, als hätte die Realität eine zusätzliche Dimension erhalten.

»Sie ist meine Schwester«, erklärt Brandon hart. In wenigen Schritten ist er bei mir und schiebt sich vor mich.

»*Jetzt* willst du mich beschützen?«, gifte ich ihn leise an. Sein Großer-Bruder-Instinkt kommt reichlich spät.

»Es gibt Regeln«, erläutert Brandon über mich hinweg. »Regel Nummer eins: Wer Kela anfasst, ist tot.«

»Oh.« Todd wiegt die Chet-Baker-Schallplatte zwischen seinen manikürten Fingern. Seine Mundwinkel zucken nach oben. »Eine sehr klare Regel.«

»Keine Sorge. Das wird nicht passieren«, stellt Nero unbewegt fest. Seine Haltung ist distanziert, doch sein intensiver Blick weicht nicht von mir. »Wofür ist Kela die Abkürzung?«

»Katalea«, sage ich, auch wenn ihn das nichts angeht.

»Du scheinst über unseren Einzug nicht besonders erfreut zu sein, Katalea«, bemerkt er nüchtern, als würde es ihn nicht besonders interessieren.

»Nein, bin ich nicht«, bestätige ich. »Wo habt ihr denn bislang gewohnt? Und weshalb müsst ihr so schnell dort raus?«, setze ich nach, weil ich noch lange nicht bereit bin, aufzugeben.

»Im Norden der Stadt. Es gab Kakerlaken.«

»Im ganzen Norden?« Beim besten Willen kann ich mir nicht vorstellen, dass ein paar Küchenschaben die drei aus ihrem Zuhause vertreiben könnten.

»Kakerlaken gibt es überall.«

Ich erwidere Neros kühlen Blick. »Vielleicht auch in diesem Haus.«

»Ja. Vielleicht.« Jedes seiner Worte scheint Gewicht zu haben, auf eine ganz eigentümliche Art. »Das werden wir wohl erst mit der Zeit herausfinden.«

»Oder ihr sucht euch eine andere Bleibe«, schlage ich vor. »Eine ohne lästige Mitbewohner.«

Nero verzieht noch immer keine Miene, und auch meine Fassade sitzt. Hoffe ich zumindest. Es ist echt nicht leicht, seiner eigentümlichen Präsenz standzuhalten, aber noch schlimmer wäre es, mich jetzt zurückzuziehen. Das hier ist mein Zuhause, nicht seines.

»Wir mögen Herausforderungen«, höre ich Todd sagen. Der amüsierte Unterton in seiner Stimme verrät eine Endgültigkeit, die sich deutlich spürbar durch den Raum schlägt. Aus irgendeinem Grund haben die drei ihre Entscheidung schon längst gefällt.

»Die Jungs studieren auch an der Stanson University«, wirft Brandon ein und reibt die Hände aneinander. »Also. Ein Badezimmer habt ihr hier oben, die Küche unten könnt ihr gern mitbenutzen. Räumt bloß euer Zeug immer gleich weg. Schlüssel suche ich euch noch raus, richtet euch erst mal in Ruhe ein. Wenn ihr etwas braucht, ich bin unten und überlege mir die restlichen Regeln.« Noch ein schnelles Nicken, dann greift Brandon nach meiner Hand und zieht mich aus dem Raum, die Treppe hinunter, direkt in unser Wohnzimmer, wo er beide Holzschiebetüren hinter mir schließt.

»Was hast du dir bloß dabei gedacht?!«, fauche ich ihn mit bebenden Schultern an.

»Mein Freund würde seine Hand für die Jungs ins Feuer legen. Er hat gesagt, dass sie in Ordnung sind, Kela. Ich hätte mich auch mehr über Melissa und Wendy gefreut, aber das hat sich erledigt. Und wir sind nicht in der Lage, jemanden abzulehnen. Die Ansprüche der drei sind niedrig, genau das brauchen wir jetzt.«

»Wir könnten doch noch mal inserieren«, protestiere ich.

»Genau. Weil das so außerordentlich gut funktioniert hat. Lass mal überlegen, wie viele Leute haben sich auf unsere Anzeige gemeldet? Moment.« Er tut, als würde er intensiv nachdenken, um sogleich mit Daumen und Zeigefinger eine große, hässliche Null zu formen. »Null. Es waren genau null Leute. Der Van hat heute seinen Geist aufgegeben. Er muss in die Werkstatt, das bekomme ich nicht mehr alleine hin. Wir haben keine andere Wahl. Für die Jungs ist die Miete total okay. So schnell finden wir niemanden, der sofort und bedingungslos hier einziehen möchte.«

Ich schnaube. »Aber kommt dir nicht genau das komisch vor?«

»Nein. Es ist ein Glücksfall, den ich einfach mal so stehen lasse. Nach allem, was wir in den letzten Jahren durchmachen mussten, haben wir ein bisschen Glück verdient.«

»Für mich sehen die drei nicht nach Glück aus. Ganz und gar nicht. Sie sehen aus, als könnten sie uns eine Menge Ärger machen.«

Brandon will schon etwas erwidern, hält dann jedoch inne, um beunruhigt mein Gesicht zu studieren. »Hast du etwa Angst, dass sie …«

»Was? Über mich herfallen?« Ein Lachen erstickt in meiner Kehle. Meine Gedanken überschlagen sich und meine Finger beginnen wie von selbst, Moms Engelsfiguren, die auf der alten Kommode neben dem Bücherregal stehen, der Größe nach zu ordnen. »Nein, Brandon. Darüber mache ich mir keine Sorgen. Ich denke, dass sie einfach nicht in dieses Haus passen, dass sie nicht zu uns passen und dass ihre Anwesenheit noch mehr Chaos in unser Leben bringen wird.«

»Du wirst doch kaum etwas von ihnen mitbekommen.«

Der sitzende Kristallengel mit der Geige wandert nach rechts. »Echt jetzt? Das ist dein Argument? Die drei sehen nicht aus wie Typen, von denen man nichts mitbekommt.«

»Sie sind wirklich nett, mein Freund hat von ihnen geschwärmt.«

»Und warum ziehen sie dann nicht bei ihm ein?«, entgegne ich spitz. Der blaue Glasengel mit dem Heiligenschein rückt nach links.

Brandon atmet tief ein, dann legt er mir die Hände auf die Schultern. »Kela. Hast du eine andere Lösung?« Er fragt mich ruhig und sanft, redet mit mir wie mit einem störrischen Esel. Ich hasse es, dieser störrische Esel zu sein, und noch mehr hasse ich es, keine Antwort auf seine Frage zu haben.

»Nein. Noch nicht«, sage ich, tausche die Position des betenden Plüschengels mit der des schlafenden Himmelsboten aus Porzellan und klammere mich dabei an das letzte Rettungsboot, das in weiter Ferne vor sich hindümpelt. »Sukis Eltern würden uns Geld borgen.«

Brandon atmet abermals tief ein. Er mag Suki, vielleicht ein bisschen zu sehr. »Und das möchtest du? Du möchtest Schulden bei den Eltern deiner Freundin machen?«

»Nein, natürlich nicht«, gebe ich leise zu.

»Hey.« Brandon zieht mich zu sich, um mich in den Arm zu nehmen. »Ich habe auch keinen Bock, drei Fremde hier wohnen zu lassen. Aber vielleicht sind sie nicht so übel, und wenn doch, schmeißen wir sie einfach wieder raus, okay?«

Es ist ein Angebot, wie man es einem kleinen Kind machen würde, aber ich nicke. »Okay«, sage ich und löse mich aus seiner Umarmung. Das Pendel der antiken Standuhr rechts von mir schlägt im Gleichtakt, ganz im Gegensatz zu meinem Herzschlag, der noch immer viel zu schnell geht. »Aber sobald sie eine von Moms Figuren zerbrechen, war's das für sie. Deal?«

Seufzend lässt mein Bruder seinen Blick über das Wohnzimmer streifen, dessen Überbevölkerung an lieblichen Porzellan- und Kristallfiguren einen schier erschlagen kann. Kaminsims. Couchtisch. Kommoden. Beistelltisch. Bücherregal. Sie sind einfach überall.

Er neigt den Kopf. »Das ist eine Falle. Als würdest du verlangen, auf einer Wiese kein Gras zu zertreten. Muss ich dich an die hübsche Ballerina erinnern? Oder an die singende Entenfamilie?«

»Das war ein Unfall.«

Er hebt die Augenbrauen. »Du bist eine Zerstörerin, Katalea Richardson.«

»Als hättest du noch nie etwas herunterfallen lassen. Denk doch an den dicken Igel und die tanzenden Pinguine.«

»Eben – es ist schlichtweg ein Ding der Unmöglichkeit, in diesem Haus nichts kaputt zu machen. Aber okay. Wenn die Typen insgesamt mehr als zehn Figuren ruinieren, müssen sie gehen.«

»Drei«, verlange ich und halte ihm auffordernd die Hand hin.

»Sieben.«

»Fünf. Mein letztes Angebot.« Ich blicke Brandon fest in die Augen, der kopfschüttelnd einschlägt. »Ich bereue es jetzt schon«, brummt er dann und setzt sich an den Couchtisch, auf dem sich neben einem Keramikschwan mit treudoofem Blick und zwei küssenden Kristallfröschen mit pinken Herzaugen einige Prospekte und Briefe stapeln. »Das hier ist übrigens für dich gekommen.«

Brandon hält mir einen Umschlag entgegen, der in einer hübschen Handschrift an mich adressiert ist. Eigentlich bekomme ich nie Post. Ich wende das cremefarbene Kuvert aus edlem Papier, das mit keinem Absender versehen ist. Es fühlt sich seltsam an. Was genau, kann ich nicht sagen, aber ich bin vorsichtig, als ich meinen Zeigefinger unter den Falz schiebe und den Umschlag behutsam öffne.

Katalea,

lass die Wunder wirken. Lebe dein Leben mit allen Sinnen und vertraue darauf, dass du den Weg gehen wirst, der dir vorbestimmt ist. Deine Intuition wird dich führen. Noch liegt sie tief in dir verborgen, aber ihre Stimme wird lauter und klarer, je länger du ihr zuhörst. Du bist einzigartig, Katalea. Du bist etwas Besonderes. Habe den Mut, dir das einzugestehen.

Das Leben ist im Fluss, das Leben ist Veränderung. Wenn du deinen Ängsten folgst, vergeudest du deine Kraft, um gegen den Fluss zu schwimmen. Tu das nicht. Heiße die Veränderung willkommen und lass dich von ihrer Strömung liebevoll treiben, auch wenn es dir schwerfällt. Heiße deine neuen Mitbewohner willkommen.

PS: Fang die blauen Kuckucke auf, du ersparst ihr damit unnötiges Leid.

Ich starre auf das Schreiben, starre auf die geschwungene, unbekannte Handschrift, starre auf den Inhalt, der mich sprachlos macht. Nur schwer kann ich den Blick davon lösen. »Brandon?«

Mein Bruder sitzt über den Rest der Post gebeugt. Kastanienbraune Haarsträhnen fallen ihm ins Gesicht, während er die Unterlagen sichtet. Er scheint mich gar nicht zu hören.

»Brandon?«, sage ich etwas lauter.

»Was ist?«

»Ich habe einen seltsamen Brief erhalten.«

Er fährt sich stöhnend durch die Haare. »Bitte sag' nicht, dass es noch eine Rechnung ist.«

»Nein, ist es nicht«, erwidere ich und halte ihm das Schreiben hin.

»Und auch keine Mahnung?«

Ich schüttele den Kopf. »Ich weiß nicht, was es ist.«

Mein Bruder nimmt den Brief entgegen, um einen kurzen Blick darauf zu werfen. »Das ist ein Blatt Papier.«

Im Moment ist mir echt nicht nach Lachen zumute. »Sehr witzig. Lies die Zeilen.«

Er runzelt die Stirn. »Welche Zeilen?«

Ich greife nach dem Papier, das plötzlich leer ist. Ich blinzele, traue meinen Augen nicht. Dann wende ich das Blatt, doch auch auf der Rückseite blickt mir das blanke Nichts entgegen.

»Das kann nicht sein«, flüstere ich.

»Was kann nicht sein?«, fragt mein Bruder abgelenkt, denn er brütet schon wieder über dem Stapel Rechnungen.

»Vor ein paar Sekunden stand hier noch etwas geschrieben, von einem verdammten Fluss, von Veränderungen akzeptieren und von den neuen Mitbewohnern und irgendwelchen Kuckucken«, erkläre ich aufgeregt.

»Wie bitte?«, irritiert sieht Brandon zu mir hoch.

»Es war ein Brief an mich«, sage ich mit Nachdruck. »Das Papier war nicht leer.«

»Aber du siehst doch, dass da nichts draufsteht.«

»Das sehe ich – jetzt. Aber vorher war das anders.«

Brandon legt die Stirn in Falten. »Und da stand etwas von Veränderungen, den Typen, die hier einziehen, und irgendwelchen Vögeln?« Das letzte Wort zieht er unnötig in die Länge.

Mein Brustkorb verengt sich, und ich fühle, wie sich die Unruhe in mir ausdehnt. »Willst du etwa andeuten, dass *ich* einen Vogel habe?«

»Nein, ganz und gar nicht«, versichert er mir und steht auf. Sein Blick wird weicher. »Hey. Es waren ganz schön viele Veränderungen für einen einzigen Tag. Wann hast du denn deinen nächsten Termin bei Dr. Torres?«

Ich reibe mir über die Augen. »Ich habe mir die Zeilen nicht eingebildet, Brandon. Ja, ich bin vielleicht neben der Spur, weil meine Gedanken ständig Überstunden machen und sich in meinem Kopf verlaufen, aber das hier war echt.«

»Und was ist mit Großvater? Den du gestern noch vor deinem Bett gesehen hast?«

»Keine Ahnung. Vielleicht war es wirklich nur ein Traum«, sage ich, weil es das Einzige ist, was sich gerade noch vernünftig anhört, auch wenn ich es selbst nicht glaube.

Und dann lasse ich meinen Bruder mit seinen Rechnungen allein und ziehe mich mit dem Brief in mein Zimmer zurück, wo er mich mit gähnender Leere verhöhnt. Während von draußen die gedämpften Stimmen der Jungs erklingen, von denen ich nichts mitbekommen sollte, zermartere ich mir mein Hirn mit Fragen, die ich nicht beantworten kann. Wer hat mir diesen Brief geschrieben und zu welchem Zweck? Wie kann es sein, dass sich die Handschrift einfach in Luft aufgelöst hat? Wie konnte der Absender überhaupt von meinen neuen Mitbewohnern wissen? Und was hat es mit den blauen Kuckucken auf sich? In hässlichen Spiralen quälen sich die Fragen durch meinen Kopf. Befeuern meine Anspannung und geben mir das Gefühl, mein Leben aus der Hand gleiten zu sehen.

Nachdem ich geduscht und mein Zimmer stundenlang grundgereinigt habe, lasse ich mich irgendwann müde aufs Bett fallen und sinke in einen tiefen traumlosen Schlaf, aus dem mich ein Geräusch weckt. Es klingt nach einem Räuspern.

Einem verärgerten Räuspern.

Verschlafen drehe ich mich zur Seite und öffne langsam die Augen. Ein Streifen Mondlicht fällt schräg durch das Fenster auf meinen Schreibtisch und erhellt den schwarzen Adler aus Glas, den Mom mir vor Jahren zum Geburtstag geschenkt hat. Ich versinke in der Erinnerung, als sich das ungeduldige Räuspern wiederholt und eine blasse Gestalt plötzlich an mein Bett herantritt.

»Herrje, wie kann man nur so fest schlafen! Dachte schon, dass *du* tot bist.« Großvaters knarzige Stimme schießt mir durch Mark und Bein.

Unverzüglich sitze ich senkrecht im Bett, mein Herz klopft mir bis zum Hals. Ich blinzele, mehrmals. Doch so sehr ich mich auch anstrenge, Grandpa steht noch immer vor mir, in seiner braunen

Cordhose, der dunkelgrünen Weste und mit der grauen Schirmmütze auf dem Kopf. Er sieht aus, wie er immer aussah, nur dass sein Körper halb transparent ist und ein leichtes Strahlen von sich gibt, als könnte man einfach durch ihn hindurchfassen.

Drei

»Das ist nicht echt. Das muss ein Traum sein«, flüstere ich und ziehe mir die Bettdecke bis zur Nasenspitze.

»Schön wär's.« Großvater betrachtet mich mürrisch, ehe sein Blick durchs Schlafzimmer streift. »Hier riecht's zwar wie in einem Esoterikladen, aber das ist noch immer tausendmal schöner als bei mir oben. Das hattet ihr euch ja schön ausgemalt! Den alten Mann, der kaum gehen kann, in den ersten Stock befördern, damit er sich an der Treppe abmüht und irgendwann das Genick bricht.«

»Blödsinn. Du hattest nie Probleme mit dem Gehen«, höre ich mich selbst sagen, während mein Verstand noch immer nach einer Erklärung sucht. Ich reibe mir so fest über die Augen, dass es wehtut. »Bist du wirklich hier? Du bist doch gestorben.«

»Bravo, es ist dir also aufgefallen«, gibt Großvater stumpf von sich und fährt sich über seinen ergrauten Bart, bevor er griesgrämig die Lippen schürzt. »Anscheinend kann man jetzt nicht mal mehr in Ruhe den Löffel abgeben!«

Ich zwicke mich in den Handrücken, spüre an der Stelle einen leichten Schmerz, zwicke noch einmal. »Das kann nicht echt sein. Du bist doch unter der Erde.«

»Offenbar nicht«, erwidert er mit zusammengekniffenen Augen und mustert mich. »Dachte eigentlich immer, dass du die Klügere bist. Wenn ich da an deinen Bruder denke …«

»Aber … was machst du hier?«

»Wüsste ich auch gerne. Ich sollte jetzt mit Grace Kelly auf einer Wolke rummachen und nicht in dem alten Haus hier festsitzen.«

Das Lachen bleibt mir in der Kehle stecken. »Auf einer Wolke?«

Er verengt die buschigen Augenbrauen. »Werd jetzt bloß nicht frech, junge Dame. Ich bin hier, und du wirst mir helfen. Ja, genau du. Bislang bist du die Einzige, die mich sehen kann. Gemeinsam müssen wir herausfinden, warum ich als Engel hier herumgeistere.«

Die Gedanken poltern durch meinen Kopf. »Du glaubst, du bist ein Engel?«

Er verschränkt die Arme vor der Brust. »Selbstverständlich.«

»Und wo sind dann deine Flügel?«

»Die muss ich mir vielleicht noch erarbeiten oder sonst was. Mein Gott, denk ein wenig nach! Du hast dir doch mit deiner Mutter immer diese bekloppten Liebesfilme angeschaut.«

»Darin kamen keine Engel vor«, sage ich und kann noch immer nicht fassen, dass ich mich gerade mit Großvaters Geist unterhalte.

»Dann geh in dieses Internet und versuch, etwas herauszufinden«, befiehlt er wirsch und funkelt mich an.

Ich funkele zurück, während ungemeiner Widerwille in mir aufkeimt. Was auch immer Großvater hier macht, er ist noch genauso übel gelaunt wie zuvor. Verärgert schlage ich die Bettdecke zur Seite, erinnere mich an die vielen Male, in denen ich Grandpa vor Brandon verteidigt habe, in dem schwachen Versuch, das Gute in ihm zu sehen.

»Weißt du was? Ich werde dir nicht helfen«, erkläre ich entschlossen. »Wir sind damals deinetwegen hierhergezogen. Mom wollte für dich sorgen, und zum Dank hast du bloß in deinem Zimmer gehockt und bist nur rausgekommen, um irgendwelche Gemeinheiten von dir zu geben. Als sie tot war, hat sich das auch nicht geändert. Brandon und ich haben dich versorgt, weil wir es Mom versprochen hatten, aber davon«, ich deute auf seine blasse Gestalt wie auf eine ansteckende Krankheit, »davon war nie die Rede. Mein Leben ist auch ohne murrenden Geist schon verworren genug. Ich habe wirklich keine Lust, mich jetzt auch noch von dir anmaulen zu lassen.«

»Ihr habt mich versorgt? Ihr wart keine heiligen Samariter, ihr habt von meiner Rente profitiert!«

»Wir haben das alles doch nicht wegen des Geldes getan«, fauche ich und spüre, wie mich sein Vorwurf trifft. »Weiß du was? Verschwinde einfach und lass mich in Ruhe.«

»Würde ich, wenn ich könnte!«, keift der alte Mann und senkt den Blick wie jemand, der begreift, dass er vom Leben betrogen wurde. Bei seinem traurigen Anblick erfasst mich eine Welle des Mitgefühls, die sofort verebbt, als Grandpa mich erneut anpflaumt. »Fräulein, du wirst schon sehen, was du davon hast!«, spuckt er mir entgegen, dreht sich um und macht beherzt einen Schritt vorwärts durch die Wand, in der er einfach verschwindet. Wortlos starre ich ihm hinterher, starre an die Stelle neben dem Bücherregal, an der er sich eben aufgelöst hat. Meine Finger zittern, meine Logik zittert mit.

Ich bin nicht verrückt.

Ich bin nicht verrückt.

Ich bin nicht verrückt, rede ich mir ein und hoffe, es selbst irgendwann zu glauben. Nachdem ich mein Bett gemacht und Kissen und Decke faltenlos auf der Matratze ausgerichtet habe, steuere ich auf die Küche zu, um meine Nerven mit einer Tasse Tee zu beruhigen. Keinesfalls kann ich jetzt einfach weiterschlafen, nicht mit diesen Gedanken.

In der Küche brennt Licht. Ich rechne mit Brandon, der von der Spätschicht zurückgekehrt ist, finde jedoch Nero vor. Von unseren drei neuen Mitbewohnern ist es ausgerechnet er, der sich um Mitternacht ein Sandwich machen muss. Mein Herz beginnt, nervös zu klopfen, und ich versuche, den Typen zu ignorieren, genau wie den Umstand, dass er noch immer seine lässig dunklen Klamotten trägt, während ich in ausgeleiertem Schlafshirt und knappen Shorts in die Küche getapst komme. Wortlos hole ich den großen silbernen Kessel aus einem der unteren Schränke.

»Kannst du nicht schlafen, Katalea?«

Neros tiefe Stimme strömt wohlig unter meine Haut, wo sie eine beinahe entspannende Wirkung entfaltet, was total irre ist. Es ist spät, ich bin erschöpft und mit ziemlicher Sicherheit ist das Auftauchen meines Großvaters dafür verantwortlich, dass meine Sinne jetzt komplett durchdrehen.

»Ich mache mir nur schnell eine Tasse Tee.« Ich fülle Wasser in den Kessel, stelle ihn auf den Herd und wünschte, ich hätte die Küche für mich allein. Die Küche und den Rest des Hauses, manchmal vielleicht auch die ganze Welt. Und während ich mir das wünsche, suche ich die Dose mit den Teebeuteln, die ich direkt vor Nero entdecke, wo sie mir unerreichbar vorkommt. Sie steht gleich links neben dem Holzbrett, auf dem er eine Tomate schneidet.

»Kann ich dir helfen?«, fragt er. Im schummrigen Küchenlicht wirken seine Wangenknochen noch markanter, seine Lippen noch ausdrucksstärker und sein dunkler Blick noch intensiver, als könnte er mehr sehen als bloß mich und meine ausgeblichenen Schlafklamotten. Als könnte er mit seinem Blick durch meine Oberfläche brechen, durch alle Schichten bis an den Boden meiner Seele.

Ich schlucke. »Wie kommst du darauf?«

»Weil du wie angewurzelt dastehst. Ich nehme einmal an, dass du das hier willst.« Entspannt greift er nach der runden Teedose, stellt sie rechts von sich auf die Arbeitsplatte, wo ich sie mir problemlos nehmen kann, und konzentriert sich wieder auf die Zubereitung seines Mitternachtssnacks.

»Danke«, sage ich und komme mir unglaublich blöd vor. Ich bin gerade dabei, die Dose zu öffnen, als sich plötzlich Großvaters Kopf aus der gekachelten Wand vor mir schraubt. Sein Gesichtsausdruck trieft vor Selbstgefälligkeit. »Ha! Das hast du davon, wenn du mir nicht helfen willst!«

Fassungslos stolpere ich zurück. »Was stimmt bloß nicht mit dir?!«

»Wie bitte?« Nero sieht mich fragend an, und ich könnte schwören, ein leichtes Funkeln in seinen Augen zu entdecken. Ungerührt stellt er die Mayonnaise in den Kühlschrank zurück.

»Ich habe nicht mit dir gesprochen«, sage ich schneller, als ich denken kann, und bereue es sofort. Während mich mein neuer

Mitbewohner noch mustert, wird mir klar, was für einen durchgeknallten Eindruck ich auf ihn machen muss. Immerhin rede ich mit einem Geist, den er nicht sehen kann. Ein Kloß bildet sich in meinem Hals, und ich suche angestrengt nach einer Ausrede, die mich aus dem Sumpf dieses Wahnsinns hievt.

»Selbstgespräche sind die besten Gespräche«, kommt mir Nero zuvor und setzt sich mit seinem Teller an unseren Küchentisch. »Zumindest führt man sie mit jemandem, den man mag. Du magst dich doch, oder?« Der herausfordernde Unterton ist nicht zu überhören.

»Ich … ich denke schon«, gebe ich überrumpelt von mir und fühle mich vollkommen überfordert mit Nero und Großvater in der Küche, der nun abfällig sein durchscheinendes Gesicht verzieht.

»Wer ist denn dieser James-Dean-Verschnitt? Und was zum Teufel macht der hier?« Mit einem Satz springt Grandpa aus der abgenutzten Küchenfront, als würde er den ganzen Tag nichts anderes machen. »Zu meiner Zeit gab's so was noch nicht«, meckert er weiter und stellt sich in seiner durchlässigen Gestalt demonstrativ neben mich. Kurz entschlossen fasse ich ihm an die Schulter, um Greifbares und Ungreifbares aufeinandertreffen zu lassen, doch meine Finger fahren ins Leere – was Großvater nicht mal bemerkt. Ungehalten fährt er mit seiner Schimpftirade fort.

»Was sind denn das für Sitten! So ein Lebensstil hätte eurer Mutter nicht gefallen, ganz und gar nicht!«

Meine Finger zucken zurück, als hätten sie sich verbrannt. Der Kloß in meinem Hals schwillt weiter an, drückt direkt gegen mein Herz. »Lass Mom da raus«, zische ich leise, doch Großvater tut, als hätte er mich nicht gehört. Mit verkniffenem Gesichtsausdruck setzt er sich seine Brille auf, die er wie damals an einer Silberkette um den Hals trägt, und nimmt Nero näher in Augenschein.

»Mir die Hilfe verweigern, aber sich mit dem da rumtreiben? Deine Mutter wäre enttäuscht, Kela!«

Meine Synapsen erleiden einen Kurzschluss. Ich will Grandpa schon anschreien und ihm entgegenschleudern, dass er sich nie um Mom gekümmert hat, dass er sich um nichts gekümmert hat außer um sich selbst, da bleibt mein Blick an Nero hängen, dessen unergründliche Augen mein Gesicht studieren.

»So hat dich deine Mutter nicht erzogen. Nicht zu so einer selbstsüchtigen …«, feuert mein Großvater seine Vorwürfe ab, die wie kleine Bomben in meinem Inneren detonieren. Zeitgleich wischt sich Nero die Hände an einer Serviette ab und vollführt mit den Fingern eine beiläufige Bewegung, als müsste er eine lästige Fliege verscheuchen. In der Sekunde verstummt Grandpa und löst sich vor meinen Augen funkelnd in Luft auf.

Perplex starre ich an die Stelle, an der Großvater soeben noch gestanden hat, sehe nach links und rechts, schaue zur Küchenfront, auf den Dielenboden, selbst zur Decke, aber der alte Mann ist weg.

»Alles in Ordnung?« Neros Frage vermischt sich mit dem Pfeifen des Teekessels.

»Ja. Klar.« Abwesend nehme ich den Kessel vom Herd und schenke das kochende Wasser in eine Tasse ein. Mein Körper befindet sich im Automodus, der Rest ist woanders. Unzählige Gedanken rattern durch mein Hirn, das Zufall und Wahrscheinlichkeit in Endlosschleife gegeneinander abwägt, während mein neuer Mitbewohner weiter sein Sandwich verdrückt.

»Ist das jetzt dein neuer Ansatz, mich loszuwerden?«, schiebt sich seine tiefe Stimme in meinen Kopf und holt mich zurück in die Gegenwart, in der Nero bereits dabei ist, seinen Teller in den Geschirrspüler zu räumen.

»Wie bitte?« Mein Blick fällt verwirrt auf seinen Finger, an dem er einen silbernen Ring mit dem Symbol einer Rose trägt. Das Schmuckstück kommt mir irgendwie bekannt vor.

»Minutenlanges Anstarren«, präzisiert er trocken und deutet von mir zu sich. »Eine neue Taktik?«

Siedend heiß wird mir bewusst, dass ich ihn die ganze Zeit über angegafft habe. Meine Wangen färben sich dunkelrot. »Nein, ist es nicht«, sage ich schnell.

»Also ist unser Einzug okay für dich?«

»Nein, das auch nicht«, gebe ich von mir und betrachte Nero in dem Versuch, irgendeine Erklärung zu finden. »Hast du …«, setze ich an, komme aber nicht weiter. Ich habe keine Ahnung, wie ich ihn geschickt danach fragen soll, ob er soeben mit einer lockeren Handbewegung den Geist meines Großvaters verscheucht hat, ohne mich dabei als komplett verrückt zu outen. Ich atme tief ein und nehme meinen Mut zusammen, wenigstens ein bisschen davon. »Hast du vorhin … etwas gesehen?«, frage ich vorsichtig.

Nero schließt die Tür des Geschirrspülers. Unter dem Ärmel seines schwarzen Shirts lugt sein durchtrainierter Oberarm sowie der Ansatz einer pechschwarzen Tätowierung hervor. »Was sollte ich denn gesehen haben?«

»Ist dir etwas Ungewöhnliches aufgefallen?«

»Ja, ist es.«

Mein Atem setzt für einen Augenblick aus. Hoffnung schleicht sich in mein Herz. Nero beugt sich ein Stück zu mir und sein unvergleichlicher Duft weht mir entgegen. Es ist ein erdig-frischer Geruch mit einer dunklen Note, der an gefallenen Regen erinnert. Unwillkürlich ziehe ich den Duft in meine Nase, weil er viel zu gut und verführerisch riecht. Neros unvermittelte Nähe bringt nicht nur meine Sinne aus dem Takt, mein ganzer Körper hält abwartend inne.

»Ich habe gesehen, wie du mich angestarrt hast«, erklärt er rau und mit einem feinen Lächeln zwischen den Mundwinkeln, das mich wie ein Kübel Eiswasser erreicht. Ernüchtert weiche ich zurück und bringe rasch Abstand zwischen mich und meinen neuen Mitbewohner.

»Unglaublich witzig.«

Seine Augenbrauen ziehen sich zusammen. »Tust du das öfters? Ist das dein Ding, Leute beim Essen zu beobachten?«

»Ja, das ist eines meiner größten Hobbys«, erwidere ich gereizt. Wie blöd von mir anzunehmen, dass er Großvater wahrgenommen haben könnte. »Wenn es dir nicht gefällt, kannst du gern wieder ausziehen. Und weißt du was? Je mehr Zeit wir miteinander verbringen, desto mehr erwärme ich mich für diesen Gedanken.«

Gleichmütig zuckt Nero mit den Schultern. »Daraus wird leider nichts. Wohl oder übel werden wir uns mit dieser Wohnsituation arrangieren müssen.«

Ich wünschte, ich könnte ihm seine verdammte Selbstsicherheit aus dem Gesicht wischen. Er hat tatsächlich nicht vor, so schnell wieder auszuziehen.

»Prima.« Mein ironischer Tonfall entlockt ihm ein knappes Lächeln, als fände er tatsächlich Gefallen an meiner Abneigung.

»Wie wär's mit einem Teebeutel?«, fragt er dann.

»Wie bitte?«

»Ohne Teebeutel wird aus deinem Wasser wohl kein Tee, es sei denn, du besitzt christliche Kräfte, aber da ging es meiner Erinnerung nach um Wasser und Wein.« Nero deutet auf meine dampfende Tasse. Verdammt. In der ganzen Aufregung habe ich den Teebeutel ganz vergessen.

»Du weißt doch gar nicht, was für Kräfte ich besitze«, sage ich, einfach nur, um irgendetwas zu sagen, und fische gleichzeitig die Sorte *Melisse* aus der Dose, die nervenberuhigend wirken soll. Meine Mom hat Melisse immer gern getrunken. Vor allem in den letzten Wochen ihrer Krankheit saßen wir mit bauchigen Teetassen am Küchentisch und tranken den Tee, Schluck für Schluck.

»Alles okay?«, höre ich Nero durch meine Erinnerung fragen.

»Ja. Klar«, antworte ich.

»Du hast auf alle Fälle die Fähigkeit, ganz tief in deine Gedanken zu versinken«, stellt er nüchtern fest.

»Vielleicht versuche ich auch nur, dich auszublenden«, erwidere ich, woraufhin ein hinreißendes Lächeln seine Lippen teilt.

Zwanglos lehnt sich Nero mit dem Rücken an den Küchentisch, die Hände auf der Tischplatte abgestützt, sodass die Muskeln seiner Unterarme hervortreten. »Das wäre tatsächlich eine ganz besondere Fähigkeit«, bemerkt er dunkel und klingt dabei überraschend ehrlich. Sein eingehender Blick richtet sich auf mich, sodass ich das Gefühl habe, im absoluten Zentrum seiner Aufmerksamkeit zu stehen.

»Warum kannst du nicht schlafen, Katalea?«, fragt er, und ich könnte fast meinen, dass es ihn wirklich interessiert. »Hattest du einen Albtraum?«

Ich halte inne. Es war viel, der ganze Tag. Die letzten Wochen, die letzten Jahre. Und jetzt gipfeln die Ereignisse in Grandpas blasser Erscheinung, die sich als wahrhaftiger Albtraum entpuppt. Bislang dachte ich, das Chaos würde nur in mir toben, aber offenbar breitet es sich Stück für Stück aus, um mir die Kontrolle über mein gesamtes Leben zu entziehen.

»Nein, ich hatte keinen Albtraum«, sage ich und hole tief Luft, während ich Nero ansehe. »Aber anscheinend befinde ich mich in einem.« Ich nehme einen Schluck von meinem Tee, und mit einem Mal fällt mir auf, wie gemein sich das anhören muss. »Also das habe ich jetzt nicht auf dich bezogen«, füge ich hinzu.

»Davon bin ich auch nicht ausgegangen.«

»Warum nicht? Weil du kein Albtraum sein kannst?«, frage ich skeptisch.

»O doch, Katalea, das kann ich«, erklärt er langsam und derart nachdrücklich, dass mir ganz anders zumute wird. Einen Herzschlag lang wirkt es, als würde sich Neros symmetrisches Gesicht verdunkeln, als würde sämtliche Wärme daraus verschwinden und die Totalität seiner Aussage untermauern.

»Na, dann bin ich aber froh, dich als neuen Mitbewohner zu haben«, sage ich spöttisch, weil ich mich nicht gern einschüchtern lasse. Wir sind noch immer in unserem Haus, in unserer Küche. »Da fühle ich mich doch gleich viel sicherer. Und bin gleichzeitig erleichtert, dass ich mein Zimmer absperren kann.«

»Wenn du glaubst, dass es hilft.« Seine Augen schimmern seltsam gefährlich, doch als er bemerkt, dass ich den Atem anhalte, räuspert er sich. »Ich wollte dir keine Angst machen.«

»Hast du nicht.«

»Sicher?«

»Ja«, behaupte ich, auch wenn das nicht ganz der Wahrheit entspricht. »Ich fühle mich in diesem Haus sicher, selbst mit dir und deinen Freunden als Mitbewohner.«

Er hebt die Augenbrauen. »Das werte ich mal als Kompliment.«

»Wir haben auch einen Dachboden voller Spinnen, den wir seit Jahren nicht mehr betreten haben, und selbst mit denen bin ich irgendwie ausgekommen.«

»Und mit einem Mal fühle ich mich fast geschmeichelt«, erwidert Nero ungerührt, doch etwas in seinem festen Blick verändert sich. Das dunkle Leuchten seiner Augen gewinnt an Stärke und zieht mich in seinen Bann. Der düstere Sog lässt eine knisternde Spannung zwischen uns entstehen, deren geheimnisvolle Energie auch auf den Rest der Küche übergreift.

»Und nur deshalb habt ihr den Dachboden gemieden?«, verlangt Nero zu wissen. Er klingt ruhig, aber bestimmt, wie einer dieser Hypnotiseure, die einem ihren Willen aufzwingen können. Die Härchen auf meinen Unterarmen stellen sich auf, und ich muss mehrmals tief durchatmen, um mich aus dem eigenartigen Moment zu lösen.

»Keine Ahnung. Wieso willst du das wissen?«, frage ich und nippe an meinem Tee, woraufhin sich Neros Brauen in einer Mischung aus Unverständnis und Verwirrung zusammenziehen, als hätte er mit einer anderen Reaktion gerechnet.

»Sind euch die Räumlichkeiten etwa jetzt schon zu klein? Oder hast du Angst, dass sich Jerome und Todd die Köpfe einschlagen?«

Er schüttelt den Kopf. »Ich habe keine Angst«, sagt er beiläufig. Mit den Gedanken scheint er ganz woanders zu sein.

»Vor gar nichts?«

»Vor gar nichts«, wiederholt er und sieht mich seltsam nachdenklich an.

»Das kann ich mir nicht vorstellen. Jeder hat doch vor irgendetwas Angst.«

Als er sich aufrichtet, spiegelt sein fein geschnittenes Gesicht tiefe Ernsthaftigkeit wider. »Angst existiert nur, wenn du etwas zu verlieren hast, Katalea.«

»Und du hast nichts zu verlieren?«

»Nein, habe ich nicht.«

»Das ist irgendwie traurig«, murmele ich, auch wenn Nero nicht traurig, sondern tendenziell distanziert und unnahbar wirkt.

»Ja, das ist wirklich traurig«, pflichtet Todd mir bei, der in einem karierten Schlafanzug gähnend die Küche betritt. Seine schwarzen Haare stehen ihm wild vom Kopf ab. »Nicht nur traurig, sondern abartig. Wie kann man nur derart laut schnarchen? Was futtert der Kerl, dass er solche Geräusche von sich gibt? Ein Presslufthammer ist nichts dagegen.« Schnaubend sieht er von Nero zu mir und wieder zurück. »Was ist das hier? Eine kleine Mitternachtsparty, zu der ich nicht eingeladen wurde?« Er schaut uns noch einmal an und gähnt lauthals. »Okay. Offenbar nicht. Aber was macht ihr dann hier? Bitte sagt, dass ihr gerade überlegt, Jerome auszuquartieren und im Garten schlafen zu lassen.«

Neros Mundwinkel zucken noch oben. Kameradschaftlich klopft er Todd auf die Schulter. »Du wirst es überleben. Du hast schon ganz andere Sachen überlebt«, beteuert er gelassen.

»Was denn?«, hake ich interessiert nach. Die Jungs sind ein einziges Geheimnis, aus dem ich nicht schlau werde. »Die Kakerlaken zum Beispiel?«

»Zum Beispiel«, wiederholt Nero bedeutungsschwer.

»Das müssen aber gefährliche Kakerlaken gewesen sein, wenn sie euch verscheuchen konnten«, erkläre ich und verschränke die Arme vor der Brust.

»Man sollte Kakerlaken niemals unterschätzen.«

»Und euch auch nicht, oder?«, sage ich, was nicht nach einer Frage, sondern eher wie eine Feststellung klingt.

Neros Blick bleibt unbewegt. »Schlaf gut, Katalea. Hoffentlich verläuft deine Nacht ab jetzt ruhiger.« Er sieht mir noch einmal tief in die Augen, bevor er Todd zunickt und die Küche verlässt.

Verwirrt schaue ich ihm hinterher und versuche zu kapieren, was in der letzten halben Stunde alles passiert ist.

»Vergiss es.«

»Wie bitte?«

»Nero. Du sollst Nero vergessen«, konkretisiert Todd seine Bemerkung und streicht sich die Ärmel seines Pyjamas glatt. »Er hat sein Herz schon vor langer Zeit vergeben.«

»Vor langer Zeit?«, wiederhole ich, auch wenn das überhaupt nicht der Punkt ist. »Er ist doch höchstens Mitte zwanzig, wie kann er da sein Herz schon vor langer Zeit vergeben haben? Außerdem bin ich nicht an ihm interessiert, ganz und gar nicht.«

Todd hebt beide Augenbrauen. Ich halte seinem Blick stand und registriere, wie sich die Atmosphäre erneut verändert. Wie sich die Luft zwischen uns knisternd auflädt und eine flirrende Spannung verbreitet, begleitet vom sanften Gefühl der Vertrautheit, das wie eine leise Melodie zwischen uns schwingt.

»Nero hat sich mit Haut und Haaren verliebt und geschworen, dieser Liebe ewig treu zu bleiben«, beantwortet Todd meine Frage nun doch, unterbricht sich aber augenblicklich selbst, um mich verwundert zu betrachten und dann kaum merklich den Kopf zu schütteln. Müde fährt er sich über sein Gesicht. Im nächsten Moment bleibt seine Aufmerksamkeit an dem alten Teekessel hängen. »Oh. Ist das Wasser noch heiß?«

Ich nicke und hoffe, nicht komplett überzuschnappen. Dieser Tag und diese Nacht bestehen aus einer ganzen Reihe seltsamer Ereignisse, die keinen Sinn ergeben. »Bedien dich ruhig.«

Todd grinst. »Ich mag deine Gastfreundschaft, Kela.«

»Gewöhn dich nicht daran«, erwidere ich stumpf, stelle ihm aber eine Teetasse auf die Arbeitsplatte. Während sich Todd das dampfende Wasser einschenkt, schiebe ich ihm auch noch die Dose mit den Teebeuteln hin und versuche dabei, die unzähligen Fragen zu ignorieren, die sich wüst durch meinen Kopf schlagen.

»So gefällst du mir viel besser. Du hast nicht nur ein engelhaftes Aussehen, sondern auch ein engelhaftes Wesen.«

»Darauf würde ich nicht wetten.«

»Ich würde mein ganzes Geld daraufsetzen.« Todd grinst noch breiter, hängt einen Beutel Jasmintee in seine Tasse und lässt die Dose offen neben der Spüle stehen, der silberne Deckel liegt verwaist daneben.

»Worauf?«

»Auf dein engelhaftes Wesen. Hey, du wirkst irgendwie abgelenkt«, meint er.

»Mmmh.« Todds Worte dringen dumpf zu mir, während meine innere Unruhe zunimmt und meine Augen den silbernen Teedosendeckel fixieren, der rund und einsam vor mir liegt. Mein ganzer Körper spannt sich an, ich will wegsehen, bin aber gleichzeitig zu erschöpft für Gegenwehr. Rasch schnappe ich mir den Deckel und verschließe die Teedose mit einer merkwürdig ruckartigen Bewegung, die auch Todd nicht entgeht.

Beschwichtigend hebt er die Hände. »Okay. Sorry. Ich wusste nicht, dass das ebenfalls eine Hausregel ist. Aber Nummer eins habe ich mir gemerkt, versprochen.«

»Schon gut, das ist mein Problem. Nicht deins.«

Er greift nach seiner Teetasse und setzt sich damit an unseren Küchentisch. »Und was genau ist das für ein Problem?«

»Nicht deins«, wiederhole ich.

»Oh. Also habe ich einen wunden Punkt getroffen.«

»Du bist ganz schön neugierig.«

Er pustet über seine heiße Teetasse. »Was soll ich sagen? Die Neugier wurde mir in die Wiege gelegt. Neben gutem Aussehen und einer exzellenten Beobachtungsgabe.«

»Gesunde Selbstliebe nicht zu vergessen.«

»Klar. Gesunde Selbstliebe ist gut für die Seele. Apropos gut für die Seele: Hast du hier irgendwo Ohrstöpsel versteckt?«

»Bedaure, so etwas haben wir nicht.«

Gequält verzieht er das Gesicht. »Hast du sonst irgendetwas, das ich mir in die Ohren stopfen kann? Watte? Flauschige Puppensocken? Eine Handgranate?«

»Ist es wirklich so schlimm?«

»Schlimmer«, ächzt er und nippt an seiner Tasse. »Jeromes Schnarchen hört sich an, als hätte man die Turbinen eines Jumbojets mit einer Kettensäge gekreuzt.«

»Klingt furchtbar. Kannst du nicht einfach mit Nero das Bett tauschen? Ihn scheint ja ohnehin nichts so schnell aus der Fassung zu bringen.«

»Nein, kann ich nicht.«

»Und wieso nicht?«

Todd schlägt die langen Beine übereinander, bevor er einen großen Schluck von seinem Jasmintee nimmt. »Wer ist denn jetzt bitte schön neugierig?«

»Ich meine ja nur. Wieso bekommt er das Einzelzimmer, während ihr euch die alte Ausziehcouch teilen müsst?«, frage ich, leere meine Tasse und räume sie in den Geschirrspüler.

»Ist das etwa der billige Versuch, einen Keil zwischen uns zu treiben, damit wir schnellstmöglich wieder ausziehen?«

Ich kneife die Augen zusammen. »Funktioniert es denn?«

»Nein«, erwidert Todd und schnippt sich einen Fussel von seinem Pyjama. »Aber der Ansatz war gut.«

Ich muss grinsen, zumindest kurz. Eigentlich hatte ich mir geschworen, meine neuen Mitbewohner nicht zu mögen, was mir bei Todd gar nicht so leichtfällt. »Was muss ich denn sonst tun, um euch aus dem Haus zu ekeln?«

»Ein schier unmögliches Unterfangen.«

»Mit Unmöglichkeiten kenne ich mich aus.«

Er schnalzt mit der Zunge. »Dann wird das ja eine spannende Zeit hier.«

»Offenbar«, stimme ich gähnend zu und beschließe, ins Bett zu gehen. Ich verabschiede mich und wünsche Todd eine gute Nacht.

»Dir auch, Kela.« Stöhnend wirft er einen Blick Richtung Obergeschoss. »Auch wenn ich selbst wohl kaum eine haben werde.«

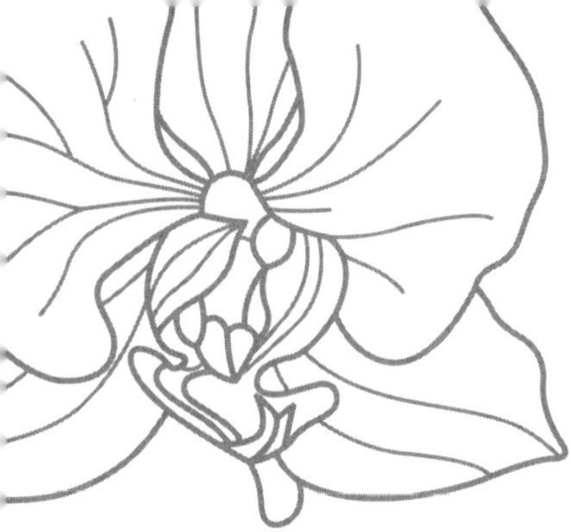

Vier

»Trauer offenbart sich auf ganz unterschiedliche Weise. Der Verlust eines geliebten Menschen ist ein schmerzhaftes Ereignis, das psychische und körperliche Folgen nach sich ziehen kann«, erklärt mir Dr. Torres am nächsten Vormittag. Mit überschlagenen Beinen sitzt mir meine Therapeutin gegenüber, eingefroren wie eine der Statuen im Park. Wüsste ich es nicht besser, würde ich denken, dass sie nicht einmal atmet.

»Aha. Und wie viele der Trauernden stellen sich vor, dass ein Toter seinen Kopf durch die Wand steckt?«, will ich wissen und fühle, wie sich mein Brustkorb verengt. »Ich mochte Grandpa nicht einmal besonders.«

»Sie haben geweint, als Sie mir von seinem Autounfall erzählt haben.«

»Ich mag eben keine Autounfälle«, erwidere ich dumpf, während mein Blick ausweichend über die hübsche Büroeinrichtung gleitet, die perfekt aufeinander abgestimmt ist. Gerahmte Schwarz-Weiß-Fotografien hängen an den Wänden, neben dem Glasschreibtisch steht ein Regal mit asymmetrischen Fächern.

»Ihr Großvater hat Ihnen etwas bedeutet. Es ist mehr als verständlich, dass sein Tod eine Reaktion bei Ihnen auslöst. Vor allem, nachdem Sie vor nicht allzu langer Zeit Ihre Mutter beerdigen mussten.«

Ich schlucke. »Grandpa war einfach nur da«, sage ich. »Mehr nicht.«

»Und jetzt ist er weg. *Da zu sein* ist auf gewisse Weise auch eine Qualität. Nachdem ihr Vater nie da war, haben Sie unbewusst eine Bindung zu Ihrem Großvater aufgebaut, selbst wenn er ein schwieriger Charakter war.«

Der schwierige Charakter ist mir noch viel zu präsent, viel präsenter als meine Erinnerung an William, meinen biologischen Vater. Nur selten hat Mom von ihm erzählt, und wenn, sprach sie trotzt allem gut über ihn und die magische Nacht, in der ich entstanden sein soll. Brandon kann sich besser an William erinnern. Ich weiß noch, wie er weinend in seinem Zimmer saß, weil William wieder einmal nicht aufgetaucht war, obwohl er es versprochen hatte. Diese Versprechen waren genauso unsichtbar wie mein Vater für mich.

»Und wie erklären Sie sich diesen komischen Brief und die eigenartige Spannung mit meinen neuen Mitbewohnern?«, frage ich aufgewühlt.

»Kela, Sie haben innerhalb weniger Jahre zwei existenzielle Verluste erlitten. Ihr Unterbewusstsein möchte keine weiteren Veränderungen und scheint sich gegen zusätzliche Einschnitte in Ihrem Leben zu wehren. Zugegeben, es tut dies auf sehr kreative Art«, bemerkt sie ruhig. »Diese innere Unruhe, die Sie seit dem Tod Ihres Großvaters verspüren, ist meiner Meinung nach einem

Gefühl der Überforderung geschuldet. Sobald Sie den Eindruck haben, dass Ihnen eine Situation entgleitet, versuchen Sie innere Ordnung durch äußere Ordnung herzustellen. Mit einer einfachen Handlung wie dem Zuschrauben eines Gurkenglases, dem Sortieren von Büchern oder selbst dem Putzen eines Tellers, beseitigen Sie das Chaos im Kleinen und können somit den inneren Druck abbauen. Wobei Sie sich grundsätzlich in Ihrem Haus wohlfühlen, das Sie als sehr heimelig, aber auch chaotisch beschreiben. Lediglich in akuten Momenten, wenn Sie einen gefühlten Kontrollverlust wahrnehmen, ist die Beseitigung einer subjektiv empfundenen Unordnung Ihre präferierte Strategie, um wieder Oberhand zu gewinnen. Starke Emotionen wie Wut oder Liebe und auch das Empfinden Ihres inneren Körpers können hierbei effektive Alternativstrategien darstellen. Oder Meditation und gewisse Atemtechniken, die wir bereits besprochen haben.« Sie hält kurz inne. »Geben Sie sich Zeit, alles zu verarbeiten. Und setzen Sie sich nicht unter Druck, denn das wäre in Ihrem Fall nur kontraproduktiv.«

»Es ist nicht nur die Unruhe«, erwidere ich. »Es ist das Gefühl, als würde ich auf etwas zusteuern.«

»Worauf? Auf einen Abgrund?«

Ich schüttele den Kopf. »Nein, auf ein Ereignis. Ich weiß, es klingt seltsam, aber es ist, als würde irgendetwas Bedeutsames näher kommen. Ich kann es nicht in Worte fassen, aber es fühlt sich an wie die Ruhe vor dem Sturm. Als würde etwas noch Größeres passieren.«

Dr. Torres presst verständnisvoll die Lippen aufeinander. »Kela, Sie mussten in den letzten zwei Jahren große Schicksalsschläge hinnehmen. Das bedeutet nicht unweigerlich, dass es so weitergehen muss«, erklärt sie mir, doch ihre Stimme rückt in den Hintergrund, als Großvater plötzlich durch die geschlossene Bürotür spaziert. Erschrocken zieht sich mein Herz zusammen.

»Da bist du, hab ich dich endlich gefunden! Dr. Torres. Pah! Psychiater sind doch die schlimmsten Quacksalber. Wer wird denn bitte schön Psychiater? Doch nur die, die ein Rad abhaben. Wollen sich bloß selbst therapieren und dabei den Leuten das Geld aus der Tasche ziehen. Verbrecher sind das.« In seiner durchscheinenden Gestalt inspiziert er naserümpfend den Raum. »Kein Wunder, dass es hier nach blumiger Abzocke riecht.«

Ich beginne zu schwitzen, während die Gedanken in meinem Kopf haltlos aufeinanderprallen. Ich habe keine Ahnung, welchem ich zuerst folgen soll.

Dr. Torres sieht mich besorgt an. »Kela? Geht es Ihnen gut?«

»Wo sind denn die Diplome der Frau Doktor? Hat sie überhaupt studiert?« Grandpa tritt an das Bücherregal heran, von dem aus er mich abwartend ansieht. »Hallo? Hat es dir jetzt vollkommen die Sprache verschlagen? Sitzt du immer nur stumm hier rum? Da macht die Frau Doktor ja ein gutes Geschäft mit dir«, murrt er, während ich mich frage, wie der alte Mann bloß hierhergekommen ist. *Über meinen Verstand*, ist die einzige Antwort, die hässlich und plausibel durch meine Gehirnwindungen dröhnt.

»Er ist wieder da«, sage ich, weil es sowieso keinen Unterschied macht.

»Ihr Großvater?«

»Ja.«

»Er ist *jetzt* hier?«

Ich nicke.

»Und was macht er?«

»Er sieht sich um und beleidigt sowohl Sie als auch mich.«

»Also verhält er sich so, wie Sie ihn kennen.«

Ich nicke noch einmal.

»Was heißt hier beleidigen?! Nur weil keiner mehr die Wahrheit verträgt, werde ich sie mir nicht verbieten lassen. Ehrlichkeit ist eine Tugend.«

»Er glaubt, dass er ehrlich ist. Dabei ist er einfach nur beleidigend und gemein! Und total unreflektiert!«, schleudere ich der blassen Figur meines Großvaters entgegen. Mir ist egal, dass Dr. Torres ihn nicht sehen kann, ich kann ihn sehen und hören, was ungemein nervt. Wo auch immer mein Großvater herkommt, ich will, dass er genau dorthin wieder verschwindet. »Was soll das? Verfolgst du mich jetzt etwa?«

Ein Lächeln stiehlt sich auf sein faltiges Gesicht. Stolz hebt er das Kinn. »Ich kann mich jetzt nicht bloß im Haus, sondern in der ganzen Stadt bewegen. Ab und zu löse ich mich noch auf und verschwinde, wahrscheinlich eine Anpassungssache. Hab auch versucht, mit den Leuten zu sprechen, die haben das aber gar nicht mitbekommen.«

»Was hat er geantwortet?«, will Dr. Torres wissen.

»Dass nur ich ihn sehen kann«, sage ich mit verengten Augen. »Und dass er ein zynischer alter Mann ist.«

»Das stimmt doch gar nicht!«, blafft Grandpa, während sich Dr. Torres umdreht und auf ihren Schreibtisch deutet, der picobello aufgeräumt ist. Neben dem zugeklappten silbernen Laptop stehen ein verchromter Stifthalter und eine verkrüppelte weiße

Vase mit blauer Bemalung, bei der es sich womöglich um deformierte Vögel handelt.

»Sehen Sie die Vase, Kela? Sie ist von meiner Schwester. Was sagt Sie Ihnen?«

»Dass diese Schwester kein Talent hat«, brummt Großvater, tritt an den Tisch heran und mustert das Gefäß missbilligend.

»Keine Ahnung. Überraschenderweise spricht die Vase nicht zu mir«, sage ich trocken, woraufhin mich Dr. Torres nur unbewegt anblickt. Mein Scherz hat es offenbar nicht zu ihr geschafft.

»Kela, Sie sehen in dieser Vase vielleicht nur ein unansehnliches Ding, doch ich sehe darin so viel mehr. Meine Schwester war sieben, als sie die Vase mit ihren kleinen Händen erschaffen hat. Sie hat damals die Trauer um unsere geliebte Großtante verarbeitet, und das war nicht nur ein Abschluss, sondern auch der Beginn von etwas. Denn heute besitzt meine Schwester ihren eigenen Keramikladen.«

»Hoffentlich verkauft sie dort hübschere Sachen«, meckert Großvater.

»Was ich damit sagen will: Auch wenn uns der Verlust einer nahestehenden Person wie das Ende der Welt vorkommen mag, so verbirgt sich darin ebenso eine Art Neubeginn und eine schöpferische Kraft. Wir Menschen sind dazu geschaffen, weiterzumachen und zu überleben. Kela, Sie verfügen über eine ungemeine Fantasie, die sich in Ihren Gedichten zeigt, aber auch in der Weise, wie Sie um Ihre Mutter und Ihren Großvater trauern. Das ist nichts Schlechtes, überhaupt nicht. Versuchen Sie, es anzunehmen, dann erschaffen Sie womöglich Ihre ganz eigene Vase.«

»Bitte nicht«, schnaubt Grandpa, dessen blasse Hand in dieser

Sekunde das verformte Kunstwerk streift. Entgegen meiner Erwartung greifen seine Finger jedoch nicht durch die Vase hindurch, sondern berühren deren Oberfläche. »Was zum Kuckuck!«, entfährt es ihm. »Schau her! Ich kann das Ding anfassen!«

Perplex starre ich ihn und die Vase an. Und auf einmal macht es klick, als würde etwas einrasten und Sinn ergeben, was vorhin noch so sinnlos war. Die letzte Zeile des ominösen Briefes hallt durch meine Synapsen. *PS: Fang die blauen Kuckucke auf, du ersparst ihr damit unnötiges Leid.*

»Woha! Ich kann jetzt tatsächlich Gegenstände anfassen.« Grandpa kichert und schnappt nach dem selbst gemachten Keramikgefäß.

»Sind das Kuckucke auf der …?«, frage ich schnell, auch wenn ich die Antwort schon kenne.

»Ja, das waren die Lieblingsvögel meiner Großtante. Sie war ganz vernarrt in diese Tiere.« Dr. Torres lächelt versonnen, zeitgleich sehe ich hinter ihrem Rücken Grandpa, der die Vase gefährlich auf seinen halbtransparenten Fingern balancieren lässt.

»Ja, und wer hat jetzt den Vogel!«, höre ich den alten Mann überdreht lachend sagen. In Zeitlupe nehme ich wahr, wie das Keramikstück bedrohlich zur Seite kippt. Eilig stürze ich hoch, hetze zum Tisch und fange die Vase gerade noch rechtzeitig auf, bevor sie auf dem Boden zerschellt.

»Spielverderberin«, flüstert Großvater.

»Mach das nicht noch mal«, zische ich mit zitternden Fingern.

Grandpa grinst herausfordernd. »Sag, dass du mir hilfst.«

»Kela, ist alles in Ordnung mit Ihnen?« Dr. Torres ist ebenfalls aufgesprungen. Noch nie hat sie sich vor meinen Augen so schnell bewegt. Behutsam nimmt sie mir die Vase aus der Hand und stellt sie vorsichtig in ihr Regal, außer Reichweite von Großvater und mir. Dabei fällt mir auf, dass auch ihre Finger beben. Ihr muss wirklich viel an der Vase liegen.

Grandpa verschränkt die Arme vor der Brust. »Also. Was ist jetzt? Hilfst du mir? Ich kann mir das scheußliche Ding gerne noch mal schnappen und damit herumspielen. Außerdem werde ich dich auf Schritt und Tritt verfolgen. Glaub ja nicht, dass ich das gut fände.« Seine buschigen Augenbrauen ziehen sich zusammen. »Aber ich tue, was notwendig ist.«

Mein Blick fällt noch einmal auf Dr. Torres' zittrige Finger, dann presse ich die Zähne zusammen und tue ebenfalls, was notwendig ist.

Ich nicke.

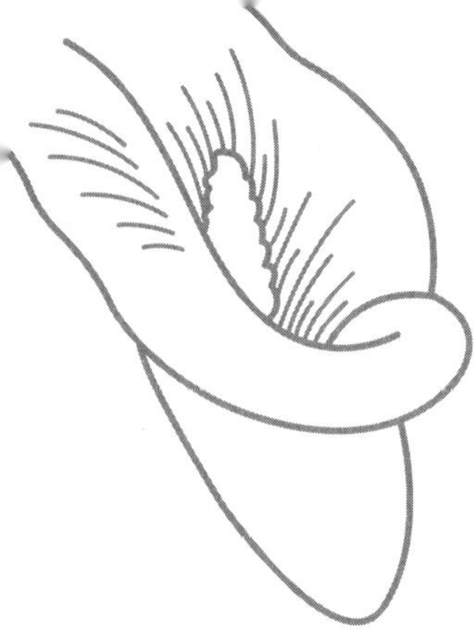

Fünf

Nach der Sitzung bei Dr. Torres gönne ich mir einen Kaffee bei Starbucks, nur um Großvater zu ärgern. Er mochte Starbucks noch nie. Ich auch nicht, aber ich setze Prioritäten. Zu meinem Glück löst sich Grandpas durchschimmernde Gestalt direkt vor dem Ladeneingang auf und verschwindet. Ich weiß nicht, ob ihn der Tagesausflug schwächt, ob Geister so etwas wie Schlaf benötigen oder sich mein Gehirn langsam die Realität zurückerobert. Letztendlich bin ich einfach nur froh, dass er nicht mehr an mir klebt, als ich wenig später unser quietschendes Gartentor öffne.

Das Handy in meiner Gesäßtasche vibriert, wahrscheinlich ist es Suki. Ich wollte mich gestern noch bei ihr melden, habe es aber nicht mehr geschafft. Mit einem Anflug von schlechtem Gewissen schließe ich das Tor und will den Anruf schon annehmen, da entdecke ich Oscar, der breitbeinig vor der Tür unseres alten Holzschuppens steht. Er hat einen Baseballschläger in der Hand und seine Red-Socks-Kappe verkehrt herum auf dem Kopf. Auf seinem ausgewaschenen T-Shirt prangt ein Zitat von John Lennon, das ich schon immer mochte, dessen Botschaft mich aber heute nicht erreicht. *Everything will be okay in the end. If it's not okay, it's not the end.*

»Der Schwung muss auch aus dem Handgelenk kommen!«, höre ich Nero rufen und drehe den Kopf. Mein neuer Mitbewohner hat sich einige Meter entfernt vor einem der wild wachsenden Rosenbüsche postiert, deren Blüten in den schönsten Rottönen erstrahlen, und wirft mit der rechten Hand lässig einen Baseball in die Höhe. Sein ebenmäßiges Profil ist konzentriert auf Oscar gerichtet. »Also, bist du bereit?«

»Ja!«, schreit der Neunjährige begeistert. »Diesmal kriege ich ihn!«

Mein Herz beginnt zu trommeln, mein Blick irrt zum Nachbarhaus. Mrs Coleman ist nirgends zu sehen, noch nicht. Mit eiligen Schritten marschiere ich zu Nero, der mit geübter Bewegung Schwung holt und den Ball Richtung Oscar wirft.

»Scheiße!«, schimpft mein kleiner Nachbar und lässt den Schläger sinken, weil er den Ball verfehlt hat.

»Nicht lockerlassen. Gleich noch mal!«

»Sicher nicht«, fahre ich Nero an. »Und du sollst nicht fluchen«, rufe ich Oscar zu.

Als Nero sich im Sonnenlicht zu mir wendet, wirkt sein bestechend schönes Gesicht wie gemeißelt. Die hellen Strahlen schmiegen sich sanft an seine makellosen Züge, die von einer ganz eigenen Dunkelheit beseelt sind. »Auch dir einen wunderschönen Tag, Katalea.«

»Sag mal, spinnst du?«

»Weshalb genau?«, will er wissen.

»Oscars Mom tickt aus, wenn sie das hier sieht.«

»Ich kenne Oscars Mom nicht«, erwidert er teilnahmslos.

»Ja, genauso wenig, wie du Oscar kennst«, zische ich. »Er hat einen Herzfehler und soll sich nicht mit irgendwelchen Ballspielen übernehmen.«

»Sagt wer?«

»Seine Mutter. Oscar hat sich beim Ballspielen schon mal schwer verletzt. Sie hat Angst um ihn, und das ist mehr als verständlich.«

»Und deshalb soll der Kleine keinen Spaß haben?«, erwidert Nero abfällig und nickt Oscar zu. »Wir probieren es gleich noch mal. Schmeiß den Ball her.«

Wut sammelt sich in mir, steigt wie auf einer Leiter in meiner Brust empor. »Sag mal, hast du mir überhaupt zugehört?! Als sie Oscar vor einer Weile mit einem Ball erwischt hat, durfte er eine Woche lang nicht aus dem Haus.«

»Das ist grausam.«

Oscar wirft Nero den Baseball zu, den dieser gekonnt mit einer Hand fängt. Für meine Worte scheint er sich wenig zu interessieren.

»Es ist verdammt grausam«, erkläre ich nachdrücklich. »Also zieh ihn jetzt nirgends rein.«

»Ich ziehe ihn nicht irgendwo rein, sondern bloß raus. Nämlich aus dem Käfig, in dem sein Leben trist und langweilig verläuft. Der Kleine ist zu jung, um sich seine Zeit von den Ängsten anderer verderben zu lassen.« Gelassen schleudert er den Ball zurück, den Oscar im entscheidenden Moment mit seinem Schläger trifft. Der Baseball saust in einem weiten Bogen durch die Luft. Oscar jubelt lauthals und streckt triumphierend den Arm in die Höhe. Es ist wunderbar, ihn so ausgelassen zu erleben. So wunderbar, dass ich mir ein Lächeln verkneifen muss, um meinen Ärger weiter an die richtige Stelle zu adressieren.

»Nur weil du glaubst, vor nichts Angst zu haben, muss das noch lange nicht auch für alle anderen gelten«, blaffe ich Nero an, der sich entspannt ein Stück zu mir neigt. Seine unvermittelte Nähe lässt meinen Puls nach oben schnellen, das tiefe Timbre seiner Stimme macht die Sache nicht besser. »Sprichst du von dir oder deiner Nachbarin, Katalea?«, fragt er provokant, als Mrs Coleman in den Garten gestürmt kommt.

»Was soll das hier? Oscar, du weißt, dass du das nicht darfst, das ist viel zu viel Aufregung für dein Herz!«

»Es war ein Versehen, er kann nichts dafür«, versuche ich, sie zu beschwichtigen, doch Mrs Coleman reagiert mit einem vernichtenden Blick. »Oscar, wir gehen sofort nach Hause!«

Unaufgeregt macht Nero ein paar Schritte auf meine aufgebrachte Nachbarin zu. »Ihm wird nichts passieren«, erklärt er in samtig rauem Tonfall. Seine Bewegungen sind lässig, aber auch bestimmt, wie bei einer Raubkatze, die sich ihr Opfer ausgesucht hat. Mrs Colemans wütender Blick verebbt, auch ihr Gesichtsausdruck wird weicher, als hätte ein Maler plötzlich seinen Pinselstrich geändert. Atemlos betrachtet sie Nero, dessen unnachahmlicher Bann sich über sie gelegt hat.

»Sind Sie sicher?«, flüstert meine Nachbarin, versunken in seine Augen. Obwohl Mrs Coleman mindestens zehn Jahre älter ist, scheint sie sich mächtig zu meinem neuen Mitbewohner hingezogen zu fühlen.

»Vertrauen Sie mir.« Neros Stimme klingt dunkel und verführerisch wie geschmolzene Schokolade, und sie strömt über uns hinweg, sodass selbst die Luft zu zerfließen droht. Oscars Mutter hängt an seinen wohlgeformten Lippen und sieht aus, als würde sie ihm alles glauben, als könnte er ihr jede Lüge der Welt auftischen.

Tatsächlich beginnt sie nun auch noch zu lächeln. »Gut. Aber nicht mehr allzu lange«, sagt sie und nickt Oscar zu, der breit grinsend losläuft, um den Ball einzusammeln.

»Was … was war das denn?« Verdutzt sehe ich unserer Nachbarin hinterher, die mit schwingender Hüfte unser Grundstück verlässt. Neros Attraktivität in allen Ehren, aber das hier war doch ein wenig zu spooky.

»Was meinst du?«, fragt er unbewegt.

»Tu nicht so. Das war nicht normal.«

»Was ist denn schon normal?«, erwidert er hintergründig und fängt mit seiner Rechten lässig Oscars Ball auf.

»Mrs Coleman ist superstreng, wenn es um ihre Regeln geht. Doch nur ein paar Worte von dir und schwupps«, ich schnippe mit den Fingern, »sie vergisst sie einfach? Was hast du gemacht?«

Seine nachtschwarzen Augen nehmen mich ins Visier, und ich spüre, wie ihre unergründliche Kraft zu mir dringt. »Hast du denn gesehen, dass ich etwas gemacht habe, Katalea?«

»Du hast sie angesehen«, sage ich mit unruhigem Herzen.

»Und das ist ein Verbrechen?« Er hebt abwartend eine Braue. Unsere Blicke verkeilen sich ineinander, doch ich habe nicht vor, mich davon aus dem Konzept bringen zu lassen.

»Es war seltsam. Mehr als seltsam.« Für ein paar Sekunden, die sich wie eine Ewigkeit ausdehnen, erwidert Nero nichts. Stattdessen betrachtet er mich wachsam und so eindringlich, als würde er auf etwas warten.

»Ich denke nicht, dass Mrs Coleman es als *seltsam* bezeichnen würde«, erklärt er schließlich ruhig, dreht sich um und schlendert wortlos zu seiner Wurfposition zurück. Ein Gefühl sagt mir, dass Nero nicht von mir bekommen hat, was er wollte, aber vielleicht bilde ich mir das auch nur ein. Nachdenklich gehe ich an Moms geliebter Eiche und dem Gartenschuppen vorbei, an dessen Holzwand die große Leiter lehnt, die eigentlich im Schuppen stehen müsste, die Verandatreppen hinauf ins Haus. In meinem Zimmer lasse ich mich aufs Bett fallen, drehe die Musik der Band *NEBEN* auf und lausche der melancholischen Stimme des Sängers, während die Gedanken wild durch die Räume meines Verstandes rauschen.

Wie konnte Nero Mrs Coleman so schnell umstimmen? Lag es tatsächlich nur an seinem Blick? Könnte er auch etwas mit dem mysteriösen Brief zu tun haben? Aber woher sollte er von Dr. Torres' Vase gewusst haben? Und wie ist Grandpa in das alles involviert? Jeder Gedanke führt zu einem noch abstruseren und bringt mich dazu, den Inhalt meines Nachttischs neu zu sortieren. Als ich gerade mit meinem Kleiderschrank weitermachen will, öffnet sich die Tür und Oscar schiebt keuchend seinen verschwitzten Kopf durch den Spalt.

»Hey, Kela. Ist es okay, wenn ich mir eine Limonade nehme?«

»Klar. Steht im Kühlschrank.«

Er grinst mich so glücklich an, dass mir ganz warm ums Herz wird. »Du hättest meinen letzten Schlag sehen sollen. Ich werde immer besser. Kein Wunder bei dem Trainer, Nero ist der Hammer.«

»Du kennst ihn doch gar nicht«, sage ich widerstrebend.

»Du doch auch nicht«, kontert er. »Aber du stehst auf ihn, gib's zu.«

»Rede nicht so einen Blödsinn.«

Oscars Grinsen vertieft sich. »Doch, das hab ich im Gefühl.«

»Du bist neun Jahre alt, du hast solche Sachen nicht im Gefühl.«

Er nimmt seine Kappe ab und fährt sich durch die feuchten roten Haare. »Gefühle haben kein Alter.«

»Ja, leider«, murre ich und wünschte, meine Gefühle und Gedanken könnten an Altersschwäche sterben.

»Ich habe heute übrigens elf Wolken in Herzform gesehen. Ich glaub, das war ein Zeichen. Ein Zeichen für dich. Liebe liegt in der Luft.« Oscar lacht und macht ein paar schmatzende Kussgeräusche, bevor er die Tür hinter sich zufallen lässt.

Mein Blick wandert zu der Stelle an der Wand, an der Großvater gestern verschwunden ist, und ich beschließe, aktiv zu werden. Womöglich hängen alle Geschehnisse irgendwie zusammen und sind nicht bloß eine kreative Reaktion meiner Trauer. Irgendetwas geht hier vor, und ich will wissen, was es ist. Mit meinem Laptop bewaffnet setze ich mich auf mein Bett.

Es fühlt sich tatsächlich an, als würde ich in den Krieg ziehen, als ich nach hypnotischen Kräften, Geisterscheinungen und übernatürlichen Erfahrungen forsche und auf rotierende Engelsbilder, tanzende Schmetterlinge und singende Regenbögen stoße. Es ist ein Krieg des Wahnsinns, der sich mir hier bietet, und ich bin mittendrin.

Eine unglaubliche Anzahl an Menschen berichtet von paranormalen Erfahrungen. Ich lese von Geistern, die auf Friedhöfen, in Klöstern und alten Anwesen, an Kriegsschauplätzen oder anderen

Orten mit unheimlicher Vergangenheit gesichtet wurde, lese von Geistern, die halfen, vermisste Personen zu finden oder bevorstehende Unglücke zu verhindern, sowie von Geistern, die sich einfach nur verabschieden wollten. Es scheint unterschiedliche Kategorien zu geben, ein wahres Potpourri an blassen Erscheinungen. Natürlich gibt es auch Geister, die noch eine Aufgabe zu erfüllen haben, bevor sie ihren Frieden finden können. Ich bin schon dabei, Grandpa vorsichtig in diese Rubrik zu packen, als ich einen Bericht über boshafte Spukgestalten und Poltergeister entdecke, der mich über Umwege zu einem Artikel führt, in dem die Wahrnehmung überirdischer Präsenzen einer saftigen neurologischen Störung zugeschrieben wird, die aber erst mal erkannt werden muss.

Müde schiebe ich den Laptop zur Seite und lasse meinen Kopf gegen die Rückenlehne des Betts sinken.

In diesem Moment vibriert mein Handy.

»Kela! Na endlich«, lautet Sukis vorwurfsvolle Begrüßung. »Dachte schon, dass du dein Handy verloren hast. Oder nicht mehr weißt, wie man es benutzt. Oder dass du bei deinem Vorstellungsgespräch zu tief in den Schokotopf gegriffen hast und sie dir als Strafe alle Finger abgeschnitten haben, weshalb du jetzt keine Anrufe mehr annehmen kannst, zumindest nicht mit den Fingern. Jetzt musst du deine Zunge benutzen, was unhygienisch und total eklig …«

»Ich habe meine Finger noch. Aber den Job habe ich nicht bekommen«, unterbreche ich sie rasch, um den Tornado zu stoppen, der sich am anderen Ende der Handyleitung gerade aufbaut.

Suki stockt. »Das haben sie dir schon gesagt?«

»Nein, noch nicht«, antworte ich. »Aber ich habe mich in dem

Gespräch nicht gerade mit Ruhm bekleckert, und offenbar gibt es eine Menge anderer Bewerber.«

»Willst du mir damit zu verstehen geben, dass du gestern in ein depressives Loch, also depressives Funkloch gestürzt bist und dich deshalb nicht gemeldet hast, obwohl ich dich sieben Mal angerufen habe?«

»Sorry. Es war einfach zu viel los. Wir haben jetzt neue Mitbewohner.« Die Sache mit Grandpa und dem ominösen Brief lasse ich aus, zumindest so lange, bis ich weiß, was hier los ist.

»Wendy und Melissa sind bereits bei euch eingezogen?«, hakt Suki nach. Ich wünschte, es wäre so einfach.

»Nein, dafür aber Jerome, Nero und Todd.«

»Wie bitte?«

»Die Mädels haben abgesagt. Brandon hat kurzfristig drei Jungs aufgetrieben«, erkläre ich und höre Suki tief einatmen. Etwas in ihrem Tonfall verändert sich, als sie weiterspricht.

»Und einer von ihnen heißt *Nero*?«, fragt sie mit heiserer Stimme. Auch die Art, wie sie den Namen betont, ist irgendwie seltsam, aber womöglich stolpert Suki bloß darüber, weil er so selten ist. Außer dem römischen Kaiser, der Gerüchten zufolge Rom in Brand setzen ließ, kenne ich niemanden, der so heißt.

»So ist es.«

»Ganz schön viel für einen einzigen Tag«, stellt Suki nach einer merklichen Pause fest. »Weißt du was? Ich werde lieber mal kurz bei dir vorbeischauen. Bin sowieso in der Nähe.« Bevor ich ihr diese Idee irgendwie ausreden kann, hat sie schon aufgelegt.

Natürlich ist es rührend, dass sie sich Sorgen macht. Womöglich sollte ich sie einweihen und ihr von Grandpa erzählen. Ich komme jedoch nicht dazu, den Gedanken zu vertiefen, da mein Magen lauthals knurrt. Wegen der ganzen Aufregung habe ich kaum etwas gegessen, und jetzt ist es bereits Nachmittag, weshalb ich den Laptop zuklappe und mich auf den Weg zur Küche mache. Von meinem Zimmer aus betrete ich den Flur, dessen vergilbte Rosentapete schon bessere Zeiten gesehen hat. Mom liebte jede einzelne der üppigen Blüten, die bereits bei unserem Einzug auf dem hellgrünen Hintergrund verblasst waren und dennoch einen nostalgischen Charme verströmten. Sie mochte auch den dicken Teppich, dessen geometrische Musterung so gar nicht mit der romantisch anmutenden Umgebung harmoniert, sich dafür aber wunderbar weich unter meinen Füßen anfühlt. Sehnsüchtig lasse ich den Blick über die Wände gleiten, als plötzlich ein gespenstischer Schatten in meine Richtung zuckt.

Sechs

Lautlos flitzt der Schemen über die verblichene Rosentapete, wie ein gefangenes Tier auf der Suche nach Nahrung. Er huscht durch den Flur, über den Dielenboden und den großen Spiegel hinauf zur Decke. Gleitet gefährlich schnell über die alten Messinglampen, hinunter zur schmalen Kommode mit den Porzellanmäusen. Wie erstarrt beobachte ich seinen düsteren, wirren Weg, bis er plötzlich an der Wand neben mir innehält und sich zu einer grotesken Gestalt aufbaut, die schwerfällig einen Arm nach mir ausstreckt.

Ich weiche hektisch zurück. Mein Herz rast und das Blut rauscht in meinen Ohren. Schwer atmend starre ich das finstere Ding an, dessen dunkle Figur sich aus der Wand zu lösen versucht, es aber nicht schafft und seltsam erzittert, als plötzlich Todd aus der Küche tritt.

»Siehst du das?«, krächze ich.

Todd, der einen großen Teller mit frisch gebackener Pizza balanciert, blickt mich irritiert an. »Was soll ich sehen?«

»Den Schatten!« Mit dem Finger deute ich bebend auf die Tapete, an die Stelle mit dem tiefschwarzen Schemen, der mit einem Mal verschwunden ist.

»Welchen Schatten?«

»Hier war gerade ein Schatten. Er hat sich bewegt!«

Todd kneift die Augen zusammen. »Könnte es vielleicht dein eigener gewesen sein?«

»Nein, garantiert nicht«, erwidere ich energisch.

»Aber hier ist doch nichts.« Todd macht einen Schritt auf mich zu, um mein Gesicht in Augenschein zu nehmen. »Geht es dir gut, Kela?«

»Ja, natürlich. Ich weiß doch, was ich gesehen habe«, erwidere ich aufgebracht und fühle die panische Unruhe, die in meinem Körper Wellen schlägt.

Mit sorgenvollem Blick legt er mir eine Hand auf den Oberarm. »Du zitterst ja.«

Ich habe mir das nicht eingebildet. Das war echt. Meine Finger beginnen, die Porzellanmäuse auf der Kommode nach Farben zu gruppieren.

»Kela?«

»Ja?«, murmele ich.

»Wann hast du das letzte Mal etwas gegessen?«

»Heute früh.«

»Und was?«

»Einen Apfel«, antworte ich abwesend. Die Mäuse mit roten Herzen setze ich nach links, alle anderen nach rechts. Ein besänftigendes Gefühl legt sich über meine Sinne, während mir ein Blick durch den Flur bestätigt, dass hier kein unnatürlicher Schatten herumgeistert.

»Ein Apfel ist doch kein Frühstück. Garantiert bist du unterzuckert.« Todd hebt den Pizzateller vor mein Gesicht, der köstliche Geruch steigt mir in die Nase. »Na komm.«

»Ich habe keinen Hunger.«

»Blödsinn. Du musst was essen. Etwas Ordentliches, und mein Essen ist absolut ordentlich«, sagt er und schiebt mich nach draußen auf die Veranda, wo es sich Oscar und Nero bereits gemütlich gemacht haben. Sie sitzen auf den alten Rattanmöbeln und klatschen, als Todd den Teller auf dem Glastisch abstellt und dazu eine formvollendete Verbeugung macht. »Voilà. Es ist serviert.«

Oscar schnappt sich ein Pizzastück, beißt beherzt hinein und beginnt, mit offenem Mund zu kauen. »Mmmh. Total lecker.«

»Hast du etwas anderes erwartet?«, fragt Todd selbstgerecht, während ich noch immer versuche zu kapieren, was gerade passiert ist. Diesen verdammten Schatten habe ich mir nicht eingebildet, definitiv nicht.

»Nicht so zurückhaltend, ich habe in der Küche noch ein ganzes Blech stehen«, fügt Todd hinzu und bedeutet uns mit dem Kinn, endlich anzufangen.

»Okay. Danke.« Gedankenverloren greife ich nach einem Pizzastück, zeitgleich streckt auch Nero seinen Arm danach aus. Ungewollt berühren sich unsere Fingerspitzen, und für einen Sekundenbruchteil durchzuckt mich ein Schlag, der sich anfühlt wie damals, als ich mit sechs in die Steckdose gegriffen habe. Aber Nero ist keine Steckdose, und ich bin auch nicht mehr sechs Jahre alt. Hastig ziehe ich meine Hand zurück und schnappe mir ein anderes Stück vom Teller.

»Schmeckt richtig gut«, sage ich, um den Gedankenstrom zu durchbrechen, der in eine gefährliche Richtung fließt, mich zu Nero und seinen unergründlichen Augen treibt, die aufmerksam auf mich gerichtet sind.

Kauend lehne ich mich gegen das efeubewachsene Verandageländer und zwinge mich, in Todds Richtung zu schauen. »Und die ist wirklich von dir?«

»Selbstverständlich. Kochen ist eine meiner Leidenschaften.« Er lässt sich lässig in einen Korbstuhl fallen. »Keine Sorge, ich räume die Küche auch wieder auf. Bis dahin solltest du sie zu deiner eigenen Sicherheit lieber nicht betreten. Ich weiß ja, dass du Unordnung nicht so gut abkannst.«

»Apropos Sicherheit: Habt ihr gewusst, dass Flusspferde ihren Schweiß als Sonnenschutz verwenden?«, fragt Oscar. »Und dass die Haut eines Eisbären schwarz unter dem Fell ist?«

Todd schnippt sich einen Fussel von seinem geblümten Hemd, das nobel und teuer wirkt. »Seid ihr etwa noch immer bei diesen albernen Tiergeschichten?« Kopfschüttelnd wendet er sich mir zu. »Schon die ganze Zeit übertrumpfen sich Oscar und Nero in wirklich unnützem Wissen. Seit heute weiß ich, dass Ameisen nie schlafen und Fische ertrinken können.«

Todds Beschwerde entlockt Oscar bloß ein breites Zahnlückenlächeln, das in seiner entwaffnenden Art die Schwere auf meiner Brust weiter in den Hintergrund rücken lässt.

Herausfordernd blinzele ich den Neunjährigen an. »Aber wusstest du, dass die Zunge eines Blauwals mehr wiegt als ein ganzer Elefant?« Das habe ich in einem von Dr. Torres' Wartezimmermagazinen aufgeschnappt.

Stöhnend lässt sich Todd in seinen Korbstuhl zurücksinken. »Ernsthaft, Kela? Steigst du jetzt auch noch mit ein?«

»Da muss Kela schon mehr bieten, denn ich weiß sogar, wie viel so eine Zunge wiegen kann. Bis zu dreitausendsechshundert Kilogramm«, bemerkt Oscar leichthin und wischt sich die Pizzafinger an seiner kurzen Hose ab. »Die Zunge eines Chamäleons kann dagegen doppelt so lang wie sein Körper werden.«

»Aber Chamäleons können nicht eine Woche lang ohne ihren Kopf herumlaufen«, hält Nero dagegen.

Todd verschluckt sich an seinem Pizzastück. »Wer kann denn so was?«, hustet er.

»Kakerlaken.« Nero betrachtet mich ungeniert, während er sich gelassen nach vorn beugt und die Ellbogen auf seinen Oberschenkeln abstützt. »Die sind so anpassungsfähig wie Menschen.«

Ich versuche, mich von seinem nachdrücklichen Blick nicht durcheinanderbringen zu lassen, und streiche mir eine Haarsträhne hinters Ohr. »Nur laufen Menschen nicht ohne Kopf durch die Gegend.«

»Manche schon«, erwidert er mit provokantem Unterton. Ich spüre, wie mir unter seiner bedingungslosen Aufmerksamkeit wärmer wird, und verteufele mein Herz dafür, dass es sich so leicht beeinflussen lässt.

»Nero kennt sich mit Kakerlaken aus«, räume ich rasch ein und drehe mich zu Oscar. »Besonders gefährliche Exemplare haben ihn und die Jungs nämlich aus seinem alten Zuhause vertrieben.« Die Dramatik in meiner Stimme entlockt meinem düsteren Mitbewohner ein zartes Lächeln.

»Kakerlaken? Echt jetzt?«, fragt Oscar grinsend.

»Man sollte Kakerlaken niemals unterschätzen«, wiederholt Nero seine Worte aus der Küche.

»Man sollte grundsätzlich kein Tier unterschätzen«, bestätigt der Neunjährige, dem Todd eine Serviette reicht, bevor er zischend eine Wasserflasche öffnet.

»Unterschätzen hin oder her, noch beeindruckender wäre es, wenn die Kakerlaken ihren Kopf wieder nachwachsen lassen könnten.«

»Das wäre ein cooler Trick.« Oscar wischt sich seinen Mund ab, legt sein angebissenes Pizzastück beiseite und steht auf. »Ist das auf der Straße nicht Suki?«, fragt er dann und fixiert einen Punkt hinter mir.

Ich drehe mich um und entdecke tatsächlich Sukis wippenden Lockenkopf samt knallgrünem Shirt, das sie unter einer kurzen Latzhose trägt.

»Ich kann auch einen Trick, den hat mir Nero vorhin beigebracht.« Lächelnd hält mir Oscar meine eigene Armbanduhr entgegen.

»Super«, sage ich und beäuge Nero genervt. »Du bringst ihm nicht bloß Baseballspielen, sondern auch Stehlen bei?!«

»Beides sehr nützliche Fähigkeiten«, erwidert Nero entspannt.

»Ich kann dir den Trick auch gern zeigen«, bietet Oscar beschwichtigend an. »Es braucht nur etwas Übung, Kela. Und eine gute Ablenkung.«

Meine Ablenkung bahnt sich gerade einen Weg durch den Garten. Als Suki unsere Veranda schließlich erreicht hat, wirkt sie etwas aus der Puste.

»Hallo zusammen«, schnauft sie und lächelt ein eigenartiges, atemloses Lächeln.

»Hey, Suki. Oscar kennst du ja. Das hier sind Todd und Nero, zwei meiner neuen Mitbewohner.«

Oscar hebt winkend die Hand.

Todd schenkt sich gähnend ein Glas Wasser ein. »Der dritte ist gerade joggen. Ich wünschte, er würde nicht am Tag, sondern in der Nacht laufen gehen, anstatt mich vollzuschnarchen. Bedien dich ruhig, es ist genug Pizza da.«

»Danke, nein«, lehnt Suki ab und unterzieht beide Jungs einer intensiveren Musterung. »Dann stimmt es also. Ihr seid hier eingezogen?«

»So ist es«, bestätigt Nero und streckt selbstbewusst die Beine aus, als würde er hier schon immer wohnen. Dabei betrachtet er Suki, die seinen prüfenden Blick auf eine Weise erwidert, wie man bloß Insekten ansieht, die es auf das frisch gemachte Marmeladensandwich abgesehen haben.

»Oh. Scheiße.« Oscar schielt auf meine Armbanduhr. »Es ist ja schon drei. Ich muss nach Hause. Mom wollte, dass ich mit meinem Onkel skype.« Er drückt mir die silberne Uhr in die Hand und flüstert: »Ich habe übrigens ein Geheimnis, das du unbedingt erraten musst, Kela.«

»Bekomme ich einen Tipp?«, flüstere ich zurück, woraufhin er leicht den Kopf neigt. »Vielleicht später. Aber jetzt muss ich los. Tschüss!«

Nachdenklich lege ich mir meine Armbanduhr um und sehe Oscar hinterher, wie er nach Hause läuft, während sich Suki zu mir an das efeuüberwucherte Verandageländer stellt. Mit angestrengtem Blick fixiert sie die Jungs, gleichzeitig trommelt sie nervös gegen ihren Oberschenkel – und streift dabei zufällig meinen Unterarm. Von einer Sekunde auf die andere verändert sich meine Wahrnehmung. Plötzlich habe ich das Gefühl, den Efeu unter meinen Fingerspitzen zu spüren, seinen Puls zu ertasten, als würde er atmen. Der Herzschlag der Ranken pocht sachte durch mich hindurch, begleitet von einem geheimnisvollen Flüstern, das tief und säuselnd erklingt, sich wohlig an mein Ohr schmiegt, an meinen Verstand, in einer fremden Sprache, so leicht wie sanftes Blätterrascheln. Erschrocken ziehe ich meine Finger zurück.

»Und wie lange wollt ihr bleiben?«, dringt Sukis Stimme durch das fremdartige Flüstern zu mir, das augenblicklich verebbt. Ich starre auf die dunkelgrünen Efeuranken, doch nichts bewegt sich, nichts spricht zu mir. Außer meinen Gedanken, die mir sagen, dass ich jetzt total überschnappe. Zuerst der Schatten, und jetzt das.

»Keine Ahnung. Solange es nötig ist«, erwidert Nero kühl und verschränkt die Hände an seinem Hinterkopf. »Wie lange wohnst du denn schon in der Gegend?«

»Erst ein paar Monate.«

»Und wie lange möchtest du noch bleiben?«, fragt Todd herausfordernd.

Sukis Augen verengen sich. »Solange es nötig ist.«

»Vielleicht ist das nicht mehr lange«, erwidert Nero dunkel.

»Wovon sprecht ihr?«, frage ich in dem läppischen Versuch, wieder in das Gespräch zurückzufinden, während ich mit dem Saum meines T-Shirts beginne, das Glas meiner Armbanduhr zu säubern.

»Ach nichts.« Kämpferisch reckt meine Freundin ihr Kinn in die Höhe und starrt Nero an. Schon in der nächsten Sekunde geht ein unscheinbarer Ruck durch sie hindurch, der sie seltsam entschlossen nicken lässt.

»Offenbar bist du in guten Händen«, gibt sie hölzern von sich und lächelt mich seltsam verzerrt an. »Ich melde mich bei dir, Kela. Mach's gut.«

So schnell, wie meine Freundin hier aufgekreuzt ist, rauscht sie auch wieder davon. Ein halber Tornado, dem ich verdutzt hinterhersehe.

»Was war das denn?«, frage ich verstört.

»Keine Ahnung. Sie ist deine Freundin«, meint Todd, bevor die Jungs aufstehen und mich und meine verwirrten Gedanken auf der Veranda zurücklassen.

Sieben

Der Morgen empfängt mich mit rotierenden Sirenen, deren bläuliches Licht durch das Fenster fällt. Mein Bewusstsein braucht einen Moment, bis es einrastet und zurück in die Gegenwart findet. Ich springe auf, hetze zum Fenster, mein Herz springt mit. Mit quietschenden Reifen verlässt ein Rettungswagen gerade das Grundstück der Colemans. Mein Puls schießt Richtung Himmel. *Oscar*.

Ich bin schon dabei, nach draußen zu stürmen, als Brandon mein Zimmer betritt. »Alles okay, Kela. Sie haben ihn abholen lassen. Offenbar gibt es endlich ein Spenderherz.«

»Sie haben was?«

»Sie haben ein Spenderherz für Oscar«, wiederholt Brandon.

Ich liebe diesen Satz, jedes einzelne Wort davon. Mein Mund schnappt nach Luft, meine Augen füllen sich mit Tränen. Wie lange habe ich auf eine gute Nachricht gehofft, und das hier ist eine richtig gute Nachricht.

Brandon lächelt müde. Er muss gerade erst von seiner Nachtschicht nach Hause gekommen sein. »Er wird endlich sein Herz bekommen. Ein noch schöneres, als er ohnehin schon hat.«

Tränen laufen meine Wangen hinunter, still und hemmungslos. Brandon schließt mich in seine Arme, und ich kann nicht anders, als zu lachen und zu weinen, beides gleichzeitig. Für einen Augenblick stehen wir einfach nur da, unendlich glücklich. Und wenn es so etwas wie grenzenlose Freude gibt, dann versinke ich gerade darin.

»Ich … ich«, beginne ich erstickt. Eine Welle der Erleichterung rauscht über mich hinweg. Ich fühle mich so frei wie lange nicht mehr. Als könnte ich fliegen.

»Ich weiß. Es wird alles gut.«

Lächelnd denke ich an John Lennon, der nur ein gutes Ende zulässt, und dann denke ich an Oscar und versuche die leise Angst, die sich hinterhältig an mich heranschleicht, einfach wegzuatmen und wegzudenken, was mir jedoch nicht gelingt.

»Was ist, wenn die Operation … also wenn etwas schiefgehen sollte?«

»Es wird nichts schiefgehen«, beruhigt mich mein Bruder. »Es wird alles klappen. Sag, dass alles gut gehen wird.«

Nickend löse ich mich von ihm.

»Sag es«, verlangt er.

»Es wird alles gut gehen.« Meine Stimme klingt unsicher, die Sorge zupft mit spitzen Fingern an mir.

»Hey. Lass dir den Moment jetzt nicht von irgendwelchen beschissenen Ängsten verderben. Das hier ist zu schön, um es gleich wieder zu zerstören.« Brandon hat recht, das verstehe ich. Nur liegen Verstehen und Fühlen oft so weit voneinander entfernt, dass sie sich nicht einmal zuwinken können.

»Ich bemühe mich«, sage ich und probiere es wirklich.

»Gut so.« Brandon reibt sich über die Augen. Sein Blick streift durch mein Zimmer und bleibt an den unzähligen Zetteln hängen, die auf dem Dielenboden geordnet nebeneinanderliegen. »Was ist denn hier passiert?«

»Ich konnte nicht einschlafen. Um mich abzulenken, habe ich an ein paar Gedichten geschrieben.« Den Grund, warum ich nicht schlafen konnte, lasse ich unter den Tisch fallen. Der gestrige Tag war total irre, mit irren Ereignissen, die noch immer durch mein Gehirn huschen. Wenigstens wurde ich in der Nacht nicht von Grandpa geweckt. Die leise Hoffnung, dass sich der alte Mann für immer verabschiedet hat, bleibt leise.

Brandon kratzt sich am Kinn. »Ein paar Gedichte? Das sieht nach ganz schön vielen aus. Wie war es bei Dr. Torres?«

»Gut.«

»Kela. Ein bisschen mehr Information, bitte.«

»Wollen wir nicht nachher darüber sprechen? Du willst sicher noch unter die Dusche und dann ins Bett.«

»Warum? Rieche ich etwa komisch?« Ein provokantes Grinsen legt sich über sein Gesicht, dann beginnt er, mit den Armen dicht vor meiner Nase herumzuwedeln.

Ich mache einen Schritt zurück. »Igitt. Du bist widerlich.«

»Ich bin ein Mann. Männer schwitzen.«

»Frauen schwitzen auch. Aber sie stinken nicht so.«

Lachend riecht Brandon an seinem Hemd. »Ich könnte wirklich eine Dusche vertragen. Wir reden später. Zum Glück hab ich morgen mal frei.« Er will schon gehen, hält dann aber in der Bewegung inne, als wäre ihm noch etwas eingefallen. Gähnend zieht er einen Brief aus seiner hinteren Hosentasche. »Vorhin ist mir der

Postbote über den Weg gelaufen. Den hier hatte er für dich dabei.«

Beim Anblick der hübschen Handschrift beginnt mein ganzer Körper vor Aufregung zu zittern. »Das ist schon wieder so einer«, hauche ich.

»Was für einer?«

»So ein Brief, den du letztens nicht lesen konntest.« Ich wende das Kuvert, auf dem kein Absender steht. Mit fliegenden Fingern öffne ich den Umschlag. Gleichzeitig halte ich meinen Bruder davon ab, Richtung Badezimmer davonzumarschieren. »Bleib hier. Wir sehen ihn uns gemeinsam an.«

»Kela. Ich bin müde. Und ich stinke, wie du treffsicher festgestellt hast.«

»Warte.« Ich ziehe das Blatt aus dem Kuvert und halte es meinem Bruder hin, während ich gleichzeitig einen Blick darauf werfe. Das cremefarbene Papier ist leer. Vollkommen leer.

»Wer auch immer dir schreibt, hat dir anscheinend nicht viel zu sagen«, bemerkt Brandon trocken.

Seufzend sehe ich mir das unbeschriebene Papier von allen Seiten an und fühle, wie mir die Realität zu entgleiten droht. »Ich weiß nicht, was das soll. Letztes Mal hat hier wirklich etwas draufgestanden.«

Brandon lässt die Schultern sinken, er ist zu erschöpft, um in eine größere Diskussion einzusteigen. »Machst du eigentlich regelmäßig das ganze Zeug, das dir Dr. Torres empfohlen hat? Diese Atemtechniken und Meditationen?«

Ich bin zwar nicht erschöpft, aber zu aufgewühlt, um das jetzt zu besprechen. »Natürlich mache ich das.«

»Kela.«

»Brandon. Wolltest du nicht duschen?«

Er gähnt erneut, seine Müdigkeit kommt mir zu Hilfe. »Vielleicht fall ich auch gleich ins Bett. Aber darüber reden wir noch«, verspricht er und schlurft davon.

Ich schließe die Zimmertür, lehne mich mit dem Rücken gegen das Holz und sinke langsam Richtung Boden. Der Krach, den meine Gedanken verursachen, ist unerträglich. Mit dem Daumennagel kratze ich einen hellen Fleck auf meinen Shorts ab. Wie sehr ich mich danach sehne, meine Gedanken auf Pause zu stellen. Wenigstens für einen Moment, einen klitzekleinen Moment, um derselben inneren Leere zu lauschen, die mir auf dem Papier entgegenstrahlt.

Entgegengestrahlt hat.

Ich blinzele, versuche, die hübsche Handschrift wegzublinzeln und mir einzureden, dass meine Sinne noch intakt sind, aber das ist genauso nutzlos, wie dem Entschluss zu folgen, den Brief nicht zu lesen.

Katalea,

die Zeit, die du gerade durchmachst, ist verwirrend, doch irgendwann wirst du verstehen, dass sie ihren Sinn erfüllt. Vertrauen bedeutet, Anlauf zu nehmen und sich ins Ungewisse zu stürzen, selbst wenn es einem verrückt und waghalsig vorkommen mag. Würdest du um die Zukunft wissen, wäre Vertrauen nicht nötig und Entwicklung nicht mehr möglich.

Das Leben besteht nicht aus Sicherheit. Sicherheit und Kontrolle sind die Feinde der Freiheit, und deine Seele benötigt Freiheit. Lass sie fliegen. Nimm Anlauf und spring, Katalea, spring so hoch du kannst! Und sei dir gewiss, dass du fallen wirst. Es wird schmerzen, dir das Herz zerreißen. In der dunkelsten Stunde wirst du Hilfe erfahren, und die Ereignisse werden sich lichten, auch wenn du ihn vermissen wirst. Nichts ist sinnlos, selbst wenn es dir so erscheinen mag.

PS: Du wirst finden, wonach du suchst. Suche, bevor es zu spät ist.

Ich lese Zeile für Zeile, bemühe mich, daraus schlau zu werden, doch das gelingt mir nicht – genauso wenig, wie den Brief abzufotografieren. Zurück bleibt erneut ein leeres Blatt Papier, das mich mit seiner vollkommenen Nacktheit verhöhnt. Als dürfte ich nur einen einzigen Blick auf das Geschriebene werfen. Mit beiden Fäusten hämmert meine Vernunft gegen die Möglichkeit, dass das hier mehr ist als eine Illusion, mehr als ein Trick meiner verwirrten Psyche. Sie hämmert und hämmert, während ich mir beide Briefe in Erinnerung rufe, um ihre Inhalte irgendwie in einen Zusammenhang zu bringen. Um Rückschlüsse zu ziehen, etwas zum Festhalten und Festklammern zu finden, etwas, das aus mehr als unsichtbaren Worten besteht.

Ich soll vertrauen.

Auf meine Intuition hören.

Veränderungen willkommen heißen und hineinspringen, auch wenn es wehtut. Aber wen werde ich vermissen? Und wonach soll ich suchen? Die Fragen trommeln durch meinen Kopf, in einem beständigen Rhythmus, der keine Antworten findet, auch nicht, als ich Richtung Badezimmer stapfe, um den Tag mit einer kühlen Dusche beginnen zu lassen.

Vor der Tür höre ich Wasserrauschen. Brandons Bedürfnis nach Körperpflege hat offenbar doch über seinen Schlafwunsch gesiegt. Ich klopfe an, doch mein Bruder hört mich nicht. Seit einer guten Woche ist das Schloss kaputt, weshalb sich die Tür nicht mehr absperren lässt. Mit zusammengekniffenen Augen trete ich flink ins Badezimmer, um mir wenigstens meine Zahnbürste zu schnappen.

Heißer Wasserdampf schlägt mir entgegen. Der graue Duschvorhang über der alten Badewanne ist zugezogen. Schnell greife ich über das Waschbecken nach meiner Zahnbürste und bin schon halb auf dem Rückweg, als das Wasserrauschen verstummt und mich eine raue Stimme zusammenzucken lässt.

»Guten Morgen, Katalea.«

Mit klopfendem Herzen drehe ich mich um. Direkt vor mir steht Nero, die dunkelbraunen Locken nass und zurückgelegt. Um seine Hüfte hat er eines unserer Badetücher geschlungen. Ich will nicht genauer hinsehen, aber meine Augen sind fiese Verräter, die sich gar nicht sattsehen können. Neros trainierter Oberkörper ist mit kryptischen, dunklen Tattoos übersät, die seine kühle Ausstrahlung gefährlich unterstreichen. Wassertropfen perlen an seiner muskulösen Brust hinab, über den definierten Waschbrettbauch bis zu dem schmalen Haarstreifen, der knapp über dem Rand des Badetuchs hervorlugt.

»Hat es dir etwa die Sprache verschlagen?«

»Ja. Nein. Natürlich nicht«, stammele ich und fühle, wie mir ganz heiß wird. »Was … was machst du hier?«

Sein dunkler Blick bohrt sich in meinen. »Die Frage ist wohl eher, was du hier machst.«

»Ich ... ich dachte, du seist Brandon.«

»Und du gesellst dich immer zu deinem Bruder ins Badezimmer, wenn er duscht?«

»Ich wollte nur schnell etwas holen«, rechtfertige ich mich. Zum Beweis hebe ich meine Zahnbürste in die Höhe, bevor ich zum Gegenangriff übergehe. »Aber was hast du hier zu suchen? Ihr habt oben euer eigenes Badezimmer.«

»Der Duschkopf ist kaputt.«

»Und deswegen bist du nach unten gekommen?«

»Genau. Deswegen.« Das letzte Wort spricht er betont langsam aus, als wäre ich unglaublich schwer von Begriff. Ich mag es nicht, dass er so mit mir redet.

»Und deswegen hast du dir auch eines von unseren Badetüchern genommen?« Es ist kleinlich und lächerlich, aber ich komme mir blöd vor und will, dass er sich ebenfalls unwohl fühlt.

Doch Nero betrachtet mich völlig entspannt. Ein herausforderndes Glitzern taucht in seinen Augen auf, als er genüsslich nach dem Badetuch greift. »Willst du es wiederhaben? Jetzt sofort?«

»Nein«, sage ich rasch. »Du kannst es ruhig benutzen. Lass es an. Also behalte es, solange du willst.«

Er lächelt nur auf diese unwiderstehlich sexy Art, die einen um den Verstand bringen könnte, wenn man noch einen hätte. Dann bückt er sich und hebt einen kleinen Zettel auf. Ich kann nicht anders, als die Bewegungen seiner straffen Muskeln zu verfolgen und auch seine geschwungenen Tattoos anzustarren, die etwas Unheimliches, fast Mystisches ausstrahlen.

Nero faltet den Zettel auseinander. »*Wenn du Regen wärst, dann gäbe es dich überall*«, liest er vor. »*Du würdest einfach fallen, in großen und in kleinen Tropfen. Wenn du Regen wärst, dann würdest du auf Dächern liegen, auf Pflastersteinen und auf Bäumen, du wärst ganz nah bei mir.*«

»Nicht«, sage ich und entreiße ihm den Zettel, um ihn eilig wieder in meinen Shorts zu verstauen.

»Schade.«

»Schade, dass du dich nicht darüber lustig machen kannst?«, sage ich und verfluche mich innerlich dafür, überhaupt eines meiner Gedichte eingesteckt zu haben.

»Schade, dass du glaubst, es verstecken zu müssen«, korrigiert er dunkel.

»Ich teile meine Gedichte eben nicht gern. Sie sind nur für mich«, sage ich, weil ich immer darauf vertraut habe, dass sie niemand sehen möchte. *Vertrauen*. »Alle nennen mich Kela. Warum du nicht?«, frage ich im nächsten Moment angespannt. *Katalea*. Der Absender der Briefe hat mich jedes Mal so genannt.

»Weil es sich falsch anfühlt«, erklärt er ruhig und mit einer Selbstverständlichkeit, als könnte er gar nicht anders. »Ich möchte deinen Namen nicht abkürzen. Er ist schön und verdient es, in voller Länge ausgesprochen zu werden.« Sein Blick verstärkt sich.

Ich schlucke und weiß nicht, was ich sagen soll. Sein Kompliment macht etwas mit mir, mit mir und meinem verrückten Herzschlag, der nun noch vehementer gegen meinen Brustkorb trommelt. Ich will nicht daran denken, dass wir hier zu zweit stehen, auf engstem Raum. Nero nur eine Armlänge entfernt, bloß ein Handtuch um seine Hüfte geschlungen. Das Badezimmer ist gefühlt zu klein und gleichzeitig zu groß, und mit einem Mal ist da diese verhängnisvolle Spannung zwischen uns, die auch Nero nicht zu entgehen scheint. Als würde die Luft knisternd Funken schlagen und eine sehnsüchtige Hitze aufkommen lassen, die sich in Neros Augen widerspiegelt. Begierde glüht darin auf, bevor ein Schatten seine Züge befällt und der begehrliche Ausdruck schlagartig erlischt.

»Viel Spaß beim Duschen, Katalea«, bemerkt er emotionslos, dreht sich um und geht. Nachdenklich blicke ich ihm hinterher. Nicht nur, dass ich mich seltsam stehen gelassen fühle, ich habe auch keine Ahnung, was der Typ mit mir anstellt. Er bewegt etwas in mir, was sich nach gerade einmal zwei Tagen, die wir uns kennen, viel zu intensiv anfühlt.

Mit einem Hocker verriegele ich hastig die Tür, schlüpfe aus meinen Klamotten und stelle mich unter die Dusche, um alle Eindrücke abzuwaschen. Es ist jedoch zu befremdlich, mir vorzustellen, dass Nero noch vor ein paar Minuten selbst hier gestanden hat, deshalb dusche ich nur kurz. Anschließend putze ich mir die Zähne, ziehe mich an und lasse mich vom Duft nach gebratenen Eiern und Toast in die Küche locken.

Auf dem gedeckten Küchentisch stehen frisch gepresster Orangensaft und Teller mit Toast und Rührei, daneben stapeln sich bergeweise Pfannkuchen und Schokomuffins.

»Konntest du wieder nicht schlafen?«, frage ich Todd, der gerade dabei ist, sich eine Tasse Tee einzuschenken, und auf meine Frage hin einen vielsagenden Blick Richtung Jerome wirft. »So in etwa. Bedien dich ruhig.«

»Es ist nicht mein Problem, dass du einen leichten Schlaf hast«, brummt Jerome, der seinem Freund gegenüber am Küchentisch sitzt und das Essen in sich hineinschaufelt, als hätte man ihn tagelang hungern lassen.

»Du schnarchst wie eine Französische Bulldogge«, murrt Todd und öffnet den obersten Knopf seines schicken Poloshirts.

Jerome hebt kauend eine Augenbraue. »Bulldogge? Du vergleichst mich mit einer Französischen Bulldogge?«

»Mops oder Orang-Utan stehen auch zur Auswahl, wenn dir das lieber ist.« Mein hagerer Mitbewohner wendet sich mir zu. »Dank eures charmanten Nachbarsjungen weiß ich jetzt, dass Tiere eher schnarchen, wenn sie Allergien haben oder fett sind.« Das vorletzte Wort betont er, doch das trifft es nicht. Jeromes Oberarm ist so dick wie mein Oberschenkel, er ist muskulös, definitiv nicht übergewichtig.

»Super. Da hat der Kleine dir ja etwas richtig Wichtiges beigebracht«, stichelt Jerome und reibt sich seinen Dreitagebart. »Ziemlich sicher hat dein Hirn jetzt eine lebensentscheidende Information gelöscht, nur um diesen Blödsinn abzuspeichern.«

»Oder es hat eine unerfreuliche Erinnerung eliminiert. Zum Beispiel die an die letzten beiden Nächte.«

Ich setze mich zu den Jungs an den Tisch und überlege, Oscar oder seiner Mutter eine Nachricht zu schreiben. Nachdem ich mein Handy aus der Hosentasche gezogen habe, lasse ich jedoch davon ab. Die aufgeregten Worte einer besorgten Babysitterin können die beiden jetzt garantiert nicht gebrauchen. Was mich jedoch wundert, ist Suki. Von ihr gibt es kein Lebenszeichen, keine Erklärung, nichts. Nach ihrem gestrigen Abgang hatte ich ihr noch geschrieben. Mir überhaupt nicht zu antworten, sieht ihr gar nicht ähnlich.

Jerome grinst breit. »Hat es dir denn nicht gefallen, Schatz? Wem war es denn anfangs total egal, dass wir zusammen auf dieser versifften Couch pennen müssen?« Er häuft sich eine große Ladung Rührei auf seinen Teller und wirft mir dann einen kurzen Blick zu. »Die Couch ist total unbequem, und das Haus zerfällt vor unseren Augen. Wie lange wohnt ihr schon hier?«

»Etwas mehr als zehn Jahre.«

»Und in der ganzen Zeit habt ihr kein einziges Mal daran gedacht, es zu renovieren?«

»Wenn es dir nicht gefällt, kannst du ja gern wieder ausziehen«, erwidere ich gleichgültig und schenke mir eine Tasse Tee ein. Wir haben immer wieder Kleinigkeiten an dem Haus gemacht. Es waren jedoch nur Pflaster, Geld für die große Operation war nie übrig.

Jerome beginnt, sich über das Rührei herzumachen. Es ist beinahe beeindruckend, wie schnell und wie viel der Typ mit den raspelkurzen schwarzen Haaren innerhalb weniger Sekunden in sich hineinstopfen kann. »Ich würde sofort von hier abhauen«, bemerkt er und schiebt sich eine weitere Ladung Rührei in den Mund, »aber den Gedanken kannst du dir aus dem Kopf schlagen.«

Ich erwidere nichts. Ich würde mir gern andauernd irgendwelche Gedanken aus dem Kopf schlagen, manchmal am liebsten alle, aber das funktioniert nicht.

»Habt ihr irgendwo einen Werkzeugkasten?«

Jeromes Frage verblüfft mich. »Wieso?«

»Der Duschkopf ist kaputt. Ich würde ihn mir gern mal ansehen. Gern ist übertrieben, aber ich kann einen Blick darauf werfen.«

»Kennst du dich denn damit aus?«

»Ich bin ein Kerl.«

»Und?«, frage ich.

»Das ist Jeromes charmante Art zu sagen, dass Hämmern und Schrauben in seinem genetischen Code verankert ist«, mischt sich Todd seufzend ein, greift zur Butter und nimmt sich eine Scheibe Toast. Er hat die feingliedrigen Finger eines Künstlers, während die Hände seines Kameraden groß und grob wie die eines Handwerkers ausfallen. Stumpf legt Jerome seine Gabel zur Seite und nimmt mich ins Visier. Es ist ein kurzer, eigenartiger Moment, in dem ich unwillkürlich an Nero denken muss, wie er unsere Nachbarin im Garten umgestimmt hat, die eigentlich nicht umzustimmen ist.

»Alles okay?«, frage ich.

Auf Jeromes Stirn taucht eine Falte auf. Er wirft Todd einen knappen Seitenblick zu, der kaum merklich mit den Schultern zuckt, bevor der muskulöse Kerl sich wieder auf mich konzentriert. Ungeniert erwidere ich seinen starrenden Blick.

»Alles okay?«, frage ich noch einmal.

Er nickt langsam. »Klar. Also. Der Werkzeugkasten.«

»Steht in der Diele. In der Bank unter dem Spiegel«, erwidere ich genauso langsam und komme mir vor wie bei einem Spiel, dessen Spielregeln ich nicht kenne. Etwas geht hier vor, und ich habe keine Ahnung, was das ist.

»Du solltest dir auch den Dachboden ansehen. Ich meine, nicht, dass von dort oben etwas auf uns herunterkracht«, wirft Todd ein und beißt von seinem Toast ab.

»Bislang ist das noch nicht passiert«, sage ich.

Jerome lehnt sich auf seinem Stuhl zurück und lässt seinen Nacken knacken. »Bislang heißt nicht, dass es nicht passieren könnte. Oder hoffst du, dass uns die Decke auf den Kopf fällt?«

»Die Hoffnung stirbt zuletzt.«

Er verschränkt die Arme vor seiner breiten Brust. »Aber letztendlich stirbt sie. Ich sehe mir lieber alles genau an. Weißt du, wer vor euch hier gewohnt hat?«

»Eine ältere Frau. Wieso ist das wichtig?«

»Es ist nur interessant. Habt ihr das Haus möbliert oder unmöbliert bezogen?«

»Möbliert«, sage ich und erinnere mich daran, wie es war, als wir das Haus zum allerersten Mal betreten haben. Es war ein Museum, ein verstecktes Meisterwerk aus dicken Teppichen, alten Uhren und Ohrensesseln, eine Ansammlung unterschiedlicher Möbel, auf denen fingerdick der Staub lag. Mit der Zeit war das Haus gewachsen, das sah man ihm an. Es verströmte eine verrückt einzigartige Atmosphäre, in der ich mich sofort geborgen fühlte.

»Wieso musst du das wissen?«, frage ich.

»Um zu checken, wie alt die Möbel sind. Was weißt du über die Frau? Was war sie von Beruf?«

»Ich weiß nicht viel, ich war damals erst acht. Aber ich glaube, dass sie Antiquitätenhändlerin war.« Ich sehe Jerome skeptisch an. »Worauf genau willst du hinaus?«

»Wir könnten euch ein wenig unter die Arme greifen«, mischt Todd sich ein, der über das dunkle Lederband seiner Armbanduhr streicht. »Hier und da ein bisschen reparieren. Brandon hat bestimmt nichts dagegen.« Er lächelt mich aufmunternd an, und auch Jerome nickt zustimmend.

»Habt ihr denn schon etwas repariert?«, will ich wissen.

»Was meinst du?«

»Die Leiter aus dem alten Gartenschuppen. Mir ist gestern aufgefallen, dass sie vor Kurzem benutzt wurde.«

»Nicht von uns«, entgegnet Jerome, während sein Blick am Fensterbrett hängen bleibt, auf dem die kuschelnden Kristallzwerge stehen. »Antiquitätenhändlerin? Wohl eher Kitschsammlerin«, sagt er dann. »Warum habt ihr hier nicht schon längst ausgemistet? Diese Figuren sind abgrundtief scheußlich. Ein klarer Fall für die Mülldeponie.«

»Die sind nicht von der Vorbesitzerin, die sind von meiner Mom«, erwidere ich und erwarte einen Moment der Stille, der immer folgt, wenn es um die Toten geht, aber Jerome belehrt mich eines Besseren.

»Und die Dinger gefallen dir?«

»Ja. Ich liebe jedes einzelne Stück davon«, versichere ich ihm.

»Ist nicht dein Ernst.«

Ich stehe auf.

»Hey, Jerome meint das nicht so.« Beschwichtigend legt mir Todd eine Hand auf den Unterarm. »Er hat kein Fingerspitzengefühl, sondern ist mehr der Typ Elefant im Porzellanladen, was es hier bei euch ziemlich gut trifft.« Er schielt auf das andere Fensterbrett, auf dem eine Reihe verliebter Tierfiguren steht. »Deine Mom hatte ein Faible für die Liebe, das sieht man. Und das ist etwas Schönes.«

»Ja, das ist es«, sage ich, spüle meine Teetasse akribisch aus und bin erleichtert, als mein Handy klingelt und ich nach draußen verschwinden kann, um den Anruf entgegenzunehmen. Es ist die Frau aus der Personalabteilung der Chocs Factory, die mir mit Bedauern mitteilt, dass ich den Job nicht bekomme, weil es einen qualifizierteren Bewerber gab. Ich bedanke mich für den Anruf, lege auf und stelle mir die Frage, ob man auch für das Leben qualifiziert sein muss, und es nicht bloß reicht, geboren zu werden. Ob man Vorwissen und Erfahrung benötigt, sonst schafft man sein Leben einfach nicht, zumindest nicht bis zum Ende.

Da ich keine Lust habe, in die Küche zurückzukehren, unternehme ich einen kleinen Spaziergang. Ich verlasse unsere Straße und versuche es bei Suki, die nicht abnimmt. Nachdenklich gehe ich zum Fluss. Ich mag den Fluss. Als wir hergezogen sind, haben Brandon und ich Stunden an seinem Ufer verbracht. Wir sind ins eiskalte Wasser gestiegen, haben unter der Brücke Staudämme gebaut, um dann mit klatschnasser Kleidung auf der Türschwelle zu stehen und Mom anzugrinsen, der nichts anderes übrig blieb, als zurückzugrinsen.

Das Leben ist im Fluss, das Leben ist Veränderung. Wenn du deinen Ängsten folgst, vergeudest du deine Kraft, um gegen den Fluss zu schwimmen. Die Zeilen aus dem ersten Brief fließen in meinen Kopf, während ich wie in Trance durch die Straßen stromere, mir ein Brötchen und einen Kaffee vom Bäcker an der Ecke hole und einen Blick in den kleinen Laden werfe, in dem Mom einige ihrer liebsten Figuren erstanden hat. Dabei denke ich an Oscar, immer wieder denke ich an ihn und sein Herz und hoffe, dass es beiden gut geht.

Zurück zu Hause kann ich es nicht lassen, mir unser Verandageländer noch einmal genauer anzusehen. Ich gehe in die Hocke und lege mein Ohr an die Efeuranken, schmiege mich ganz dicht an die fleischigen Blätter. In meiner Erinnerung erhebt sich ein geheimnisvolles Säuseln, in der Gegenwart erwartet mich dumpfes Schweigen, das von Jeromes und Todds Stimmen jäh durchbrochen wird, die offenbar durch den Garten spazieren.

»Er könnte überall sein. Hier herrscht das reinste Chaos«, murrt Jerome.

»Wir werden ihn schon finden.«

»Scheiße, Todd, ich will hier nicht ewig rumsitzen. Irgendetwas ist hier faul. Das mit der Kleinen ist komisch, sie reagiert nicht.«

»Sie hat auch bei Nero nicht reagiert«, sagt Todd beschwichtigend und schiebt sich seine Sonnenbrille ins zurückgegelte Haar. »Er meint, es liegt an dem Kéjsaia. Deshalb konnte sie auch den Schatten sehen.«

»Glaubst du, dass sie ihn hat?«

»Wenn, dann hat sie keine Ahnung.«

Ihre Worte lassen meinen Puls nach oben schießen. Angespannt drücke ich mich dichter gegen das Geländer und schiebe eine Efeuranke zur Seite, um durch ein Loch in den Holzbrettern Richtung Garten zu spähen. Jerome steht ein paar Meter von unserem alten Schuppen entfernt, die Hände in die Hüfte gestemmt.

»Die Sache mit den Brüdern gefällt mir nicht. Nero geht einen Schritt zu weit. Wenn der Clan das erfährt, gibt es großen Ärger. Du musst mit ihm reden, Todd.«

»Glaubst du, das habe ich noch nicht?« Todd lässt seinen Blick über unsere Beete und die wild wachsenden Büsche schweifen. »Ich werde ihm das nicht ausreden können. Nicht dieses Mal.«

»Aber wenn er es wirklich durchzieht ...« Aus Jeromes Stimme dringt ein sorgenvoller Unterton.

»Wir müssen ihn rasch auf andere Gedanken bringen. Wir müssen den Kéjsaia einfach finden, bevor ihn uns jemand wegschnappt«, erwidert Todd, dessen Blick durch den Garten wandert, als wäre er auf der Suche nach etwas. Mein Herz schlägt nervös in meiner Brust. *Du wirst finden, wonach du suchst. Suche, bevor es zu spät ist.*

»Die Kleine ist seltsam, und damit meine ich nicht nur ihren schrägen Ordnungsfimmel.« Jerome reibt sich über die millimeterkurzen Haare, während die beiden weitergehen. Ich verändere meine Position, um ihnen folgen zu können.

»Nein, sie ist okay.«

»Woher willst du das wissen?«

»Instinkt«, behauptet Todd. »Lass dich nicht verrückt machen. Oder schau im Register nach, wenn du auf Nummer sicher gehen möchtest.«

»Keine schlechte Idee. Mal sehen, was dabei herauskommt.« Jerome dreht sich um, steuert auf unseren Schuppen zu und macht knapp davor halt. Es sieht aus, als würde er etwas vor der alten Holztür machen – was genau kann ich nicht sagen, da mir sein breiter Rücken die Sicht versperrt. Einen Augenblick später betritt er das Gartenhäuschen. Durch die verdreckten Fenster kann ich nicht ins Innere schauen, aber ich weiß, dass wir da drin kein Register haben. In dem kleinen Häuschen lagern bloß Gartengeräte, Werkzeug und altes Gerümpel.

Erst jetzt fällt mir auf, dass Todd mit zusammengekniffenen Augen in meine Richtung blickt. Ich befürchte schon fast, dass er mich entdeckt hat, als er seine Sonnenbrille aufsetzt, den Rundgang durch den Garten fortsetzt und um die Ecke unseres Hauses biegt.

Die Gedanken fluten meinen Kopf. Was ist ein *Kéjsaia*? Warum sollte er hier sein? Und was genau möchte Jerome in diesem rätselhaften Register nachsehen? Nervös verharre ich an Ort und Stelle, drücke mich noch fester gegen das Geländer und warte mit klopfendem Herzen darauf, dass mein neuer Mitbewohner den Schuppen wieder verlässt.

Tut er aber nicht.

Stattdessen zucke ich zusammen, als ein tiefes Räuspern hinter mir erklingt.

Acht

Zu meiner Erleichterung ist es nur Brandon, der aussieht, als wäre er soeben aus dem Schlaf geholt worden. Er trägt noch immer die Kleidung von vorhin, das karierte Hemd und die zerschlissene Jeans. Seine kastanienbraunen Haare stehen ihm wirr vom Kopf ab.

»Kela, was machst du hier auf dem Boden?«

Aufgeregt richte ich mich auf. »Brandon, die Jungs sind nicht die, für die wir sie halten«, sprudelt es aus mir heraus. »Sie sind auf der Suche nach irgendetwas, etwas namens *Kéjsaia*. Sie sind nur eingezogen, weil sie glauben, dieses Ding hier zu finden. Deswegen interessieren sie sich auch so für das Haus und stellen all diese merkwürdigen Fragen.«

»Weil sie diesen … *Kéjsaia* bei uns vermuten?«, fragt er mit seltsam glasigen Augen.

»Ich weiß, es klingt irre, aber das ist noch nicht alles«, sage ich energisch nickend. »Sie können Leute mit ihrem Blick manipulieren, ich weiß nicht genau, wie sie es anstellen, ob das eine abgefahrene Form von Hypnose ist oder etwas ganz anderes, aber ich habe es bei Mrs Coleman gesehen, und sie haben es auch bei mir probiert, immer wieder, doch bei mir klappt es offenbar nicht.« Während ich Luft hole, atmet Brandon geräuschvoll aus. Mein Bruder wirkt ganz benebelt von meiner Wortattacke.

»Kela. Ich weiß, dass du dir Sorgen wegen Oscar machst.«

»Wie kommst du jetzt auf ihn? Hast du nicht gehört, was ich gesagt habe?«

Mir gefällt es nicht, wie er mich ansieht. »Ja, das habe ich – leider. Du scheinst dich da in etwas hineinzusteigern. Sie suchen nach diesem *Kéjsaia*? Sie hypnotisieren Leute? Was kommt als Nächstes? Dass sie einen Zauberstab schwingen und sich in Luft auflösen?«

»Du glaubst mir nicht«, sage ich vorwurfsvoll. »Ich habe sie doch gehört. Todd durchforstet den Garten, und Jerome ist in unserem Schuppen verschwunden, weil er etwas über mich in einem Register nachsehen wollte.«

»Jerome ist im Schuppen, um dort Nachforschungen über dich anzustellen?«, hakt er ungläubig nach.

»Ja.«

»Sag mal, hörst du dir selbst zu?«

»Er ist im Schuppen«, presse ich hervor. »Ich habe mit eigenen Augen gesehen, dass er da hineingegangen ist.«

»Vielleicht sucht er nach Werkzeug. Die Jungs wollten sich im Haus nützlich machen.«

»Er sucht nicht nach Werkzeug, er hat etwas anderes vor. Ich beweise es dir, komm mit.« Entschieden greife ich nach seiner Hand und ziehe ihn hinter mir her, über die Verandatreppe, durch den Garten.

»Na los, überzeug dich selbst«, wispere ich, als wir vor dem

Schuppen stehen. Mein Herz pocht unruhig in meiner Brust. *Ich habe mir das alles nicht nur eingebildet.*

»Das ist lächerlich. Aber wenn du meinst.«

Gleichmütig öffnet Brandon die Holztür und betritt das Häuschen. Beherzt folge ich ihm. Durch die schmutzigen Fenster fallen fahle Streifen Licht auf die alten Holzregale, in denen sich rostige Werkzeuge, alte Tontöpfe und Säcke voller Erde sowie allerhand Trödel stapeln, der schon vor unserem Einzug hier war. Verzweifelt drehe ich mich einmal um die eigene Achse, kann meinen Mitbewohner aber nirgends sehen. Mein Hals schnürt sich zusammen, und ich spüre, wie sich die Realität tief und hässlich in meinen Magen gräbt.

»Jerome? Komm raus, du kleiner Kerl«, ruft mein Bruder.

»Lass das.«

»Was ist? Vielleicht hat er sich in eine Maus verwandelt und kriecht hier irgendwo herum.«

Mit beiden Händen reibe ich mir über mein Gesicht. »Ich verstehe das nicht, ich habe ihn hier reingehen gesehen. Und rausgekommen ist er garantiert nicht, da habe ich aufgepasst. Das ist wie mit den verdammten Briefen.«

»Mit welchen Briefen?«, fragt Brandon verdutzt.

»Die Briefe, von denen ich dir erzählt habe«, sage ich erschöpft und fixiere meinen Bruder, der lässig an den Regalen lehnt. Etwas zu lässig, fährt es mir durch den Kopf. Die Haltung passt gar nicht zu ihm.

»Kela. Warum starrst du mich so an?«

»Ich … nichts«, sage ich schnell, weil es zu abgefahren wäre. Das hier ist Brandon, mein Bruder. Niemand anderer.

»Kela.« Seine Stimme wird weicher, als er an mich herantritt. »Hier ist niemand.«

»Das sehe ich auch.«

»Da bin ich aber froh. Vielleicht solltest du –«

»Meine Atemübungen machen? Meditieren?«, falle ich ihm ins Wort.

Er zögert einen Moment, bevor er antwortet. »Keine schlechte Idee. Geh atmen und meditieren, aber ich lege mich jetzt wieder aufs Ohr.«

Ich weiß nicht, wie lange ich schon mein Zimmer aufräume und meinen Gedanken dabei zusehe, wie sie sich um sich selbst drehen. Ich weiß auch nicht, wann genau es passiert ist. Ob es wirklich erst mit Grandpas Beerdigung angefangen hat oder schon früher. Ob Moms Tod nicht der entscheidende Moment war, der mein Leben aus der Bahn geworfen hat. Dieser eine Moment, der alles verändert. Der das Leben in ein Vorher und ein Nachher zwingt, weil der Einschnitt zu groß und zu mächtig ist, um weiterzumachen wie bisher. Ob Dr. Torres damit recht hat, dass zwei Verluste schlichtweg zu viel sind für mich und meine Seele, die sich nun kreative Kanäle sucht, um meine Trauer zu verarbeiten. Dabei habe ich meine Trauer nie unterdrückt oder versteckt. Warum sich mein Verlust daher ausgerechnet in Schatten, Geistern und seltsamen Ereignissen zeigen soll, ist mir ein Rätsel. Dr. Torres' Theorien hören sich vernünftig an, doch etwas in mir glaubt trotzdem nicht daran. Schließlich werde ich das Gefühl nicht los, dass etwas anderes dahintersteckt, etwas Größeres, auf das ich unweigerlich zusteuere, weil es einfach so vorgesehen ist.

Vielleicht ist dieses Gefühl aber auch bloß eine weitere trügerische Illusion, ein Vorgaukeln meines verkorksten Gehirns, dessen Synapsen langsam durchbrennen und sich neu verbinden, um mit mir die Wirklichkeit zu verlassen und durch eine dunkle Gegend zu irren, die auf der Landkarte der Vernunft nicht mehr existiert. Eine erfundene Parallelwelt aus mysteriösen Briefen, Erscheinungen und Mitbewohnern, die sich plötzlich in Luft auflösen.

Vertraue darauf, dass du den Weg gehen wirst, der dir vorbestimmt ist. Deine Intuition wird dich führen. Noch liegt sie tief in dir verborgen, aber ihre Stimme wird lauter und klarer, je länger du ihr zuhörst.

Das Einzige, was ich höre, ist der Lärm meiner Gedanken, die mich laut und unerträglich bis ins Bett verfolgen und erst verstummen, als ich irgendwann endlich eindöse.

»Hey. Aufwachen, Dornröschen!«, tönt eine knarzige Stimme durch mein Bewusstsein.

Blinzelnd nehme ich die nächtliche Silhouette meines Schlafzimmers wahr – ebenso wie Grandpa, der gebeugt über mir steht. Seine durchlässigen Hände rütteln an meinen Schultern, bis ich hellwach im Bett sitze.

»Nein. Nein. Ich will das nicht mehr«, murmele ich kopfschüttelnd. »Geh. Lass mich in Ruhe. *Bitte.*«

»Du hast versprochen, mir zu helfen«, erwidert er bockig.

»Weil du mich erpresst hast.«

»Die Grenzen verlaufen da fließend.« Selbstgerecht rückt er seine graue Schirmmütze zurecht und sieht zu dem Strauß Lilien hinüber, der am Fenster steht. »Deine Mutter mochte diese Blumen, auch wenn sie stinken und die Luft verpesten. Also, was hast du in der Zwischenzeit herausgefunden?«

»Dass ich offenbar verrückt werde«, sage ich gähnend und stopfe mir ein Kissen hinter den Rücken.

»Wieso?«

»Wieso? Weil … ich mir ganz viel Zeug einbilde, das nicht sein kann.«

Die Erschöpfung lastet wie ein schweres Gewicht auf meinem Körper. Ich will einfach in Ruhe durchschlafen, ohne dass mich irgendwelche Geister in der Nacht wecken. Ich will wieder das Gefühl haben, ein normaler Mensch zu sein, nicht jemand, der langsam, aber sicher vollkommen durchdreht. Mutlos knipse ich die Nachttischlampe an, um mir aus der obersten Schublade Moms Schlaftablettenpackung zu fischen, die ich nach ihrem Tod nicht entsorgt habe. Bislang habe ich sie nicht gebraucht, aber nun ist vielleicht der richtige Zeitpunkt gekommen.

Grandpa kneift die Augen zusammen. »Was machst du da?«

»Ich sorge dafür, dass du verschwindest.«

Ich möchte einfach nur schlafen. Möchte meine Gedanken und Grandpa stumm stellen. Und wenn eine dieser verdammten Pillen nötig ist, um mir eine kurze Auszeit zu verschaffen, dann ist es eben so, versuche ich mir selbst weiszumachen, als mir Grandpa kurzerhand die Packung aus der Hand schlägt.

»Das lässt du schön bleiben«, knurrt er. »Kind, dieses Zeug ist Gift.«

»Woher willst du das wissen?« Ich steige aus dem Bett und bücke mich, um die weiße Schachtel aufzuheben.

»Du brauchst dieses Zeug doch gar nicht! Worauf soll das hinauslaufen? Zuerst nimmst du eine, dann noch eine, und irgendwann rennst du herum wie einer dieser hirnlosen Zombies, die ohne diese Dinger gar nicht mehr leben können! Mir wollten sie auch immer wieder irgendwelche Pillen aufbrummen, aber nie hätte ich die genommen!«

»Du hattest einen Autounfall. Du bist mit deiner Demenz in einen Wagen gestiegen, den du schon lange nicht mehr fahren durftest, und gegen einen Baum geknallt. Du hättest deine Medikamente besser nehmen sollen, die hätten dich von deiner Sturheit und dieser Autofahrt abgehalten«, sage ich und reiße die Schachtel auf, doch Grandpa schlägt sie mir abermals aus der Hand.

»Das lasse ich nicht zu«, keift er und stellt sich vor mich, wie einer dieser Bodyguards, die eine klare Grenze markieren. Nur ist Großvater kein durchtrainierter Bodyguard, sondern ein alter, mürrischer Geist.

»Herrgott, du bist nicht irre, Mädchen! Du erinnerst mich an deine Großmutter, mit deiner übergroßen Vorstellungskraft und deinen merkwürdigen Macken, aber das ist doch an sich nichts Schlechtes. Außerdem bin ich echt, verflucht und zugenäht, ich bin wirklich hier!«

»Sagte der Geist.«

»Na und? Glaubst du, die Menschheit hat die Weisheit mit Löffeln gefressen? Pah. Die Leute wissen einen feuchten Dreck darüber, was alles möglich ist. Lassen nur das Bekannte in ihren Schädel, weil sie das Unbekannte fürchten. Irgendwann dachten sie, die Erde ist eine Scheibe, und jetzt denken eben alle, es gibt keine Engel.«

»Du bist noch immer kein Engel.«

Stur verschränkt er die Arme vor der Brust. »Beweis das mal.«

Ich atme tief ein. Der Sauerstoff fließt langsam in meine Lunge, ich habe nur keine Ahnung, ob er auch mein Gehirn erreicht. »Es ist alles zu viel, einfach zu viel. Die Briefe, die Jungs, du und dann auch noch Brandon. Heute dachte ich, dass er nicht mehr er selbst ist, dass er von jemand anderem gesteuert wird. Hör dir das an, ich hab kurz geglaubt, dass er besetzt ist!«

»Besetzt?«, fragt Grandpa und reibt sich nachdenklich über sein Kinn. »Das würde bei deinem idiotischen Bruder einiges erklären.«

Mit der Zehenspitze schiebe ich die Pillenpackung in meine Richtung und funkele Grandpa an. »Brandon ist kein Idiot. Was hat er dir getan, dass du immer so auf ihm herumhacken musst?«

»Frech und undankbar war der Kerl, aber darum geht es jetzt nicht«, brummt Großvater, während ich die Schachtel vom Boden angele und hinter meinem Rücken verstecke.

»Kela, gib sie mir«, verlangt er.

»Was willst du dann damit machen? In dein Geisterreich mitnehmen?«

»Die Dinger würde ich nicht mitnehmen, selbst wenn ich könnte. Kann ich aber nicht. Entweder bin ich hier oder nirgends, ist ja nicht so, dass man nach dem Tod eine verfluchte Gebrauchsanweisung in die Hand gedrückt bekommt.«

Mit einer blitzschnellen Bewegung fasst er hinter meinen Rücken, reißt mir die Schachtel aus der Hand und wedelt damit glücklich grinsend vor meinem Gesicht herum.

»Siehst du. Wenn man was richtig will, klappt es auch. Und ich will, dass du mir hilfst. Dafür revanchier' ich mich auch.«

»Und wie?«, frage ich tonlos. Natürlich weiß ich, dass er recht hat. Zumindest, was die Schlaftabletten betrifft. Mit ihnen würde ich meine Probleme kurzfristig ausblenden, aber nicht lösen.

»Indem ich dir klarmache, dass du in Ordnung bist, genauso wie du bist. Du bildest dir nicht bloß ein, dass ich hier bin. Ich bin absolut real, das spüre ich. Wenn auch nicht unbedingt in meiner besten Form.« Er fährt sich über seine blasse dunkelgrüne Weste. »Außerdem hast du völlig recht. An deinen neuen Mitbewohnern ist was faul. Letztens haben sie von so einem Kej-irgendetwas gesprochen, also von so einem Schlüssel. Die sind nur deswegen hier.«

Mein Puls schießt in die Höhe. Pure Aufregung fließt durch meine Adern. »Kéjsaia ist ein Schlüssel?«

»Oh, genau das war's. Kéjsaia nannten sie das Ding, das hier irgendwo im Haus versteckt sein soll.«

»Hast du sonst noch etwas gehört?«, frage ich ungeduldig.

»Nur, dass sie den Schlüssel unbedingt vor den anderen finden müssen.«

»Vor welchen anderen?«

»Irgendwelche Clans.« Er hebt den Zeigefinger. »Hab dir doch von Anfang an gesagt, dass die nur Ärger bringen.«

»Haben sie auch ein Register erwähnt?«

Großvater schüttelt den Kopf, und ich lasse mich resigniert auf das Bett zurücksinken.

»Keine Ahnung, ob mich das jetzt wirklich beruhigen soll.«

»Natürlich soll dich das nicht beruhigen, sondern be*un*ruhigen! Diese Typen sind gefährlich, sie sind hinterfotzige Täuscher, Diebe sind das.«

Ich hebe den Kopf, sehe in Grandpas faltiges Gesicht und stöhne, als mir etwas bewusst wird. »Im Moment bist du der Einzige, mit dem ich reden kann.«

»Na und? Ich bin dein Großvater. Und ja, ich hatte viel mit mir zu tun, so eine Demenz ist nämlich auch kein Zuckerschlecken, aber jetzt bin ich hier und klar bei Verstand. So glasklar wie durchlässig«, sagt er und bringt mich beinahe zum Lächeln. »Und eins weiß ich mit Sicherheit: Du bist nicht verrückt, Fräulein.«

Die Bestimmtheit in seiner Stimme legt sich wohlig um mein Herz und gibt mir das Gefühl, nicht allein zu sein.

»Okay ... falls du recht hast und echt bist, und ich nicht einfach nur trauere oder spinne, dann sind auch die Briefe und diese Manipulationen real«, sage ich und weihe Großvater in meine restlichen Erlebnisse ein. Ich erzähle ihm alles, was in den letzten Tagen Merkwürdiges passiert ist. Es ausgerechnet dem Mann anzuvertrauen, dem ich nie besonders nahegestanden hatte, ist dabei bloß eine weitere Merkwürdigkeit.

»Ha! Das ist es!«, erklärt er euphorisch, als ich fertig bin. »Du sollst etwas finden, bevor es zu spät ist. *Das* muss dieser Schlüssel sein. Und meine Aufgabe ist es garantiert, dir dabei zu helfen. Deswegen sitze ich noch nicht auf meiner Wolke. Weil du es ohne mich nicht schaffst!« Mit gerunzelter Stirn lässt er sich neben mich aufs Bett plumpsen und kratzt sich am Bart. »Aber wieso ist dieser Kej-Dingsbums so wichtig für die Kerle? Was kann dieser Schlüssel? Und wer sind die Halunken überhaupt? Kommen sie vielleicht direkt aus der Hölle?«

»Wieso sollten sie aus der Hölle kommen?«

»Wieso denn nicht?«

»Ich weiß es nicht«, sage ich schnell, um die Diskussion nicht zu vertiefen. »Genauso wenig weiß ich, wer mir die Briefe schreibt.« Ich ziehe die Kuverts aus meinem Nachttisch, die noch immer an mich adressiert sind, auch wenn die dazugehörigen Briefseiten vollkommen leer sind.

Grandpa schielt auf die beiden Umschläge. »Der Poststempel ist von hier, also muss der unbekannte Absender aus der Stadt sein. Vielleicht finde ich auf der Poststelle mehr heraus.«

»Du willst auf die Poststelle?«

»Guck nicht so. Das ist doch der Vorteil, wenn einen keiner mehr sehen kann. Wir decken auf, wer dir diese Briefe schreibt. Und mal sehen, was ich sonst noch oben mithören kann«, erklärt er in einem verschwörerischen Tonfall. »Ich meine, was sollen mir die Gauner schon antun? Umbringen können sie mich nicht. Aber du hältst dich schön von ihnen fern.«

»Ich glaube nicht, dass sie gefährlich sind.«

»Und wie kommst du auf den Blödsinn?«

»Es ist ein Gefühl.«

»Gefühle sind was für Schwachköpfe. Du gibst auf dich acht, hörst du«, murrt er mit verkniffenem Gesichtsausdruck.

Es ist schön, dass er sich Sorgen um mich macht, denke ich, bevor er mich noch einmal nachdrücklich ansieht und dann durch die Wand spaziert und verschwindet, als wäre er nie da gewesen.

Seufzend knipse ich die Nachttischlampe aus und versuche zu schlafen. Doch es bleibt bei dem Versuch. Niemals hätte ich gedacht, ausgerechnet in Großvater meinen einzigen Verbündeten zu finden. Lieber wäre es mir, Brandon würde mich ernst nehmen, aber vermutlich würde niemand etwas so Durchgeknalltes glauben, ohne es selbst erlebt zu haben.

Als ich es irgendwann nicht mehr aushalte, steige ich aus dem Bett, um mit Brandon zu reden. Ich muss sichergehen, dass er noch er selbst ist. Eine diffuse Angst treibt mich den dunklen Flur entlang, bis ich schließlich vor Brandons Zimmertür stehen bleibe, durch deren Schlitz ein schmaler Streifen Licht fällt. Gedämpfte Musik dröhnt aus seinem Zimmer, irgendeine von Brandons alten Indie-Bands.

Ich klopfe, doch er reagiert nicht.

Ich klopfe noch einmal, öffne die Tür und erstarre, als ich meinen Bruder nicht in seinem Bett vorfinde, sondern neben dem Fenster. Eine dunkle Gestalt presst ihn von hinten an die hell tapezierte Wand, nicht mehr als der Schatten eines unsichtbaren Mannes, dessen unheilvolles Flüstern bedrohlich leise durch den Raum rauscht und sich mit dem rhythmischen Song aus den Boxen vermischt.

Kaltblütig schlingt der dürre Schattentyp seine langen Finger um Brandons Hals, drückt von der Wand aus kräftig zu. Mein Bruder wehrt sich röchelnd mit Händen und Füßen, doch der finstere Schemen wirbelt herum und donnert Brandons Kopf so heftig gegen die Tapete, dass seine Augen zufallen und sein Körper Richtung Boden sackt.

»Brandon!«, brülle ich panisch, zeitgleich werde ich unsanft zur Seite geschoben.

Blitzschnell ist Nero bei dem Schattenwesen, packt es am Arm und schmettert es brutal gegen die nächstliegende Wand. Doch das dunkle Geschöpf bleibt nicht reglos liegen. Es baut sich erneut auf, wächst in seiner fließenden Finsternis an, um sich im nächsten Augenblick in zwei Schemen zu teilen, die keckernd über den Holzboden gleiten. Gemeinsam gehen sie auf Nero los, schnappen mit ihren dunklen Klauen nach ihm, doch er weicht geschmeidig aus. Seine Bewegungen sind unmenschlich schnell und kraftvoll, als er den ersten Schatten hart gegen den Schrank und den zweiten gegen die Fensterscheibe schleudert, die in zahllose Scherben zerbricht. Das Klirren des Glases wird von Neros gefährlichem Flüstern begleitet, dessen unwirkliches Echo von den Wänden widerhallt.

Schlagartig krümmen sich die boshaften Schatten zusammen, winden sich, kreischen in einem schrecklich hohen Ton auf, bevor sie gequält in sich zusammenfallen und wie heißer Teer zischend im Boden versickern. Pechschwarze Rauchfäden stieben von dort aus in die Höhe, das letzte Zeichen ihrer grausigen Existenz.

Sofort stürzt Nero zu meinem Bruder und wirft mir hastig einen Blick zu. »Komm! Wir haben keine Zeit zu verlieren!«

Neun

In den nächsten Minuten handele ich, ohne zu denken. Ich folge Neros Anweisungen, der sich meinen bewusstlosen Bruder über die Schulter geworfen hat, hetze mit ihm aus dem Haus, zu seinem schwarzen Jeep. Nero verfrachtet Brandon auf die Rückbank, startet den Motor und gibt Gas. Der Geländewagen donnert durch die Straßen, die Nacht fliegt an uns vorbei. Leuchtende Ampeln und dunkle Häuser verschwimmen neben mir, während Brandons Kopf auf meinen Schoß gebettet liegt. Sein Atem geht unruhig, genau wie mein Herzschlag. Nur Neros Blick ist konzentriert nach vorn gerichtet. Er beschleunigt, bremst, überholt und hält den Jeep erst an, als wir das Krankenhaus endlich erreicht haben.

Schnell schnappt er sich meinen Bruder, und wir laufen weiter, laufen gegen die Zeit und zur Notaufnahme, in der sie Brandon auf eine fahrbare Krankenliege befördern und weiterschieben, durch eine doppelte Schwingtür, bis ich ihn nicht mehr sehen kann. Ich will ihn begleiten, doch Nero zerrt mich in einen von schwarzen Vinylstühlen bestückten Warteraum, der mir viel zu eng vorkommt, obwohl wir nur zu zweit sind.

»Was zum Teufel war das?!«, herrsche ich ihn an. Mein Herz befindet sich noch immer auf der Überholspur, mein Denken schaltet sich langsam wieder ein. »Was hat dieses Ding mit Brandon gemacht?!«

Nero schließt die Tür und dreht sich zu mir um. Dem Notarzt hat er erklärt, dass Brandon in eine Schlägerei geraten ist, aber ich brauche die Wahrheit.

»Sag mir, was dieses verdammte Ding mit ihm gemacht hat!«

Nero tritt einen Schritt an mich heran. Sein Blick ist unergründlich und mit einem Mal dunkler, als es die Schatten jemals sein könnten. »Willst du das wirklich wissen, Katalea?«, fragt er mit rauer Stimme, deren provokanter Unterton verdeutlicht, dass ein Zurück danach nicht mehr existiert.

»Wenn du es mir nicht sagst, schreie ich das ganze Krankenhaus zusammen!«

Meine Drohung beeindruckt ihn kein bisschen, dennoch gibt er nach. Ich weiß nicht, warum er es tut, aber ich weiß, dass ich ihn diesmal nicht so einfach davonkommen lassen würde.

»Die *Isikós«,* beginnt er zu erklären, und schon allein dieses fremdartige Wort verursacht einen Nachhall in meinem Körper, der die Angst um meinen Bruder weiter anschürt, »sind dunkle Wesenheiten, für Menschen ungefährlich. Eigentlich, denn heute waren sie es nicht. Heute wollten sie deinen Bruder töten. Weshalb, kann ich nicht sagen.«

Ich blitze ihn wütend an, während der Zorn in meinen Adern hochkocht. »Kannst oder willst du nicht? Es geht um meinen Bruder. Ich will keine Ausflüchte, ich will Antworten!«

Sein Blick bleibt undurchdringlich. Kein Blinzeln, nichts. In der grellen Helligkeit des Krankenhauses sticht Neros Dunkelheit besonders hervor, findet sich in den dunkelbraunen Haaren, den mysteriösen Augen und den markanten Gesichtszügen wieder. »Ich kann hier bloß Vermutungen anstellen. Entweder hat sie jemand geschickt, oder sie wurden von etwas angezogen.«

»Und was soll dieses etwas sein? Etwa dieser verfluchte Kéjsaia?«

Nero wirkt nicht sonderlich überrascht, dass ich davon weiß. Er nickt.

»Und warum sind sie dann auf Brandon losgegangen?«

»Die *Isikós* sind seelenlose Wesen, nur noch Schatten ihrer selbst, ohne Aussicht auf Erlösung. Es sind unkontrollierbare, dunkle Gestalten ohne Gewissen oder Reue. Sie suchen sich stets das schwächste Opfer.«

»Und Brandon ist dieses schwächste Opfer?«

Er nickt noch einmal.

»Warum nicht ich?«

»Du kannst sie sehen.«

»Das heißt, dieser seltsame Schatten, den ich letztens im Flur wahrgenommen habe, war auch so ein ... *Isikós*?«

»So ist es.«

Eine feine Gänsehaut überzieht meinen Körper. »Aber wenn sie für Menschen grundsätzlich nicht gefährlich sind, warum haben sie Brandon dann überhaupt angegriffen?«

»Die Macht des *Kéjsaias* wächst. Er entfesselt Kräfte, durch die sich die *Isikós* angezogen fühlen, durch die sie in der Lage sind, auszubrechen, um ihren niederen Instinkten zu folgen und ihre wahre Gestalt zu zeigen. Sie sind nicht die intelligentesten Wesenheiten, sie handeln impulsiv und ohne jeglichen Verstand.«

Mein Puls dröhnt in meinen Ohren, während Neros Worte in mein Bewusstsein sickern. Ich starre ihn an. Seine verdammten Geheimnisse gehen noch tiefer, als ich es jemals vermutet hätte.

»Wer verflucht bist du? Und was kann dieser Schlüssel, dass ihr alle so verrückt danach seid?« Meine Stimme wird lauter, doch ich erhalte keine Reaktion. Im Gegenteil. Neros ebenmäßiges Gesicht wirkt noch verschlossener. Als hätte ich kein Recht, ihm diese Fragen zu stellen.

»Jetzt ist nicht der richtige Zeitpunkt, dir das zu erklären.«

Zornig balle ich eine Hand zur Faust. »Ach nein? Da hast du verdammt recht. Der richtige Zeitpunkt wäre gewesen, bevor ihr bei uns eingezogen seid!«

»Es gibt Wichtigeres als deine Befindlichkeiten, Katalea«, erwidert er stoisch und facht meinen Ärger damit noch weiter an.

»Meine Befindlichkeiten?«, schnaube ich. »Geht's noch? Ich bitte dich nicht darum, mir Tampons oder Enthaarungscreme zu kaufen. Es geht hier um keine Nebensächlichkeit, sondern um mein Leben. Und das meines Bruders! Was, wenn ihn das Ding umgebracht hätte?!«

»Brandon erholt sich wieder.«

»Woher willst du das wissen? Kannst du etwa auch in die Zukunft sehen?«

Tränen der Wut treten mir in die Augen, schnüren mir die Kehle zu. Meine Stimme bebt, der Verlust schwebt gefährlich über mir. Zuerst Mom, dann Grandpa. Und jetzt Brandon. Ich kann ihn nicht auch verlieren.

»Er ist doch alles, was ich noch habe!«, krächze ich und habe das Gefühl, innerlich zu zerbrechen.

»Ich weiß«, sagt Nero. Sein Blick ist sanfter geworden, was aber rein gar nichts an der Situation ändert.

Abrupt wende ich mich ab und nehme zittrig auf dem Stuhl neben dem Zeitschriftenstapel Platz. Kopflos ordne ich die Zeitschriften nach Erscheinungsdatum, während unser Schweigen im Ticken der weißen Wartezimmeruhr untergeht.

Tick. Tack. Tick. Tack. Es dauert eine gefühlte Ewigkeit, bis sich die Tür endlich öffnet. Beim Anblick des hereinkommenden Arztes halte ich automatisch die Luft an, unsicher, ob es überhaupt noch einen Grund zum Weiteratmen gibt. Der große Mann in dem weißen Kittel sieht aus, als hätte er schon zu oft schlechte Nachrichten überbracht.

»Katalea Richardson?«

Ich nicke.

»Mein Name ist Dr. Hendricks«, erklärt er mit nichtssagendem Gesichtsausdruck. »Ihr Bruder hat ein leichtes Schädel-Hirn-Trauma erlitten. Er ist mittlerweile wieder bei Bewusstsein und stabil. Die Untersuchungen sehen gut aus. Dennoch möchte ich ihn zur Kontrolle ein oder zwei Tage hierbehalten. Sie und Ihr Freund können jetzt selbstverständlich zu ihm.« Dann lächelt er.

Ich lächele zurück und fühle, wie dieses Lächeln eine grenzenlose Erleichterung in meinem Körper explodieren lässt.

»Du musst mich nicht begleiten«, sage ich zu Nero, als wir kurz darauf im Fahrstuhl stehen. Die Intimität eines Aufzugs mochte ich noch nie, aber mit Nero ist sie unerträglich, als würden die Wände sekündlich näher rücken und uns zueinanderschieben. Um Nero nicht anzusehen, fixiere ich die schmucklosen Stockwerkziffern oberhalb der Türen, doch dafür nehme ich umso intensiver seinen unvergleichlichen Duft nach gefallenem Regen wahr, der sich viel zu wohlig in meine Nase schleicht.

»Ich möchte es aber«, erklärt er mit ruhiger Stimme.

»Ich aber nicht.«

»Ich will mich bloß davon überzeugen, dass es Brandon gut geht.« Nero klingt aufrichtig, doch dafür ist es zu spät.

»Wozu? Damit du ihm tief in die Augen sehen kannst, um ihn mit deiner seltsamen Art zu manipulieren?«

Seine Brauen schieben sich zusammen. »Meine seltsame Art?«

»Du weißt genau, was ich meine. Es wäre schließlich nicht das erste Mal, dass du jemandem deinen Willen aufzwingst.«

Die Kabine stoppt, und die Aufzugstüren öffnen sich mit einem hellen Pling. Ich stürme hinaus, Nero bleibt dicht hinter mir.

»Ich habe Brandon niemals beeinflusst«, bemerkt er kühl.

Ich werfe ihm einen Seitenblick zu, halb zweifelnd, halb uninteressiert. »Wieso sollte ich dir das glauben?«

»Musst du nicht, doch es ist die Wahrheit.«

Nachdem ich den Stationstresen passiert habe, folge ich der Wegbeschreibung des Arztes und betrete einen der endlos erscheinenden Gänge, der von grellem Licht erhellt wird. Neben meinem hämmernden Herzschlag höre ich die Gummisohlen der Krankenschwestern, die auf dem Linoleumboden quietschen, während ich gleichzeitig die Zimmernummer zwölf suche und schließlich auch finde. Meine Hand liegt bereits auf der Türklinke, da drehe ich mich noch einmal zu Nero um.

»Ich habe noch verflucht viele Fragen«, sage ich angespannt.

»Ich weiß.«

»Fragen, die du mir verdammt noch mal beantworten musst.«

»Das kann ich dir nicht versprechen.«

»Dann kann ich dich auch nicht zu Brandon lassen«, erkläre ich entschlossen und entlocke ihm damit ein ungläubiges Schnauben. Seine Augen nehmen einen düsteren Glanz an.

»Erpressung? Du willst es wirklich mit Erpressung versuchen? Nachdem du gesehen hast, womit ich normalerweise fertigwerde?«

»Du schuldest mir Antworten, Nero.«

Ungerührt beugt er sich zu mir, bis seine Lippen beinahe mein Ohr streifen. Sein Atem streicht gefährlich sanft über meine Haut, lässt ein intensives Prickeln über meinen Körper rauschen.

»Ich schulde dir gar nichts, Katalea«, flüstert er derart dunkel, dass ich zurückweiche. Die kalte Finsternis seines Blickes ist beängstigend. Die Temperatur um uns herum scheint einige Grade zu fallen, und auch ich falle, abrupt und tief, um auf dem Boden der Tatsachen aufzuschlagen. Großvater hatte recht. Nero ist alles andere als ungefährlich. Ich weiß rein gar nichts über ihn und seine Hintergründe.

»Öffne die Tür«, weist er mich an.

»Und wenn ich es nicht tue?«, erwidere ich widerwillig, auch wenn ich ahne, dass es nicht besonders klug ist, sich jemandem wie Nero in den Weg zu stellen.

»Wirst du deinen Bruder nicht sehen«, sagt er ruhig und auf eine Art, die nicht erkennen lässt, ob es sich um eine Drohung oder die Erklärung des Offensichtlichen handelt.

Ich wäge meine Möglichkeiten ab. Egal was ich tue, ich werde Nero nicht dazu bringen können, von hier zu verschwinden.

»Du wirst Brandon nicht manipulieren«, verlange ich. »Du

wirst ihm mit deiner seltsamen Beeinflussung nicht weismachen, dass er in irgendeine Schlägerei oder etwas anderes geraten ist. Du wirst ihm die Wahrheit lassen.«

Nero antwortet nicht sofort. »Du hast mein Wort«, erklärt er schließlich ernst.

»Ich weiß bloß nicht, wie viel das wert ist«, erwidere ich bissig.

»Dieses Risiko wirst du wohl eingehen müssen.«

Nach einem kurzen zögernden Moment drücke ich die Türklinke hinunter. Die Wände des Krankenzimmers sind sonnengelb gestrichen, und auch meine innere Sonne geht auf, als ich Brandon in dem Bett am Fenster liegen sehen. Die Wunde an seinem Kopf wurde versorgt, und er lächelt verhalten in meine Richtung. Sofort laufe ich zu ihm, schlinge die Arme um seinen Hals und drücke ihn ganz fest an mich.

»Hey, Kela. Pass auf«, murmelt er, zieht mich aber gleichzeitig an sich heran.

»Ich hatte solche Angst um dich«, wispere ich.

»Mein Kopf hält einiges aus, das weißt du doch.«

»Du hast auch einen sturen Schädel, hattest du schon immer«, entgegne ich und genieße jeden von Brandons Atemzügen. Erst als ich meinen Bruder lange genug umarmt und mich davon überzeugt habe, dass es ihm wirklich gut geht, ziehe ich den Besucherstuhl heran und setze mich an sein Bett.

»Was genau ist passiert?«, will Brandon wissen. »Der Arzt hat irgendetwas von einer Schlägerei erzählt, aber das passt nicht mit meinen Erinnerungen zusammen. Wobei meine Erinnerungen auch nicht …«, er stockt und atmet tief ein, als hätte er sich in seinem eigenen Kopf verirrt. »Also meine Erinnerungen können nicht, das kann nicht … fuck, mein Gehirn muss ziemlich durchgerüttelt worden sein.«

Während Brandon spricht, wird er von Nero inspiziert, der sich entspannt an der Wand abstützt. Ein paar dunkle Haarsträhnen fallen ihm lässig in die Stirn, doch sein Blick ist wachsam auf meinen Bruder gerichtet, als würde er nach etwas suchen. Vermutet er, dass er diesen Kéjsaia gefunden hat? Wollte er deswegen mitkommen? Die Fragen in meinem Kopf verebben gleich wieder, als ein kaum merkliches Aufatmen durch Nero hindurchgeht.

Ich beuge mich ein Stück nach vorn. »Was ist das Letzte, woran du dich erinnern kannst?«

»Ich war in meinem Zimmer. Und da war auf einmal dieser …« Er runzelt die Stirn. »Dieser …«, setzt er noch einmal an, weigert sich aber, den Rest auszusprechen.

»Dieser Schatten«, beende ich den Satz für ihn.

Seine Augen weiten sich, er schluckt. »Der war da doch nicht wirklich, oder?«

»Doch, das war er. Ich habe ihn auch gesehen«, sage ich betont ruhig. »Er hat dich angegriffen.«

Brandon fährt sich über die Augen, als könnte er damit seine Erinnerungen wegschieben. Sein Blick wandert Hilfe suchend zu Nero. »Warst du auch da?«

»Ich weiß nicht, was genau passiert ist«, erwidert Nero gleichmütig.

Wüsste ich nicht, dass er lügt, würde ich ihm womöglich glauben. Schlagartig leuchtet mir ein, dass er seine Manipulationen gar nicht benötigt, um die Wahrheit verschwinden zu lassen.

»Du lagst am Boden, vielleicht bist du unglücklich gestürzt. Das mit der Schlägerei habe ich nur behauptet, damit sie in der Notaufnahme die Sache ernster nehmen.«

»Danke, Mann. Kann ich nachvollziehen.«

Die beiden nicken sich in einem beschissenen stummen Einverständnis zu, dass ihre Erklärung viel besser ist als meine.

»So war das nicht!«, sage ich schroff und spüre eine enorme innere Unruhe, so stark, dass ich nicht anders kann, als aufzustehen und die Gardinen zu richten, deren Stoff ungleichmäßig zu Boden fällt.

Brandon quittiert meine Aktion mit einem leisen Seufzen und sinkt auf seinem Bett zurück. Die Bewegung lässt ihn gequält aufstöhnen. Seine Finger tasten zu dem weißen Pflaster an seinem Kopf. »Scheiße, tut das weh. Kela, können wir ein anderes Mal weiterreden? Ich sollte mich jetzt besser ausruhen, das war alles echt heftig. Kannst du sie nach Hause bringen, Nero?«

»Klar«, erwidert Nero gelassen, als würde ich ihm keine Umstände machen.

Mir liegt die Bemerkung auf der Zunge, dass ich nicht irgendein Gegenstand bin, den man den Gästen mitgibt wie eine Flasche Wein oder ein Buch, aber dann sehe ich die tiefe Müdigkeit auf Brandons Gesicht und beschließe, es für heute gut sein zu lassen.

Zumindest was ihn betrifft.

»Sag mal, geht's noch?!«, gifte ich Nero an, nachdem wir uns von Brandon verabschiedet haben und gemeinsam auf den Fahrstuhl warten.

»Es ist zu seinem Besten.«

»Ihn zu belügen, ist zu seinem Besten?«

»Er wollte die Wahrheit doch gar nicht hören. Die Leute glauben gern an das, was in ihre Welt hineinpasst. Es beschützt sie, zumindest oberflächlich.«

Ich betrachte Neros Profil, verabscheue jedes Detail seines fein geschnittenen Gesichts, vor allem aber den unergründlichen Ausdruck, mit dem er über allem zu stehen scheint.

»Von Anfang an wolltest du doch bloß mitkommen, um Brandon deine bescheuerte Lügenstory aufzutischen«, blaffe ich ihn an und drücke den Fahrstuhlknopf immer und immer wieder, bis meine Fingerkuppe ganz rot ist.

Neros Mundwinkel zucken nach oben. »Gib dem Aufzug etwas Zeit.«

»Du bist nicht in der Position, mir Ratschläge zu erteilen«, fauche ich.

»Hör zu, Katalea«, beginnt Nero und dreht sich langsam zu mir, bevor er die Stimme senkt und mir tief in die Augen sieht. »Du kannst dich jetzt darüber aufregen, dass Brandon die Wahrheit nicht kennt, oder du benutzt deinen hübschen Kopf, um das Ganze einmal zu durchdenken. Was wäre denn passiert, wenn wir deinem Bruder von den Isikós erzählt hätten? Glaubst du wirklich, dass er die Sache mit einem schicksalsergebenen Schulterzuckern akzeptiert und einfach weitergemacht hätte? Dass er jetzt gleich in den Schlaf finden würde, um die Erholung zu erhalten, die er nach der Attacke bitter nötig hat?« Er schnippt abfällig mit den Fingern und schnaubt. »Von jetzt auf gleich hätte sich Brandons Welt vollkommen auf den Kopf gestellt. Du hättest ihm den Boden unter den Füßen weggezogen, einen Boden, dem er vertraut und der ihm seit seiner Geburt Halt gibt. Er kennt nichts anderes, vergiss das nicht.«

Mein Herz begehrt auf. »Und was ist mit mir? Bei mir ist es völlig in Ordnung, dass ich mir nichts, dir nichts«, ich schnippe genauso in die Luft, wie er es eben getan hat, »mit mordenden Schatten konfrontiert werde? Dass mein Boden einfach weggerissen wird und ich falle und falle und falle?«

Sein Blick vertieft sich, und er wartet einen Augenblick, bevor er meine Frage beantwortet.

»Du bist anders.« Die Worte gehen ihm langsam und beinahe schwerfällig über die Lippen. Fast klingt es, als würde er damit mehr zugeben, als er selbst wahrhaben möchte.

»Wie anders?«

Nero nimmt einen tiefen Atemzug. Scheint etwas in sich abzuschütteln, das ich nicht fassen kann. »Für dich ist das Unmögliche möglich, Katalea«, sagt er schließlich. »Sieh dich doch mal an. Du bist nicht grunderschüttert über das, was heute passiert ist. Dein Fundament steht noch. Du hattest Angst um deinen Bruder, aber der Isikós hat dich nicht an deinem Verstand zweifeln lassen.«

Ich werfe meine Arme in die Höhe. »Aber doch nur, weil ich seit Tagen ständig an mir und meinem Verstand zweifele!«

Entschieden schüttelt Nero den Kopf und beugt sich zu mir. Seine Nähe bringt meinen Herzschlag weiter aus dem Rhythmus. Ich verteufele meinen Körper und seine unsinnigen Reaktionen, aber vor allem verteufele ich Nero, weil ich derart an seinen Lippen hänge.

»Daran liegt es nicht.« Seine Stimme ist nicht mehr als ein dunkles Flüstern, ein Flüstern wie ein lebenslanges Versprechen, das über die Grenzen des Greifbaren hinausführt. »Du bist bereit, hinzusehen, Katalea. Du bist neugierig auf die Geheimnisse dieser

Welt, du gibst dich nicht mit ihrer bloßen Oberfläche zufrieden, du willst daruntersehen. *Das* ist ein großer Unterschied.«

PLING. Die Aufzugstüren schieben sich zur Seite, und erst jetzt fällt mir auf, dass ich die ganze Zeit den Atem angehalten habe. Neros Worte hallen seltsam in mir nach, als würden sie in der Tiefe meines Selbst etwas zum Klingen bringen. Ich brauche einen Moment, um zu kapieren, dass der Lift nicht nach unten, sondern nach oben fährt, und dass in der Kabine ein Mann steht, den ich kenne.

Mr Coleman hat zwei Becher Kaffee in der Hand und einen erschöpften Ausdruck im Gesicht. Er wirkt abwesend, versunken in einer anderen Welt, doch als er mich sieht, geht ein Ruck durch ihn hindurch.

»Kela? Was machst du hier?«

Geistesgegenwärtig schiebt Nero seine Hand in die Lichtschranke und hält damit die Lifttüren auf.

»Brandon hatte einen Unfall, aber er ist okay«, sage ich schnell und denke sofort an Oscar und seine Operation. »Wie geht es Ihrem Sohn?«

Mr Coleman erwidert nichts, doch sein Blick sagt alles. Es ist der Blick, den ich bei Moms Ärzten gesehen habe, als der Krebs gestreut hatte, der Blick, in dem Hoffnung nur noch als fantastische Idee existiert.

»Es gab ... ich ... ich muss wieder nach oben. Wir wissen nicht, wie lange er noch ...«

Automatisch zieht Nero seine Hand zurück. Die Fahrstuhltüren schließen sich geräuschlos, während es in mir schreiend laut wird.

Oscar.

Oscar.

Oscar.

»Willst du zu ihm?«

Neros Frage klingt dumpf in meinen Ohren. Ich zittere, schlucke, alles gleichzeitig. Die Angst schnürt mir die Kehle zu. Ich kann nicht sprechen. Meine Umgebung beginnt sich zu drehen, mir wird unfassbar schlecht.

Mit beiden Händen nimmt Nero mich an den Schultern und rüttelt sanft daran. »Katalea, willst du zu Oscar?«

»Er … er kann doch nicht …«, fallen die Worte aus meinem Mund wie Steine, deren Gewicht tonnenschwer wiegt. Meine Augen beginnen zu brennen. »Er ist doch noch so …«

Ich schüttele den Kopf, versuche, die Vorstellung aus meinem Gehirn zu vertreiben, dass Oscar, der lebenslustige, wunderbare Oscar, sterben könnte. Doch die Vorstellung ist da und reißt mein Herz in Stücke.

»Wir gehen zu ihm«, beschließt Nero und greift nach meiner Hand, die sich vollkommen taub anfühlt.

Zehn

Die nächsten Minuten gleiten an mir vorüber, als wäre ich nicht richtig anwesend. Nachdem Nero mit mir nach oben gefahren ist und die Stationsschwester dazu gebracht hat, uns zu sagen, wo wir Oscar finden, spricht er mit den Colemans. Weinend erzählen sie ihm, dass es bei der Operation zu Komplikationen kam und Oscars Körper das neue Herz nicht annimmt. Die Ärzte konnten seinen Zustand zwar stabilisieren, wissen jedoch nicht, wie es mit ihrem Sohn weitergeht und ob er die Nacht übersteht.

»Geh«, verlangt Nero, der mich Richtung Glastür schiebt. Ich weiß seine Bemühungen zu schätzen, fühle mich aber schlecht, den Colemans Zeit zu stehlen. Zeit, die sie vielleicht nie wiederbekommen.

»Ich rede noch etwas mit ihnen. Es wird ihnen guttun und helfen, die nächsten Stunden zu überstehen«, bemerkt er leise, als könnte er meine Gedanken lesen. »Du hast fünf Minuten, Katalea. Nimm sie dir.«

Ich nicke. Meine Beine gehen wie betäubt weiter, bis sie das Bett erreichen, in dem Oscar liegt. Seine Augen sind geschlossen, die Lippen rissig, seine Haut viel zu blass. Zwischen all den Kabeln, Schläuchen und blinkenden Lampen wirkt er ganz verloren. Die Maschinen um ihn herum piepsen leise, übertönen die schwachen Atemzüge des Neunjährigen, der nicht hier liegen sollte.

Zittrig greife ich nach seiner kleinen Hand und streiche ihm eine rote Haarsträhne aus dem Gesicht.

»Kela?« Oscar blinzelt verwirrt.

Ich reiße mich zusammen, innerlich und äußerlich, versuche, optimistischer auszusehen, als ich mich fühle. »Ich bin hier.«

Oscar lächelt mich an. Es ist ein schwaches Lächeln, das er nicht lange halten kann. »Du siehst auch so aus.«

Seine Stimme ist so zart, dass ich sie kaum höre. Ich lehne mich zu ihm. »Wie sehe ich aus?«

»Wie all die anderen Erwachsenen. Sie versuchen, aufmunternd zu gucken, weil sie wissen, dass ich sterben werde.«

Ich presse die Lippen aneinander. »Sag so etwas nicht.«

Er atmet tief ein, als würde er diesen Atemzug besonders genießen, weil er weiß, dass er kostbar ist, weil verdammt noch mal alles kostbar ist, von dem es nicht mehr viel gibt. Oscar weiß das, er weiß eine Menge, dieser kleine Junge in diesem viel zu großen Bett, der immer ein Oktopus sein wollte und jetzt in einer scheußlichen Krake aus langen Schläuchen und blinkenden Apparaturen gefangen ist. Am liebsten würde ich ihn befreien, würde ihn hochheben und mit nach Hause nehmen, ihm versichern, dass alles gut wird.

»Die Ärzte sehen alle so aus. Sie sind nett und sagen nette Sachen, aber ihr Gesichtsausdruck verrät sie.« Er hält kurz inne, den Blick in sich gekehrt. »Ich kann es spüren. Mein Herz schlägt langsamer, es will nicht mehr schlagen. Es gibt auf. Gemein, oder? Hat mich nicht mal gefragt. Wäre ich eine Muschel geworden, hätte ich vielleicht fünfhundertsieben Jahre geschafft. Natürlich hätte ich auch eine Eintagsfliege werden können.«

Er seufzt und sieht mich wieder an. Tiefe Klarheit strahlt aus seinen Augen. »Ich weiß, dass ich sterben werde, Kela. Mein Herz hat es längst beschlossen. Ich hatte schon viel Zeit, über den Tod nachzudenken, und stelle mir einfach vor, dass es weitergeht, denn es geht immer weiter, nicht wahr?«

»Das tut es«, behaupte ich voller Zuversicht. »Du weißt doch, was John Lennon gesagt hat.«

»Am Ende wird alles gut. Und wenn es nicht gut ist, ist es noch nicht das Ende.« Oscar nickt nachdenklich. »Hast du mein Geheimnis entdeckt?«

»Noch nicht. Ich warte auf deinen Tipp.«

»Glaubst du denn an den Himmel, Kela?«

Ich zögere. »Ich denke schon.«

»Und wie sieht dein Himmel aus?«

»Darüber habe ich mir noch keine großen Gedanken gemacht. Aber ich glaube, er wäre groß und hell. Mit tanzenden Wolken und einem wilden Garten aus Schokolade und Eis.«

»So wild wie euer Garten und auch noch essbar? Das gefällt mir.«

»Wie sieht denn dein Himmel aus, Oscar?«, frage ich, auch wenn es mir das Herz zerdrückt.

»In meinem Himmel wohnen die verrücktesten Tiere. Sie können sprechen, und ihre Kräfte sind vertauscht. Elefanten laufen ohne Kopf herum, dafür sind Kakerlaken irrsinnig stark. Sie alle leben in einer riesigen Wolkenlandschaft, die sich ständig verändert, um neue Brücken, Wälder und Spielfelder zu erschaffen. Baseball ist bei ihnen sehr beliebt, aber oftmals fliegen die Wolkenbälle zu weit, dann fallen sie nach unten.«

»Wo wir sie sehen.«

»Wo wir sie sehen«, wiederholt Oscar versonnen. »Du musst nach den Wolkenbällen Ausschau halten. Ich werde dir einen zuwerfen, wenn ich da oben bin.«

Ich drücke seine Hand fester und will sagen, dass er nicht sterben wird, dass er nicht sterben darf, aber es geht nicht darum, was ich sagen will, sondern darum, was Oscar braucht. »Das werde ich. Ich werde Ausschau halten.«

Er lächelt wieder, diesmal noch schwächer als zuvor. »Der Tod wird nett zu mir sein. Ich bin ein Kind, zu Kindern ist man immer nett. Aber Mom und Dad sollen nicht traurig sein. Sie dürfen nicht aufgeben. Ihre Herzen sollen weitermachen.«

Ich schlucke. »Deine Eltern werden stark sein.«

»Das ist gut«, sagt Oscar und schließt langsam die Augen. Seine Züge sehen seltsam friedlich aus.

»Ich hab dich lieb, Oscar.«

»Wenn Seeotter schlafen, halten sie einander fest«, flüstert er mit geschlossenen Augen. »Sie halten im Wasser Händchen, damit sie nicht davontreiben.« Ich spüre, wie er meine Hand drückt. Mehr sagt er nicht, und mehr muss er auch nicht sagen. Für einen Moment sehe ich ihn einfach nur an, und dann bemerke ich Mrs Coleman mit ihrem Mann, die in der Tür stehen. Sie wirken gefasster als gerade noch eben.

Meine Zeit ist um.

Ich gebe Oscar einen sanften Kuss auf die Stirn und verabschiede mich. Beim Hinausgehen drücke ich stumm Mrs Colemans Hand. Sie drückt zurück, bevor sie sich mit ihrem Mann zu Oscar ans Bett setzt.

Auf dem Flur mache ich ein paar Schritte und schnappe nach Luft, bis meine Beine nicht mehr wollen. Ich sinke gegen irgendeine Wand und lasse los, was ich da drinnen so fest zusammengehalten habe. Mein Schluchzen beginnt leise und wird immer lauter. Mein ganzer Körper schluchzt mit, lässt die Tränen aus mir herausfließen und überflutet mein Gesicht. Ich spüre, wie die Hoffnungslosigkeit meinen Brustkorb verengt und die Welt ihren Sinn verliert. Spüre, wie ich innerlich zerbreche und meine Einzelteile zu Staub zerfallen.

Erst nach einer Weile bemerke ich, dass Nero neben mir lehnt. Er sagt kein Wort, ist einfach nur da.

»Es ist nicht fair«, höre ich mich selbst krächzen. Mit dem Handrücken schiebe ich mir eine klebrige Haarsträhne aus den Augen. »Verdammt, es ist nicht fair!«

»Der Tod ist niemals fair«, dringt seine tiefe Stimme an mein Ohr.

»Oscar kann doch nicht einfach … er kann doch nicht …« Ich vergrabe mein Gesicht in den Händen, will nicht zu Ende sprechen, was bald zu Ende ist. Bodentiefe Angst überkommt mich, und mit ihr die Gewissheit, dass ich es nicht verhindern kann, dass selbst mein Toben und Schreien nichts ändern wird, dass sich Oscars Herz nicht dazu bringen lässt, weiterzuschlagen.

Denn ich glaube Oscar.

Ich glaube dem klugen, weltoffenen, tiervernarrten Jungen,

dass er seine Zukunft in den Blicken der Ärzte sehen kann, glaube ihm, dass sein Körper die verfluchte Entscheidung ohne ihn gefällt hat. Ein neuer Weinkrampf überrollt mich und hört gar nicht mehr auf, mich durchzuschütteln, weil mir das Schicksal zu traurig, zu ungerecht und zu endgültig erscheint. Das Schicksal besteht nicht aus einem Happy End, wie es sich meine Mutter mit ihren kitschigen Filmen und Büchern ersehnt hatte, das Schicksal ist ein harter Faustschlag, der einen mitten ins Gesicht trifft.

Von Oscar weiß ich, dass der Mensch das einzige Lebewesen ist, das aus Trauer weinen kann. Die Information taucht in meinem Kopf auf, ganz plötzlich, und bringt mich dazu, noch mehr und noch lauter zu heulen, bis mich schließlich eine Berührung innehalten lässt. Es ist Nero, der vor mir steht und mir sanft eine Haarsträhne aus der Stirn schiebt. Seine Finger streifen bloß zart meine Haut, doch ich spüre an der Stelle eine angenehme Wärme, die meinen Körper beruhigend durchströmt. Er reicht mir ein Taschentuch, mit dem ich meine Tränen trockne und mir die Nase schnäuze.

»Oscar hat mich gefragt, ob ich an den Himmel glaube«, sage ich schniefend, stopfe das Taschentuch in die Hosentasche meiner Jeans und blicke zu Nero auf. »Gibt es den Himmel denn?«

»Warum fragst du mich das?«

»Weil mir ein Gefühl sagt, dass du es weißt.«

Nero betrachtet mich ruhig. Als er mir endlich antwortet, klingen seine Worte wahrhaftig und ehrlich. »Du musst dir um Oscar keine Sorgen machen.«

»Was heißt das?«

»Es heißt, was ich gesagt habe. Der Tod ist Teil des Lebens, Katalea. Versuche nicht, dich gegen ihn zu wehren. Du würdest nur gegen Windmühlen kämpfen.«

Ich schlucke. »Du kommst mir mit einer Redewendung aus Don Quijote? Nach allem, was heute passiert ist, glaubst du, mich damit abspeisen zu können?«

Ein Lächeln schleicht sich in sein Gesicht, so kurz, dass ich nicht mit Sicherheit sagen kann, ob es wirklich da gewesen ist. »Ich würde niemals erwarten, dich mit irgendetwas abzuspeisen.«

»Du tust es schon wieder«, zische ich.

»Was?«

»Du tanzt.«

Er blickt an sich hinunter. Da ist es wieder, dieses hinreißende Lächeln, das Neros perfekt proportioniertes Gesicht so umwerfend erscheinen lässt. Doch es verschwindet wieder und lässt nur eine ausdruckslose, dunkle Maske zurück. »Ich bewege mich doch gar nicht.«

»Nein, natürlich nicht«, schnaube ich und fuchtele verächtlich vor seinem Gesicht herum. »Äußerlich bist du ein Fels, zeigst kaum irgendeine Regung oder Emotion. Aber mit deinen Worten tanzt du um die Wahrheit herum. Ich will Erklärungen, Nero. Ich will wissen, was hier los ist. Was es mit diesem beschissenen Schlüssel auf sich hat. Und versuche bloß nicht, mich zu vertrösten oder mir wieder irgendeinen Schwachsinn von dem falschen Zeitpunkt zu erzählen, denn ich bin jetzt nicht in der Stimmung dafür, ganz und gar nicht. Das hier ist der mieseste Moment, den du dir jemals zum Abwimmeln, Hinhalten oder Herumtanzen aussuchen könntest, denn gleich da drüben liegt ein Junge, der ein Oktopus sein wollte und nur den Tod abbekommt, und ich rate dir, mich jetzt nicht zu reizen und es nicht darauf ankommen zu lassen, denn ich kann und werde –«

Ein geheimnisvolles Funkeln tritt in seine Augen. »Du hast viel von deinem Großvater.«

»Wie bitte?«

»Die Hartnäckigkeit. Und den latenten Hang zu Drohungen«, erklärt er rau.

Meine Augen weiten sich. »Du kennst Grandpa?«, frage ich überrascht, während sich eine Erinnerung in meinem Kopf lichtet. »Du kannst ihn sehen.« Mir entgleitet ein abfälliges Schnauben. »Natürlich, du konntest ihn schon die ganze Zeit über sehen, auch kürzlich in der Küche.«

Neros Blick ist Antwort genug.

»Wieso hast du nichts gesagt? Ich dachte, dass ich vollkommen durchdrehe! Dass nur ich seinen Geist wahrnehmen kann!«, donnere ich ihm so laut entgegen, dass sich ein junger Pfleger auf dem Gang irritiert zu mir umdreht und dann rasch weitergeht.

»Je weniger du weißt, desto besser ist es«, erwidert Nero ernst und rückt ein Stück an mich heran. In seinen dunklen Augen liegt ein unergründliches Leuchten, als wäre damit alles gesagt.

Doch das kann er vergessen. Ich funkele ihn an und bin schon drauf und dran, etwas Giftiges zu erwidern, da kommt er mir zuvor.

»Zumindest dachte ich das«, fügt er hinzu. »Und bevor du mir gleich an die Gurgel gehst, schlage ich vor, wir fahren nach Hause. Dort bekommst du deine Antworten.«

Elf

»Also?« Nervös lasse ich mich neben Todd aufs Sofa fallen, der mit Jerome im Wohnzimmer auf uns gewartet hat. Die Fahrt nach Hause verlief schweigend, aber dieses Schweigen hat nun ein Ende.

Während Jerome bloß wortlos vor dem Fenster neben der antiken Standuhr steht und sich nachdenklich über seinen Dreitagebart streicht, starrt Todd in seinem karierten Pyjama stumm ins Kaminfeuer, dessen Flammen zuckende Schatten an die Wand werfen. Unweigerlich muss ich an die Isikós denken.

»Echt jetzt? Ist das euer Sinn für Humor?«

»Ich fand, dass so ein Feuer für die passende Stimmung sorgt. Es sollte nicht pietätlos wirken.« Todd grinst mich an, doch ich erwidere sein Grinsen nicht.

Stattdessen wende ich mich Nero zu, der es sich auf dem alten Ohrensessel gemütlich gemacht hat. »Ich warte.«

»Wir sind noch nicht komplett.« Sein wachsamer Blick wandert über Moms Kitschfiguren, die das Licht der Flammen hart zurückwerfen. In der Dunkelheit des Hauses wirken die Figuren beinahe bedrohlich, die Augen lauernd, das Lächeln verzerrt.

»Was meinst du damit?«, will ich ungeduldig wissen.

»Wir müssen noch auf jemanden warten.«

»Und auf wen?«

»Das wirst du gleich sehen«, erwidert er nüchtern und verschränkt die Finger. »Ich gehe davon aus, dass du lieber das große Bild möchtest, anstatt nur ein paar Teile präsentiert zu bekommen.«

»Ist das wieder eine Verzögerungstaktik?«, gebe ich verärgert zurück, als ich höre, wie die Eingangstür aufgerissen wird. Eilige Schritte durch die Diele folgen, bis Suki völlig fertig im Türrahmen auftaucht.

»Kela, es tut mir so leid«, bricht es aus ihr heraus.

Ich runzele die Stirn, sehe verwirrt von meiner atemlosen Freundin zu Nero, der sich in dem Ohrensessel genüsslich zurücklehnt, als würde er gleich einer Theateraufführung beiwohnen. Mein Mund will reagieren, doch mein Verstand hält ihn zurück.

Meine Augen weiten sich. »Du … du bist auch eine von ihnen?«

»Es ist nicht so, wie du denkst.«

Bei ihren Worten zieht sich mein Herz schmerzhaft zusammen, der Boden unter meinen Füßen wackelt gefährlich. Während der letzten Stunden ist zu viel passiert, zu viel für mich und ein einziges Leben.

»Das ist ein schlechter Anfang, Suki. Ein wirklich schlechter Anfang«, erwidere ich eisig und richte mich auf. »Ich bin gerade nicht in der Stimmung, mir irgendwelche Ausflüchte anzuhören.«

»Ich gehöre nicht zu ihnen, das will ich damit sagen«, erklärt sie über das Prasseln des Feuers hinweg. Ihre Stimme klingt gehetzt, als hätte sie Sorge, dass ich ihr nicht glaube. »Ich bin eine von den Guten.«

Todd schlägt die langen Beine übereinander. »Interessant. Bislang wusste ich nicht, dass die Clans in Gut und Böse eingeteilt wurden.«

»Typisches Schwarz-Weiß-Denken«, fügt Jerome abfällig hinzu.

Todd richtet den Kragen seines Pyjamas. »Äußerst unreflektiert, würde ich sagen. Aber kaum verwunderlich, bei ihrem Clan. Wie war noch mal der Name? Die Unwichtigen geraten so schnell in Vergessenheit.«

Suki presst wütend die Lippen aufeinander. »Die Unwichtigen? Ihr haltet euch wohl für das Zentrum des Universums, dabei seid ihr …«

»Was sind wir? Komm, lass hören. Ich bin schon sehr gespannt auf deine eloquenten Ausführungen. Wenn ich könnte, würde ich vor Ungeduld *sterben*«, ätzt Todd, woraufhin Suki mit einem beleidigenden Kommentar reagiert und sich ein handfester Streit entfacht. Wie bei einem Tennismatch geht es zwischen ihnen hin und her, doch ich bin keine gute Zuschauerin für ihr Spiel, nicht heute, nicht jetzt.

»Hört auf.« Neros tiefe Stimme schneidet durch das Wohnzimmer, fällt scharf und präzise wie eine Guillotine. Es hat etwas Gebieterisches, wie er da sitzt in seinem Ohrensessel und seinen undurchschaubaren Blick von mir löst, um sich Suki zuzuwenden. »Sag, was du zu sagen hast. Ich rate dir, Katalea nicht auf die Folter zu spannen. So wie sie aussieht, wird sie sonst gleich explodieren.«

Unter Neros dunkler Aufmerksamkeit reibt sich Suki unbehaglich über die Oberarme. Schließlich wandert ihr Blick zu mir. Aus jedem ihrer Gesichtszüge spricht die Schuld. »Ich bin eine Athánados.« Sie hebt die Hand und zeigt auf den Silberring an ihrem Finger, an dem zwei filigrane Blumen ineinander verflochten sind. Jetzt weiß ich auch, warum mir Neros Ring mit der eingravierten Rose so bekannt vorkam.

Todd schiebt eine Hand in die Brusttasche seines Pyjamas und zieht ebenfalls einen Silberring hervor, genau wie Jerome, der den Ring an einer Lederkette um den Hals trägt.

»Okay«, sage ich langsam. »Und was bedeutet das? Gehört ihr irgendeinem schrägen Club an?«

Suki schüttelt den Kopf. »Die Athánados sind kein Club, sondern ein Zusammenschluss aus sieben großen Clans, deren Mitglieder allesamt unsterblich sind. Jede Familie trägt das unverwechselbare Symbol einer Blüte, als Respekt vor dem Kreislauf des Lebens und unserer Geschichte. Ich bin eine Chevall-Rivaldi mit dem Zeichen der Chrysantheme-Dahlie«, sie deutet noch einmal auf ihren Ring, »die Jungs gehören zum Clan der de Balzacs, der unter dem Zeichen der Rose steht. Wir sind hier, weil wir auf der Suche nach einem besonderen Schlüssel sind. Einem von sieben Schlüsseln, die Kéjsaias genannt werden. Der Legende nach kann mit ihnen die Heilige Pforte geöffnet werden – eine Verbindung zwischen den Sphären, zwischen Oberwelt, Erde und Unterwelt. Meine Familie hat sich geschworen, die Schlüssel zu beschützen und den Weltenzugang nicht zu öffnen, während die de Balzacs das Gegenteil anstreben, denn sie gieren nach noch mehr Macht, als sie ohnehin schon besitzen. Habe ich das schön zusammengefasst?«, fragt sie bissig in Neros Richtung, senkt den Blick jedoch gleich wieder, als er sie reglos mustert.

Clans. Blumen. Kéjsaias. Heilige Pforte. Weltenzugang. Die Worte detonieren wie Sprengsätze in meinem Kopf.

»Du verarschst mich doch.«

Sie schüttelt abermals den Kopf. »Sorry für den Schnelldurchlauf. Aber die Sache mit dem Schlüssel ist wirklich wichtig.«

Meine Gedanken verlaufen sich in meinem Kopf, drehen sich um Möglichkeiten, die gegen alle Naturgesetze sprechen. *Oberwelt. Unterwelt. Unsterblichkeit.*

»Das kann nicht sein«, sage ich.

»Wieso nicht? Weil es dir bislang nicht bekannt war?« Es ist Nero, der diese Frage stellt. »Wir haben in den letzten Jahrhunderten alles darangesetzt, nicht aufzufallen. Zudem ist es hilfreich, dass Menschen sterben. Sobald sie unter der Erde sind, stirbt ihr Wissen mit.«

»Sie bleiben natürlich nicht unter der Erde, sondern werden wiedergeboren. Zumindest die meisten von ihnen, bis auf wenige Ausnahmen. Für Leute, die sich auf der Erde nicht besonders gut benehmen, gibt es«, Todd hält kurz inne und lächelt grimmig, »sagen wir es einmal so: Für ihre Seelen gibt es *Spezialprogramme,* die meistens in der Unterwelt ablaufen. Menschen, die sich gut benehmen und eifrig dazulernen, dürfen hingegen irgendwann wieder zurück zur Seelenquelle, sprich in den Himmel. Dafür sind aber unzählige Einzelinkarnationen und ganz schön viele Jahre nötig. Wiedergeburt ist also das Stichwort des Tages. Gratulation, Kela. Du bist nun eine der wenigen Sterblichen, die Gewissheit haben, dass es nach dem Tod weitergeht. Das ganze Wissen wird gelöscht, quasi die Resettaste gedrückt, und die Seele darf noch eine Runde auf der Erde drehen. Und noch eine. Und darauf noch eine und noch eine …«

»Danke, Todd«, fällt ihm Nero hart ins Wort. »Ich denke, sie hat das Prinzip verstanden.«

Ich schlucke. Die Informationen überschwemmen mein Gehirn mit einer Wucht, die meinen Verstand fortzureißen droht. In dieser Sturmflut gibt es nur einen Leuchtturm, der in weiter Ferne blinkt. »Was habt ihr für Kräfte?«

Suki stellt sich an den Kamin und reibt die Hände aneinander. »Die Clans verfügen über unterschiedliche Fähigkeiten. Als Chevall-Rivaldi bin ich in der Lage, das Flüstern der Tiere und Pflanzen wahrzunehmen. Andere können Illusionen erzeugen, Gedanken lesen oder das Wetter beeinflussen.«

Ich wende mich Nero zu. »Was kannst du?«

Er hebt eine Augenbraue. »Stellst du gern Fragen, deren Antwort du bereits kennst?«

Ich presse die Lippen zusammen. »Du manipulierst.«

»Die de Balzacs sind Meister darin, Gefühle von unwissenden Seelen, also von Sterblichen, nach ihren Wünschen zu beeinflussen«, bemerkt Suki mit spitzem Unterton.

Jerome atmet geräuschvoll aus. »Wenigstens sollte das so sein.«

»Nur bei mir hat es nicht geklappt«, sage ich und steuere mit trommelndem Herzen weiter auf meinen Leuchtturm zu. »Verfügt einer der Clans auch über die Fähigkeit, zu heilen? Könnt ihr etwas für Oscar tun?«, frage ich aufgeregt und ernte drückende Stille. Eine undurchdringbare, scheußliche Stille, die nur vom rhythmischen Schlag der Standuhr durchbrochen wird. Blicke werden getauscht, doch es sind keine guten Blicke.

»Wir können nichts für ihn tun«, erklärt Nero schließlich mit unmissverständlicher Endgültigkeit, die mir den Zorn in die Adern treibt.

»Was heißt das? Ihr seid auf der Suche nach diesen verdammten Schlüsseln, mit denen einer eurer Clans Zugang zu allen Welten erhält, aber bei einem kleinen Jungen sind euch die Hände gebunden? Ist das euer Ernst?«, fauche ich.

»Es gibt Regeln«, erwidert Nero düster. »Und Seelenpläne. Oscars Seele geht ihren Weg nicht ohne Grund.«

»Komm mir jetzt nicht mit dem Scheiß«, zische ich.

Suki seufzt. »Kela, wir können echt nichts machen.«

»Verdammt, ihr seid unsterblich! Könnt ihr da nicht jemandem ein paar läppische Jahre schenken?«

Jerome lässt seinen Nacken knacken. »Vergiss es. Es ist nicht möglich.«

»Als ich heute aufgewacht bin, dachte ich auch, dass vieles nicht möglich wäre. Aber das kann sich verdammt schnell ändern!« Meine Worte hämmern aus mir heraus, doch die Gesichter der anderen bleiben ausdruckslos, als hätten sie diese Art von Gespräch schon zu oft geführt. Jeder Nerv und jede Faser meines Körpers droht zu zerreißen, während der Druck auf meine Lunge zunimmt und ich das Gefühl habe, keine Luft mehr zu bekommen. Alles um mich herum beginnt sich zu drehen. Selbst die tapezierten Wände und die Kommoden mit Moms Figuren scheinen näher zu rücken, als wollten sie mich und meinen Widerstand erdrücken.

Der Raum ist viel zu klein für uns fünf, viel zu eng.

Ich muss hier raus.

Meine Beine setzen sich in Bewegung, lassen mich durch die Hintertür nach draußen fliehen, in die sternenlose Nacht, wo mir frische Luft entgegenströmt. Erschöpft lasse ich mich auf die unterste Verandastufe sinken. Das Engegefühl in meiner Brust lässt langsam nach, während ich planlos in die Finsternis starre und meine Finger das struppige Gras aus den Ritzen zupfen, das sich seinen Weg nach oben gebahnt hat. Ich reiße es aus, Halm für Halm, halte auch nicht inne, als sich die Tür hinter mir öffnet und der Geruch von gefallenem Regen an meine Nase dringt.

»Du wolltest die Wahrheit, Katalea.«

»Aber das kann nicht die Wahrheit sein«, stoße ich hervor.

»Nur weil es dir nicht gefällt, ist es nicht weniger die Wahrheit«, erwidert Nero, dessen Gestalt nur vom spärlichen Licht der Außenleuchte erhellt wird. Er lehnt entspannt neben der Tür, als ginge ihn das alles nichts an, als stünde er als Unsterblicher über den Banalitäten meines Alltags, doch in seinem Blick schimmert der leise Ausdruck von Mitgefühl.

Ich schüttele den Kopf, will dieses Mitgefühl nicht und was es bedeutet. »Ich kann Oscar doch nicht einfach sterben lassen«, gebe ich erstickt von mir und fühle, wie sich der Verlust bereits hässlich um mein Herz schlingt und grausam zudrückt. Energisch zerre ich ein weiteres Büschel aus dem Holz der Treppenstufe.

»Es liegt nicht in deiner Hand.«

Eine frische Brise weht mir eine Haarsträhne ins Gesicht. »Aber wer entscheidet das? Wer entscheidet, was möglich ist und was nicht?«, werfe ich ihm unwirsch entgegen. »Ich meine, wo verflucht ist die Grenze? Und wer ist so dreist, sie zu ziehen? Gibt es einen Gott dahinter, einen mächtigen fiesen Mann, der das hier alles bloß als lustiges Spielchen betrachtet? Die einen sind unsterblich, die anderen dürfen nicht älter als neun Jahre werden?«

Nero tritt an das Verandageländer heran. Er stützt die Hände auf dem hölzernen Handlauf ab, den Blick in den Nachthimmel gerichtet. »Warum muss es denn ein fieser Mann sein und keine fiese Frau?«

»Von mir aus auch eine fiese Frau. Steckt sie hinter all dem?«

Er schnaubt. »Das wäre eine bequeme Erklärung, nicht wahr? Einfach jemanden finden, dem man die Schuld für alles zuschieben kann. Ist es das, wonach du suchst?«

»Nein. Ja. Ich weiß es nicht«, gebe ich zu und fühle, wie sich der Frust tief in mich hineingräbt. »Ich will es einfach verstehen.«

Nero sieht zu mir herab. »Dein Verstand will es verstehen, Katalea. Dein Gehirn braucht einen Grund, um darüber nachzugrübeln, um beschäftigt zu bleiben und den Verlust nicht fühlen zu müssen. Doch es gibt sie nicht immer, die perfekte Erklärung.« Er dämpft seine Stimme. »Die Welt ist wunderschön … und hässlich zugleich.« Er wirkt, als wäre er mit den Abscheulichkeiten der Erde besonders vertraut, als kenne er jeden noch so grässlichen Winkel der menschlichen Seele. Ein kühler Schauer kriecht mir über den Rücken. Ich schlinge die Arme um meinen Oberkörper und reibe mir über die Haut.

»Wir sollten hineingehen. Dir ist kalt«, sagt er.

Ich wende mich von ihm ab und starre in die Dunkelheit des Gartens. »Ich will nicht wieder rein.«

»Du willst hier draußen bleiben?«, fragt er ungläubig.

»Ja, das will ich.«

»Trotz passt nicht zu dir, Katalea.«

»Eure ganze Story passt mir auch nicht«, gebe ich trocken zurück.

»Du hast sicher noch einige Fragen. Die Antworten warten *drinnen* auf dich«, erklärt er nüchtern und verschwindet im Haus, als wäre er sich sicher, dass ich ihm folge.

Ich kann diese latente Selbstherrlichkeit nicht leiden, weiß aber, dass ich hier draußen auch nicht weiterkomme. Eigensinnig bleibe ich dennoch einige Minuten auf den Stufen sitzen. Der Wind frischt auf, und ich beginne zu zittern, äußerlich. Innerlich gestehe ich mir ein, dass Nero im Krankenhaus recht hatte.

Mein Fundament steht tatsächlich noch.

»Warum kann ich meinen toten Großvater sehen?«, lautet die erste Frage, die ich stelle, als ich wieder zurück im Wohnzimmer bin. Ich unterbreche damit eine hitzige Diskussion zwischen Suki und Todd, in der es offenbar um die richtige Vorgehensweise bei der Vermittlung von heiklen Informationen geht.

»Nero glaubt, es liegt an dem Schlüssel«, antwortet Jerome und stellt eine der Engelsfiguren zurück auf die Kommode, die neben dem Bücherregal steht. »Der Engel ist gar nicht so scheußlich.«

»Danke, aber du musst jetzt nicht plötzlich nett zu mir sein.«

»War auch nicht der Plan.«

»Da bin ich aber erleichtert«, sage ich seufzend und ernte ein breites Grinsen von Todd, der neben Suki auf der Couch Platz genommen hat.

»Die Verwandtschaft zu deinem reizenden Opa ist nicht von der Hand zu weisen, Kela. Vielleicht kannst du mir verraten, was es mit seiner grässlichen Schirmmütze auf sich hat? Schlechter Geschmack, oder versteckt er darunter eine unvorteilhafte Glatze?«

»Ich habe keine Ahnung. Aber danke, dass ihr ihn vorher mit keinem Sterbenswort erwähnt habt«, entgegne ich harsch, atme tief ein und versuche, sie nicht alle gleichzeitig zu hassen. Jeder von ihnen konnte Großvater sehen, die ganze Zeit über. »Warum ist Grandpa hier und nicht bereits … *wiedergeboren*?«

Suki zieht ihre Beine in den Schneidersitz. »Manchmal haben Sterbliche noch etwas auf der Erde zu erledigen. Das ist ein etwas komplizierter Vorgang, aber vereinfacht ausgedrückt: Sobald ein Mensch stirbt, kommt er vor eine Art Totengericht, das entscheidet, welche Station seine Seele als Nächstes durchlaufen soll. Die meisten werden wiedergeboren, ein paar müssen in die Hölle, ganz wenige dürfen in den Himmel, und eine Handvoll wird zurück auf die Erde geschickt, um als eine Art Geist noch eine Aufgabe zu erfüllen.«

»Und welche Aufgabe hat Großvater zu erledigen?«

Todd beugt sich zur Mineralwasserflasche, die gemeinsam mit dem treudoof blickenden Keramikschwan auf unserem Couchtisch steht, der offenbar ebenso wenig einen Plan von alldem hat wie ich. Zischend öffnet Todd die Flasche und schenkt sich ein Glas ein. »Wahrscheinlich soll der alte Kerl dir helfen, den Kéjsaia zu finden.«

»Blödsinn! Das behauptest du bloß, weil ihr den Schlüssel wollt!«, schimpft Suki und verändert ihre Sitzposition, um etwas mehr Abstand zwischen sich und Todd zu bringen. Sie sieht mich nachdrücklich an. »Viele Geister sind gezwungen, Unerledigtes zu erfüllen. Etwas, das sie zu Lebzeiten versäumt haben. Es gibt aber auch welche, die ihre Nachkommen oder andere Menschen beschützen sollen oder nach Rache sinnen. Dabei muss der Geist selbst herausfinden, was er zu tun hat. Das ist Teil des Rehabilitationsprozesses.«

»Und ihr könnt nicht herausfinden, was Großvaters Aufgabe ist? Um das Ganze wenigstens irgendwie zu beschleunigen?«

»Na ja … das ist so eine Grauzone«, sagt sie zerknirscht, doch ihr Gesicht hellt sich auf, als ich meine nächste Frage stelle.

»Wieso ist Großvater manchmal da und verschwindet dann plötzlich wieder?«

Todd und Jerome tauschen einen schnellen Blick, bevor Jerome das Wort ergreift. Mir entgeht nicht, dass er dabei den Blickkontakt mit Nero vermeidet, der es sich wieder in dem alten Ohrensessel gemütlich gemacht hat.

»Mann, was hätten wir denn tun sollen? Der Typ hat einfach genervt. Meckert die ganze Zeit rum. Ist echt ein Wunder, dass ihr den nicht schon früher gekillt habt.«

»Wir haben ihn nicht gekillt«, erwidere ich gepresst und verspüre den Drang, Großvater zu verteidigen. »Es war ein Autounfall.«

Todd räuspert sich. »Also ich hätte vollstes Verständnis dafür, wenn ihm jemand den Autoschlüssel in die Hand gedrückt hätte«, erklärt er, wechselt dann jedoch rasch das Thema, als er meine bitterböse Miene bemerkt. »Aber um auf deine Frage zurückzukommen: Ja, wir können diese Quälgeister verschwinden lassen, zumindest für eine gewisse Zeit.«

»Grundsätzlich lautet die Regel der Athánados, dies nur in Ausnahmefällen zu tun«, fügt Suki tadelnd hinzu. »Schickt man Geister andauernd weg, werden sie ihre Aufgabe wohl kaum erfüllen können.«

»Leb du doch mal mit dem alten Kerl zusammen, dann reden wir weiter«, kontert Todd und sieht mich bedauernd an. »Und wenn wir hier schon alles auf den Tisch packen, muss ich mich wohl auch für die Sache mit deinem Bruder entschuldigen. Als ich dich heute Nachmittag auf der Veranda entdeckt habe, musste ich einfach herausfinden, wie viel du weißt. Was für mich ganz unterhaltsam ablief, für dich aber vermutlich nicht.«

Mein Magen sackt nach unten. »Das ... warst du?«

»Wir sind in der Lage, menschliche Körper zu besetzen. Ist ein kleiner Bonus, den wir Unsterblichen so draufhaben.« Ein paar Atemzüge lang mustert mich Todd eingängig, bevor er Suki einen triumphierenden Seitenblick zuwirft. »Was habe ich dir gesagt? Sie nimmt es gut auf.«

»Gib ihr einen Moment, um es zu verdauen. Es muss sich wahrscheinlich erst noch setzen.«

»Ich würde gern behaupten, dass es mich erschreckt, aber heute erschreckt mich wohl gar nichts mehr. Also, ihr könnt menschliche Körper besetzen«, wiederhole ich, als würden wir uns über irgendeine technische Weiterentwicklung unterhalten. Offenbar bin ich an einem Punkt angelangt, an dem die feine Linie zwischen real und irreal nicht mehr existiert, womöglich gibt es überhaupt keine Grenzen mehr. »Wie lange könnt ihr das? Und was ist mit dem Besetzten, bekommt er das mit?«

Mit einem überlegenen Lächeln nimmt Todd einen Schluck aus seinem Wasserglas. »Siehst du, Kela ist hart im Nehmen. Und nein, die Besetzten bekommen nichts mit. Sie haben eine Art Blackout oder merken überhaupt nichts, wenn man es geschickt anstellt. Brandon dachte, dass er die ganze Zeit geschlafen hat. Er hat nicht den blassesten Schimmer, dass wir uns im Schuppen unterhalten haben, während ich ganz entspannt auf der Couch gesessen habe.«

Mein Gehirn rattert wie eine gut geölte Maschine und spuckt bereits die nächste Frage aus, die ich an Jerome richte. »Was wolltest du in dem Schuppen?«

Zuerst scheint er nicht besonders gewillt, mir zu antworten, tut es dann aber doch. »Ich habe einen Blick in das Seelenregister geworfen, um herauszufinden, ob du einem der anderen Clans angehörst, weil du gegen unsere Manipulationen immun zu sein scheinst. Manchmal gibt es … Fehltritte einiger Familienmitglieder.«

»Du meinst Seitensprünge? Kinder zwischen Sterblichen und Unsterblichen?«

»Yep. Du bist aber kein Seitensprung. Du bist eine ganz junge Seele und eigentlich gut zu steuern. Eigentlich.« Sein Blick wandert zu Nero, der sämtliche Ausführungen bislang den anderen überlassen hat.

»Wir wissen nicht alles über die Kéjsaias, außerdem ist jeder von ihnen anders«, ergreift Nero das Wort und steht auf. »Der Schlüssel, der sich hier irgendwo befindet, muss dich resistent gegen jegliche Art der Beeinflussung gemacht haben. Er ist der Grund, warum du dich instinktiv unseren Fähigkeiten widersetzen kannst und in der Lage bist, deinen Großvater wahrzunehmen.«

Seine Worte wehen durch meinen Kopf, vermischen sich mit den Erinnerungen der letzten Tage. »Da ist noch mehr«, sage ich. »Ich konnte das Flüstern des Efeus hören.«

Bedächtig nickend geht Nero zum Kamin. Das knisternde Feuer wirft tiefe Schatten auf sein ebenmäßiges Gesicht. »Auch das liegt an dem Kéjsaia.«

»Du hast meine Gabe übernommen«, erklärt Suki. »Anfangs hört sich das Flüstern nach einer Art Geheimsprache an. Mit der Zeit lernt man jedoch, die Botschaften der Pflanzen und Tiere zu verstehen.«

»Eine vollkommen unnütze Fähigkeit«, mischt sich Jerome ein und zieht desinteressiert ein Buch aus unserem Bücherregal.

»Eine wunderbare Gabe«, hält Suki mit zusammengekniffenen Augen dagegen. »Wie Nero bereits sagte, gleicht kein Kéjsaia dem anderen, doch sie verfügen alle über Schutzmechanismen. Es gibt Schlüssel, die Barrieren bauen, andere wechseln ihre Gestalt, wieder andere suchen sich eine Art Beschützer, egal ob sterblich oder unsterblich. Der Schlüssel, der sich in eurem Haus befindet, könnte über eine Macht verfügen, die der Fähigkeit der Familie Gwynedon ähnlich ist. Vielleicht ist es sogar der Orchideenschlüssel.«

Eine seltsame Stimmung breitet sich im Wohnzimmer aus, als würde schlagartig sämtliche Wärme aus dem Raum weichen. Selbst Nero wirkt mit einem Mal merkwürdig angespannt.

»Was ist das für eine Gabe?«, will ich wissen.

»Die Gwynedons besitzen die Fähigkeit, die Kräfte anderer zu übernehmen, zumindest kurzfristig. Vermutlich war es dir deshalb möglich, auf meine Gabe zuzugreifen«, antwortet Suki. »Du kannst dir vorstellen, dass diese Kraft bei den Clans nicht besonders beliebt ist.«

»Ich denke nicht, dass es sich um den Orchideenschlüssel handelt«, entgegnet Nero kühl und bückt sich, um ein paar Holzscheite nachzulegen. »Der Grund, warum Kela sich uns widersetzen kann, warum sie in der Lage ist, unsere Fähigkeiten zu verwenden, liegt darin, dass der Schlüssel sie auserwählt hat. Deshalb sind auch die Isikós aufgetaucht. Sie haben die magische Verbindung gespürt.«

»Was ist das für eine magische Verbindung? Und warum sollte der Schlüssel ausgerechnet mich ausgewählt haben?« Das klingt alles völlig absurd und ergibt überhaupt keinen Sinn.

Nero richtet sich auf. Sein dunkler Blick brennt sich in meinen. »Seine Wahl fiel auf dich. Weshalb auch immer, du bist seine Beschützerin. Er hat dich als würdig befunden«, sagt er langsam und ruhig, als wäre mir damit eine große Ehre zuteilgeworden.

Ich lache tonlos auf. »Ich soll den Schlüssel beschützen?«

Er schüttelt den Kopf. »Nein, Katalea. Du sollst ihn finden.«

Zwölf

»Ich habe Kaffee mitgebracht.«

»Lass mich schlafen.« Ich ziehe mir die Decke über den Kopf, doch Sukis Stimme verschwindet nicht.

»Ich gehe erst, wenn du mit mir gesprochen hast.«

»Ich will aber nicht mit dir sprechen«, gebe ich zurück. Die Tür geht zu, Schritte folgen. Genervt schlage ich die Bettdecke zur Seite und blinzele die dunkelhaarige Athánados an, die bis gestern noch meine Freundin war. »Suki, das eben war keine Einladung.«

»Ist mir egal. Wir müssen reden.«

»Nachdem du mich monatelang angelogen hast, müssen wir genau *jetzt* reden?« Ich schüttele den Kopf. »Hau ab.«

»Das werde ich nicht«, sagt sie, stellt die Kaffeebecher auf meinem Schreibtisch ab und öffnet mit einem kräftigen Ruck die Vorhänge. Grelles Sonnenlicht sticht mir in die Augen.

»Lass das«, schimpfe ich.

Doch Suki schüttelt vehement den Kopf. »Wir müssen uns unterhalten, Kela. Eher werde ich nicht verschwinden.«

Meine Augen gewöhnen sich langsam an die Helligkeit des Tages, doch die dunklen Geheimnisse der Nacht lassen sich damit nicht vertreiben. Irgendwann war das Fass voll und mein Gehirn nicht mehr in der Lage, weitere Informationen aufzunehmen.

»Wie bin ich überhaupt in mein Bett gekommen?«, nuschele ich verschlafen.

»Du bist auf der Couch eingepennt. Nero hat dich in dein Zimmer getragen. Du warst echt fertig.«

Erschrocken sehe ich an mir herab und registriere erleichtert, dass ich noch immer die Jeans und das dunkle Shirt von gestern trage.

»Gib mir eine Chance, es zu erklären«, verlangt Suki.

Gereizt richte ich mich auf und schwinge mich aus dem Bett. »Für Erklärungen hattest du verdammt viele Chancen. Zum Beispiel als du in der Uni aufgetaucht bist und unbedingt neben mir sitzen wolltest, als du mich in der Mensa bequatscht hast und dann immer wieder aufgekreuzt bist, weil du angeblich gemeinsam für die Prüfungen lernen, shoppen gehen oder sonst was wolltest. Es gab unzählige Momente, und alle waren verflucht noch mal besser geeignet als dieser hier.«

»Ich verstehe, dass du wütend und enttäuscht bist. Du hast auch jedes Recht dazu, aber ich –«

»Jaja, du hattest deine Gründe«, beende ich bitter ihren Satz und öffne verärgert die Türen meines Kleiderschranks. »Danke, diesen Mist habe ich gestern schon zu oft gehört.«

»Als wärst du immer ehrlich zu mir gewesen.«

Ich halte inne. »Wie bitte?«

»Hast du mir denn irgendetwas von dem erzählt, was passiert ist? Zum Beispiel, dass du deinen toten Großvater sehen kannst? Wenn du mir Vorwürfe machen willst, tu das ruhig, donnere sie mir entgegen, aber mach es dir auf deinem hohen Ross nicht allzu bequem, denn du warst selbst nicht hundertprozentig ehrlich zu mir!«

Mit einem Ruck ziehe ich ein weißes Shirt aus dem Schrank, streiche die anderen aber sofort wieder glatt. »Das kannst du doch nicht vergleichen. Ich dachte, dass ich total überschnappe! Damit musste ich erst mal selbst zurechtkommen, bevor ich dir das auch nur irgendwie anvertrauen konnte. Aber du, du hast mich ausspioniert, Suki. Du hast dich mit mir angefreundet, weil sich dieser bescheuerte Schlüssel in unserem Haus befinden soll. Alles, was wir jemals geteilt haben – jede Nachricht, jedes Telefonat und jedes Gespräch –, basiert auf einer beschissenen Lüge!«

Sie macht ein paar Schritte auf mich zu. »Vielleicht war es am Anfang eine Lüge, aber doch nicht die ganze Zeit! Ich könnte mich niemals Tag und Nacht verstellen, ganz und gar nicht. Glaubst du denn, dass es mir leichtgefallen ist, nicht offen zu dir sein zu dürfen?«

»Ah, na dann«, erwidere ich fassungslos. »Willst du jetzt etwa Mitleid?«

»Nein, kein Mitleid, aber Verständnis. Ich muss nach gewissen Regeln spielen, denn es geht hier um die Heilige Pforte. Wenn sie geöffnet wird, ist alles, was wir kennen und wie wir es kennen, in Gefahr.«

»Und gerade deshalb hättest du doch etwas sagen müssen!« Ich schnappe nach meiner Unterwäsche und einer kurzen Jeans und verlasse das Zimmer. Ich will einfach nur weg von ihr und dem ganzen übernatürlichen Zeug. Doch Suki lässt sich nicht abschütteln und folgt mir in den Flur.

»Das wollte ich doch auch! Nicht nur einmal habe ich daran gedacht, etwas anzudeuten, aber wie erzählt man jemandem, dass man unsterblich ist? Dein Outfit ist klasse, wollen wir morgen ins Kino? Die Vorlesung ist langweilig und übrigens, ich trage Klamotten aus den Neunzigern, weil das mein Lieblingsjahrzehnt war und ich es leid bin, mir ständig neue Kleidung zu kaufen? Die Farben Violett und Grün sind übrigens die meines Clans, dem sich meine Großmutter irgendwann angeschlossen hat, weil es als Unsterbliche sonst verdammt einsam ist auf der Welt? Das geht einem nicht so leicht über die Lippen, verstehst du? Genau wie die Ich-werde-verrückt-Nummer.«

Mitten im Gang bleibe ich stehen. »Du hättest es ruhig auf einen Versuch ankommen lassen können!«

»Ich stand schon kurz davor, aber dann waren die Jungs plötzlich da, und es war zu spät. Nero hat auf der Veranda seine Gabe angewandt, hat mich nach Hause geschickt und ...« Sie stockt, und ich weiß nicht, ob sie nach Ausreden sucht oder die Wahrheit einfach nicht findet.

»Und was?«, frage ich unwirsch.

»Sein Wille ist stark, er verfliegt nicht einfach. Außerdem musste ich mit meiner Familie die weitere Vorgehensweise besprechen. Wir waren davon ausgegangen, einen Vorsprung zu haben«, erklärt sie mit gesenkter Stimme. »Seit Jahrhunderten forschen die Athánados nach den Kéjsaias. Wer hätte vermuten können, dass die de Balzacs genau jetzt den gleichen Schlüssel ins Visier genommen haben? Es gibt immer wieder kryptische Aufzeichnungen über den Verbleib der Kéjsaias, die meisten davon führen in eine Sackgasse oder verlaufen im Sand. Mein Clan hat mich geschickt, um festzustellen, ob sich ein Schlüssel unwissentlich in eurem Besitz befindet. Ich wollte dich niemals in Gefahr bringen, und auch Brandon nicht.« Sie beißt sich auf die Unterlippe. »Ich bin so froh, dass es ihm gut geht. Ich hätte es mir niemals verziehen, wenn die Isikós ihm etwas angetan hätten.«

Ihre Worte hören sich ehrlich an, und einem Teil von mir fällt es verdammt schwer, ihr nicht zu glauben.

Sukis Blick wird intensiver. »Und genau deshalb ist es wichtig, dass du jetzt auf mich hörst. Seit Generationen lügen und betrügen die Clans, um in den Besitz der Schlüssel zu gelangen. Sie würden alles dafür tun. Du darfst Nero de Balzac unter keinen Umständen vertrauen.«

Ich lache humorlos auf, spüre erneut den Vertrauensbruch, der tief sitzt und für Zweifel sorgt. »Und dir soll ich glauben? Warum? Weil deine Familie den Schlüssel nicht benutzen möchte? Falls du es vergessen hast: Nero war da, als die Schatten aufgetaucht sind, er hat Brandon gerettet.« Ich betrete das Badezimmer und will die Tür schließen, doch Suki drängt sich mit hinein.

»Ja, aber doch nur, weil er zufällig in der Nähe war. Er nutzt jede erdenkliche Chance, um dich auf seine Seite zu ziehen. Nero ist gefährlich. Er ist nicht irgendein de Balzac. Er ist der *Fürstensohn*, der zukünftige Anführer des Clans. Deshalb war er in der Lage, mich mit meinen eigenen Gedanken und Gefühlen zu manipulieren. Nur Clananführern ist es vorbehalten, ihre Gabe bei anderen Unsterblichen anzuwenden. Ihre Kraft ist stärker als die der restlichen Athánados. Und die de Balzacs machen keine Gefangenen. Sie sind bekannt dafür, zu bekommen, was sie wollen – und das um jeden Preis. Den Gerüchten zufolge wird Nero die Fürstentochter der von Rubinsteins heiraten, nur um an einen weiteren Schlüssel zu gelangen.« Sie sieht mich eindringlich an. »Lass dich nicht von ihm blenden. Egal was passiert, du darfst ihm den Kéjsaia nicht aushändigen.«

»Wieso sollte ich mich von ihm blenden lassen? Oder von dir?«, erwidere ich abfällig und versuche, die neuen Informationen zu verdauen, die mir schon jetzt viel zu schwer im Magen liegen.

Suki reckt das Kinn in die Höhe. »Okay. Du hast keinen Grund, mir zu vertrauen. Ich hab's verstanden.«

»Prima.« Ich lege meine Klamotten auf den kleinen Hocker neben dem Waschbecken und bekomme beinahe einen Herzinfarkt, als sich Grandpa plötzlich vor der Badewanne materialisiert. Entsetzt stolpere ich rückwärts und pralle gegen die geflieste Wand.

»Herrje! Jetzt lande ich schon im Badezimmer! Das wird ja immer schlimmer! Das nächste Mal erscheine ich garantiert im Klo dieser Gauner, wo mich der Gestank gleich noch mal umbringen wird. Engel sein ist wirklich kein Spaziergang.« Schnaubend sieht mich Großvater mit seinem faltigen Gesicht an, dessen blasse Konturen vor dem grauen Duschvorhang schimmern.

»Falls Sie es genau wissen wollen: Sie springen durch die Zeit, weil Kelas neue Mitbewohner Sie immer wieder verschwinden lassen«, bemerkt Suki lächelnd, woraufhin dem alten Mann die Kinnlade herunterfällt.

»Redet die etwa mit mir?«

Ich nicke nur, dann seufze ich, weil die beiden eine lebhafte Unterhaltung beginnen, in der sich Grandpa unglaublich euphorisch gibt, weil ihn endlich noch jemand sehen kann.

»Bitte führt euer Gespräch draußen weiter. Ich würde nämlich gern duschen.« Ich schiebe Suki aus dem Badezimmer und Grandpa gleich mit, doch noch während des Schiebens gibt mir Suki unmissverständlich zu verstehen, dass wir noch lange nicht fertig sind.

Als die Tür endlich zu ist, schlüpfe ich nachdenklich aus meinen Klamotten und stelle mich unter den Duschkopf. Es dauert einen Moment, bis das Wasser warm wird und angenehm über mich hinwegrauscht. Meine Gedanken rauschen mit, lassen mich an Brandon und die Schatten denken, und dann an Oscar, bei dem meine Tränen mit den Wassertropfen verschwimmen, bis ich kauernd in der Badewanne sitze und das Leben und den Tod und alles dazwischen verfluche.

Irgendwann, als meine Haut durchgeweicht und mein Herz völlig gebrochen ist, drehe ich den Wasserhahn ab, ziehe den Duschvorhang zur Seite und steige aus der Wanne, um mich abzutrocknen. Der Spiegel über dem Waschbecken ist beschlagen. Mit dem Handtuch fahre ich über die Oberfläche, bereue es jedoch sofort, als mir mein trauriges Spiegelbild entgegenstarrt, die Augen gerötet, die langen blonden Haare klatschnass. Ich gebe ein jämmerliches Bild ab, nicht nur im Spiegel.

Aus der Küche dringt Stimmengewirr, das mich innehalten lässt. Ich höre Suki, die mit Großvater und Todd diskutiert, natürlich geht es um den Kéjsaia. Unbemerkt schlüpfe ich nach draußen, um auf der Veranda ein paar tiefe Atemzüge zu nehmen. Die Luft, die frisch und angenehm in meine Lunge strömt und nach Sommer riecht, beschwört Neros nächtliche Worte herauf.

Die Welt ist wunderschön und hässlich zugleich.

Die Grausamkeit dieses Satzes versinkt langsam in mir, als ich mein Handy aus der Hosentasche ziehe und zwei Nachrichten schreibe. Eine geht an Brandon, die andere an Mrs Coleman.

»Bist du geflohen?«

Hinter mir entdecke ich Jerome, der in seinen Laufklamotten in einem der Korbstühle sitzt.

»Ich hatte dich gar nicht gesehen.«

»Bin auch leicht zu übersehen«, gibt er ruppig zurück. »War gestern ganz schön heftig für dich, oder?«

Das Wasser aus meinen feuchten Haaren tropft auf den Verandaboden, doch ich erwidere nichts.

»So heftig, dass dir die Worte ausgegangen sind? Nicht, dass ich ein Problem damit hätte.« Er streckt die Beine aus und schaut in Richtung Gartentor, als würde er auf jemanden warten.

»Was machst du hier?«, frage ich, um nicht über mich sprechen zu müssen.

»Kann ich nicht einfach hier draußen sitzen und die Natur genießen?«

»Du siehst nicht aus wie jemand, der nur die Natur genießt.«

Er beugt sich nach vorn, legt die muskulösen Unterarme auf seinen Oberschenkeln ab und verschränkt die Finger ineinander, die wahrscheinlich mühelos ein Genick brechen könnten. »Wie sehe ich denn aus?«

»Wie jemand, den es ankotzt, hier zu sein.«

»Da hast du den Nagel auf den Kopf getroffen«, brummt er. »Aber das hier ist wichtig, verdammt wichtig. Und ich ziehe immer durch, was wichtig ist.«

»Schön für dich«, bemerke ich abgelenkt und blicke hinüber

zum Haus der Colemans. Ihr Wagen steht nicht da. Zarte Hoffnung keimt in mir auf, dass Oscar die Nacht doch überlebt haben könnte. Ich schiele auf mein Handy. Keine neue Nachricht.

»Du solltest auch durchziehen, was wichtig ist.«

»Wie bitte?«

»Der Kéjsaia«, erklärt Jerome, als ginge es im Leben nur darum. »Falls du auf die Idee kommen solltest, einfach abzuhauen, kannst du das gleich vergessen. Der Schlüssel hat eine einzigartige Verbindung zu dir aufgebaut. Er wird einen Weg finden, sich weiterhin von dir beschützen zu lassen. Wegrennen ist also keine Lösung, war es noch nie. Die Leute glauben immer, dass sie einfach nur den Ort wechseln müssen, dann wird alles besser. Aber weißt du, was das Problem mit dem Abhauen ist? Eine Sache nimmt man immer mit – und zwar sich selbst.«

»Wow. So tiefsinnige Worte hätte ich dir gar nicht zugetraut.«

»Das ist der Vorteil, wenn man schon ein paar Jährchen auf dem Buckel hat.«

Der Gedanke, dass Suki und die Jungs deutlich älter sind, als sie aussehen, ist noch immer befremdlich. Dass sie schon unzählige Menschen überlebt haben, da sie als Erwachsene langsamer altern und rein biologisch betrachtet mehr als ein Jahrzehnt für ein schlichtes Sterblichenjahr benötigen, ist dabei nur eine weitere Skurrilität in meinem Kopf, in dem die Merkwürdigkeiten gerade Schlange stehen. Unvermittelt wandert mein Blick zu unserem alten Holzschuppen.

»Was genau hast du im Schuppen gemacht?«, will ich von Jerome wissen. »Wie konntest du von dort aus in diesem Register nachsehen?«

Jerome rümpft die Nase. »Ich finde nicht, dass du alles wissen musst. Es gibt Regeln, und die gibt es nicht ohne Grund. Sie schützen nicht nur uns.«

»Warum habe ich den Eindruck, dass das bloß ein Spruch ist, um mir nicht mehr verraten zu müssen?«, frage ich schroff.

Er antwortet nicht sofort, sondern dreht den rasierten Kopf gemächlich nach links, um seinen Nacken knacken zu lassen. »Hör zu. Ich habe das schon mal erlebt. Außenstehende, die in unsere Angelegenheiten hineingezogen werden. Das klappt nicht. Sterbliche haben in unserer Welt nichts zu suchen.«

»Was willst du mir damit sagen?«

»Betrachte es als Warnung. Du scheinst eher von der zerbrechlichen Sorte zu sein. Ich werde dir garantiert nicht mehr erzählen, als du wissen musst.«

»Dann sucht doch den verdammten Schlüssel ohne mich«, gebe ich gereizt von mir.

»Wenn das möglich ist, machen wir das auch.«

»Du glaubst also, dass Nero falschliegt?«, frage ich und binde mir meine feuchten Haare zu einem losen Knoten zusammen.

Jerome lehnt sich zurück und lässt jetzt seine Fingerknöchel knacken. »Selbst er kann sich mal irren, auch wenn das nicht besonders oft vorkommt. Wir werden das Haus weiterhin auf den Kopf stellen, mit oder ohne deine Hilfe. Du wirst uns nicht los, bis wir den Kéjsaia gefunden haben. Glaub mir, irgendwann wirst du uns helfen.«

»Das ist jetzt aber keine Warnung mehr, sondern eine Drohung, nicht wahr?«, frage ich und bin beinahe erleichtert, als Suki aus dem Haus tritt.

»Lass dich von dem Typen bloß nicht einschüchtern.« Sie wirft Jerome einen unfreundlichen Blick zu.

»Ach, halt doch die Klappe, Chevall-Rivaldi.«

»Von dir lasse ich mir gar nichts sagen«, erwidert sie bissig.

»Ach nein? Soweit ich weiß, steht ihr in der Nahrungskette ziemlich weit unten. Meiner Meinung nach sogar ganz unten.«

Sofort beginnen die beiden, sich anzugiften, und ich beschließe, ins Haus zurückzugehen, als ich einen Wagen auf der Straße sehe. Es ist der Kombi der Colemans, der in ihrer Einfahrt hält. Autotüren gehen auf und zu, und Mr und Mrs Coleman steigen aus. Ihre Gesichter sind blass und leer, nur noch Abbilder ihrer selbst. Als Mrs Coleman mich sieht, schließt sie die Augen und schüttelt kaum merklich den Kopf.

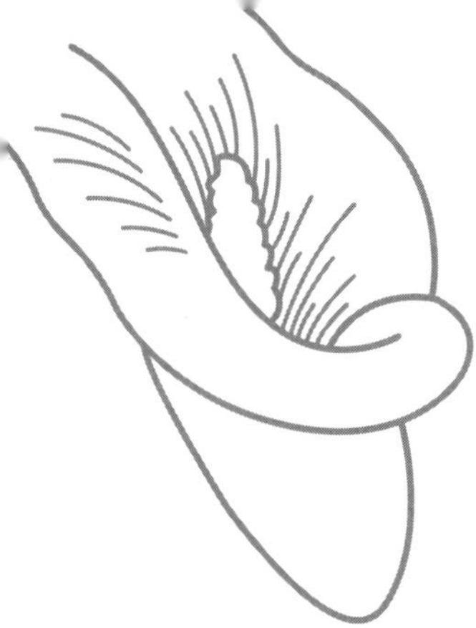

Dreizehn

Mein Herz steht still.

Mein Körper fühlt sich an, als hätte man ihm den Stecker gezogen.

Wortlos gehe ich zurück ins Haus, nicht in mein Zimmer, sondern in das von Mom, das ich seit Monaten nicht mehr betreten habe. Ihr Duft hängt noch in der Luft, schwebt über dem Bett mit den altrosa Zierkissen, den unzähligen Kristallfiguren und den beiden blumenlosen Vasen auf dem Sims des Erkerfensters. Ich lege mich in Moms Bett, ziehe die Beine an und tue für einen Moment so, als wäre sie noch da, als wäre alles gut und meine Welt noch in bunte Watte gepackt.

Doch der Moment hält nicht lange an. Mit Moms Kissen im Arm atme ich das blumige Parfüm und die losen Erinnerungen ein. Erinnerungen an die Zeit vor dem Krebs, als das größte Übel in unserem Haus Grandpa war. Erinnerungen während der Krankheit, als Mom schwächer wurde und versucht hat, diese Schwäche zu verbergen, weil sie immer stark war, solange ich denken kann. Weil sie jede meiner Verrücktheiten mit einem Stirnkuss prämiert hat. Weil sie mit ihrer Liebe Brandon und mich gerettet hat. Ohne sie wäre unser Leben anders verlaufen, viel dunkler und trauriger. Wir hatten so viel Glück mit ihr.

Meine Gedanken driften weiter, lassen mich an die Bedeutung von Glück denken und daran, wie grausam es vom Leben verteilt wird. Ich hasse diese Ungerechtigkeit. Ich hasse es, dass Oscar sterben musste. Dass einem Neunjährigen die Kindheit genommen wurde, all die Möglichkeiten und Erfahrungen.

Es ist nicht gut, und doch ist es das Ende.

Die Gewissheit der Wiedergeburt spendet keinen Trost, im Gegenteil. Sie macht mich wütend. Denn das Leben des wunderbar klugen Oscar Coleman ist zu Ende, bevor es richtig begonnen hat. Es interessiert mich nicht, dass er noch eine und noch eine Runde drehen darf. Der Mensch, den ich liebte, ist einfach nicht mehr da.

Einfach weg.

Die Leere fegt durch jede Zelle meines Körpers, begleitet von einer ermüdenden Aussichtslosigkeit. Es kommt mir vor, als wäre ich bloß Teil eines schrecklichen Experiments. Eine Laborratte, gefangen im Laufrad des Lebens, in dem sie läuft und läuft und doch niemals ankommt. Irgendwann klopft es an der Tür, doch ich habe keine Lust, jemanden zu sehen.

»Lass mich allein!«, rufe ich heiser und schmiege mich noch enger an Moms Kissen. Die Tür geht auf. »Bitte«, sage ich seufzend. »Nicht jetzt, Suki.«

Es kommt keine Antwort, und ich schiebe mir eine tränennasse Haarsträhne aus dem Gesicht, um erschöpft aufzublicken. Es ist nicht Suki, die gerade die Tür hinter sich schließt, sondern Brandon. Bei seinem Anblick schwemmt sanfte Erleichterung durch mich hindurch.

»Was machst du denn schon hier?«, frage ich verwundert und richte mich schwerfällig auf, um meinem Bruder zu sagen, dass Oscar tot ist, dass wir schon wieder jemanden verloren haben, der uns wichtig war, da bemerke ich Brandons abwesenden Blick, mit dem er auf mich zukommt, bevor er mich plötzlich grob an den Schultern packt und gegen die Matratze drückt.

»Was ...?«, stammele ich und nehme erschrocken das mörderische Funkeln in seinen Augen wahr.

»Wo ist der Schlüssel?«, flüstert er über mich gebeugt und hält mich so erbarmungslos fest, dass meine Schultern schmerzhaft zu pochen beginnen. »Wo ist der Schlüssel?«, wiederholt er noch einmal mit einer Kälte, die das Blut in meinen Adern gefrieren lässt.

Das hier ist nicht Brandon.

»Ich ... ich weiß es nicht.« Ich winde mich zur Seite, um mich aus seinem Griff zu befreien, doch er kommt mir zuvor. Mit einer blitzschnellen Bewegung setzt er sich rittlings auf mich, fixiert mich mit seinem Gewicht und schnappt sich eines von Moms Kissen, das er mir brutal gegen das Gesicht presst.

Als ich den Baumwollbezug in Mund und Nase spüre, schießt hysterische Panik in mir hoch. Der Geruch, der mich vorhin noch in die Vergangenheit entführt hat, hält mich nun an Ort und Stelle fest, drückt mich nieder, sodass ich nicht mehr atmen kann.

Ich bekomme keine Luft. Verzweifelt versuche ich zu schreien, versuche, nach Hilfe zu brüllen, doch das Kissen erstickt sämtlichen Widerstand. Meine Lunge beginnt zu brennen, mein Bedürfnis nach Sauerstoff wird übermächtig.

Ich muss atmen.

Atmen.

Atmen.

Hilflos schlage ich um mich, doch der Mann über mir ist zu kräftig für mich. Unbarmherzig presst er mir das Kissen auf das Gesicht. Ich kann nicht mehr klar denken und bin schon drauf und dran, in die Bewusstlosigkeit abzudriften, als er das Kissen hochreißt und mich gierig nach Luft schnappen lässt.

»Wo ist der Schlüssel? Das ist deine letzte Chance«, zischt er gefährlich leise.

Mir ist klar, dass er es ernst meint, dass ich ihm den verdammten Schlüssel aushändigen muss, wenn ich überleben möchte. Mein trockener Mund will eine Antwort formen, irgendeine, die mir Zeit verschafft, da wird der Mann plötzlich von mir gerissen.

Ich spüre die Erleichterung seines fehlenden Gewichts und meinen Herzschlag, der heftig in meiner Kehle pocht. Blinzelnd nehme ich wahr, wie Suki meinen Angreifer vor dem Bett mit versierten Schlägen und Tritten attackiert. Er kontert jedoch genauso übermenschlich schnell, als könnte er jeden ihrer Angriffe vorhersehen. Plötzlich wirbelt er nach links und tritt Suki so fest gegen die Kniekehle, dass sie einknickt und auf den Holzboden stürzt.

Ich muss ihr helfen. Der Kerl kniet bereits über Suki, mit den Händen um ihren Hals. Mit bebenden Fingern schnappe ich mir eine von Moms Vasen und ziehe sie ihm mit voller Wucht über den Hinterkopf, sodass sie zerschellt und der Typ bewusstlos über Suki zusammenbricht.

Meine Arme sinken zu Boden, der Rest meines Körpers sinkt

mit. Suki rollt unter dem ausgeknockten Brandon hervor, krabbelt durch die Scherben zu mir, bis wir schließlich beide schwer atmend auf dem Dielenboden an Moms Bett lehnen.

»Danke«, keucht sie.

»Ich muss mich bedanken. Wenn du nicht gewesen wärst …«, erwidere ich mit zitternden Fingern.

»Dann hätte dich der Kerl garantiert getötet«, beendet sie meinen Satz. »Einfach so, ohne mit der Wimper zu zucken.«

Schnaubend hebe ich beide Brauen. »Wie aufbauend.«

»So sind die Clans eben, Kela. Wenn sie etwas wollen, sind sie bereit, sämtliche Grenzen zu überschreiten. Und sie wollen den Kéjsaia, unbedingt. Das hier war ein Späher, der herausfinden sollte, ob wir schon in Besitz des Schlüssels sind.«

»Und ist er jetzt weg? Geht es Brandon gut?«, frage ich nervös und schaue auf die Scherben von Moms Vase, die sich rund um den Kopf meines Bruders verteilen. Ein Ruck geht durch mich hindurch. »Verdammt, atmet er überhaupt noch?« Panisch stürze ich zu Brandon, um seinen Puls zu fühlen, der zum Glück völlig regelmäßig schlägt.

»Durch eine Vase ist noch niemand gestorben.« Suki steht auf, um aus dem angrenzenden Bad einen kühlen Lappen zu holen, den sie Brandon liebevoll auf die Stirn legt. »Er kommt gleich wieder zu sich«, behauptet sie dabei zuversichtlich, als hätte sie solche Situationen schon unzählige Male erlebt. Sanft streicht sie meinem Bruder über die Wange, zieht ihre Finger jedoch rasch zurück, als sie meinen Blick bemerkt. Nach einem kurzen, seltsamen Moment lächelt sie mich aufmunternd an. »Kela, mach dir keine Sorgen, die Verbindung ist unterbrochen. Das hier ist jetzt nur noch Brandon.

Und er wird wieder zu sich kommen. Aber wie fühlst du dich? Alles okay bei dir?«

Ich lasse mich auf den Boden zurücksinken. »Wie soll ich mich fühlen? Beschissen. Wie ein in Formaldehyd eingelegter Frosch.«

»Der ist tot.«

»Vielleicht fühle ich mich auch ein bisschen tot«, sage ich und beginne, die Scherben vom Boden aufzusammeln. Dabei denke ich an Oscar, der wirklich tot ist, und spüre, wie mich eine erneute Welle der Traurigkeit erfasst. Tränen steigen mir in die Augen.

»Hey.« Suki lehnt den Kopf an den Bettrahmen. Ein sanfter Ausdruck schimmert auf ihrem Gesicht. »Das mit Oscar tut mir leid.«

Nickend schließe ich die Augen, bevor mich die dunkle Welle gänzlich mitreißt und es hinter meinen Lidern zu brennen beginnt.

Einen langen Moment schweigen wir. Ich treibe weiter zu Oscar. Drifte zu Brandon und dem Athánados, der ihn benutzt hat, um mich zu überfallen, und lande schließlich bei der Frage, wie viel so ein einzelnes Leben überhaupt verkraften kann.

»Ich werde nicht versuchen, es irgendwie zu beschönigen«, bemerkt Suki irgendwann leise. »Es ist verdammt scheiße, wenn jemand stirbt. Das ist auch der Grund, warum ich mich nicht gern mit Sterblichen anfreunde. Weil sie einem einfach wegsterben.«

»Ja, das ist beschissen.« Ich reibe mir über die Augen, stehe auf und packe die Keramikstücke auf Moms antiken Schreibtisch. »Der Tod ist einfach beschissen.« Gedankenverloren drehe ich mich zu Suki um. »Wo hast du eigentlich so zu kämpfen gelernt?«

»Meine Familie hat schon immer viel Wert auf eine umfassende Ausbildung gelegt, dazu gehört auch ein entsprechendes Kampftraining. Außerdem hatte ich etwas Zeit, um zu üben.«

»Er offenbar auch.« Ich seufze. »Von welchem Clan war er?«

Ihre Brauen schieben sich nachdenklich zusammen. »Das ist bei einer Besetzung schwer zu sagen. Wenn ich raten müsste … wahrscheinlich ein Gwynedon oder von Rubinstein.«

»Und wie sind sie so? Also die Clans?«

»Sehr unterschiedlich.«

Ich lehne mich gegen den Schreibtisch. »Und diese Gwynedons?«

Suki beäugt mich interessiert. »Wieso willst du das wissen?«

»Ich hatte das Gefühl, dass ihr seltsam auf den Namen reagiert. Hat das mit der Gabe des Clans zu tun?«

»Bei mir schon, die Gwynedons sind so unberechenbar«, sagt sie. »Bei Nero und seinen Anhängern gibt es einen anderen Grund. Seit Jahrhunderten bekriegen sich die de Balzacs und die Gwynedons. Ich habe keinen Überblick mehr, wer hier wen wann getötet hat. Eine Zeit lang herrschte das Gerücht, dass Nero etwas mit der gut behüteten Gwynedon-Tochter Nivia hatte, dass sie sogar einen Schwur abgelegt haben, aber das kann ich mir beim besten Willen nicht vorstellen. Dazu sind die Clanfürsten zu sehr verfeindet. Außerdem starb sie vor gut achtzig Jahren durch einen Anschlag. Ganz schön tragisch, nachdem auch ihre Eltern Taraneh und Cuno kurz zuvor ums Leben gekommen waren. Für einen Moment sah es so aus, als wäre ihr Onkel Charles für die Todesfälle verantwortlich, so ein geldgeiler Frauenheld, aber offenbar war das eine falsche Fährte. Mit ziemlicher Sicherheit gingen die Morde auf das Konto der de Balzacs, selbst wenn es niemals bewiesen werden konnte. Aber so ist das nun mal bei uns. Da haben Attentate und Intrigen eine gewisse Tradition.«

»Ihr könnt also doch sterben«, schlussfolgere ich stirnrunzelnd und erinnere mich an das, was Todd mir über Nero und dessen Herz erzählt hat.

»Ja, aber nur durch ein spezielles Gift aus dem Garten des Orakels. Es ist fast unmöglich, an Nekronicum zu gelangen. Für Sterbliche ist es harmlos, für uns nicht. Solange wir es nicht abbekommen, leben wir ewig.«

Ich kneife die Augen zusammen. »Suki, wie alt bist du eigentlich?«

»In eurer Zeitrechnung etwa ein Jahrhundert.«

»Du hast dich gut gehalten.«

»Ich gebe mir alle Mühe.« Sie zupft an ihrem grellgrünen Lederarmband herum, sucht meinen Blick und atmet tief durch, als müsste sie für die nächsten Worte ihren ganzen Mut sammeln. »Kela, es tut mir leid, wie das alles gelaufen ist. Ich wollte niemals, dass du dich hintergangen fühlst, dafür bist du mir viel zu wichtig. Kannst du unsere Freundschaft nicht ... nicht wenigstens auf, keine Ahnung, auf Bewährung setzen?« Ihre dunklen Augen blicken mich treuherzig an.

Ich stöhne auf. »Mein Gott, bitte lass diesen Hundeblick.«

»Hilft er denn?«

»Ich wünschte nicht«, gebe ich zu und betrachte meine Freundin mit dem violetten Crop-Top und der dunkelgrünen Shorts. »Du machst es mir echt schwer, dich nicht zu mögen. Vor allem, nachdem du mir das Leben gerettet hast.«

»Jawohl. Der Punkt geht so was von an mich.«

»Okay. Bewährung«, lenke ich schließlich ein, weil ich heute schon zu viel verloren habe, um noch etwas auf die Liste zu setzen.

Vierzehn

»Ihr verarscht mich doch.« Brandon reibt sich über den Hinterkopf, genau über die Stelle, an der ich ihn mit Moms Vase erwischt habe. »Bitte sagt, dass ihr euch irgendetwas eingeschmissen habt.«

»Drogen sind nicht so meins«, erklärt Suki und geht zur Spüle, um sich aus dem Hahn ein Glas Wasser einlaufen zu lassen. »Und zu meiner Verteidigung: Kela hat dir die Vase auf den Kopf gedonnert.«

Ich funkele sie an. »Danke, Suki, dass du dieses kleine Detail erwähnen musstest«, sage ich und kassiere dafür ein breites Lächeln.

»Gern geschehen.«

»Du hast was?!« Mein Bruder beugt sich über den zerkratzten Küchentisch und sieht mich fassungslos an.

Grandpa neben ihm schüttelt unentwegt seinen durchlässigen Kopf. »Ich hab's doch gesagt, der Kerl ist zu dämlich, um es zu schnallen.«

»Lass das«, zische ich.

»Was soll ich lassen?«, fragt Brandon mit gerunzelter Stirn und seufzt dann schwer. »Bitte sag, dass du nicht schon wieder mit Großvater sprichst.«

Suki nimmt einen Schluck aus ihrem Glas. »Was ist das eigentlich zwischen dir und ihm? Ich meine, der alte Kerl scheint nicht besonders gut auf dich zu sprechen zu sein, und umgekehrt genauso. Was ist euer Problem?«

Wie ein kleines Kind verschränkt Großvater die blassen Arme vor der Brust, aber zumindest hält er die Klappe.

Im Gegensatz zu Brandon, der Suki perplex anstarrt. »Du … du kannst ihn auch sehen?«

»Natürlich kann ich ihn sehen.«

»Okay. Jetzt mal ehrlich. Was für Drogen habt ihr genommen?«

Ich kann Brandon nicht verübeln, dass er noch immer an seinem Verstand festhält. Seit über einer Stunde sitzen wir schon hier und versuchen zu erklären, was nur schwer zu erklären ist.

Suki unterzieht Brandon einem prüfenden Blick, bevor sie mich bedauernd anschaut. »Wahrscheinlich hast du mit der Vase einfach zu kräftig zugeschlagen«, erklärt sie schmunzelnd. »Der arme Kerl. Bekommt dauernd was auf den Kopf, das kann ja nicht lange gut gehen.«

»Das wird schon wieder«, sage ich. »Sorry dafür, Brandon. Gibt garantiert eine dicke Beule. Aber ich musste Suki von dir befreien, du hättest sie fast umgebracht. Also denke ich.« Ich lasse mich auf dem Stuhl gegenüber von Grandpa und Brandon nieder. »Hätte er dich überhaupt umbringen können?«, will ich von Suki wissen.

»Nicht wirklich. Aber er hätte mir sehr, sehr wehgetan. Danke, dass du mir das erspart hast. Schmerzen sind nämlich auch nicht so meins, genauso wenig wie Drogen«, erwidert sie grinsend und sieht meinen Bruder herausfordernd an. »Ich weiß, es ist viel zu begreifen, Brandon. Und unter normalen Umständen würde ich auch nicht gegen die Regeln verstoßen und dich einweihen, aber das hier sind leider keine normalen Umstände. Blöderweise hast du auch nicht ewig Zeit, um dich langsam mit den Tatsachen vertraut zu machen. Daher noch einmal in Kurzform: Du wurdest besetzt, vermutlich von einem Späher, der dich im Krankenhaus ausfindig gemacht und hierhergebracht hat. Er war hinter dem Schlüssel her, dessen magische Verbindung zu Kela wiederum die Schatten angezogen haben, die dich zuvor überfallen haben. Ich bin eine Unsterbliche, dein Großvater ist tot, sitzt aber grummelnd als Geist neben dir, und Kela soll den Kéjsaia finden, auf den es alle abgesehen haben.«

Mit geweiteten Augen rauft sich Brandon die Haare. »Ihr seid doch verrückt. Ihr seid alle verrückt.«

»Die Erklärung wäre einfach, aber sie ist falsch.« Neros tiefe Stimme lässt eine Gänsehaut über meine Oberarme kriechen. Er lehnt in seinen schwarzen Klamotten entspannt im Durchgang zur Küche, sein Blick fällt wachsam auf mich. »Ihr hattet Besuch?«

»Ja, aber nicht von der netten Sorte.« Suki bemüht sich, gelassen zu wirken, doch das ist sie nicht. Fahrig dreht sie das Glas in ihrer Hand.

»Welcher Clan?«

»Kann ich nicht sagen. Er oder sie hat Brandon benutzt.«

Nero mustert meinen Bruder nachdenklich, als würde er ihn nach Verletzungen absuchen. »Alles okay?«

»Nein, nichts ist okay. Seid ihr etwa alle übergeschnappt?! Vielleicht haben wir irgendwo ein Gasleck, oder beim Bau des Hauses wurden Chemikalien verwendet, die Halluzinationen verursachen. Das muss es sein. Das Haus macht euch alle irre.«

Unbeeindruckt schiebt Nero die Ärmel seines schwarzen Pullovers hoch, unter dem seine pechschwarzen Tätowierungen hervorlugen. »Dafür haben wir jetzt keine Zeit. Du wirst es leider auf die harte Tour lernen müssen.«

Mein Herz macht einen Satz. »Was willst du tun?«

Ein kleines Lächeln umspielt die Mundwinkel des Athánados, bevor sich ein konzentrierter Ausdruck auf sein Gesicht legt. Schon in der nächsten Sekunde scheinen seine unergründlichen Augen von innen zu leuchten. Er sieht jedoch nicht Brandon an, sondern blickt auf den Stuhl daneben, auf dem Grandpas durchsichtige Gestalt wie bei einem schlecht eingestellten Fernsehbild urplötzlich zu flimmern beginnt.

Brandon springt so abrupt auf, dass der Stuhl hinter ihm krachend zu Boden fällt.

»Fuck«, stößt er hervor und starrt Grandpa an, der sich seine graue Schirmmütze zurechtrückt.

»Was ist mit dem Jungen bloß los? Wirft sich wahrscheinlich selbst die Drogen ein, von denen er die ganze Zeit faselt. Pah. Schön mit dem Finger auf andere zeigen, aber selbst immer wieder ein Tütchen rauchen.«

»Nein«, haucht Brandon kreidebleich. »Das passiert nicht wirklich. Der alte Sack lebt?!«

Großvater rümpft die Nase. Seine buschigen Augenbrauen ziehen sich zu einer fetten grauen Raupe zusammen. »Wen nennst du hier alten Sack, Bürschchen? Ich bin allemal fit genug, um es mit dir aufzunehmen!«

Brandon schüttelt den Kopf, doch was er hört und sieht, kann er nicht abschütteln. »Okay. Jetzt habe auch ich Halluzinationen. Es müssen Halluzinationen sein.« Stöhnend fasst er sich an die Stirn.

»Kannst du nicht einfach in Betracht ziehen, dass wir dir hier alle die Wahrheit sagen?« Ich sehe an Brandons Blick, wie sehr er mit sich kämpft. Wie er versucht, nicht den Boden unter den Füßen zu verlieren, der ihm so gewaltsam weggezogen wurde.

»Das hier ist nicht echt. Wahrscheinlich bin ich noch immer im Krankenhaus und habe einen abgefahrenen Traum. Vielleicht haben die mir irgendetwas gespritzt, und das hier ist mein ganz persönlicher Höllentrip«, murmelt er.

Grandpa nimmt ihn scharf ins Visier. »Kiffen. Das verdammte Kiffen ist daran schuld, dass er seine Gehirnzellen nicht mehr zusammenbekommt.«

»Ich kiffe nicht«, blafft mein Bruder und blitzt Großvater wütend an. »Verdammt, ich hätte kiffen sollen! Dann hätte ich deine Anwesenheit besser ertragen.« Er schluckt schwer und lässt die Schultern sinken. »Verfluchte Scheiße, jetzt unterhalte ich mich auch noch mit ihm!«

Der alte Mann verzieht sein faltiges Gesicht. »Meine Anwesenheit hat euch doch erst in dieses schicke Haus einziehen lassen! Zum Himmel noch mal, glaub ja nicht, dass dein Vater jemals einen Penny dafür rausgerückt hätte. Der Mistkerl hat sich doch nur für sich selbst interessiert.«

»Sprich nicht über meinen Vater! Er ist tausendmal besser als du.«

»Ach, wirklich? Der Typ ist doch nur hier aufgekreuzt, wann es ihm passte!« Grandpas Körper zittert aufgebracht. »Monatelang hat er sich nicht blicken lassen, hat deine Mom im Stich gelassen. Die Augen hat sie sich nach ihm ausgeheult. Und jedes Mal, wenn sie fast über ihn hinweg war, ist er aus der Versenkung aufgetaucht und stand plötzlich vor der Tür, mit diesem schmierigen Lächeln, nur um gleich wieder abzuhauen, wegen einer abstrusen neuen Geschäftsidee oder sonst irgendeiner Betrügerei. Ein Spieler und Verbrecher, so einer war dein geliebter Daddy, ein verfluchter Dreckskerl!«

Mit einem Schritt ist Brandon bei Grandpa und kurz davor, dem alten Mann einen kräftigen Kinnhaken zu verpassen, als ihn Nero am Handgelenk packt.

»Halt dich da raus. Das ist längst überfällig«, knurrt Brandon und versucht, seine Hand aus Neros Griff zu befreien. »Der alte Scheißkerl hat das so was von verdient.«

»Ich mach das nicht für ihn, sondern für dich«, lautet Neros nüchterne Antwort. »Geister zu schlagen, ist keine gute Idee. Du würdest schneller auf dem Boden liegen, als dir lieb ist.«

Grandpa, der eben noch zurückgezuckt war, beginnt, breit zu grinsen. »Komm schon«, fordert er meinen Bruder auf. »Zeig's mir. Verpass dem alten Mann eine ordentliche Tracht Prügel.«

Brandon starrt Großvater an. Ich sehe genau, wie sehr er sich zusammenreißt, wie schwer es ihm fällt, seine Faust langsam sinken zu lassen. »Irgendwann kommst du nicht mehr so leicht davon«, presst er hervor.

»Ach ja? Benutz mal dein Oberstübchen. Ich bin schon tot, was willst du mir noch antun?«, murrt Grandpa.

In diesem Moment betreten Jerome und Todd die Küche. Beide Jungs tragen Sportklamotten und sind ein wenig aus der Puste.

»Oh, Mann. Was genau … haben wir … verpasst?«, keucht Todd, die Hände auf den Oberschenkeln abgestützt.

Großvater hebt kämpferisch die blasse Brust. »Der Kleine hat Schiss, es mit mir aufzunehmen.«

»Interessant.« Todd richtet sich auf und deutet stirnrunzelnd mit dem Zeigefinger zwischen Grandpa und Brandon hin und her. »Du kannst ihn sehen?«

»Leider«, knurrt Brandon.

Jerome verkrampft sich sichtlich und betrachtet Nero ungläubig. »Du hast ihn sichtbar gemacht?«

»Wir haben keine Zeit, Brandon langsam an die Sache heranzuführen. Und wie ich Katalea kenne, wird sie sich weigern, ihren Bruder nicht einzuweihen, nach allem was passiert ist. Ein Späher war hier.«

Schweigen erfüllt die Küche, doch nur kurz.

»Ein Grund mehr, um endlich diesen seltsamen Schlüssel zu finden«, brummt Großvater, was Suki ein lautes Schnauben entlockt.

»Todd hat euren Grandpa den ganzen Vormittag über bequatscht. Hat ihm weisgemacht, dass es sich um seine Geisteraufgabe handelt, den Kéjsaia zu finden. Alles nur, um ihn auf seine Seite zu ziehen.«

»Und wo genau wäre das? Auf der hellen Seite der Macht?«, spottet Todd.

»Euer Clan trägt die Farbe Schwarz, das sagt doch schon alles. Apropos Farben: Dein Kopf ist ganz rot.« Suki beäugt den hageren Athánados abschätzig, bevor sie einen Schritt zur Seite tritt. »Und du müffelst.«

»Ich war laufen.«

»Schade, dass du nicht weggelaufen bist.«

»Ginge es nur um dich, wäre das mein erster Gedanke«, kontert Todd und kassiert dafür einen Blick von meinem Bruder, den er nur aufsetzt, wenn ihm jemand das letzte Stück Pizza wegschnappen möchte.

»Oh. Dabei dachte ich, dass du es mit dem Denken nicht so hast«, ätzt Suki.

Bevor Todd noch etwas erwidern kann, geht Nero dazwischen. »Wir haben keine Zeit zu verlieren«, wiederholt er hart und will dann wissen, was genau vorgefallen ist.

Während Suki ihren Bericht abgibt, beschäftigt mich die Frage, wo der Fürstensohn heute früh überhaupt war, und bei wem. Keine Ahnung, warum sich ausgerechnet dieser Gedanke aufdrängt, aber aus irgendeinem Grund werde ich das Gefühl nicht los, dass er eine wichtige Begegnung hatte. Die Ereignisse, die sich in der Zwischenzeit hier im Haus abgespielt haben, scheinen ihn nicht sonderlich aus dem Konzept zu bringen. Womöglich bringt Nero überhaupt nichts mehr aus der Ruhe – eine Eigenschaft, um die ich ihn äußerst beneide.

»Solange sich der Kéjsaia hier befindet, werden sie wiederkommen. Vielleicht nicht morgen oder übermorgen, aber sie werden es definitiv tun«, bemerkt Nero, nachdem Suki zu Ende erzählt hat. Bei dem Gedanken, jederzeit von den Isikós oder einem Späher überfallen werden zu können, kriecht eine eiskalte Gänsehaut über meinen Nacken, begleitet von einem plötzlichen inneren Aufruhr, der mich dazu bringt, mit einem feuchten Lappen über die Arbeitsplatte zu wischen.

»Wir haben schon jeden Winkel nach dem Schlüssel durchsucht. Er ist nirgends«, höre ich Jerome sagen.

»Was die Vermutung bestärkt, dass es sich nicht um den Orchideenschlüssel, sondern um den verschollenen Lotosschlüssel handelt. Er kann seine Form verändern und sich als weiß Gott was tarnen«, sagt Todd, bevor er einen freundlicheren Tonfall anschlägt und ich seine Hand sanft zwischen meinen Schulterblättern spüre. »Kela, es liegt doch auch in deinem Interesse, uns zu helfen. Sobald wir den Kéjsaia haben, hauen wir von hier ab, und du siehst uns nie wieder. Großes Ehrenwort.«

»Das würde dir so passen«, zischt Suki.

Todd zieht langsam seine Hand zurück. »Sie hat doch sowieso keine Wahl. Die Kéjsaias wollen gefunden werden. Früher oder später wird das passieren, und es ist das Klügste, ihn dem bedeutendsten Clan auszuhändigen.«

»Und das ist natürlich der Clan der de Balzacs?«, entgegnet Suki verächtlich, während ich mit dem Lappen immer hastiger über die helle Arbeitsfläche schrubbe, um meine Gedanken zu bändigen, die wild durch meinen Kopf wirbeln.

»Um Herrgotts willen! Mädchen, lass doch die arme Küche in Ruhe. Wir sollten uns besser gleich auf die Suche nach dem Schlüssel machen«, drängelt Grandpa.

Suki verdreht die Augen. »Egal was Todd Ihnen auch immer eingeredet hat, Sie haben garantiert etwas anderes zu erledigen, als den Schlüssel zu finden.«

»Wie kannst du dir da so sicher sein, Chevall-Rivaldi?«, brummt Jerome.

»Weil ihr Lügen erzählt, sobald ihr den Mund aufmacht. Ihr

könnt gar nicht anders, als zu manipulieren, mit oder ohne Fähigkeit«, erwidert Suki, woraufhin sich eine rege Diskussion entspinnt, die von Nero jäh gestoppt wird.

»Katalea trifft die Entscheidung«, erklärt der Fürstensohn mit befehlsgewohnter Stimme, bevor er sich mir zuwendet. »Wenn du willst, dass deine innere Unruhe abklingt, solltest du dich auf die Suche machen.«

Nachdenklich lege ich den Lappen beiseite. Ich weiß nicht, ob ihm Brandon von meinem turbulenten Innenleben erzählt hat, oder ob er einfach nur ein guter Beobachter ist. »Du glaubst, dass meine Anspannung mit dem Schlüssel zu tun hat?«

»Hast du denn eine andere Erklärung?«, fragt er mit derart unergründlicher Miene zurück, dass ich nicht sagen kann, ob er noch etwas anderes in Betracht zieht.

Während ich mich auf einen der Küchenstühle fallen lasse, kreisen meine Gedanken bloß um eine Frage: Sollte sich mein Gefühl, dass noch etwas Größeres vor mir liegt, tatsächlich mit dem Fund des Kéjsaias bewahrheiten?

»Wie … wie soll ich diesen Schlüssel überhaupt finden?«, frage ich.

»Du wirst seine Präsenz fühlen.«

»Und wie genau? Bislang habe ich doch auch nichts gespürt.«

»Du hast auch noch nicht aktiv nach ihm gesucht«, erwidert Nero. Er zieht sich den Stuhl neben mir heran, setzt sich ebenfalls hin und beugt sich ein Stück in meine Richtung. Die Geste hat beinahe etwas Vertrauliches an sich. »Nicht ohne Grund hat er eine magische Verbindung zu dir aufgebaut. Du sollst entscheiden, an welchen Athánados er übergeben wird.«

»Und wenn ich ihn gar nicht übergebe?«

»Werden die Schatten wiederkommen. Und andere Clans«, sagt Nero reglos.

Ich schaue zu Brandon, der noch immer etwas blass um die Nase ist. Wir haben schon so viel miteinander durchgestanden, aber das hier setzt allem die Krone auf.

Mein Bruder räuspert sich. »Sobald Kela jemandem von euch diesen Schlüssel übergeben hat, seid ihr weg?«

Nero nickt.

»Und ihr könnt weitermachen wie bisher«, betont Jerome noch einmal, aber ich glaube ihm kein Wort. Wenn man einen gewissen Punkt überschritten hat, kann man nicht mehr weitermachen wie bisher.

»Also? Was sagst du, Kela? Suchst du den Schlüssel?« Jerome ist anzusehen, dass er auch andere Möglichkeiten in Erwägung zieht, um mich zu überreden. Ich will gar nicht wissen, was Unsterbliche alles mit Sterblichen anstellen können, ohne auch nur irgendwie belangt zu werden. Auch Sukis Einwände lasse ich nicht an mich heran, als ich Nero fest in die Augen sehe.

»Ihr garantiert für unsere Sicherheit? Sorgt dafür, dass so etwas wie heute nicht noch einmal passiert?«

»Selbstverständlich.« Nero klingt absolut überzeugend. Alles an ihm wirkt überzeugend und irgendwie beruhigend, aber genau das sollte mich womöglich skeptisch stimmen.

»Und ich kann den Schlüssel geben, wem ich möchte?«, frage ich weiter.

»Du kannst ihn nur einem Athánados aushändigen. Diese Entscheidung muss freiwillig und ohne Zwang geschehen, alles andere würde der Kéjsaia nicht akzeptieren. Aber er möchte, dass du diese Wahl für ihn triffst.«

»Das heißt, ich könnte ihn auch Suki und ihrem Clan überreichen?«, frage ich spitz.

»Wenn das dein Wunsch ist, Katalea.« Ruhig erwidert Nero meinen Blick, doch sein Tonfall macht klar, dass dies nicht passieren wird. Woher auch immer er diese Gewissheit nimmt, mir ist bewusst, dass ich jetzt durch eine Tür gehen muss.

Langsam blicke ich zu Brandon, dann zu Grandpa und schließlich zu Nero. »Ihr findet heraus, wie wir Großvater ein für alle Mal verabschieden können«, verlange ich. »Wenn ihr das versprecht, finde ich den verdammten Schlüssel.«

Fünfzehn

Während der nächsten Tage werde ich von Jerome, Todd und Großvater durch die Räume gehetzt, als hinge ihr Leben davon ab. Ich suche etwas, von dem ich weder weiß, wie es aussieht, noch was es wirklich kann und warum ausgerechnet ich es finden muss. Doch ich stehe zu meinem Versprechen und fasse sämtliche Gegenstände des Hauses an, um eine Verbindung aufzubauen und herauszufinden, ob es sich um den begehrten Kéjsaia handelt – was schon allein bei Moms Figurensammlung eine echte Herausforderung darstellt. Ich berühre jeden noch so bescheuert grinsenden Engel, jeden popeligen Zwerg und jedes verzückt dreinblickende Keramiktier, halte inne und bemühe mich, irgendeine Art von Resonanz zu erzeugen.

»Kela. Streng dich bitte etwas mehr an«, verlangt Todd gelangweilt, als wir die Kisten auf dem Dachboden durchgehen.

Es ist unglaublich heiß hier oben. Der Schweiß klebt mir im Nacken, der Staub kitzelt in meiner Nase, und meine Fingerkuppen sind es leid, ständig irgendetwas anzutatschen.

»Ich strenge mich an.«

»Du bist gar nicht richtig bei der Sache.«

»Natürlich bin ich das«, erwidere ich, auch wenn Todd recht hat. Bloß mein Körper sitzt zwischen dem alten Gerümpel, das größtenteils nicht mal uns gehört. Stühle stapeln sich neben vollgestopften Kartons, angeschlagenen Bilderrahmen, Töpfen und einem verrosteten Fahrrad. Überall liegt fingerdick der Staub. Ein fettes Spinnennetz hängt vor dem Fenster an der rechten Giebelseite, durch das vereinzelt Sonnenstrahlen fallen, die dem stickigen Raum eine geheimnisvolle Atmosphäre verleihen. Auf mich übt diese Stimmung keinerlei Zauber aus, denn ich stecke im Sumpf meiner Gedanken fest.

»Bist du wieder bei Oscar?«

Oscar.

Oscar.

»Er fehlt mir einfach«, gebe ich erstickt von mir.

»Er war ein ganz toller Junge. Aber du musst dich konzentrieren, das hier ist wichtig.«

»Ich bin es leid, dass mir alle sagen, wie wichtig diese bescheuerte Suche ist.« Frustriert strecke ich die Beine auf dem schmutzigen Holzboden aus. Meine kurze Jeans ist schon ganz verdreckt, mein weißes Shirt von grauen Flecken übersät. Mit dem Handrücken streiche ich mir eine verschwitzte Haarsträhne aus der Stirn. »Seit Stunden nehme ich hier jeden Gegenstand unter die Lupe. Und was passiert? Nichts.«

Todd schlägt auf dem hässlichen Klappstuhl vor mir die Beine übereinander. »Weil du dich nicht genügend anstrengst.«

»Und wenn ihr falschliegt, und dieser Kéjsaia doch nicht gefunden werden möchte? Schon mal daran gedacht?«

»Die Legende besagt, dass schon bald alle sieben Schlüssel entdeckt werden. Sie besagt bloß nicht, von wem.«

»Aber ihr geht davon aus, dass die Schlüssel den de Balzacs zustehen.«

Aus einem der Kartons fischt Todd eine alte Spieluhr, die er mir prompt entgegenhält. »Natürlich. Schließlich sind wir der einflussreichste und wichtigste Clan.«

»Und was ist mit den Gwynedons?«, bohre ich nach.

»Kein gutes Thema. Konzentrier dich, Kela.« Mit dem Kinn deutet er auf die ausgeblichene Holzspieluhr, die ich widerstrebend an mich nehme, um das Karussell von allen Seiten zu betrachten, bevor ich es einmal um die eigene Achse drehe. Der Mechanismus setzt sich träge in Gang. Die bemalten Holzpferdchen rotieren im Kreis und geben einen blechernen Ton von sich, der sich irgendwann einmal hübsch angehört haben muss.

»Wieso sind die Gwynedons kein gutes Thema?«

»Du steckst schon viel zu sehr in der Sache mit drin. Erspar es dir, noch tiefer hineinzurutschen.«

Ich sehe ihm tief in die Augen. »Todd. Ich helfe euch«, appelliere ich an seine Fairness.

Dafür kassiere ich jedoch nur ein schmales Lächeln, das sich zu einem breiten Grinsen ausdehnt. »Aber doch nur, weil du keine andere Wahl hast.«

Unsanft stoppe ich das Holzkarussell und lege es auf den Haufen unnützer Gegenstände, der sich neben mir türmt. »Fehlanzeige. Wieder mal«, sage ich seufzend, woraufhin mir der Unsterbliche galant einen alten Tennisschläger vor die Nase hält, der genauso löchrig wirkt, wie ich mich fühle.

»Erzähl mir mehr über die Kéjsaias. Irgendetwas.«

Seit Tagen schon bemühe ich mich um weitere Infos zu den Schlüsseln, während Brandon noch immer dabei ist, die Situation sacken zu lassen. Manchmal ertappe ich ihn, wie er die Augen zusammenkneift und sie ganz langsam öffnet, in der Hoffnung, doch noch aufzuwachen.

»Du weißt, dass ich das nicht kann«, erwidert Todd.

»Du kannst schon, du darfst bloß nicht.« Lustlos fahre ich den Rahmen des Schlägers ab, was Todd mit einem Schnauben quittiert.

»Mann, Kela. Liebloser geht's wohl nicht? Ein bisschen mehr Engagement, wenn ich bitten darf.«

»Das ist ein Tennisschläger.«

»Bei dem es sich um einen Kéjsaia handeln könnte. Tu wenigstens so, als würdest du dich bemühen.«

Widerwillig schließe ich die Augen, atme tief ein und taste zärtlich über Griff, Saiten und Rahmen, als würde ich etwas ungemein Wertvolles berühren. »Besser?«

»Na ja.« Mit spitzen Fingern streicht er sich über die Augenbrauen. »Ein Hauch mehr Gefühl wäre durchaus angebracht. Lausche in dich hinein und werde vollkommen eins mit dem Schläger.«

Ich verpasse ihm einen Klaps auf den Oberarm. »Todd. Du machst dich über mich und den Schläger lustig.«

»Ein wenig.«

»Auch ein Tennisschläger hat Gefühle.«

»Vielleicht. Wenn es sich um den Kéjsaia handelt.«

»Die Schlüssel haben Gefühle?«, frage ich stirnrunzelnd.

Er zögert einen Moment. »Nicht ganz, aber irgendwie. Die Schlüssel sind kompliziert und machtvoll.«

»Erklär es mir.«

Anstatt zu antworten, widmet Todd seine ganze Aufmerksamkeit wieder dem Karton und zieht einen Zylinder daraus hervor. Mit der flachen Hand klopft er ein paarmal auf das staubige Kopfteil, bevor er sich das Ding aufsetzt und sein Profil konzentriert von links nach rechts schwenkt. »Und? Wie sehe ich aus?«

»Wie ein durchgeknallter Magier. Sind die Vögel nicht normalerweise im Hut, anstatt auf dem Shirt?«

Todd blickt auf sein türkisfarbenes Hemd mit dem weißen Taubenprint, das er zu einer hellen Leinenhose trägt. Eine Kombination wie aus einem Modemagazin. »Hast du etwas an meinem Kleidungsstil auszusetzen, Kela?«

»Nein, ganz und gar nicht. Er ist erfrischend, im Gegensatz zu ... Warum trägt Nero eigentlich immer Schwarz? Weil es die Farbe eures Clans ist?«

Todd setzt den Zylinder ab und fährt sich durch die dunklen Haare. »Er trägt doch nicht immer nur Schwarz.«

»Bis jetzt habe ich ihn nur in dieser Farbe gesehen.«

»Vielleicht weil seine Seele schwarz ist«, raunt er amüsiert und mustert mich dann eindringlich. »Ich hab' dich gewarnt, Kela. Mach dir bei ihm keine Hoffnungen. Keiner Frau wird es gelingen, diesen Mann an sich zu binden.«

»Bis auf die Gwynedon-Tochter, nicht wahr?«

Er atmet tief ein. »Lass uns lieber weitermachen«, erklärt er sachlich, bevor er mir den Zylinder entgegenstreckt.

Ich bin es leid, mit meinen Fragen ständig ausgebremst zu werden. Wortlos nehme ich den dunklen Hut an mich, dessen samtig glänzender Stoff sich weich unter meinen Fingerspitzen anfühlt. Schon als Kind mochte ich Zauberer. Samstags stand manchmal einer in der Shoppingmall. Mit seinem Umhang, dem samtgedeckten Tischchen und dem geheimnisvollen Lächeln auf den Lippen zog er mich stets in seinen Bann, auch wenn sich später herausstellte, dass er bloß ein Trickbetrüger war. Dennoch waren seine Kunststücke pure Magie für mich.

Magie. Das Wort hallt nebulös in meinem Kopf nach, lässt mich an meine ganz eigenen Möglichkeiten denken und erinnert mich an den Moment, als ich Todd unbeabsichtigt zum Reden gebracht habe. Vielleicht gelingt mir das auch absichtlich, überlege ich und betrachte den Athánados, während ich mich darauf konzentriere, ihm das Gefühl des Vertrauens einzuflößen, weil es genau das war, was ich damals in der Küche zwischen uns wahrgenommen habe. Todd blinzelt, und für einen Augenblick schöpfe ich Hoffnung, dass es funktioniert.

»Die Gwynedon-Tochter und Nero, haben sie irgendeinen Schwur abgelegt?«, frage ich und sehe Todd intensiv an.

Er lässt ein paar Atemzüge vergehen, bevor er antwortet. »Die Gwynedon-Tochter … war wunderschön. Sie und Nero haben die Ehe vollzogen und ein Kind gezeugt, doch der Fluch einer finsteren Nymphe nahm ihnen dieses Kind … und deshalb ist Nero …«

Todds Worte klingen abgehackt und hölzern, und ich runzele die Stirn, bevor er in schallendes Gelächter ausbricht und sich gar nicht mehr einkriegt.

»Netter Versuch, Kela«, bemerkt er japsend. »Du hättest sehen sollen, wie bleich du geworden bist.«

»Bin ich nicht.« Enttäuscht werfe ich ihm den Zylinder entgegen, den er mit einer Hand auffängt. »Hey. Nichts für ungut. Ich bin beeindruckt. Du testest deine Möglichkeiten aus. Daran ist grundsätzlich nichts verkehrt, nur ist das hier eine andere Liga.«

Resigniert lasse ich mich nach hinten auf den harten Boden fallen und starre auf die Holzbalken über mir.

»Du machst dich dreckig.«

»Ich habe mich doch schon längst dreckig gemacht«, stöhne ich und denke daran, dass er und Jerome recht haben. Ich stecke tatsächlich schon viel zu tief drin. »Ihr verlangt, dass ich diesen Kéjsaia finde, aber erzählen wollt ihr mir nichts darüber. Das ist nicht fair.«

»Versuchst du es jetzt auf die Mitleidsschiene?«

»Klar, wenn es funktioniert.«

»Oje. Das klingt jetzt aber wirklich verzweifelt.« Ich höre Todd geräuschvoll ausatmen. »Okay. Du darfst mich aber nicht bei Jerome verpfeifen, der nimmt diese Sachen megaernst. Für meinen Geschmack war er schon immer etwas zu obrigkeitshörig, ich bin da etwas, sagen wir mal, flexibler eingestellt. Also, du darfst mir eine Frage stellen, die ich dir ehrlich beantworte. *Eine.*«

Ich stütze mich auf meinen Ellenbogen und mustere Todd argwöhnisch. »Wieso nur eine?«

»Weil ich es sage. Schade.« Mit bedauernder Miene legt er den Kopf schief. »Damit hast du deine Frage verbraucht.«

»Das gilt nicht.«

»Sagt wer?«

»Ich.«

»Aber du machst nicht die Regeln.«

»Das habe ich auch schon verstanden«, bemerke ich schnippisch, setze mich in den Schneidersitz und überlege, welche Frage es sein soll. Sofort drängt sich mir eine auf. »Was hat es mit Nero und dieser Gwynedon-Tochter auf sich?«

Seufzend fährt sich Todd durch die Haare. »Also hatte ich recht. Manche Fragen verraten einem mehr als ihre Antworten, Kela. Das solltest du dir merken.«

»Keine Ahnung, warum mich das so interessiert.«

»Nicht? Ich kann es dir sagen, denn es schreit mir förmlich entgegen. Du fährst auf Nero ab. Du bist nicht die Erste und wirst auch nicht die Letzte sein, die seiner geheimnisvollen Aura nicht widerstehen kann. Sein verboten gutes Aussehen und seinen dunklen Charme nicht zu vergessen. Doch du solltest wissen, dass keine dieser Frauen jemals länger als eine Nacht bleibt. Denn das Einzige, was sie stillen können, sind seine körperlichen Bedürfnisse.«

»Das hast du jetzt aber schön gesagt«, gebe ich trocken zurück und versuche, mich von der Ansprache nicht in eine gefährliche Richtung treiben zu lassen. »Ich will nichts von Nero.«

»Wer's glaubt. Aber versprochen ist versprochen«, verkündet er, rückt auf seinem Klappstuhl näher und dämpft die Stimme. »Ich würde dir jedoch raten, Nero nicht direkt auf Nivia anzusprechen. Die Gwynedons sind ein widerlicher Clan, der über Leichen geht.« Er hält kurz inne. »Okay, jeder Clan ist bereit, über Leichen zu gehen, aber die Gwynedons sind noch mal ein anderes Kaliber. Die hübsche Nivia war die Tochter des Fürstenpaares. Sie wurde jahrelang beschützt wie ein gut gehütetes Geheimnis, damit sie kein anderer Clan in die Finger bekommt und als Druckmittel einsetzen kann. Ist in der Vergangenheit leider des Öfteren vorgefallen, deshalb gehen sich die Clans gern aus dem Weg. Als Nivia und Nero sich dennoch begegnet sind, wussten sie nichts über die Identität des anderen. Es kam so tragisch, wie es kommen musste: Sie verliebten sich unsterblich ineinander. Und wenn ich unsterblich sage, dann meine ich das auch so. Denk mal darüber nach.« Er senkt den Blick und wartet, bis ich die Botschaft seiner Worte verstanden habe und nicke. Dann spricht er weiter. »Natürlich durfte niemand etwas von ihrer Verbindung erfahren, weshalb sie …«

»Weshalb sie was?«, will ich wissen.

Anstatt fortzufahren, streckt Todd den Rücken durch. Ein gemeines Lächeln umspielt seine Lippen. »Deine Zeit ist um und deine Frage beantwortet. Es war übrigens eine sehr offene Frage. Das nächste Mal solltest du konkreter vorgehen. Leider wird es kein nächstes Mal geben.«

»Du kannst nicht einfach an der spannendsten Stelle aufhören.«

»Du siehst doch, wie ich das kann.«

Die Enttäuschung trifft mich wie eine kalte Welle, doch etwas in mir wehrt sich, mich davon mitreißen zu lassen. Auch auf die Gefahr hin, mich gründlich lächerlich zu machen, blicke ich Todd in die blauen Augen, nutze seine Kraft und meinen Willen. Bleibe konzentriert und fokussiert.

Und mit einem Mal spüre ich es.

Ich spüre die Spannung zwischen uns, vollgesogen mit knisternder Magie und der tiefen Erkenntnis, dass Grenzen nicht existieren, bloß die des Verstandes. Als würde jemand die mächtigen Schranken meines Daseins lüften und die Weite des Möglichen sichtbar machen, in der unser Dachboden weniger ist als ein Staubkorn im Lichte der Existenz. Ich fühle mich frei, unbeschreiblich frei. Als könnte ich fliegen und tanzen zur selben Zeit. Die Luft zwischen uns pulsiert, kribbelt bis in den letzten Winkel meines Körpers. Aufregende Kühle rauscht durch mich hindurch, eine fantastische innere Gänsehaut, die den Zauber des Moments offenbart und mir unendliches Vertrauen einflößt, an dem ich selbst andocke, damit Todd weitererzählt.

Entgeistert sieht er mich an. Ich befürchte schon, dass es wieder nicht geklappt hat, da lächelt er dieses sanfte, vertrauensvolle Lächeln.

»Nero und Nivia haben eine *Kardisis* abgelegt, einen verhängnisvollen Herzensschwur. Ein mystisches Versprechen, das den alten Gesetzen unterliegt. Es war unvernünftig von ihnen, diesen Schwur einzugehen, denn er verbindet nicht nur die Herzen der Liebenden, sondern auch deren Familien. Nicht einmal der Tod vermag es, den Eid zu brechen, denn unter gewissen Umständen wirkt er selbst danach noch für die Familien weiter. Als Nivia starb, ist ein Teil von Nero mitgestorben. Seitdem ist sein Herz nicht mehr dasselbe, und ich kann nur beten, dass er sich nicht darauf einlässt ...« Todd holt tief Luft.

»Worauf nicht einlässt?« Gespannt beuge ich mich vor, doch Todd sieht aus wie jemand, der gerade das Bewusstsein wiedererlangt. Verwirrt schüttelt er den Kopf.

»Du Biest!«, schimpft er und rückt ein gutes Stück von mir weg, um mir gleich drauf anerkennend zuzunicken. »Chapeau, du hast es tatsächlich geschafft. Ich muss mich echt von dir fernhalten. Du wirkst so unschuldig, dabei bist du das gar nicht. Ganz schön durchtrieben, Madam.«

»Ich versuche lediglich, mit euch mitzuhalten.«

»Du lernst schnell.« Mit wachem Blick sieht er sich auf dem Dachboden um. »Oder der Kéjsaia ist ganz in unserer Nähe und stärkt deine Kraft.«

Beherzt greife ich nach dem nächsten Gegenstand, einer Öllampe mit angelaufenem Glaszylinder. »Das wäre natürlich großartig. Je schneller ich den Schlüssel finde, desto schneller bin ich euch wieder los.«

»Ach, Kela. Sei vorsichtig mit deinen Wünschen. Ich bin mir nicht sicher, ob du wirklich willst, dass sie in Erfüllung gehen«, sagt Todd grinsend, bevor wir die nächste Stunde damit verbringen, weiter alles durchzugehen.

Anfassen. Verbinden. Fühlen. Doch wie oft ich auch anfasse, verbinde und fühle, wir kommen dem Kéjsaia keinen Schritt näher. Irgendwann verlange ich nach einer Pause, die mir Todd nicht gewähren will. Glücklicherweise kreuzt in diesem Moment Suki auf, die nicht nur ein grünes Top zu einem lilafarbenen Schottenrock trägt, sondern auch zwei weiße Essenstüten verheißungsvoll in den Händen schwenkt.

»Ich denke, Kela kann eine Stärkung vertragen«, verkündet sie und zwinkert mir zu. Mir gefällt dieses Zwinkern, genauso wie der Geruch nach Frühlingsrollen und gebratenen Nudeln.

Todd betrachtet Suki abschätzig. »Was für ein erbärmlicher Versuch, dich bei Kela einzuschleimen.«

»Als hätte ich das nötig.«

»Tu nicht so. Dein Clan ist ganz versessen auf die Schlüssel.«

»Aber doch nur, weil wir sie in Sicherheit wissen wollen«, verteidigt sich Suki. »Wir haben nicht vor, die Heilige Pforte zu öffnen.«

Todd rümpft selbstgefällig die Nase. »Ist klar.«

»Leute, bitte«, bremse ich die beiden und fasse mir an den Bauch. »Seid mal still. Hört ihr das?«

»Was sollen wir hören?« Todd blickt mich verdutzt an, verstummt aber, und auch Suki hält für einen Augenblick den Mund.

»Ich habe mich mit meinem Magen verbunden und eine innige Beziehung zu ihm aufgebaut. Er knurrt, weil er Hunger hat.« Mein Grinsen geht wie ein Leuchtfeuer auf Suki über.

»Dann sollten wir schleunigst für Abhilfe sorgen.«

Todd ist anzusehen, dass er auch keine Lust hat, noch länger auf dem stickigen Dachboden festzusitzen. »Von mir aus«, brummt er schließlich und lächelt dann. »Die nächste Schicht hat sowieso Jerome. Gemeinsam mit deinem Grandpa.«

Ich verziehe das Gesicht. »Was für eine umwerfende Kombination«, sage ich seufzend, bevor mich Suki nach draußen zieht, in den rückwärtigen Teil unseres Gartens, der hinter den wild wachsenden Büschen vom Haus aus nicht einsehbar ist. Auf dem Boden ist bereits eine gepunktete Picknickdecke ausgebreitet, auf der Suki die Tüten abstellt. Nachdem sie sich versichert hat, dass wir allein sind, wirft sie mir einen verschwörerischen Blick zu.

»Wir dürfen uns auf keinen Fall erwischen lassen«, sagt sie leise. »Denn ich habe dir etwas mitgebracht.«

Sechzehn

Suki fasst in ihre Umhängetasche, um ein dickes, ledergebundenes Buch hervorzuziehen. »War gar nicht so leicht, das Ding aus unserer Bibliothek herauszuschmuggeln. Das gibt Pluspunkte für mich.«

»Ist registriert«, sage ich, gleichzeitig spüre ich eine diffuse Nervosität in mir hochkriechen. »Ihr habt eine Bibliothek? Wo befindet sich die?«

»In unserem Hauptdomizil.«

»Und wo ist das?«

»Darf ich nicht verraten. Sorry.« Sie kneift die Augen zusammen. »Jeder Clan besitzt mehrere Wohnorte, darunter ein Hauptdomizil. Der genaue Standort ist immer geheim, um die Familien vor Überfällen zu schützen. Die dortigen Portale verfügen über spezielle Sicherheitsmechanismen.«

»Portale?« Ich lasse mich auf die Picknickdecke fallen, unter der das weiche Gras nachgibt. »Okay. Eins nach dem anderen.«

Nachdem Suki ihre Tasche abgelegt hat, setzt sie sich neben mich. »Nur noch eins: Dieses Treffen hat niemals stattgefunden. Du musst mir hoch und heilig schwören, mich nicht zu verpetzen.«

Meine Antwort ist ein Nicken, doch das reicht ihr nicht aus.

»Sag es«, verlangt sie.

»Ich verspreche, dich nicht zu verraten. Zufrieden?«

»Ein wenig. Glaube ich zumindest.«

Entweder ist Suki eine hervorragende Schauspielerin oder gerade wirklich dabei, eine Schwelle zu übertreten. So oder so, ich bin heilfroh, dass ich sie nach mehreren Versuchen überreden konnte, mir zu helfen. Ob sie es als Freundschaftsdienst oder Wiedergutmachung sieht, kann ich nicht sagen, ich weiß nur, dass ich den Kéjsaia nicht guten Gewissens an irgendeinen Clan aushändigen kann, solange mein Informationsstand derart erbärmlich ausfällt.

Ich greife nach dem Buch, doch Suki zieht es zurück.

»Das hier geschieht auf deine eigene Gefahr, Kela. Falls du es jemals bereuen solltest, vergiss nicht, dass *du* es so wolltest.«

»Ich weiß. Aber ich brauche Details.«

Mit einem tiefen Seufzen übergibt mir Suki den schweren Wälzer, dessen dunkelbrauner Ledereinband von sieben filigranen Blüten geprägt wird.

»*Calla. Rose. Dahlie. Orchidee. Iris. Chrysantheme. Lotos.* Das sind die Symbole der sieben Clans. Jeder Clan besitzt auch seine eigene Farbe«, erklärt Suki gedämpft. »Das Buch ist bloß eine Übersetzung, die anderen Bücher würdest du nicht lesen können, sie sind in der unsterblichen Sprache verfasst.«

Ich denke an die geflüsterten Worte, mit denen Nero die Isikós vertrieben hat, und hebe vorsichtig den Buchdeckel an. Sofort fällt mein Blick auf ein Gedicht, das auf den ersten Seiten steht. Die geschwungene Schrift besteht aus verschnörkelten, goldfarbenen Linien, die im Licht der Sonne mystisch glänzen.

Sieben Schlüssel
aus magischer Blüte,
deren Kraft in
den Frauen verglühte.

Verschlossen der Welten
verbindendes Tor
dunkle Asche sich
in den Rissen verlor.

Die Macht der Schlüssel
mag auferstehen
in treuen Anhängern
fortan sie gesehen:

Calla –
gold und wunderschön
wird Stürme, Blitz und Donner säen

Rose –
so schwarz wie tiefste Nacht
Gefühle andrer Herzen entfacht

Iris –
blau gleich dunklem Saphir
wird lesen die Gedanken dir

Dahlie –
grüner erstrahlen Wälder nur
lauscht dem Flüstern der Natur

Chrysantheme –
violett, zart und fein
fällt ihr Blick in die Vergangenheit ein

Orchidee –
weiß wie Schnee die Farbe
sich stets bedient an fremder Gabe

Lotos –
rot wie triefend Blut
vor ihren Täuschungen sei auf der Hut

Was verloren,
vergessen aber nicht,
tritt schon bald
erneut ans Licht.

Von jenen,
die unsterblich gefunden,
Mehrheit vereint
der Rest gebunden.

Wird öffnen
die verbindende Pforte,
wird lösen
alle magischen Worte.

Einer der Clans
nur wird bestehen,
alle anderen verdammt
unterzugehen.

Dunkle Asche verstreut
übers Land
Unsterblichkeit jäh
ihr Ende fand.

Ich fühle, wie die Worte einen tiefen Nachhall in mir erzeugen, und sehe zu Suki auf. »Was genau soll das alles bedeuten?«

Sie streicht sich eine dunkle Haarlocke hinters Ohr.

»Okay. Beginnen wir mit der Geschichtsstunde. Dafür müssen wir jedoch gedanklich in der Zeit zurückreisen, und zwar an einen Ort, der sich *Palmyra* nannte. Palmyra war eine Wüstenstadt in der prächtigsten Oase, die die Welt je gesehen hat. Die Stadt fand bereits im Alten Testament Erwähnung, erlebte jedoch unter der Herrschaft von Königin Zenobia etwa 270 nach Christus ihre Blütezeit. Der Legende nach war Zenobia nicht nur unermesslich schön, sondern eine alte Seele, voller Weisheit und Güte, deren Herzverbundenheit über die Grenzen der Stadt hinausstrahlte. Gelehrte, Philosophen und andere Menschen mit reinen Seelen begannen, sich in der Wüstenstadt anzusiedeln, wodurch Palmyra unermesslicher Reichtum zufloss – sowohl finanzieller als auch spiritueller Natur. Schon bald avancierte die Stadt zu einem bedeutenden Machtfaktor im Vorderen Orient und sorgte für den Ausgleich zwischen östlichen und westlichen Interessen und Denkweisen. Doch Rom missfiel diese Sonderstellung, weshalb Kaiser Aurelian seine Armeen ausschickte, um Königin Zenobia gefangen zu nehmen und hinrichten zu lassen. Die Stadt, die für Toleranz und Balance stand, wurde brutal zerstört und dem Erdboden gleichgemacht. Die grausame Vernichtung Palmyras blieb jedoch nicht ohne Folgen. Sie führte zu einer gewaltigen energetischen Explosion, die Risse zwischen den Welten verursachte. Und damit meine ich nicht zwischen irgendwelchen Kontinenten, sondern zwischen Erde, Ober- und Unterwelt.« Sukis Blick verfinstert sich. »Diese Risse erlaubten es verschiedenen Wesenheiten, unkontrolliert auf die Erde zu dringen, woraufhin sich dunkle und helle Geschöpfe in der zerstörten Oasenstadt eine unerbittliche Schlacht lieferten. Letztendlich verbrannten sie alle im Feuer des Gefechts, doch ihre Asche hinterließ bleibende Spuren. Die Asche der hellen Wesenheiten wurde vom Wind aufgewirbelt und davongetragen, rund um die Erde. Von nun an waren jene, die von den magischen Überresten berührt worden waren, unsterblich und in der Lage, gewöhnliche Menschen zu besetzen. Die dunkle Asche hingegen strömte zu den sphärischen Rissen und formte auf den Ruinen Palmyras ein überirdisches Tor, eine Art Knotenpunkt, der die Weltenzugänge miteinander verband. Das prachtvolle Tor wurde von sieben zauberhaften Blumen umrankt, deren lieblicher Duft sieben Frauen anlockte, so wunderschön und tapfer wie Königin Zenobia und wie sie zum Tode verurteilt – doch die helle Asche hatte ihnen das Leben gerettet. Es heißt, dass die Frauen allesamt von zweifelhaftem Charakter und berüchtigt für ihre Taten gewesen sein sollen: eine dreiste Diebin, eine raffinierte Fälscherin, eine notorische Lügnerin, eine listige Gedankenleserin, eine gnadenlose Jägerin, eine schamlose Verführerin und eine dunkle Donnerpriesterin. Jede der Frauen pflückte eine der Blüten, bei denen es sich um verzauberte Schlüssel handelte. Mit ihnen konnten sie das Tor verschließen und damit auch die unheilvollen Risse zwischen den Welten. Die Macht der Schlüssel jedoch floss in die Herzen der Frauen, verstärkte ihre ureigene Kraft auf magische Weise und erlaubte ihnen, diese Gabe fortan an ihre Nachkommen und all jene weiterzuvererben, die sich ihnen anschlossen. Da das Schicksal es gut mit ihnen gemeint hatte, trafen die sieben Frauen das Bündnis, die Heilige Pforte auf ewig zu beschützen, woraufhin sie das Tor mit besonderen Ringen belohnte.«

Suki macht eine kurze Pause und seufzt schwer. »Doch es kam, wie es kommen musste. Das Bündnis weilte nicht ewig und Zwistigkeiten vergifteten den Pakt. Im Laufe der Zeit gerieten die Schlüssel in Vergessenheit, sie gingen verloren, wurden gestohlen oder versteckt. Erst eine Weissagung des Orakels, das durch die Seelenpläne über die Kraft der Vorhersehung verfügt, brachte ihre Bedeutung wieder ans Licht. Es sagte voraus, dass die Kéjsaias wiedergefunden werden sollen, und zwar *noch dieses Jahr*. Das Öffnen der Pforte würde es dunklen und hellen Wesen erneut ermöglichen, unkontrolliert auf die Erde zu dringen, was natürlich furchtbar wäre. Nur der stärkste Clan soll imstande sein, das Tor auch wieder rechtzeitig zu schließen.«

»Warum wollt ihr die Heilige Pforte dann überhaupt öffnen?«, frage ich und streiche über die aufgeschlagenen Pergamentseiten auf meinem Schoß. »Ich meine, wenn ich es richtig verstanden habe, dann bringt euch die Öffnung doch nur Nachteile. Zum einen gelangen diese unheimlichen Geschöpfe auf die Erde, zum anderen scheint eure Unsterblichkeit verloren zu gehen. Warum gibt es denn keine Vereinbarung, in der sich die Clans einfach dazu verpflichten, die Schlüssel nicht zu benutzen?«

»Weil diese Vereinbarung genauso wenig haltbar wäre wie das Bündnis unserer Vorfahrinnen. Die Clans vertrauen sich nicht, überhaupt nicht. Außerdem gieren manche Familien hemmungslos nach mehr Macht.« Die Art, wie sie die letzten Worte betont, macht klar, dass sie auf die de Balzacs anspielt. »Sie sehnen sich danach, unter den anderen emporzusteigen und zum letzten, unsterblichen Clan zu avancieren. Dafür müssten sie nicht einmal alle Schlüssel besitzen, sondern bloß die Mehrheit. Sobald sämtliche

Kéjsaias aufgespürt und beansprucht wurden, sich also wieder bewusst in den Händen der Athánados befinden, erhält der Clan mit den meisten Schlüsseln auch die anderen zugesprochen. Wer die Heilige Pforte öffnet, wird zudem von all seinen magischen Verpflichtungen freigesprochen, sollte er sich welche aufgeladen haben. Das bedeutet der Teil ›*Wird öffnen die verbindende Pforte, wird lösen alle magischen Worte*‹. Alle anderen verlieren durch die dunkle Asche ihre Unsterblichkeit, die durch das Öffnen der Pforte über die Erde verteilt wird, ganz wie es damals mit der hellen Asche geschah.« Suki schüttelt sich, als würde ihr die bloße Vorstellung einen kalten Schauer über den Rücken rieseln lassen.

Nachdenklich blättere ich durch die dicken Buchseiten, auf denen in eindrucksvollen Zeichnungen die Geschichte der Athánados festgehalten wurde. Ich sehe Abbildungen von grässlichen, dunklen Kreaturen mit glühenden Augen, die gegen fanatische, schwertschwingende Lichtwesen kämpfen, umgeben von Wirbelstürmen und Feuersbrünsten. Nach einigen Seiten entdecke ich auch die sieben Frauen, wie sie die anmutigen Blüten pflücken. *Goldene Calla. Schwarze Rose. Blaue Iris. Grüne Dahlie. Violette Chrysantheme. Weiße Orchidee. Roter Lotos.*

»Leben diese sieben Vorfahrinnen denn noch?«, will ich wissen.

Suki schüttelt den Kopf. »Athánados können zwar grundsätzlich nicht sterben, haben aber die Möglichkeit, sich freiwillig zur Seelenquelle zurückzubegeben. Sie ist das, was ihr den Himmel nennt. Sämtliche Seelen, egal ob sterblich oder unsterblich, entspringen dieser göttlichen Quelle und kehren dorthin auch wieder zurück, sobald sie den langen Kreislauf der Wiedergeburt beendet haben. Die Quelle ist quasi der Anfang und das Ende, das Licht des Lebens, die kosmische Essenz, aus der alles erschaffen wurde. Uns Athánados steht es frei, unsere unsterbliche Seele durch ein spezielles Ritual freiwillig zur Quelle zurückzuschicken, um dort den ewigen Frieden zu finden. Wenn man schon unzählige Jahrzehnte gelebt hat, ist diese Option recht verführerisch, zumal Wiedergeburt für uns ja ausgeschlossen ist.«

Mein Blick haftet noch immer an den Frauen, die allesamt wunderschön anzusehen sind, auch wenn ihr hintergründiger Blick dunklere Absichten verrät. »Und diese Vorfahrinnen haben vor der Rückkehr zur Quelle ihre magischen Fähigkeiten an ihre Clanmitglieder weitervererbt?«

Suki streckt ihre Beine auf der Picknickdecke aus. »Diejenigen, die ihrer Blutlinie entstammen, tragen die Gabe automatisch in sich. Alle anderen erhalten sie, sobald sie sich einem Clan anschließen. Somit sind die Clanmitglieder nur zum Teil blutsverwandt. Und dann gibt es natürlich auch noch Unsterbliche, die sich keinem Clan anschließen. Die *Clanlosen*. Im Grunde wissen wir nicht einmal, wie viele von ihnen existieren, also wie viele damals von der hellen Asche berührt wurden.«

Auf der nächsten Seite verwandeln sich die farbenprächtigen Blumen in zarte Schlüssel, mit denen die bildhübschen Frauen das große, heilige Tor verschließen.

Suki deutet auf die einzelnen Blüten. »Die schwarze Rose gehört, wie du schon weißt, zu den de Balzacs, die grüne Dahlie und die violette Chrysantheme sind die Symbole meines Clans«, erklärt sie und tippt dann auf die nächste Blume mit der goldschimmernden, kelchförmigen Blüte. »Die goldene Calla ist das Zeichen des Clans der Zhen, die blaue Iris gehört zu den von Abensbergs, während die weiße Orchidee für die Gwynedons und der rote Lotos für die von Rubinsteins steht.«

»Wie kommt es, dass dein Clan zwei Blumen als Symbol trägt?«, frage ich.

»Das liegt daran, dass sich die Chevall-Rivaldis vor Hunderten von Jahren aus zwei Clans zusammengeschlossen haben. Nicht alle Clans sind so mörderisch zerstritten wie die de Balzacs und Gwynedons, aber die meisten sind sich auch nicht unbedingt wohlgesonnen. Tatsächlich gab es vor langer Zeit sogar eine Art Allianz zwischen den Rivaldis, den Zhen und den von Rubinsteins. Sie waren der Auffassung, dass kein Clan jemals überhaupt die Chance erhalten sollte, die Heilige Pforte zu öffnen. Sie gründeten den *Orden des Lichts*. Auserwählten alten Seelen – also Sterblichen – wurden die Schlüssel der drei Clans anvertraut, um sie zu verstecken und niemals wieder in die Hände der Athánados gelangen zu lassen. Die Absicht war gut, nur leider ist dieser Orden ins Visier der anderen Clans geraten.«

»Und wie viele Schlüssel wurden bisher entdeckt?«

Suki holt Luft. »Meine Eltern würden mich umbringen, wenn sie wüssten, dass ich darüber mit einer Sterblichen spreche.«

»Können sie doch nicht. Also dich umbringen.«

Ein dunkles Grinsen schleicht sich in Sukis Gesicht, gleichzeitig greift sie nach den Tüten, holt die Boxen heraus und stellt sie geöffnet auf die Picknickdecke. »Wie gesagt, das ginge schon, aber es wäre kompliziert und moralisch total verwerflich. Deshalb wollen wir sie gar nicht erst auf den Gedanken bringen.«

»Ich verrate kein Sterbenswort. Also?«

Suki zögert, gibt sich dann aber doch einen Ruck. Bei den nächsten Worten klingt ihre Stimme leiser und nachdrücklicher, als würde sie mir unter all den Geheimnissen noch ein weiteres anvertrauen. »Da hier keiner seine Karten offen auf den Tisch legt, wissen wir es nicht genau. Aber wir glauben, dass sich zwei Schlüssel im Besitz der de Balzacs befinden, zwei bei den Gwynedons und einer bei den von Rubinsteins.«

»Somit sind noch zwei verschollen.

»Somit sind noch zwei verschollen«, bestätigt sie, schnappt sich ein paar Stäbchen und schiebt sich eine Portion Gemüsereis in den Mund.

Plötzlich nehme ich hinter mir ein Rascheln wahr. Doch als ich mich Richtung Haus drehe, kann ich niemanden entdecken. Beim Anblick der alten Holzfassade kommt mir ein neuer Gedanke. »Könnte die Vorbesitzerin des Hauses ein Mitglied dieses Licht-Ordens gewesen sein? Vielleicht befindet sich der Schlüssel deshalb hier?«

»Klar, das wäre möglich. Im Grunde ist es aber egal, wie der Schlüssel hierhergelangt ist, wichtig ist nur, dass wir ihn finden. Mittlerweile glaubt unser Clan auch nicht mehr daran, dass die Entdeckung der Schlüssel aufzuhalten ist. Die Kéjsaias wollen entdeckt werden, sie wollen wieder zusammen sein, weil sie einfach zusammengehören.«

Ihre Worte schwingen seltsam in mir nach und docken an meinem Gefühl der inneren Anspannung an. Ich beiße mir auf die Unterlippe.

»Bist du auch der Meinung, dass sich meine Unruhe legt, sobald der Schlüssel auftaucht?«

»Ich denke, dass Nero damit nicht falsch liegt«, gibt Suki etwas zerknirscht zu. »Auch wenn ich ihm grundsätzlich nicht gern recht gebe.«

Während Suki eine Wasserflasche öffnet, wandern meine Finger zur nächsten Buchseite, über die sich ein funkelnder Wasserlauf schlängelt, vor dessen Zugang eine Schlange Menschen ansteht. »Was ist das für ein Fluss?«

»Der Strom des Vergessens. Nachdem ein Mensch gestorben ist, taucht er in diesen Fluss ein, um seine Erinnerungen zu tilgen. Das Vergessen erlaubt es den Seelen, sich völlig frei auf ihr neues Leben zu konzentrieren. Wobei sie natürlich von ihren Erfahrungen geprägt werden«, sagt Suki und spricht dann weiter über das Totengericht, das die Taten einer Seele beurteilt und ihr weiteres Schicksal bestimmt. Während ich Suki zuhöre und etwas über junge, reife und alte Seelen lerne, kann ich mich an den farbenfrohen Zeichnungen des Buches gar nicht sattsehen. Sie sind unglaublich eindrucksvoll und erzählen von einer Vergangenheit und Gegenwart, die nur schwer zu begreifen sind.

Als ich irgendwann die Abbildung des ersten Schlüssels entdecke, stocke ich. Der Kéjsaia ist aus purem Gold gefertigt. In seinem antiken Schlüsselring findet sich das Symbol der Callablüte wieder, die von kleinen Luftwirbeln umspielt wird.

»Wow«, hauche ich, als ein zarter Windhauch über meine Hand streicht und goldenen Blütenstaub aufwirbelt, der sanft auf meine Finger rieselt. »Was ist das?« Fasziniert wende ich meine Hand, betrachte die Staubpartikel, die wunderschön in der Sonne glitzern.

»Magie. Also eine spezielle Form davon. Genau erklären kann ich es dir nicht, aber das liegt wohl im Wesen der Magie.«

Ich löse meinen Blick von meinen Fingern und sehe auf den goldenen Schlüssel, der im Buch abgebildet ist. Mit filigranen Lettern steht *Haus Zhen* darübergeschrieben. »Welcher Clan ist das?«

»Der Clan der dunklen Donnerpriesterin. Seine Mitglieder beherrschen die Fähigkeit, Unwetter zu bändigen, Stürme zu entfachen und Blitze loszuschicken.«

Die Zeichnungen der restlichen Schlüssel sind nicht weniger beeindruckend. Der Kéjsaia der de Balzacs ist aus nachtschwarzen Eiskristallen gefertigt, die sich seltsam warm unter meinen Fingerspitzen anfühlen. Die anderen Schlüssel bestehen aus saphirblauen Lichtfunken, zartvioletten Seidenfäden, schneeweißen Blutstropfen, granatroten Glassplittern und waldgrüner Tränentinte. Ich könnte den ganzen Tag damit verbringen, sie anzustarren und mich in ihrer eigentümlichen Schönheit zu verlieren.

»So haben diese Schlüssel vermutlich einmal ausgesehen, was nicht bedeutet, dass es noch immer so ist«, bemerkt Suki, nachdem ich mir mit einer Serviette die waldgrünen Tintentropfen des letzten Schlüssels von den Fingern gewischt habe und das Buch zuklappe, das Suki umgehend in ihrer Umhängetasche verstaut. »Alles was wir zu den Kéjsaias finden, jedes Dokument, jedes Buch, jede noch so kleine Notiz könnte die Fälschung eines Clans sein, angefertigt, um die übrigen Clans in die Irre zu führen. Wie gesagt, Lügen und Betrügen steht bei uns hoch im Kurs.« Sie sieht mich an. »Du steckst das alles erstaunlich gut weg. Wie geht es eigentlich Brandon? Hat er sich schon gefangen?«, fragt sie dann leicht nervös und greift nach der Box mit den gebratenen Nudeln.

»Er ist noch dabei, aber es fällt ihm alles andere als leicht«, sage ich seufzend und nehme mir eine der Minifrühlingsrollen. »Weißt du, was mir noch immer nicht in den Kopf will? Warum soll ausgerechnet ich die Beschützerin des Kéjsaias sein? Und wovor soll ich ihn überhaupt beschützen?«

»Vor der falschen Entscheidung.«

»Du meinst, ihn dem falschen Clan auszuhändigen?«

Sie nickt.

»Und wirst du mir jetzt gleich erklären, dass dein Clan der richtige ist?« Ich schiebe mir die Frühlingsrolle in den Mund.

Für einen Augenblick schwebt meine Frage zwischen uns, schwer und undurchdringlich, getragen vom Rauschen des Windes, der durch die Büsche fährt.

»Kela, ich würde lügen, wenn ich behaupten würde, dass es nicht mein Wunsch ist, den Schlüssel zu bekommen«, erklärt Suki schließlich. »Der Wunsch meines Clans. Als Athánados sage ich dir, dass du den Kéjsaia natürlich an uns übergeben musst, weil wir nicht vorhaben, die Heilige Pforte zu öffnen. Wir wollen nur sichergehen, dass es auch sonst niemand tut. Im Grunde ist unser Clan wirklich harmlos, wenn man von ein paar Spionen und kleinen Intrigen absieht, was bei den anderen zum Standardrepertoire gehört. Ich meine, kein Clan ist untätig, vor allem nicht die de Balzacs oder Gwynedons. Ruben, der Sohn des Clanfürsten der Gwynedons, ist nicht zu unterschätzen. Angeblich wurde ihm eine bedeutende Zukunft vorausgesagt, die mit den Schlüsseln in Verbindung stehen soll. Deshalb ist er ganz besessen darauf, sie auch zu finden.« Eine seltsame Ernsthaftigkeit überfällt ihr Gesicht. »Das alles sage ich dir als Unsterbliche. Aber als deine Freundin rate ich dir, dich so zu entscheiden, wie du es für richtig hältst. Der Kéjsaia hat dich nicht ohne Grund auserwählt. Doch eine Sache muss ich dir als Freundin und als Unsterbliche ans Herz legen: Halte dich von Nero de Balzac fern. Er ist geschickt und sehr charmant, wenn er etwas haben möchte.«

»Du bist heute schon die Zweite, die mich vor ihm warnt«, erwidere ich. »Todd hat mir vorhin von dieser Kardisis, also dem verhängnisvollen Herzensschwur, zwischen Nivia und Nero erzählt.«

Suki verschluckt sich fast. »Er hat was?«

»Also nicht ganz freiwillig. Ich habe meine Fähigkeit bei ihm angewandt und ihn dazu ... *motiviert.*«

»Du konntest die Gabe bewusst einsetzen?«

»Zuerst nicht, aber dann hat es doch irgendwie geklappt. Es war total berauschend und befreiend«, sage ich und erinnere mich nur zu gern an dieses mächtige, allumfassende Gefühl. »Um ehrlich zu sein, beneide ich euch sehr um eure Magie, Suki. Es hat sich alles so leicht und grenzenlos angefühlt, so frei.«

»Ich weiß genau, was du meinst. Aber bitte sag mir, dass du Todd auch dazu gebracht hast, irgendetwas total Lächerliches zu machen. Hat er wie ein Huhn gegackert? Oder sich angepinkelt?«

Ich unterdrücke ein Schmunzeln. »Wie alt bist du? Sechs?«

»Komm schon. Du könntest alles Mögliche mit ihm anstellen.« Sie lächelt breit und unheilvoll. »Und ich hätte da schon ein paar Ideen.«

Die Rose

Die Rose, seit der Antike als die *Königin der Blumen* bekannt, ist ein stolzes Gewächs, das Anmut und Eleganz ausstrahlt. Erhaben thront die samtige Blüte auf dem langen Stiel, um mit ihrer Schönheit zu verzaubern. Es wundert kaum, dass die nachtschwarze Rose zum Symbol des Hauses de Balzac auserkoren wurde. Die Nachkommen einer schamlosen Verführerin beherrschen die Kunstfertigkeit der Manipulation, sie sind fachkundige Meister im Spiel mit den Gefühlen, wahre Virtuosen ihres Könnens. Auch die Rose hat ihre Kunst perfektioniert. Sie verführt mit ihrer edlen Gestalt und umschmeichelt mit ihrem betörenden Duft die Sinne. Doch darf das bewundernde Auge niemals die spitzen Dornen vergessen, die ihre zarte Erscheinung ebenso zieren.

Die Symbolik der Clans
Aus dem Archiv des Hohen Rates

Siebzehn

»Na du.« Auf den Verandastufen drückt mir Brandon eine Flasche Budweiser in die Hand.

Die Abenddämmerung hat sich bereits über unseren Garten gelegt, taucht ihn in ihr unwirkliches Licht, eine Mischung aus Lavendel- und Blautönen. Der Himmel kennt wirklich alle Farben.

Ich nehme einen tiefen Schluck. Ich mag kein Bier, aber es ist kalt und kühlt meine Kehle, und ich sehne mich danach, so zu tun, als wäre ich eine normale Einundzwanzigjährige, die ab und an ein Bier trinkt und ihre Gedanken loslässt, und nicht die Einundzwanzigjährige, die den Nachmittag mit ihrem toten Grandpa und einem ruppigen Unsterblichen verbracht hat, um das Haus nach einem magischen Schlüssel zu durchforsten.

»Na du«, gebe ich zurück, als sich Brandon neben mich auf die Treppe setzt.

»Das hier wurde für dich abgegeben.« Er zieht einen Umschlag aus seiner hinteren Jeanstasche.

Ich erwarte ein weiteres cremefarbenes Kuvert, doch der Umschlag ist weiß mit pechschwarzem Rand, der mir scheußlich ins

Herz sticht. Ich schlucke und schaffe es nicht, das Kuvert zu öffnen. »Wann ist sie?«

»Nächsten Samstag. Sie würden sich freuen, wenn du kommst.« Kaum merklich schüttelt er den Kopf. »Sie haben natürlich nicht *freuen* gesagt. Sie fänden es schön, wenn du bei der Beerdigung dabei wärst.«

»Selbstverständlich gehe ich hin.« Ich setze die Flasche an meine Lippen und trinke, schlucke das Bier und die aufkommende Traurigkeit herunter, die sich jedoch nicht einfach herunterschlucken lässt, genauso wenig wie die hässliche Vorstellung, den Sarg zu sehen, in dem der wundervolle, lebenslustige Oscar liegt, der nicht mehr wundervoll und lebenslustig sein darf.

Erschöpft lehne ich mich an Brandon, der seinen Arm um mich legt.

»Der kleine Kerl fehlt mir auch. Aber wir werden das schaffen. Das alles. Okay? Wir sind doch Meister darin, uns nicht unterkriegen zu lassen. Egal, was uns das Leben entgegenwirft, wir lassen uns nicht plattmachen. Wir sind wie diese winzigen Wasserbewohner, diese … Bärtierchen, die ewig ohne Nahrung oder Wasser überleben können. Denen selbst Strahlung oder Extremtemperaturen nichts anhaben können.«

Ich presse die Lippen aufeinander. »Das weißt du von Oscar.«

»Natürlich weiß ich das von Oscar.« Die Sanftheit in seiner Stimme versetzt mir einen weiteren Stich. Brandon zieht mich noch näher an sich heran, und ich lasse meinen Kopf gegen seine Schulter sinken. Gemeinsam verharren wir in einem langen Moment des Schweigens.

»Ich muss mich noch bei dir entschuldigen«, sagt er dann.

Mit dem Handrücken fahre ich über meine Augen. »Wofür denn?«

»Dafür, dass ich dir die Sache mit Grandpa nicht glauben wollte. Und wie ich mich im Krankenhaus verhalten habe, weil sich alles in mir geweigert hat, das Unfassbare zu akzeptieren. Die Schatten … ich meine, das war einfach zu abgefahren.« Ein schwaches Lächeln legt sich auf sein Gesicht. »Ich dachte immer, dass du die einzige Durchgeknallte in unserer Familie bist.«

Ich boxe ihm gegen den Oberarm.

»Hey. Dein Schlag war auch schon mal kräftiger.«

»Warte, ich hole nur schnell eine Vase. Damit habe ich Übung«, entgegne ich trocken, woraufhin mir sein Lächeln für einen Sekundenbruchteil in seiner gewohnten Kraft entgegenstrahlt.

»Gut, ich nehme alles zurück«, lenkt er hastig ein, bevor seine Züge wieder ernst werden. »Nicht du warst verrückt, sondern ich, weil ich dachte zu wissen, was normal ist. Dabei gibt es *normal* offenbar nicht.«

»Zumindest ist es ein dehnbarer Begriff.« Meine Finger nesteln am Etikett der Bierflasche herum, das sich etwas gelöst hat. »Musst du auch an Mom denken?«

Mein Bruder nickt bedächtig. »Die ganze Zeit stelle ich mir die Frage, wo sie ist. Ich weiß, dass es keinen Unterschied macht, aber wenn das ganze Zeug mit der Wiedergeburt stimmt, dann hat ihre Seele irgendwo ein neues Leben begonnen. Ein Leben, in dem wir einfach nicht mehr vorkommen.« Er hält inne, bevor er schwerfällig schnaubt. »Diese Reinkarnationssache macht mich echt fertig. Es ist, als wären wir Teil eines Computerspiels, in dem es bloß darum geht, das nächste Level zu erreichen. Die Vorstellung, dass wir wieder von Neuem anfangen, nachdem wir die ganze Scheiße hinter uns haben, ist übel.«

Ich lache auf. »Und mit der ganzen Scheiße meinst du … *das Leben?*«

Er grinst schief. »Okay. Ich bin gerade nicht auf der Höhe.«

Ich grinse zurück und nehme noch einen Schluck aus meiner Flasche. Weil ich Alkohol nicht gewohnt bin, sorgt das Bier für eine wohlige Wärme in meinem Bauch, gut möglich, dass diese Wärme auch von Brandon ausgeht, der mit seinen Worten nicht verkehrt liegt. Das Leben ist gerade alles andere als schillernd schön, aber wenigstens bin ich nicht allein.

»Denkst du auch an William?«

»Mann, Kela. Du schaffst es echt, meine Stimmung noch weiter nach unten zu ziehen.«

»Ich dachte bloß, weil Grandpa ihn erwähnt hat«, sage ich und füge hinzu, dass Grandpa sich verändert hat und jetzt irgendwie netter ist, komme aber nicht weit.

»Grandpa ist ein Arsch«, wendet Brandon ein. »War er schon immer. Und nur weil er jetzt durchs Haus geistert, ist es nicht besser geworden. Jetzt ist er eben ein durchsichtiger Arsch.« Er lehnt sich seufzend auf den Stufen zurück. »Weißt du schon, was er hier soll?«

»Noch nicht. Angeblich ist es gar nicht so einfach, die Aufgabe eines Geistes in Erfahrung zu bringen. Es soll dabei sehr bürokratisch zugehen, zumindest hat Suki so etwas angedeutet. Sie hat sich übrigens heute auch nach dir erkundigt.«

Brandon reibt sich müde über die Augen. »Und was wollte sie wissen?« Sein teilnahmsloser Tonfall ist etwas zu teilnahmslos.

»Wie es dir so geht. Wie du mit allem umgehst. Sie macht sich Sorgen um dich.«

»Muss sie nicht. Auch wenn ich das Gefühl habe, ständig beobachtet zu werden, als ob alle erwarten, dass ich gleich auseinanderfalle. Und dabei rede ich nicht nur von unseren Mitbewohnern, sondern auch von den Leuten auf der Straße. Da war gestern ein Typ, der hat mich so seltsam angestarrt – aber wahrscheinlich werde ich bloß paranoid.« Sein Blick verliert sich über den Garten hinweg Richtung Bürgersteig, wo die ersten Laternen anspringen. Nachdenklich dreht Brandon die Bierflasche in seiner Hand. »Das ist echt ein beschissenes Gefühl, wenn man nicht mehr weiß, was real ist und was nicht. Ich meine, als du mit diesen Briefen angekommen bist, dachte ich, dass du abdrehst, weil es im Moment einfach zu viel für dich ist. Dabei habe ich bloß nicht gesehen, was du sehen konntest. Und jetzt kommt es mir vor, als hätte mein bisheriges Leben innerhalb einer kleinformatigen Postkarte stattgefunden. Mit einem Mal ist alles anders, und ich bin gezwungen, aus meiner verdammten Karte herauszutreten und über die Kante zu blicken.« Er setzt die Flasche an die Lippen.

Wie gern würde ich meinem Bruder helfen, das alles zu begreifen. Doch Nero hat recht, mit dem Verstand ist das schlichtweg nicht möglich.

»Wenn wir schon beim Thema sind, erzähl mir von den Briefen«, fährt Brandon fort. »Diesmal höre ich auch richtig zu.«

»Bislang waren es zwei«, sage ich und fasse zusammen, woran ich mich noch erinnern kann. Dabei lasse ich auch die Stunde bei Dr. Torres nicht aus, inklusive Grandpas glamourösem Auftritt.

»Offenbar hast du es mit Vasen. Wäre sicherer, sie in Zukunft aus deiner Reichweite zu halten«, neckt er mich, nachdem ich ihm alles erzählt habe. »Hast du Suki oder die Jungs eigentlich nach den Briefen gefragt?«

Meine Finger lösen kleine Fetzen des Etiketts von der Flasche. »Ich habe die Briefe Todd gegenüber erwähnt, als er dich gesteuert hat. Aber ich glaube, das ist nicht groß bei ihm hängen geblieben. Aktiv angesprochen habe ich es jedenfalls bei niemandem.«

»Wieso nicht?«

»Ich … keine Ahnung«, erkläre ich langsam. »Es ist eine Menge passiert, und es sind so viele Informationen. Suki hat mir heute ein Buch mitgebracht, das sie mir eigentlich gar nicht zeigen durfte. Darin waren Abbildungen von den Schlüsseln und einiges über die Geschichte der Unsterblichen …«

»Du vertraust ihr nicht«, stellt Brandon fest.

»Doch. Eigentlich schon.« Ich schließe die Augen, nur ganz kurz, und atme tief durch, bevor ich Brandon seufzend ansehe. »Vielleicht vertraue ich ihr nicht ganz. Es hat sich einfach nicht richtig angefühlt.« Die Zeilen des letzten Briefes kommen mir plötzlich in den Sinn. *Und sei dir gewiss, dass du fallen wirst. Es wird schmerzen, dir das Herz zerreißen. In der dunkelsten Stunde wirst du Hilfe erfahren, und die Ereignisse werden sich lichten, auch wenn du ihn vermissen wirst.*

»Der Absender wusste von Oscars Tod. Ich glaube, dass der Brief darauf angespielt hat. Und dass sich die Ereignisse lichten werden, damit müsste er oder sie die Sache mit den Unsterblichen gemeint haben.«

»Glaubst du, der Brief stammt von jemandem aus einem der anderen Clans?«

»Davon gehe ich aus. Anders wäre seine Magie wahrscheinlich

nicht zu erklären. Ich habe sogar kurz überlegt, ob mir der Kéjsaia selbst schreibt, aber irgendwie kann ich das nicht glauben.«

Brandon nickt zustimmend. »Hast du dir schon Gedanken gemacht, an wen du den Schlüssel übergeben wirst?«

»Keine Ahnung«, sage ich und ziehe scharf die Luft ein. »Ich meine, wir sprechen von einer Pforte, die das Chaos über die Welt stürzen lassen kann. Und ich soll diese Entscheidung treffen? Ganz schön viel verlangt, oder?«

»Kannst du diesen Schlüssel denn nicht einfach zerstören, wenn du ihn findest? Oder sind die Dinger unzerstörbar?«

»Angeblich sind sie das, es sei denn, sie befinden sich in der Heiligen Pforte. Und selbst dann ist nicht gewiss, ob man sie vernichten kann. Außerdem scheint zu dem Zeitpunkt die Verlockung bereits zu groß zu sein, das Tor zu öffnen.« Ich pule den Rest des Etiketts von der Flasche. »Für wen würdest du dich entscheiden?«

»Für Suki«, erwidert er. »Also rein schlüsseltechnisch. Wobei Nero auch kein schlechter Kerl ist. Zumindest hält er sein Wort. Du wirst schon die richtige Wahl treffen.«

»Was macht dich da so sicher?«

»Ich kenne dich«, erwidert er mit so viel liebevoller Zuversicht, dass mich erneut dieses wohlig warme Gefühl überkommt.

Lächelnd lehne ich mich zur Seite und stupse Brandon mit der Schulter an. »Verrückt, oder? Hättest du vor ein paar Wochen geglaubt, dass wir jemals so ein Gespräch führen werden?«

»Niemals. Wie schnell sich alles ändern kann. Wie zerbrechlich die Gegenwart ist, unglaublich.« Er legt seinen Arm um mich. »Was für ein verdammtes Glück wir haben, dass wir unzerstörbare Bärtierchen sind.«

Achtzehn

Der Himmel ist voller Wolken. Ich kann mich nicht erinnern, jemals so viele am Firmament gesehen zu haben, ein Himmel voller Wolkenbälle.

Der Tod wird nett zu mir sein. Ich bin ein Kind, zu Kindern ist man immer nett.

Am Hügel der Saint Catherine Church erzählt der dünne Priester von Gott und seiner Gnade. Es ist ungewöhnlich kühl für diese Jahreszeit. Der Wind rauscht durch die Bäume, die das Friedhofsgelände säumen, und verleiht der Stimme des Priesters einen merkwürdig flüsternden Nachhall, als er von der Ewigkeit der Liebe spricht. Gemeinsam mit den anderen schwarz gekleideten Trauergästen lausche ich seinen Worten, stehe mit ihnen um den Sarg versammelt, der viel zu klein ist, und presse die Lippen aufeinander, doch die Tränen lassen sich nicht aufhalten. Es dürfte keine kleinen Särge geben, nur große für große Leute, die ihr Leben schon gelebt haben, das wäre gerecht. Leider ist Gerechtigkeit keine Nebenwirkung des Lebens, der Tod jedoch schon, denke ich bitter und sehe zu Mr und Mrs Coleman, die sich die ganze Trauerrede über an den Händen halten, als würden sie sonst davontreiben. Ich schlucke und wünsche ihnen wie Oscar, dass ihre Herzen weitermachen, selbst wenn das ihres Sohnes aufgegeben hat.

Die Worte des Priesters wehen bloß lose zu mir, austauschbar und wenig tröstlich. Es sind gut gemeinte Worte, doch sie klingen leer. Etwa fünfzig Leute sind gekommen, darunter auch Familien mit ihren Kindern, die verstohlen weggucken. Kinder sollten ihre Zeit auf Spielplätzen verbringen, nicht auf Friedhöfen. Aber womöglich ist es wichtig, Abschied zu nehmen und früh zu lernen, dass das Leben endlich ist, zumindest jedes für sich.

Als sie beginnen, den glänzenden Sarg an Seilen in das offene Grab hinabzulassen, sehe ich flüchtig zur Seite und entdecke in einiger Entfernung Nero, der an einem der rauschenden Bäume lehnt. Er trägt eine dunkle Sonnenbrille zu seinem schwarzen Anzug. In den letzten Tagen habe ich ihn kaum zu Gesicht bekommen, trotzdem überrascht es mich nicht, ihn hier zu sehen. Der Unsterbliche nickt mir knapp zu, ich nicke zurück und schaue wieder nach vorn, wo Oscars Sarg bereits in der Erde verschwunden ist. Ich nehme ein paar tiefe Atemzüge und reihe mich neben Brandon in die Schlange der Trauergäste ein, um den Colemans zu kondolieren.

»Kela. Brandon.« Mrs Coleman blickt uns mit wässrigen Augen an, ihr Mann schüttelt der Frau vor mir die Hand.

»Mein Beileid«, erklärt mein Bruder. »Wir werden Oscar sehr vermissen.«

»Wenn wir irgendetwas für Sie tun können«, füge ich hinzu und fühle mich umgehend schlecht, weil man nichts für Eltern tun kann, die soeben ihr Kind begraben haben. Mrs Coleman nickt mechanisch, doch als uns der Wind den Geruch von gefallenem Regen entgegenweht, klart ihr Gesicht auf.

Neros ebenmäßiges Profil wirkt in dieser von Trauer erfüllten Umgebung noch ernsthafter, noch bedeutungsvoller, als wären wir alle nur Akteure im Spiel des Lebens und er der Einzige, der die Tragweite der menschlichen Existenz überhaupt erfasst. Sein Blick ruht mitfühlend auf Oscars Mom, als er an uns herantritt.

»Mrs Coleman. Mein aufrichtiges Beileid.«

»Danke«, haucht sie, lässt mit einem Mal die Hand ihres Mannes los und schließt den dunkelhaarigen Athánados in eine unbeholfene Umarmung. »Danke – danke, dass Sie da sind«, wispert sie.

»Er war ein großartiger Junge.« Neros Stimme ist von einer tröstlichen Sanftheit durchdrungen, die Mrs Coleman zart zum Lächeln bringt.

»Und wie er das war«, erwidert sie und löst sich ungelenk von Nero. Mit einem Taschentuch tupft sie ihre Tränen weg, bevor sich ihre Aufmerksamkeit auf mich richtet. »Oscar wollte, dass du das bekommst, Kela. Du warst sehr wichtig für ihn«, sagt sie und hält mir eine dunkle Tüte entgegen.

Der umsichtige, wunderbare Oscar, der immer an andere gedacht hat. Ich spüre, wie mich die Gewalt dieser Geste übermannt und mir die Kehle zuschnürt.

»Er war auch sehr wichtig für mich«, gebe ich erstickt von mir. »Ich habe ihn geliebt und … das werde ich immer tun.« Mit zittrigen Händen nehme ich die Tüte an mich und gehe rasch davon, weil ich es keine Sekunde länger schaffe, die Haltung zu bewahren.

Meine Beine sind taub, meine Schritte führen mich den Hügel hinab, immer weiter, bis ich schließlich eine kleine verlassene Bank entdecke, auf der ich zusammenbrechen kann. Meine Sicht verschwimmt. Die Tränen brechen aus mir heraus und lassen mich um den kleinen großen Jungen trauern, der aus meinem Leben verschwunden ist und doch für immer ein Teil davon sein wird.

Abwesend nehme ich wahr, wie sich jemand neben mich setzt und den Arm um mich legt. Die Berührung spendet mir Trost, und ich kann nicht anders, als ihr nachzugeben. Ich bin schlichtweg zu schwach, um mich nicht an Neros Brust sinken zu lassen und zu weinen, bis der Stoff seines schwarzen Hemdes völlig durchnässt ist und ich endlich wieder Luft bekomme.

»Besser?«

»Ja«, sage ich leise und greife nach dem Taschentuch, das er mir entgegenhält. »Ich sollte mich schon daran gewöhnt haben, aber …« Ich wische mir das Gesicht trocken, blicke über das Friedhofsgelände und murmele dabei etwas von Dauerkarte, die ich eigentlich erhalten müsste, weil ich doch regelmäßig hier bin.

Nero lehnt sich nach vorn, die Ellenbogen auf den Oberschenkeln abgestützt. »Wenn es um den Tod geht, gibt es keine Übung. Jeder Abschied ist ein Abschied.«

Meine Finger tasten über die schwarze Plastiktüte, die auf meinem Schoß liegt. Noch hatte ich nicht den Mut, hineinzusehen. Ich atme tief durch und sehe den Unsterblichen an. »Wo ist Oscar jetzt?«, will ich von ihm wissen, als mein Magen lautstark zu knurren beginnt.

Nero nimmt die Sonnenbrille ab. Der Blick aus seinen dunklen Augen ist so intensiv, dass mir für einen Moment der Atem stockt. »Hast du heute schon etwas gegessen?«

»Ja. Nein. Ich weiß es nicht. Das ist doch nicht wichtig. Wo ist

Oscar jetzt?«, wiederhole ich mit mehr Nachdruck. »Ich will wissen, wo Oscar ist.«

»Es geht ihm gut«, behauptet Nero, als würde das meine Frage auch nur irgendwie beantworten. Der Wind bläst ihm eine dunkle Haarlocke ins Gesicht, was seinen makellosen Zügen einen verwegeneren Ausdruck verleiht. »Brandon habe ich nach Hause geschickt, er sah fertig aus. Vorher musste ich ihm jedoch versprechen, mich um dich zu kümmern.«

»Wie selbstlos von dir.«

Er seufzt. »Wenn du es nicht allein hinkriegst, muss dir wohl jemand unter die Arme greifen. Und bevor du noch weitere Geräusche von dir gibst, solltest du lieber etwas essen.«

»Ich habe keinen Hunger«, beharre ich und verteufele meinen Magen, der sich ausgerechnet in der Sekunde noch einmal melden muss.

Ein amüsierter Zug umspielt Neros Lippen. »Da sagt dein Körper aber etwas anderes.«

»Mein Körper und ich sind nicht immer einer Meinung.«

Ein verheißungsvolles Funkeln tritt in seine Augen. »Sollten sie aber«, sagt er rau und mit diesem leicht anzüglichen Unterton, der meine Wangen ganz warm werden lässt.

Rasch straffe ich den Rücken und stehe auf. »Okay«, schnaube ich. »Wenn es dich glücklich macht, dann esse ich eben etwas.«

Der Diner, an dem wir wenig später halten, ist gähnend leer und hat schon bessere Tage gesehen. Wir setzen uns an einen der hinteren Tische direkt ans Fenster, mit einem schönen Blick über den hiesigen Park. Nero nimmt mir gegenüber auf der dunkelgrünen

Polsterbank Platz. Bei der Kellnerin bestelle ich einen vegetarischen Burger mit einer doppelten Portion Pommes, was er mit anerkennendem Blick quittiert.

»Was?«, frage ich.

»Es freut mich, dass du dich mit deinem Körper einigen konntest. Wer von euch wollte die *doppelte* Portion Pommes?«

»Machst du dich etwa über mich lustig?«

Seine dunklen Augen fixieren mich. »Ein wenig.«

»Und das nach einer Trauerfeier?«

»Stimmt. Das ist geschmacklos. Genauso wie eine Dauerkarte für den Friedhof.«

Ich greife nach dem Salzstreuer, einfach nur, um irgendetwas mit meinen Händen zu tun. »Gefühlt war ich einfach zu oft dort«, rechtfertige ich mich.

»Gefühlt ist jeder zu oft dort.«

»Du nicht«, sage ich etwas zu schnell.

Für den Bruchteil einer Sekunde blitzt ein harter Ausdruck über sein Gesicht, der mich an Nivia denken lässt, die unsterblich war und trotzdem sterben musste.

»So meinte ich das nicht«, füge ich hinzu und kratze mit dem Daumennagel einen Fleck von dem silbernen Salzstreuer. »Du warst heute schließlich auch da. Und du warst im Krankenhaus. Den Colemans hat das geholfen.« Ich blicke zu ihm auf und atme tief ein. »Das war nett von dir, danke.«

Die Kellnerin bringt unsere Getränke und lächelt Nero ein paar Wimpernschläge zu lange an, doch er nickt nur höflich, anstatt zurückzulächeln. Als sie endlich wieder hinter ihrer Theke verschwunden ist, nimmt er einen Schluck von seiner Cola.

»Du musst dich nicht bedanken. Ich wollte es. Sonst hätte ich es auch nicht gemacht.«

Ich drehe den Salzstreuer in meiner Hand und komme auf den Punkt zurück, der mich noch immer beschäftigt. »Wo ist Oscar jetzt?«

»Gibst du denn niemals auf?«

Ich zucke mit den Schultern. »Offenbar nicht.«

Neros Augen nehmen einen unheilvollen Glanz an. »Ich weiß nicht, ob ich das gut oder nervtötend finden soll«, erklärt er schließlich nüchtern und öffnet den obersten Knopf seines schwarzen Hemdes.

Ich lächele süß. »Ich denke, du findest es gut. So gut, dass du mir endlich meine Antwort gibst.«

Nero seufzt. »Katalea, mir fehlt der Überblick über sämtliche Seelen, die im Kosmos herumschwirren. Es sind zu viele und die Prozesse zu kompliziert. Mach dir keine Sorgen. Er war ein guter Junge, er hat nichts zu befürchten.«

Die Worte versinken in mir, verändern aber nichts. Ich weiß mehr als andere Sterbliche, doch diese Gewissheit führt dennoch in eine schreckliche Ungewissheit. »Ihr könnt also nicht herausfinden, wo er jetzt ist?«

»Was genau würde dir das bringen? Würdest du irgendwo auf der Welt nach einem Baby Ausschau halten, dem du dann in ein paar Jahren erzählst, dass du es schon aus seinem vorherigen Leben kennst?«

»Ich wäre einfach beruhigt, wenn ich wüsste, dass er ein gutes Zuhause bekommt.«

»Ich weiß nicht, ob das bei ihm auf dem Plan steht.«

Mein Magen sackt nach unten. »Wie meinst du das?«

Er antwortet nicht sofort, sondern mustert meine Züge. »Überleg mal, warum es Reinkarnation überhaupt gibt.«

»Mir fällt kein einziger guter Grund ein«, sage ich geradewegs.

Sein rechter Mundwinkel zuckt nach oben, bevor er sich gelassen auf der abgewetzten Polsterbank zurücklehnt. »Hör zu. Die Seele kann nur in einem Körper Erfahrungen sammeln. Und diese Erfahrungen sind nicht ausschließlich hell und glänzend, sondern auch dunkel und grausam.«

Ich schüttele den Kopf. »Bitte komm mir jetzt nicht mit dem Scheiß, dass es Licht nicht ohne Dunkelheit gibt.«

Nero hebt sein Colaglas und sieht mich über den Rand hinweg undurchsichtig an. »Würde ich niemals wagen«, bemerkt er trocken, bevor er entspannt einen tiefen Schluck nimmt.

Seine verdammte Gelassenheit treibt mich noch in den Wahnsinn. Es ist, als könnte ihn tatsächlich nichts auf der Welt aus der Ruhe bringen.

Im Gegensatz zu mir.

»Und zu diesen Erfahrungen gehört es auch, dass ich meine Mutter verlieren musste und ohne Vater aufgewachsen bin?«, werfe ich ihm entgegen und hasse es, dass sich meine Stimme plötzlich so kläglich anhört.

»Katalea, ich habe die Spielregeln nicht gemacht.«

»Wer dann?«

Er schnaubt. »Kommst du mir jetzt wieder mit dem mächtigen fiesen Mann?«

»Beginnst du jetzt etwa wieder zu tanzen?«

»Wer will das wissen? Dein Körper oder der Rest?«

Wie eine Schar aufgeschreckter Vögel fliegen uns unsere Fragen entgegen.

»Würdest du mich denn gern tanzen sehen?«, fügt Nero hinzu.

Der raue Unterton in seiner Stimme bringt mich kurz aus dem Konzept, und ich stelle den Salzstreuer etwas fester als beabsichtigt in die silberne Halterung zurück. Kleine Salzkügelchen rieseln auf die Tischplatte, die ich mit einer raschen Handbewegung in einer Serviette verschwinden lasse.

»Wieso kannst du mir keine einfache Antwort geben?«

»Weil es keine einfache Antwort gibt. Nicht in diesem Fall. Es gibt nichts, das du verstehen könntest. Wenn du versuchst, mit dem Verstand nach der Magie des Lebens zu greifen, wirst du bloß ins Leere fahren. Du kannst Magie nicht verstehen, du kannst sie nur mit deinem ganzen Wesen *fühlen*.«

In der Sekunde kommt die Kellnerin und serviert meinen Burger. Ich bin heilfroh über die Ablenkung, heilfroh über die kurze Auszeit, die mir der Pommesduft beschert. Der salzig-fettige Geschmack bringt meinen Magen zum Lächeln und mein Gesicht zum Strahlen.

Nero betrachtet mich und meinen Teller interessiert. »Wie war das noch mal, du hattest keinen Hunger?«

»Vielleicht doch. Ein wenig.«

»Das sieht nicht nach wenig aus«, bemerkt er.

»Willst du etwa behaupten, dass ich zu viel esse?«

»Niemals. Ein mickriger Salat hätte mich enttäuscht.«

Ich muss lächeln, und dieses Lächeln springt auf Nero über, doch noch bevor es für einen seltsamen Moment sorgen kann, konzentriere ich mich auf die Gedanken, die schmerzhaft gegen meine

Schädeldecke knallen. »Zurück zu dieser ganzen Wiedergeburtssache«, sage ich. »Ich könnte also schon – keine Ahnung – vierzig Leben hinter mir haben? Und die Kellnerin vielleicht einhundert?«

Neros bestätigendes Nicken lässt meine Schultern nach unten sacken. »Das ist doch schizophren. Ich meine, was bringen diese Erfahrungen überhaupt? Man kann sich an sein vorheriges Leben doch gar nicht erinnern.«

»Sie bringen dich im Seelenzyklus weiter. Nur weil du dich nicht daran erinnern kannst, ist es trotzdem passiert und Teil deiner Entwicklung.«

Meine Finger wandern zu der Tüte, die schon die ganze Zeit neben mir auf der Bank liegt, und ziehen nervös zwei Bücher hervor. Eine Ausgabe der *Wichtigsten Tierrekorde der Welt* und *Zaubertricks für Anfänger*.

»Offenbar hast du ihn mit deinem Zaubertrick beeindruckt«, murmele ich und streiche abwesend über die bunten Einbände. Die Erinnerung an das gemeinsame Pizzaessen auf der Veranda, bei dem mir Oscar meine Uhr geklaut hat, taucht in meinem Kopf auf. Schmerzhaft graben sich die Bilder in mein Gedächtnis. »Wusstest du, dass er sich immer gewünscht hat, ein Oktopus zu sein? Und warum? Weil sie drei Herzen haben. Verdammt, warum haben die drei Herzen?!« Energisch lege ich die Bücher zur Seite und fühle, wie mich die Traurigkeit erneut erobert. »Oscar hatte ein Geheimnis. Ein Geheimnis, das ich erraten sollte und das ich jetzt nie erfahren werde, weil er nicht mehr da ist. Er ist einfach weg.« Ich schlucke, will nicht mehr weinen, weil es mir den wundervollen Neunjährigen auch nicht zurückbringt. Da erklingt aus den Lautsprechern des Diners ein Song von Michael Kiwanuka, der sich beruhigend über mich und das Lokal legt – bis Neros Stimme zu mir dringt.

»Ich weiß, was dein Großvater zu erledigen hat. Es geht um die Versöhnung mit deinem Bruder.«

»Mit Brandon?« Ein tonloses Lachen kriecht mir aus der Kehle. »Die beiden hassen sich.«

»Das muss sich ändern, wenn du deinen Grandpa loswerden willst.« Nero krempelt die Ärmel seines schwarzen Hemdes hoch. »Wieso hassen sie sich?«

Ich tunke die letzten Pommes in den Ketchup. »Sie haben sich nie verstanden. Auch schon vor Grandpas Krankheit sind sie nicht miteinander klargekommen. Ich könnte mit ihnen sprechen, aber …«

»Das kannst du nicht. Sie müssen es von sich aus wollen.«

»Eher friert die Hölle zu«, sage ich, während die Vorstellung, dass Grandpa unser Haus nie wieder verlassen wird, merkwürdig durch meinen Kopf geistert. »Vielleicht hat es auch mit William zu tun«, murmele ich dann.

»William?«

Ich verdrücke die letzten Pommes und schiebe dann meinen Teller zur Seite. »Unser biologischer Vater. Brandon hatte noch Kontakt zu ihm, ich kann mich nicht an ihn erinnern. Ich weiß nicht einmal, ob er überhaupt noch lebt. Nach Moms Tod habe ich Brandon einmal telefonieren gehört, da ist sein Name gefallen. Offenbar hat mein Bruder nach ihm gesucht, aber ich habe nicht den blassesten Schimmer, ob er ihn jemals gefunden hat. Es hat mich auch nicht interessiert.« Ich halte inne und fühle mich, als hätte ich zu viel erzählt. Als hätte ich zu viel preisgegeben, dabei kenne ich

Nero nicht einmal richtig. »Wie ist es bei dir? Wie sind deine Eltern so, das Fürstenpaar der de Balzacs? Die Nachkommen einer schamlosen Verführerin?«

Nero fährt sich durch die dunklen Haare. »Suki redet zu viel.«

Ich befürchte schon, dass er gar nichts mehr sagt, als er plötzlich weiterspricht.

»Sie sind in Ordnung. Natürlich haben sie auch ihre Eigenheiten, wie wir alle.«

»Das sagt nicht besonders viel aus.«

»Sie behalten gern die Kontrolle. Besser?«

Ich funkele ihn an. »Offenbar eine Eigenschaft, die sie an ihren Sohn weitervererbt haben.«

»Was hat denn deine Mom an dich weitergegeben? Etwa eine gewisse Sturheit?«

Ich erwidere nichts und denke an Mom, wie sie für Brandons Geburtstag eine dreistöckige Torte gebacken hat, obwohl sie gar nicht backen konnte. Die Torte war toll, sie hat ausgesehen wie eine bunte Reproduktion des schiefen Turms von Pisa. Und zu Halloween hat sie sich einmal nicht davon abbringen lassen, mir ein Hexenkostüm nachzunähen, das schon lange ausverkauft war. Ich weiß nicht, wie sie es angestellt hat, aber das Teil sah noch besser aus als das Original.

»Sie hat dir sehr viel bedeutet«, mischt sich Neros Stimme in meine Erinnerung. Er klingt viel sanfter als vorhin, einfühlsam und wohlwollend.

»Ja, das hat sie«, bestätige ich und lasse zu, dass sich seine Worte warm und beruhigend um mein Herz legen.

»Sie war bestimmt eine ganz großartige Mom.«

Ich nicke und wünschte, wir müssten nicht in der Vergangenheit von ihr sprechen. Dann runzele ich die Stirn und betrachte Nero kritisch. »Warum bist du auf einmal so nett zu mir? Damit ich dir den Kéjsaia überlasse?«

»Du findest mich also nett?«

»So meinte ich das nicht.«

Mit festem Blick beugt er sich über die Tischplatte zu mir. »Wie denn dann?«, fragt er langsam und so durchdringend, dass mein Nacken zu kribbeln beginnt. Es ist nicht leicht, diesem unbändigen Blickkontakt standzuhalten, doch noch schlimmer wäre es, jetzt wegzusehen und ihm das Gefühl zu geben, irgendeine besondere Wirkung auf mich zu haben.

Ich gebe ein abfälliges Schnauben von mir. »Manipulierst du mich jetzt etwa mit deiner charmanten Art, weil es dir anders nicht gelingt?«

Ein unscheinbares Lächeln umspielt seine Lippen. »Du findest mich also auch noch charmant. Nett und charmant?«, erwidert er mit diesem kratzig dunklen Unterton in der Stimme, der mir direkt in den Magen fährt. Der Blick aus seinen unergründlichen Augen verstärkt sich, bis es mir vorkommt, als würde ich direkt in ihre leuchtende Dunkelheit hineingezogen werden. Wie von allein lehnt sich mein Oberkörper nach vorn, und auch Nero beugt sich weiter zu mir, Millimeter für Millimeter, als wären wir beide Magneten, die der Anziehungskraft nichts entgegenzusetzen haben.

Als unsere Gesichter nicht mehr viel trennt, pocht mein Herz so laut, dass es Nero nicht entgehen kann. Langsam, fast vorsichtig, hebt er eine Hand und streicht mir über meine Wange. Die Berührung hinterlässt eine prickelnde Spur auf meiner Haut, deren hitzige Wärme in jede Zelle meines Körpers sickert, während er mein Gesicht mustert, als könnte er eine längst vergessene Antwort darin finden.

»Was … was machst du?«, frage ich atemlos.

»Ich …«, setzt Nero an. In seinen Augen scheinen widersprüchliche Gefühle zu toben, als würde er einen inneren Kampf ausfechten. Doch bereits im nächsten Augenblick lässt er die Hand sinken und atmet tief ein, als könnte er damit den Moment zwischen uns einfach wegatmen. Mit ungerührter Miene lässt er sich auf der gepolsterten Bank zurückfallen und verlangt nach der Rechnung.

Blinzelnd schiebe ich meine absurde Enttäuschung zur Seite. »Du hast meine Frage noch nicht beantwortet«, erkläre ich schroff.

Fast teilnahmslos zieht er eine Augenbraue in die Höhe. »Welche genau?«

»Ob du versuchst, mich zu manipulieren, um an den Kéjsaia zu gelangen.«

Er seufzt, als wäre meine Frage völlig unnötig, weil sie bloß das Offensichtliche in Zweifel zieht. »Jeder Clan möchte den Schlüssel, und jeder Clan würde verdammt viel dafür tun. Lass dir von niemandem etwas anderes einreden.«

»Vielleicht sollte ich den Kéjsaia dann einfach an keinen von euch übergeben«, erwidere ich in dem Versuch, ihn irgendwie zu treffen.

»Der Schlüssel wird in die Hände der Athánados zurückfallen«, bemerkt Nero unbeeindruckt. »Das Orakel hat es vorhergesehen. Du wirst es nicht aufhalten können.«

»Und dieses Orakel liegt immer richtig? Wer oder was ist das eigentlich?«

Sein Gesicht verschließt sich. »Über das Orakel werde ich nicht sprechen.«

»Wieso nicht?«

»Weil es dich nichts angeht.«

Wut tropft in mein Herz. »Sag mal, wie soll das funktionieren? Du möchtest den Schlüssel von mir haben, lässt mich aber infotechnisch auf dem Trockenen sitzen. Glaubst du, dass dir das Punkte einbringt?« Ich starre ihn an und überlege, die berauschende Kraft des Kéjsaias für mich zu nutzen. Der Gedanke, Neros Gabe gegen ihn einzusetzen und die prickelnde Magie erneut zu spüren, ist verdammt verführerisch. Doch Nero ist stärker als Todd, nicht nur äußerlich, und ich will es nicht riskieren, mich vor ihm zu blamieren.

»Es geht hier nicht um Punkte und auch um kein Spiel, Katalea«, erwidert er eisig. »Ich dachte, das hättest du inzwischen begriffen.«

»Wahrscheinlich bin ich einfach zu dumm dafür.«

»Je weniger du weißt, desto besser ist es für dich.«

»Du glaubst gar nicht, wie sehr mir dieser Spruch am Arsch vorbeigeht«, zische ich ungehalten. »Ich soll den Kéjsaia für euch finden, aber danach heißt es: Stopp, bis hierher, weiter darfst du nicht gehen, Katalea. Ich kann es nicht leiden, wenn mir jemand meine Grenzen setzt.«

Er leert sein Glas in einem Zug. »Als Athánados hat man Regeln zu befolgen. Regeln, die nicht grundlos aufgestellt wurden. Die Suche nach den Schlüsseln ist kein Kinderspiel.«

»Das weiß ich«, sage ich und habe nicht vor, mich von seinen Worten unterkriegen zu lassen. »Umso wichtiger ist es für mich, zu wissen, was du tun wirst, wenn ich dir den Kéjsaia *nicht* übergebe. Oder was du machen wirst, wenn du ihn doch von mir erhältst. Wird dein Clan diese Heilige Pforte öffnen und allen anderen Clans ihre Unsterblichkeit nehmen?«

Neros Blick verfinstert sich. »Suki redet definitiv zu viel«, sagt er mit gefährlich leiser Stimme. »Aber mach dir nichts vor. Glaubst du wirklich, dass auch nur irgendein Clan die Kéjsaias ungenutzt liegen lassen würde? Jeder von ihnen würde die Pforte öffnen. Nicht einmal die Chevall-Rivaldis würden diese Gelegenheit verstreichen lassen. Einer der Clans wird die Schlüssel benutzen, die Heilige Pforte öffnen und damit das Schicksal der anderen besiegeln. Der Unterschied besteht darin, dass mein Clan die Macht hat, das Tor auch wieder zu schließen – und damit die große Katastrophe zu verhindern.«

Die Orchidee

Die Orchidee ist der Ausdruck reinster Schönheit. Ihre symmetrische Blütenform ist ein wahres Kunstwerk der Schöpfung, ein Sinnbild für Raffinesse und Stärke, die sich in ihrer einzigartigen Widerstandsfähigkeit zeigt. Kaum ein anderes Gewächs vermag es, den Launen der Natur derart zu trotzen und zeitglich mit unvergleichlichem Liebreiz und süßlichem Duft ihren Bewunderern den Atem zu rauben. Das Haus Gwynedon nimmt dazu passend das Symbol der schneeweißen Orchidee für sich in Anspruch. Als Nachkommen einer dreisten Diebin verstehen sie sich auf das Handwerk des Raubens, das stets geschickt vonstatten geht, wenn sie fremde Gaben in sich erblühen lassen.

Die Symbolik der Clans
Aus dem Archiv des Hohen Rates

Neunzehn

Großvater sieht mich beleidigt an. »Rück endlich raus damit.«

»Hey, alter Mann. Kela hat klargemacht, dass sie das nicht tun wird«, knurrt Jerome.

Es wundert mich nicht, dass er genervt ist. Ich bin es auch, aber nicht wegen Grandpa, sondern weil wir schon seit Stunden in seinem ehemaligen Wohnzimmer hocken, ohne auch nur einen Schritt voranzukommen. Draußen wird es langsam dunkel.

Jerome lässt die Fingerknöchel knacken und reicht mir die nächste Schallplatte. Müde versuche ich, eine Verbindung herzustellen. Als ich ein weiteres Mal nichts spüre, schüttele ich den Kopf, woraufhin Jerome frustriert schnaubt.

»Dieser Scheiß hier macht mich noch fertig.«

»Herrje, ein wenig mehr Respekt, Muskelprotz. Das ist eine Platte von Frank Sinatra, der hatte mehr auf dem Kasten, als du jemals haben wirst.«

Jeromes Antwort ist ein abfälliges Grunzen, von dem sich Grandpa nicht beeindrucken lässt. Seine durchlässige Gestalt steht neben dem abgewetzten Schlafsofa, das faltiges Gesicht noch immer verkniffen auf mich gerichtet. »Also, was muss ich tun, um von hier wegzukommen? Es ist dieser Schlüssel, nicht wahr?«

»Ich darf es dir nicht sagen. Du sollst es selbst herausfinden. Das ist Teil deiner Aufgabe«, wiederhole ich und greife nach der nächsten Schallplatte, die mir Jerome entgegenhält. Auf dem Cover steht *Dean Martin sings*, daneben ist ein dunkelhaariger Typ mit Zigarette abgebildet, bei dem es sich um den Sänger handelt. Meine Fingerspitzen tasten über seinen verklärten Gesichtsausdruck. Erneutes Kopfschütteln meinerseits, gefolgt von Jeromes Augenverdrehen, der im nächsten Moment etwas von Pause und Bier brummt und dann nach unten verschwindet.

»Gut. Der Muskelprotz ist weg, jetzt kannst du es mir sagen«, probiert es Grandpa noch einmal.

»Kann ich nicht.«

»Zum Himmel noch mal! Was soll denn passieren, wenn du es mir erzählst?«, motzt Großvater, bevor er grimmig lächelt, als hätte er einen besonders geistreichen Einfall. »Du kannst es mir natürlich auch zuflüstern oder aufschreiben.«

»Das wird nicht klappen, und ich werde es nicht darauf ankommen lassen. Was ist, wenn du dann für immer hier herumspukst?«

Wie ein Kleinkind in Weste und Cordhose verschränkt er die Arme vor der Brust. »Dann verrate ich dir auch nicht, was ich zu deinen Briefen herausgefunden habe.«

Ich stutze. »Du hast … etwas über die Briefe erfahren?«

»Damit hast du nicht gerechnet, was? Nur leider kann ich es dir nicht sagen.« Grandpa tut so, als würde er an seinen Lippen einen unsichtbaren Reißverschluss zuziehen. Eine Geste, die an ihm noch befremdlicher wirkt als an jedem anderen Erwachsenen. Doch er hat mich neugierig gemacht.

»Wenn ich dir deine Aufgabe verrate«, behaupte ich rasch, »kommst du direkt in die Hölle. Ich wollte dir keine Angst machen, aber gut, wenn du es nicht anders willst. Ich kann dir gern sagen, was du …«

»Halt!« Mit verengten Augen starrt er mich an, der alte Kopf arbeitet auf Hochtouren. »Wenn du mich anlügst, kommst *du* in die Hölle.«

Ich pokere. Setze alles darauf, dass er einen Rückzieher macht. »Oder du, wenn ich dir gleich die Wahrheit sage. Also, Nero hat mir verraten, dass …«

»Stopp. Ich will es nicht wissen«, murrt er. »Obwohl die Hölle auch nicht schlimmer sein kann als das hier. Sieh dir an, was diese Kerle aus meinen Zimmern gemacht haben.« Er wirft einen grantigen Blick durch den Raum, der bis auf das ausgezogene Schlafsofa genauso aussieht wie früher.

Ich stehe auf und lasse mich vorsichtig auf Großvaters altem Lieblingssessel nieder, den Mom damals herrichten lassen hat, damit er sich nach dem Umzug bei uns wohlfühlt. »Also sag. Was konntest du über die Briefe herausfinden?«, frage ich nervös.

Gemächlich spaziert Großvater zum Fenster, als würde er jede Sekunde meiner Anspannung genießen. »Ich habe den Postboten verfolgt, aber das hat nichts gebracht, außer dass ich mir das Geschwätz dummer Leute anhören musste. Deshalb habe ich mir die Briefumschläge noch mal angesehen und daran gerochen.«

»Daran gerochen?«

»Ja, daran gerochen«, schnaubt er. »Als Engel rieche ich viel besser als zu Lebzeiten, und ich sage dir, das ist kein Vergnügen. Die Stadt stinkt, alles hier stinkt. Das ganze Leben stinkt. Und deine Kuverts riechen nach *Gin Fizz*.«

»*Gin Fizz*? Was ist das? Ein Getränk?«

»Nein, ein Parfüm. Deine Großmutter hat danach gerochen, bevor sie mit diesem abgedrehten Musiker abgezogen –« Er stoppt abrupt. Ein beherrschter Ausdruck legt sich auf seine Züge, während er die Schultern strafft. »Der Duft ist nicht besonders verbreitet. Findest du das Parfüm, findest du auch deinen Schreiberling, ziemlich sicher eine Frau.«

»Und?«

Er sieht mich verständnislos an. »Was und? Das war's. Immerhin bist du jetzt klüger als vorher«, schnappt er gekränkt.

»Da hast du recht. Danke«, erwidere ich rasch, woraufhin er zufrieden nickt und sich die graue Schirmmütze zurechtrückt. »Hast du noch so einen Brief bekommen?«, will er dann wissen.

»Nein, habe ich nicht.«

»Hast du denn nachgesehen? In den letzten Tagen war der Postbote spät dran, was deinen Bruder nicht zu kümmern scheint. Aber der kümmert sich ja um gar nichts mehr.«

»Hey, er hat einiges zu verdauen«, nehme ich Brandon in Schutz. »Das alles hier ist auch für ihn nicht leicht.«

»Leicht, leicht! Für wen ist es denn schon leicht? Jedes Mal, wenn mein Vater betrunken nach Hause gekommen ist, musste ich mich vor ihm und seinem Gürtel verstecken. Also erzähl mir nichts davon, dass der Junge es nicht leicht hat. Eure Generation wird mit Samthandschuhen angefasst, bei uns lief das damals ganz anders ab.«

Meine Finger spielen mit der bunten Glasperlenkette um meinen Hals, die ich vor Jahren auf einem Flohmarkt erstanden habe, während meine Gedanken bei Grandpa und seiner Vergangenheit sind. »Das tut mir leid.«

»Was?«

»Dass deine Kindheit nicht schön war«, sage ich und bemerke, wie ich Großvater damit irritiere. Wie er vor dem Fenster blinzelt, als hätte sich noch nie jemand um seine Gefühle gekümmert, und dann unsicher wegsieht. Es war nicht meine Absicht, ihn in Verlegenheit zu bringen.

»Erzählst du mir von William?«, füge ich schnell hinzu, um das Thema zu wechseln.

»Wieso?« Als er sich mir zuwendet, ziehen sich seine buschigen Brauen argwöhnisch zusammen. »Du wolltest doch sonst auch nichts von ihm wissen. Eine sehr weise Entscheidung. Hat mir sofort gezeigt, dass du die Klügere von euch Geschwistern bist.«

»Vor ein paar Tagen hast du ihn selbst erwähnt.«

Großvater dreht sich zurück zum Fenster. »Ich weiß nicht, was du meinst«, sagt er mit dem Rücken zu mir.

»Du hast gesagt, dass Mom sich die Augen ausgeheult hat. Dass William immer wieder zurückgekommen ist, wenn sie schon fast über ihn hinweg war«, helfe ich ihm auf die Sprünge, auch wenn das nicht notwendig wäre. »Erzähl mir davon.«

»Du solltest ihn einfach vergessen, genauso wie er auch euch vergessen hat. Da draußen ist übrigens jemand.«

Ich horche auf. »Wer?«

»Irgendein Fremder, der sieht seltsam aus.«

»Lass mal sehen«, sage ich und richte mich auf.

»Ist schon wieder weg«, entgegnet er schnell. Wahrscheinlich war seine Bemerkung bloß ein lahmes Ablenkungsmanöver.

Resigniert lasse ich mich zurück in den Lehnstuhl fallen. »Grandpa, bitte. Ich will es wissen.«

Für ein paar Sekunden erwidert er nichts, doch seine Schultern beben. Stumm beobachte ich dieses Beben, das mich traurig stimmt.

»Deine Mutter war dem Mistkerl verfallen«, beginnt er schließlich, leise zu erzählen, als müsste er die Erinnerung behutsam ausgraben, um nicht zusammenzubrechen. »Und das hat er ausgenutzt. Er ist nur hier aufgekreuzt, wenn es ihm gepasst hat. Hat sich einen Dreck um dich und deinen Bruder geschert, auch wenn dein Bruder einen Helden aus ihm macht. Ein Spieler und ein Säufer, das war er. Einer, der seine Versprechen nicht ein einziges Mal gehalten hat.« Zitternd hebt er den Zeigefinger in die Höhe. »Ich habe auf sie eingeredet, immer und immer wieder, aber sie wollte mir nicht glauben, hat bloß auf ihr bescheuertes Herz gehört. Das Herz ist ein Verräter, Kela. Hat deiner Mutter eingeflüstert, dass er sich ändern wird. Aber Kerle wie er ändern sich nie. Die muss man zum Teufel schicken, sonst machen die mit dir, was sie wollen. Für deine Mutter war er die große Liebe, für ihn war sie eine von vielen. Der Dreckskerl hat als Stuntman gearbeitet, ist durch die Weltgeschichte getingelt und wollte das große Geld machen. Hat überall mitgemischt, um schnell reich zu werden, aber das waren immer nur irgendwelche undurchsichtigen Geschäfte. Wenigstens hat sie ihm kein Geld gegeben, aber alles andere, was sie hatte, hat sie an ihn verschenkt.« Er schluckt hart. »Sie war zu gut, sie war einfach zu gut für diese Welt«, fügt er mit brüchiger Stimme hinzu.

Mein Herz wird schwer, und mit einem Mal kapiere ich, dass nicht nur Brandon und ich jemanden vermissen.

»Es tut mir leid«, sage ich leise, aber laut genug, dass er es hören kann. »Ich war so mit mir selbst beschäftigt, ich habe gar nicht daran gedacht, dass du dein Kind verloren hast.«

Kopfschüttelnd dreht er sich langsam zu mir. In seinen Augen schimmern Tränen. »Hör auf damit. Du hast deine Mutter beerdigt, das ist schlimm genug. Du musst nicht noch einen alten Mann betrauern, herrje, so weit kommt es noch. Nein, das machst du nicht«, murmelt er, als Jerome den Raum betritt. Erneut wendet sich Grandpa ab.

Nach einigen Stunden mit den beiden tut es gut, auf der Veranda zu stehen und die kühle Nachtluft in meine Lunge strömen zu lassen. Ich genieße den Moment. Genieße das Funkeln der Sterne über mir und die stille Rebellion des Gartens vor mir. Die Außenbeleuchtung offenbart nicht gemähten Rasen, verfallene Beete und wild wachsende Büsche. Rauschend fährt der Wind durch Gräser und Blätter, die Tür des alten Gartenschuppens klappert im rhythmischen Takt dazu. Ich lausche der unwirklichen Melodie und beginne, mich zu entspannen, als von drinnen aufgeregtes Stimmengewirr an meine Ohren dringt. Offenbar sind Suki und Todd wieder einmal in eine hitzige Diskussion verstrickt, die sich garantiert um den Kéjsaia dreht.

Um ihrem Streit zu entkommen, mache ich ein paar Schritte Richtung Straße, denke dabei an Mom und William, an Großvater und seine Frau, die ihn verlassen hat, und daran, wie ungerecht die Liebe verteilt wird. Als ich schließlich vor unserem verlotterten

Gartentor stehe, fällt mein Blick auf den gefüllten Briefkasten. Ich trete auf den Bürgersteig, öffne die Klappe und nehme die Post heraus. Es sind ein paar Prospekte und einige Briefe, einer davon ist an mich adressiert. Mein Puls schießt nach oben. Im Lichtkegel der Straßenlaterne wirkt das cremefarbene Kuvert mit der hübschen Schrift seltsam gelbstichig. Mit fliegenden Fingern reiße ich es auf.

Katalea,

betrauere die Toten nicht, ihr Schicksal ist besiegelt. Konzentriere dich auf das Leben. So schlicht es auch klingen mag, besteht die Aufgabe des Lebens darin, es einfach zu leben. Magie existiert nicht nur in den großen Wundern, sie haftet jedem einzelnen Atemzug an. Denn das Leben ist voller Zauber, man muss lediglich hinsehen.
Für jene, die dies tun, wird sich der Schleier lichten und eine neue Welt sichtbar machen, die doch die alte ist. Der Blinde wird zum Sehenden, aber du, Katalea, wirst alles verlieren.

Du wirst den Kéjsaia entdecken, wie es in deinem Seelenplan verankert ist. Doch die de Balzacs haben beschlossen, dich danach dem Vergessen zu überlassen. Wasser aus dem Strom des Vergessens wird die Erinnerungen der letzten Wochen tilgen und deine Gefühle verzerren. Halte Nero davon ab, die Regeln zu brechen und den unheiligen Pakt zu schließen. Denn dieser Pakt wird Verdammnis über ihn und alle bringen, die ihm noch etwas bedeuten.

PS: Wenn die Zeit zu Boden kracht und Blicke sich treffen, muss edler Stein zu ihm fliegen.

Die restliche Post rutscht mir aus der Hand. Ich starre auf den Brief, versuche, seine Bedeutung zu kapieren, doch die Sätze fühlen sich an, als wären sie in meinem Kopf durcheinandergewürfelt worden. Ich erinnere mich, dass Nero und Suki über Seelenpläne gesprochen haben – Nero als Rechtfertigung für Oscars Tod, Suki in Verbindung mit dem Orakel. Vielleicht verbirgt sich das Orakel hinter dem Absender der Briefe, vielleicht will es mich warnen oder in die Irre führen. Aber vielleicht ist das nicht einmal das Wichtigste, überlege ich, während die Gedanken ungestüm zum Strom des Vergessens drängen. Plötzlich nehme ich hinter mir eine Bewegung wahr und erschrecke, als Nero unvermittelt in den Lichtkreis der Straßenlaterne tritt.

»Eine seltsame Uhrzeit, um die Post durchzusehen, Katalea.« Der Wind bläst ihm eine dunkelbraune Locke in die Stirn.

Ich sehe in seine unergründlichen Augen und weiß, dass ich vor dem Fürstensohn auf der Hut sein müsste. Ja, das sollte ich. Doch *sollen* und *müssen* führen nur zu umständlichen Umwegen.

»Ist es wahr? Sobald ich den Kéjsaia gefunden habe, werde ich alles wieder vergessen? Ihr nehmt mir einfach meine Erinnerungen?«

Der Einzug der Jungs, die sich als Athánados entpuppt haben, meine Sorge, durchzudrehen, Sukis Anteil, die Isikós, Großvater. Ich kann den Verlust bereits bitter auf der Zunge schmecken.

Nero bleibt ungerührt, nur der Wind heult auf. »Wie kommst du darauf?«

Hektisch fassen meine Finger an meine Glasperlenkette. »Der Strom des Vergessens. Wirst du mir sein Wasser über den Kopf gießen, damit ich keine Ahnung mehr habe, was in letzter Zeit alles passiert ist? Ist das dein Plan?«

»Wer hat dir vom Strom des Vergessens erzählt? Etwa Suki schon wieder?« Neros Stimme schneidet eiskalt durch die Dunkelheit.

Für einen Moment bekomme ich Angst vor ihm, wie er dasteht, in seinen schwarzen Klamotten und mit dem bedrohlichen Blick, der meinen Puls weiter nach oben treibt. Unauffällig lasse ich den Brief in meiner hinteren Hosentasche verschwinden, aber Nero packt mich am Handgelenk und reißt mir das Schreiben aus der Hand.

»Was ist das?«

»Gib es mir zurück«, verlange ich, doch er denkt gar nicht daran, sondern sieht sich den Brief genauer an. Die Schatten auf seinem symmetrischen Gesicht vertiefen sich.

»Ein einzigartiger Brief? Ist das der erste, den du erhalten hast?« Er sieht mich nur an, und ein düsteres Lachen steigt aus seiner Kehle auf. »Natürlich nicht«, schnaubt er verächtlich. Enttäuschung tritt in seine Augen, bevor er mich ungehalten anfunkelt. »Wie viele einzigartige Briefe hast du schon erhalten, Katalea? Und bist du auch nur ein einziges Mal auf den Gedanken gekommen, mich einzuweihen, weil mit ziemlicher Sicherheit ein anderer Clan dahintersteckt?«

Energisch macht er einen Schritt auf mich zu. Zeitgleich zerbröckelt meine Angst zu Staub, um in Form von hässlicher Wut wiederaufzuerstehen. »Ich soll dich einweihen? Warum soll ich dir vertrauen, du tust es doch auch nicht! Und wage es ja nicht, dich in deine Anschuldigungen zu flüchten und abzulenken. Ich habe dir eine Frage gestellt: Willst du wirklich, dass ich alles, was in den letzten zwei Wochen geschehen ist, einfach wieder vergesse?«

In den Augen des Unsterblichen spiegelt sich die Dunkelheit der Nacht wider, kühl und unerschütterlich. »Vergessen ist nicht das Schlechteste.«

»Das darfst du nicht für mich entscheiden«, fauche ich. Die Vorstellung, die letzten Wochen zu verlieren, gräbt sich hässlich in meine Eingeweide. Meine Augen beginnen zu brennen, meine Finger krallen sich um meine Kette. »Es ist mir egal, dass mein Leben für dich mickrig erscheint, nicht mehr als das einer Eintagsfliege, das in der Unendlichkeit deiner Lebenszeit untergeht! Für dich bin ich nur eine kurze Episode, nur Mittel zum Zweck. Aber das hier ist mein Leben, so unbedeutend es dir auch vorkommen mag! Wenn ich hier bin, um Erfahrungen zu sammeln, dann will ich jede einzelne davon auskosten, so unerträglich sie auch sein mag. Was nehmt ihr mir noch? Soll ich meine letzten Augenblicke mit Oscar vergessen? Nur weil ihr Unsterbliche seid, könnt ihr euch nicht über alles hinwegsetzen!« Mein Herz hämmert schmerzvoll gegen meine Rippen, und ich registriere erst jetzt, dass ich während meines Ausbruchs näher an Nero herangerückt bin, so nah, dass mir die fehlende Distanz zwischen uns nun unangenehm bewusst wird. Ich kann die Wärme seines Körpers spüren, die meinen Herzschlag weiter aus dem Rhythmus bringt. Rieche den Geruch nach gefallenem Regen und fühle Neros bedingungslose Aufmerksamkeit auf mir.

»Verdammt, Katalea, verstehst du es denn nicht?«, herrscht er mich an. »Das hier ist bloß ein Ausflug für dich, der sein Ende findet, sobald der Kéjsaia in unserem Besitz ist. Du bist eine Sterbliche und solltest nichts mit unserer Welt zu tun haben!«

»Aber was ist, wenn ich Teil eurer Welt sein möchte?«, bricht es aus mir heraus. Ich spüre, wie eine Träne über meine Wange rollt. Meine Kehle wird ganz trocken. »Ich habe in den letzten Jahren immer nur verloren. Zuerst Mom, dann Grandpa und jetzt auch noch Oscar. Die Magie ist das Einzige, was mir das Gefühl gibt, endlich auch mal etwas dazugewonnen zu haben. Der Gedanke, ohne ihren Zauber weiterleben zu müssen, ist …«

Der Gedanke, ohne dich weiterleben zu müssen, flüstert eine innere Stimme in meinem Kopf. Schwer atmend starre ich Nero an, der mich aufgebracht ansieht.

»Katalea«, stößt er sanft hervor, als hätte er meine innere Stimme gehört. Dann saugt er scharf die Luft ein, als könnte er den eigenen Widerstand nicht mehr halten. Sein Blick gleitet zu meinen Lippen, und ein verlangender Ausdruck tritt in seine Augen. Im nächsten Moment legt er eine Hand in meinen Nacken, zieht mich an sich und küsst mich so plötzlich und heftig, als hätte er eine Ewigkeit darauf gewartet. Ich weiß nicht, wie es ist, wenn ein Feuerwerk in einem Körper explodiert, aber ungefähr so muss es sich anfühlen. Noch nie in meinem Leben wurde ich so geküsst. Meine Lippen beginnen zu prickeln, mein Atem setzt aus, als Nero mit seiner Zunge meinen Mund erobert. Ungebremste Leidenschaft fließt durch mich hindurch, die jede Faser meines Körpers in Brand setzt. Mit einem heiseren Stöhnen drückt er mich noch näher an sich heran. Ich fühle seine festen Brustmuskeln, fühle seine Hände auf meinem Rücken, fühle seine Finger, die meine Wirbelsäule entlangtasten und mich festhalten. Fühle, wie mein Herz beinahe stillzustehen droht, da dieser Moment alle anderen Momente bedeutungslos macht.

Doch dann löst sich Nero abrupt von mir.

Atemlos öffne ich die Augen, um in sein regloses Gesicht zu sehen.

»Es tut mir leid. Das hätte nicht passieren dürfen«, bemerkt er beherrscht und fährt sich mit dem Daumen über die Lippen, als wollte er unseren Kuss einfach wegwischen.

Ich weiche zurück, bringe Abstand zwischen uns und meine Gefühle. Mein Körper fühlt sich an, als wäre er mit Anlauf gegen eine Betonwand geprallt. »Wieso? Weil es gegen die Regeln verstößt?«

»Es ist kompliziert, Katalea.«

»Erklär es mir.«

»Das kann ich nicht.«

»Kannst du nicht oder willst du nicht?«, frage ich unwirsch.

Seine Kiefermuskeln spannen sich an. »Wir sollten alles nicht noch schwerer machen.«

»Für wen? Für dich oder für mich?«

Ein Blick, stärker als jede Antwort.

»Weißt du eigentlich, wie heuchlerisch du bist?«, blaffe ich ihn an. »Regeln sind für dich doch nichts anderes als ein Vorwand, um leichter durch das Leben anderer schlüpfen zu können!«

»Du weißt nicht, wovon du sprichst.« Die Kälte in seiner Stimme macht mich noch zorniger.

»Ich weiß nicht, wovon ich spreche? Und was ist mit dem unheiligen Pakt?«

Nero erstarrt. »Wie bitte?«

»Du hast mich genau verstanden«, sage ich und marschiere davon, so schnell ich kann. Doch ich schaffe es nicht mal bis zu Moms Eiche, da stellt sich Nero mir schon in den Weg.

»Stand das in dem Brief?«

»Ich habe dir gar nichts zu sagen.«

»Katalea. *Bitte.*«

»Was? Glaubst du, dass ich jetzt gleich zerfließe? Dass du mit mir umspringen kannst, wie es dir gefällt? Zuerst küsst du mich, nur um mich gleich wieder wegzustoßen! Ich werde aus dir nicht schlau. Und weißt du was, es ist mir auch egal. Ich habe schon ganz andere Frösche geküsst«, sage ich und lasse meine Stimme fest und ehrlich klingen.

Selbst im fahlen Licht kann ich sehen, wie Neros Mundwinkel nach oben zucken. »Andere Frösche?«, wiederholt er rau. »Was für andere Frösche? Und wie kommst du dazu, mich mit einem Frosch zu vergleichen?«

»Warum denn nicht? Oscar mochte Frösche, und er mochte auch dich, aber doch nur, weil er dich überhaupt nicht kannte«, schleudere ich ihm zusammenhangslos entgegen und blinzele, als sich mir ein anderer Zusammenhang offenbart.

Nero hebt eine Augenbraue. »Was ist, willst du mir nicht noch etwas Beleidigendes entgegendonnern?«

»Die Frösche«, murmele ich. »Die küssenden Frösche.«

Seine Stirn legt sich in Falten. »Katalea. Geht es dir gut?«

»Warum habe ich nicht schon eher daran gedacht?«

»An küssende Frösche. Also bist du jetzt auch ein Frosch?« Nero klingt amüsiert, scheint aber gleichzeitig nicht recht zu wissen, was er mit mir anfangen soll. »Es war nicht meine Absicht, dich mit dem Kuss so aus dem Konzept zu bringen.«

»So umwerfend war es nun auch wieder nicht«, gebe ich gereizt zurück und bin kurz davor, Oscars Geheimnis zu lüften.

Nero betrachtet mich stoisch, bevor er zu seinem Thema zurückfindet. »Was stand über den Pakt in dem Brief?«, will er wissen und atmet dann scharf ein. »Ich verspreche dir auch, dir deine Erinnerungen nicht zu nehmen.«

Der Wind frischt weiter auf, zerrt an meinen Haaren. Ich starre auf Moms Eiche, starre auf die verschlungenen Baumstämme und die ausladenden Äste, die sich im dunklen Nachthimmel wiegen.

»Katalea. Antworte mir.«

»Hilf mir mal.« Entschlossen wende ich mich dem alten Baum zu, der meinen Puls nervös nach oben schnellen lässt.

»Wobei soll ich dir helfen?«

»Mach eine Räuberleiter«, verlange ich und deute gleichzeitig auf das tellergroße Astloch, das sich etwa zweieinhalb Meter über dem Boden befindet.

»Du musst mir schon etwas mehr verraten.«

Ich lächele süß. »Es ist wohl nicht so schön, informationstechnisch ausgehungert zu werden, oder?«

»Okay, Punkt verstanden.«

Ich erwidere Neros dunklen Blick. Der Moment sollte sich besser anfühlen, nach Triumph und Genugtuung, aber dafür bin ich zu aufgewühlt.

»Es geht um die Figuren meiner Mom«, erkläre ich schließlich. »Auf unserem Couchtisch standen immer ein Keramikschwan und zwei sich umarmende Kristallfrösche mit pinken Herzaugen. Als ich das Zimmer letztens mit Todd durchgegangen bin, waren die Frösche nicht mehr da, was mir zu dem Zeitpunkt nicht aufgefallen ist. Aber Oscar hatte ein Faible für Frösche. Er hat darüber gesprochen, ihnen in diesem Astloch eine Wohnung mit Ausblick einzurichten«, fasse ich zusammen und denke an die Leiter aus unserem Geräteschuppen, die neulich jemand benutzt hat.

Oh, Oscar.

»Du glaubst also, dass sein Geheimnis etwas mit dem Kéjsaia zu tun hat?«

»Ja. Aber ich glaube nicht, dass es Oscar bewusst war«, erwidere ich, während sich Nero bereits an die Eiche stellt und seine Finger verschränkt.

Ich setze einen Fuß in seine gefalteten Hände, halte mich an seiner Schulter fest und drücke mich schwungvoll nach oben. Um das Gleichgewicht nicht zu verlieren, greife ich nach einem abstehenden Ast, erreiche mit dem anderen Arm das Astloch und ertaste lächelnd die kleinen Figuren. Augenblicklich knistert ein kühler, elektrischer Schlag durch meine Finger. Er ist nicht unangenehm, im Gegenteil. In meinem Inneren breitet sich die wohlige Gewissheit aus, dass es endlich so weit ist. Aufgeregt ziehe ich die Kristallfrösche aus dem Astloch und nicke Nero zu, der mich sanft zu sich hinunterlässt. Am Boden angekommen öffne ich meine Hand und zeige ihm wortlos die grünen Figuren aus Kristall, die von einem leuchtenden Nebel aus kreisenden dunkelroten Lichtpartikeln eingehüllt werden. Immer schneller wirbelt der magische Nebel um die Frösche herum, bis ein gleißender Lichtstrahl ihre Oberfläche durchbricht und einen Herzschlag lang die Nacht erhellt.

Ich kann nicht sagen, ob ich ihn zuerst sehe oder fühle.

Blinzelnd starre ich auf den filigranen Schlüssel, der doch so schwer in meiner Hand liegt. Er ist aus granatrotem Stein gefertigt und wird von zarten, schimmernden Glasfäden umgarnt, die sich am Schlüsselring zu dem wunderschönen Emblem einer Lotosblume verweben.

»Der Lotosschlüssel. Der Kéjsaia der von Rubinsteins«, flüstere ich ehrfurchtsvoll.

»Woher weißt du …«, setzt Nero an, wirft dann aber einen raschen Blick über meine Schulter.

Die bedrohlichen Bewegungen hinter uns nehme ich erst wahr, als er mich bereits Richtung Haus zieht.

»Lauf, Katalea. Lauf!«

Der Lotos

Der Lotos, auch die heilige Blume genannt, wurzelt in schlammigen Gewässern. Er wächst in der Dunkelheit des Wassers heran, um sich in den frühen Morgenstunden zu erheben und an der Oberfläche in eine makellose Blüte zu verwandeln, deren zarte Blätter sich öffnen und ihre Umgebung mit einem blumig schweren Duft betören. Die heilige Blume ist ein Symbol der Auferstehung, ein Lehrstück der Verwandlung. Als Emblem des Hauses von Rubinstein fügt sich der granatrote Lotos ebenso makellos in die Geschichte des Clans ein, der von einer notorischen Lügnerin abstammt. Durch die Gabe der Täuschung verwandeln seine Mitglieder seit Jahrhunderten die Realität in eine prachtvolle Illusion, deren schillerndste Trugbilder selbst die Erfahrensten unter uns in die Irre führen könnten.

Die Symbolik der Clans
Aus dem Archiv des Hohen Rates

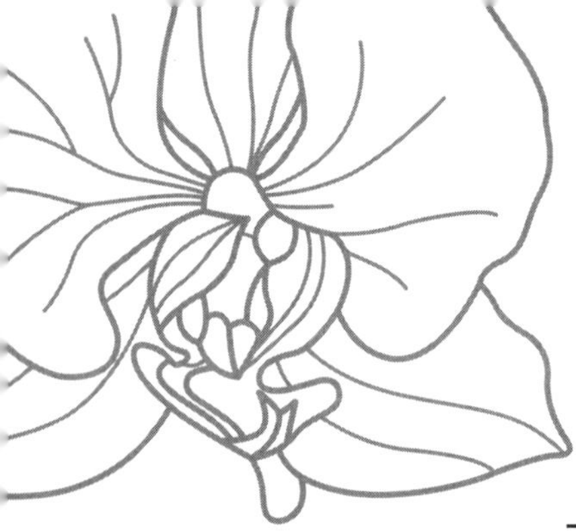

Zwanzig

Schnell verriegelt Nero die Tür hinter uns. Das stockdunkle Haus wird von einem leisen Scharren und Flattern durchdrungen, das von den Wänden zu kommen scheint. Die Vibrationen des Bodens verlieren sich in dem hässlichen Geräusch, während Adrenalin durch meinen Körper schwemmt und meine Finger den Kéjsaia fest umklammert halten.

Suki kommt in die Diele gehetzt. Keuchend stellt sie eine flackernde Kerze auf die alte Kommode neben der Treppe, in der anderen Hand hält sie ein Messer. »Sie haben den Strom gekappt. Todd und Jerome verteidigen den Hinterausgang.«

Das grässliche Säuseln der Wände schwillt zu einem unheilvollen Brausen an. Düstere Schatten jagen aufgeregt über die Tapeten, als würden sie die Ankunft von etwas Größerem erwarten.

Ein einziger Gedanke schießt mir durch den Kopf. »Wo ist Brandon?«

»Er ist bei den anderen«, erwidert Suki, die Nero daraufhin fragend ansieht. »Wieso greifen sie an? Wieso jetzt?«

»Katalea hat den Kéjsaia gefunden.« Er wirft mir einen raschen Blick zu. »Habt ihr Waffen im Haus?«

»Nein.« Mittlerweile kenne ich jede Ecke des Hauses, aber Waffen sind mir nie untergekommen. Ich wünschte, es wäre anders und die Vorbesitzerin hätte uns ein ganzes Arsenal hinterlassen. Was auch immer hier vor sich geht, es spitzt sich gerade zu. Staub rieselt von der Decke, der Boden bebt. Ein tiefes Rütteln fährt durch die Mauern, als würde sich das Haus auf seine eigene Zerstörung vorbereiten.

Nero atmet geräuschvoll aus. »Du kannst es beenden.« Er sieht mir fest in die Augen, durchdringend und fordernd, sein Blick ist eine einzige Anweisung. »Katalea, es ist so weit. Du musst den Schlüssel übergeben.«

»Nein!« Suki stellt sich zwischen uns. Das Messer in ihrer Hand blitzt gefährlich auf. »Kela, tu das nicht. Wahrscheinlich ist es eine Falle, und das hier ist gar kein Angriff eines anderen Clans.« Energisch macht sie einen Schritt auf Nero zu. »Sei ehrlich! Steckst du hinter dem Überfall?«

Die Schatten an den Wänden verdichten sich. Eine diffuse Panik legt sich um meinen Brustkorb.

»Suki, wir haben keine Zeit für so einen Schwachsinn«, entgegnet er kühl.

Mir ist nicht klar, woher die Gelassenheit in seiner Stimme kommt. Entweder ist es wahr, dass der Fürstensohn unfähig ist, Angst zu empfinden, oder die de Balzacs fingieren tatsächlich einen Angriff. Meine Antwort erhalte ich in der nächsten Sekunde.

Mit einem grauenvollen Krachen wird unsere Eingangstür aus

den Angeln gerissen und auf den Dielenboden geschleudert. Das Licht des Mondes fällt auf einen schlanken Mann, der düster lächelnd über die Schwelle tritt, als würde er einer längst überfälligen Einladung folgen. Im Revers seines anthrazitfarbenen Mantels steckt eine schneeweiße Orchidee.

»Nero de Balzac. Welch bescheidene Ehre.« Der Typ ist nur ein wenig älter als Nero. Seine pechschwarzen Haare reichen ihm in den Nacken, seine Nase wirkt etwas zu groß für sein blasses Gesicht. Er schnalzt mit der Zunge. »Du willst doch kein Aufsehen in der Nachbarschaft erregen.«

»Dafür ist es jetzt wohl zu spät, Ruben.«

Ruben also, der Sohn des Gwynedon-Clanfürsten. Lässig zuckt er mit den Schultern, als ginge ihn das nichts an. Als wäre eine kaputte Eingangstür nichts weiter als eine kleine Unannehmlichkeit, der noch ganz andere Ärgernisse folgen können. Die dunkel gekleideten Männer hinter ihm formieren sich. Ich kann nicht sagen, wie viele es sind, doch es sind eindeutig zu viele.

»Übergib ihn mir einfach. Dann ersparen wir euch unnötige Schmerzen.«

»Was oder wer bereitet dir derart große Sorgen, dass du gleich eine Horde Handlanger mitbringen musst?«, bemerkt Nero seelenruhig, schiebt sich aber zeitgleich unauffällig vor mich.

»Ich bin gern vorbereitet.« Wie zur Untermalung seiner Worte zischen die finsteren Schemen über die tapezierten Wände neben uns.

»Gehören die auch zu dir?«, fragt Nero nüchtern.

»Sehr witzig.« Ruben lächelt ein freudloses Lächeln. »Du weißt, dass ich kein Bruder des Feuers bin.«

»Verzeih. Bei deinem Charakter kommt man leicht durcheinander.«

»Hör auf, Zeit zu schinden«, verlangt Ruben. »Gib mir den Kéjsaia. Nicht nur die Isikós spüren seine Anwesenheit. Mein Clan wartet, und er wartet nicht gern.«

»Es ist nicht euer Schlüssel.«

Ruben neigt den Kopf. »Eurer ist es auch nicht, aber das scheint dich nicht im Geringsten zu stören.« Er gibt seinen Männern einen Wink. »Kümmert euch um den zukünftigen Anführer der de Balzacs.«

Neros Züge verfinstern sich. »Die Drecksarbeit überlässt du also noch immer anderen.«

Ein Zucken geht durch Rubens Gesicht. »Was soll ich sagen. Ich bin gut organisiert.«

Kaum ist das letzte Wort gefallen, stürmen zwei Männer auf Nero zu, der blitzschnell reagiert. Mit irrem Tempo wirbelt er nach links, verpasst einem Typen mit Vollbart einen brutalen Tritt in die Kniekehle und einem Glatzköpfigen einen harten Kick gegen den Hinterkopf, der ihn zu Fall bringt. Der Vollbärtige fährt herum und bekommt von Nero einen kräftigen Kinnhaken versetzt, gefolgt von einer Abfolge weiterer Schläge und Tritte. Die Bewegungen sind so schnell, dass sie vor meinen Augen verschwimmen. Noch mehr Männer stürzen auf Nero zu, einer von ihnen geht jedoch auf Suki los, ein anderer nimmt mich ins Visier.

Huldvoll hebt Ruben die Hand und lächelt. »Nein. Sie gehört mir.«

Gemessenen Schrittes kommt der schlanke Athánados auf mich zu, den Blick starr auf mein Gesicht gerichtet. Der ungleiche Kampf hinter ihm scheint ihn kein bisschen zu interessieren, genauso wenig wie die Kampfgeräusche, die aus dem rückwärtigen Teil des Hauses dringen.

»Wie war noch einmal dein Name? Er ist nicht wirklich von Belang, aber ich will ja nicht unhöflich sein. Schön zu sehen, dass du wieder auf den Beinen bist. Verzeih, mein Späher war etwas ungeschickt, als er dich besucht hat. Gutes Personal ist in den heutigen Tagen schwer zu finden, musst du wissen.« Seine eiskalten blauen Augen bohren sich in meine. »Wir können es kurz machen, oder auch lang.«

Ehe ich etwas erwidern kann, ist der Unsterbliche bei mir, packt mich am Hals und drückt mich grob gegen die Wand. Als seine Lippen mein Ohr erreichen, streift sein Atem meine Haut, während sich seine kühle Hand noch fester um meine Kehle schließt. »Gib mir den Kéjsaia«, verlangt er hart.

»Er gehört dir nicht«, krächze ich und schlage um mich, um seinem Griff zu entkommen, doch Ruben ist übermächtig stark. Aus den Augenwinkeln kann ich sehen, wie Suki ihr Messer im Kampf verliert und große Schwierigkeiten hat, die Schläge ihres muskulösen Gegners zu parieren, der sie im Flur weiter nach hinten treibt.

Abfällig schnalzt Ruben mit der Zunge. »Das habe ich heute schon zu oft gehört. Wir kennen uns nicht, aber du solltest wissen, dass ich mir gern Dinge nehme, die nicht mir gehören.«

Der Griff um meinen Hals verfestigt sich, der Druck in meinem Kopf wird unerträglich. Mein Sichtfeld verengt sich, bodenlose Panik überfällt mich. Nur am Rande meines Bewusstseins nehme ich das leichte Schimmern einer durchlässigen Gestalt wahr, die geduckt über die Dielen krabbelt und nach Sukis Messer tastet, um es in meine Richtung zu schieben.

»Ich sage es nur noch einmal: Gib mir den Kéjsaia.«

Rubens stechender Blick treibt meine Panik weiter an. Ich fühle den Kéjsaia, spüre, wie er in meiner Handfläche pulsiert, wie er mir hilft zu atmen, während meiner Lunge der Sauerstoff entweicht. Ein magisch kühles Kribbeln löst sich aus meiner Hand, verästelt sich im Inneren meines Körpers und verpasst mir einen unerwarteten Energieschub, der mich ausholen lässt, bevor ich mein Knie mit voller Wucht in Rubens Weichteile ramme.

Mit schmerzverzerrten Gesichtszügen taumelt der schwarzhaarige Unsterbliche zurück. Ich nutze den Moment, um mir rasch das Messer vom Boden zu schnappen und in seine Richtung zu stechen. Die sirrende Klinge erwischt den Athánados an der Wange, doch schon in der nächsten Sekunde schlägt er mir das Messer aus der Hand. Seine Augen blitzen vor Wut, als er sich über die blutende Wange fährt.

»Das wirst du bereuen, *Sterbliche.*« Sein Blick fällt auf meine Hand. Ich umklammere den Kéjsaia so fest, dass meine Fingerknöchel weiß hervortreten.

»Gib ihn mir«, zischt er befehlsgewohnt.

Du kannst ihn nur einem Athánados aushändigen. Diese Entscheidung muss freiwillig und ohne Zwang geschehen, alles andere würde der Schlüssel nicht akzeptieren, wehen Neros Worte in meinem Kopf, während ich ihn gleichzeitig verteufle, weil er mir keine genauere Definition von Zwang und Freiwilligkeit geliefert hat.

Ruben macht einen Schritt auf mich zu. Eine merkwürdige Vorsicht liegt in seiner Bewegung, als könnte er es nicht riskieren, die falsche Entscheidung zu treffen, weil in meiner Hand kein magischer Schlüssel, sondern eine Bombe liegt. Keuchend sehe ich mich um, suche nach etwas, das ich als Waffe benutzen könnte. Am Durchgang zum Wohnzimmer kämpft Nero gegen mehrere Typen an, die dabei sind, ihn einzukreisen. Aus der Drehung heraus versetzt er gerade einem der Angreifer zwei kraftvolle Tritte gegen die Brust. Der Kerl donnert rückwärts gegen unsere Standuhr, die lautstark zu Boden kracht.

»Bislang hatten meine Männer den Auftrag, deinen Bruder am Leben zu lassen«, höre ich Ruben drohen, der sich mir weiter nähert. »Das kann sich ändern. Und zwar sofort.«

Heißes Adrenalin rauscht durch meine Adern, die Angst um Brandon wird übermächtig groß.

Womöglich ist der Kéjsaia meine Rettung, schießt es mir durch den Kopf, vielleicht kann er mich weiter stärken, vielleicht ist das aber auch nur eine lausige Hoffnung, mit der ich kostbare Zeit verschwende.

Zeit.

Wenn die Zeit zu Boden kracht und Blicke sich treffen, muss edler Stein zu ihm fliegen. Die Worte hallen durch mich hindurch. Ich schaue zur gefallenen Standuhr, schaue zu Nero, der in dieser Sekunde zu mir sieht. Auf seiner Stirn prangt eine Schramme, seine Augen funkeln bedrohlicher denn je. Als sich unsere Blicke treffen, durchfährt mich eine brennende Erkenntnis.

Instinktiv heben sich meine Finger, um den Kéjsaia über Rubens Kopf hinwegzuschleudern. Die Flugbahn des Schlüssels beschreibt einen perfekten, rot schimmernden Bogen, bevor der Kéjsaia in Neros Hand landet. Schon im nächsten Augenblick tritt gleißendes

Licht zwischen seinen Fingern hervor, begleitet von einer knisternden Druckwelle, die durch das Haus fegt.

Dann hält die Welt für einen Augenblick den Atem an.

Die Bewegungen um mich herum verlangsamen sich. Ruben, der mit vor Schreck geweiteten Augen den Wurf des Schlüssels verfolgt hat, wird in seinem wehenden Mantel zeitlupenartig zu Boden gerissen, genauso wie der Rest seiner Männer. Ich sehe, wie der Bärtige langsam gegen den Türrahmen knallt und sechs seiner Kollegen im Wohnzimmer an die Wände katapultiert werden. Der Glatzköpfige, der gerade dabei war, sich aufzurappeln, wird schwerfällig gegen die Treppe geschleudert, während Moms Kristallfiguren auf der Kommode Risse bekommen und in vollkommener Lautlosigkeit zu einer glitzernden Explosionswolke aus Glassplittern zerbersten. Die funkelnden Scherben schweben anmutig in der Luft, gleichzeitig werde ich von der magischen Stoßwelle sacht gegen die Tapete gedrückt.

Nero ist der Einzige, der an Ort und Stelle verweilt, und als die Zeit wieder ihr gewohntes Tempo aufnimmt, kehren auch die Geräusche zurück.

»Das war ein Fehler, Sterbliche«, höre ich Ruben gefährlich hervorpressen. Er richtet sich auf, klopft widerwillig seinen Mantel ab und tritt in der nächsten Sekunde an mich heran. Die Glassplitter knirschen unheilvoll unter seinen Schuhsohlen, doch bevor er mich erreicht, verstellt ihm Nero den Weg.

»Du kennst die Regeln. Während der nächsten vierundzwanzig Stunden ist der Kéjsaia für dich unantastbar«, knurrt er und hält die rot funkelnde Trophäe triumphierend in die Höhe. »Zeige deinen Respekt, Ruben Gwynedon.«

Rubens Kiefer ist dem Zerreißen nahe. Einen Augenblick lang starren sich die beiden Athánados mit einer Finsternis an, die jede Nacht in den Schatten stellt.

»Verschwinde von hier«, verlangt Nero mit unbarmherziger Härte, während ich nur an eines denken kann.

Meine Füße setzen sich in Bewegung.

Mein Herz pocht mir bis zum Hals.

Sukis Stimme schafft es nicht in meinen Kopf, ebenso wenig wie die Geräusche der Männer, die sich nun zurückziehen. Durch die Hintertür hechte ich nach draußen. Suche keuchend die struppige Wiese ab, über Jerome und Todd hinweg, bis ich Brandon im Gras entdecke, mit dem Gesicht nach unten. Ich brauche nur ein paar Sekunden, bis ich bei ihm bin, aber diese Sekunden reichen aus, um in Dauerschleife die allerschrecklichsten Szenarien abzuspielen – von denen sich zum Glück keines bewahrheitet, als ich Brandon umdrehe.

Benommen blinzelt er mir entgegen. »Hey. Was ist passiert?«

Ich falle ihm um den Hals. »Du bist okay. Du bist okay.«

»Natürlich ist er okay. Wir haben doch auf ihn aufgepasst«, bemerkt Todd hinter mir, der mich seltsam intensiv mustert. »Was denkst du bloß von uns? Wir halten unsere Versprechen, Kela.«

Brandon reckt den Hals und sieht sich um. Mit gequälter Miene reibt er sich den Nacken. »Und warum tut mir dann alles so weh, wenn ihr auf mich aufgepasst habt?«

»Weil du untrainiert bist. Sie haben dich längst nicht so hart rangenommen, wie sie es gekonnt hätten.« Jerome streckt meinem Bruder die Hand hin und zieht ihn hoch. Das Shirt des Unsterblichen ist an der Schulter zerrissen, wo er leicht blutet, ansonsten sieht er unversehrt aus. »Lasst uns reingehen«, sagt er grimmig. »Denn so wie ich das sehe, ist es endlich an der Zeit, Abschied zu nehmen.«

»Wieso? Wieso hast du das getan?«, wispert Suki, als ich uns in der Küche einen Tee koche.

»Du hast gesagt, dass es meine Entscheidung ist.«

»Ja, und dazu stehe ich auch. Also ich denke, dass ich dazu stehe.« Sie kaut auf ihrer Unterlippe herum.

»Es hat sich richtig angefühlt«, rechtfertige ich mich. Kurz überlege ich, ihr von den Briefen zu erzählen, lasse es dann aber doch sein. »Ruben war drauf und dran, mir die Kehle zu zerquetschen.«

»Der Kéjsaia hätte dich beschützt.«

»Mich vielleicht schon, aber was ist mit Brandon?« Ich nehme den pfeifenden Teekessel vom Herd und gieße das heiße Wasser in unsere Tassen.

»Du hättest dem Kéjsaia vertrauen können.«

»Stimmt. Das hätte ich tun können. Liegt doch förmlich auf der Hand. Wie könnte ich dem Schlüssel auch nicht vertrauen? Schließlich hat er mir die Isikós und einen waschechten Clankampf ins Haus gebracht.«

»Okay, okay. Du hast ja recht«, lenkt sie ein, schnappt sich ihre Tasse und stapft damit Richtung Wohnzimmer. »Ich hoffe nur, dass du die Entscheidung nicht bereuen wirst.«

Im Vorraum stoßen wir auf Jerome, der gerade den Werkzeugkasten zur Seite stellt. Mit einem Lappen reibt er sich zufrieden die Hände ab. »Das wäre erledigt.«

»Danke.« Ich sehe zur Eingangstür und wünschte, alles wäre so leicht zu reparieren wie eine gekappte Stromleitung oder eine aus den Angeln gerissene Tür. Wehmütig wandert mein Blick zu den Scherben von Moms Kristallfiguren, die überall verteilt auf dem Boden liegen. Ich gehe weiter ins Wohnzimmer, wo Grandpa gerade lauthals mit Brandon streitet, während Nero und Todd sich gedämpft am Fenster unterhalten. Als Todd mich sieht, wirft er mir erneut einen merkwürdigen Blick zu.

»Wir haben ein Problem«, verkündet Nero, kaum dass wir alle versammelt sind.

Grandpa stemmt die Hände in die Hüfte. »Ja, und wie wir das haben. Warum bin ich noch hier? Immerhin bin ich der Held des Abends! Betrug! Hundselendiger Betrug ist das!«

»Offenbar war das nicht deine Aufgabe, alter Mann«, bemerkt Jerome, der sich entspannt gegen den Türrahmen lehnt.

Brandon nickt zustimmend und lässt sich auf die Couch fallen. »Du hast Kela doch bloß ein Messer zugeschoben. Damit bist du nicht der Held des Abends.«

»Ich habe mich wagemutig ins Gefecht geworfen!«

»Du bist ein Geist! Was hätte dir schon passieren können?«, blafft mein Bruder und krempelt die Ärmel seines karierten Hemdes hoch.

»Mut erhebt sich über die körperliche Verfassung, Bürschchen. Aber es ist klar, dass du davon keine Ahnung hast. Das liegt dir einfach nicht im Blut.«

Mehr braucht es nicht, um den ewigen Streit zwischen den beiden erneut anzufachen. Während sie sich gegenseitig anmeckern, bemerke ich Neros wachsamen Blick auf mir. Seine Augen sind von einem düsteren Leuchten erfüllt, ihr Sog umfängt mich ähnlich einer dunklen Strömung, die nur mich ergreift. Mit einem Mal beginnt die Luft zwischen uns unheimlich zu vibrieren, in einer finster knisternden Schwingung, deren wachsende Intensität auch von den anderen registriert wird und sie verstummen lässt.

»Wir haben ein Problem«, wiederholt der Fürstensohn seine Worte von vorhin, deren Bedeutung sich mir noch immer nicht offenbart hat. »Du musst uns begleiten, Katalea.«

Ich stocke. »Wieso?«

»Du hast den Kéjsaia übergeben. Diese Entscheidung war richtig.« Er durchquert den Raum und übergeht Sukis abfälliges Schnauben neben mir. »Aber es ist noch nicht vorbei.«

Mein Blick fällt auf Moms unzählige Figuren, deren kitschiger Liebreiz verschwunden ist. Zerbrochen liegen sie auf den Möbelstücken, wie die Zeugen eines Krieges, den kaum jemand überlebt hat.

»Was soll das bedeuten?«, frage ich irritiert.

»Nachdem dieser Gwynedon-Arsch Ruben mit seinen Männern abgezischt ist, habe ich versucht, dich zu beeinflussen«, beantwortet Todd meine Frage. »Dich ein wenig zu beruhigen, um genau zu sein. Als du zu Brandon gehetzt bist, warst du so durch den Wind, dass ich dachte, es könnte nicht schaden. Aber es hat nicht funktioniert.«

Meine Gedanken bleiben an seinen Worten kleben. »Was wollt ihr damit sagen? Dass ich noch immer gegen eure Kräfte immun bin?«

Todd nickt.

»Könnte es sich nicht bloß um eine Nachwirkung handeln?«, wirft Suki ein.

Todd schüttelt den Kopf. »Nope. Das ist nicht möglich.«

»Und woher willst du das so genau wissen?«, giftet sie ihn an.

»Die de Balzacs verfügen über mehr Informationen als die Cheval-Rivaldis. Weshalb du keinen blassen Schimmer hast, wie eindeutig die Sachlage hier ist. Sobald ein Kéjsaia übergeben wurde, löst sich das Band zwischen Schlüssel und Beschützer. Damit gehen auch sämtliche Erinnerungen an das Geschehene verloren, und das kann keiner von uns verhindern.«

Sofort denke ich an das Versprechen, das mir Nero im Garten gegeben hat. Die Zusicherung, mir meine Erinnerungen nicht zu nehmen, obwohl er genau wusste, dass sie absolut nutzlos ist. »Ihr seid davon ausgegangen, dass ich sowieso alles vergesse?«, frage ich blinzelnd.

Todd zuckt mit den Achseln. »So ist es. Nichts für ungut, Kela.«

Ernüchtert blicke ich zu Nero, doch in seinen Zügen entdecke ich nichts. Kein schlechtes Gewissen, nicht einmal einen mikroskopisch kleinen Teil davon. Seine Miene ist wie versteinert. Jegliche Vertrautheit, die womöglich zwischen uns existiert hat, ist wie weggewischt, während sich das hässliche Gefühl, getäuscht worden zu sein, um meine Brust legt.

»Bravo. Du hattest recht, Suki«, sage ich bitter und setze meine Teetasse unsanft auf dem Couchtisch ab. »Ich bereue meine Entscheidung jetzt schon.«

»Du darfst dich nicht von deinen Gefühlen leiten lassen, Katalea.« Nero bleibt ungerührt, wie eine Mauer, gegen die man tritt und schreit, die aber immer noch steht. Aus welchen Steinen sie auch gebaut wurde, sie ist einfach unzerstörbar. »Irgendetwas stimmt hier nicht. Deshalb müssen wir dich zum Hohen Rat bringen.«

»Und wenn ich mich weigere?«, entgegne ich barsch, gehe zu unserem Bücherregal und greife nach einer Holzschale, um die auf dem Boden verteilten Scherben einzusammeln.

»Das wäre keine gute Idee.«

»So ungern ich es auch sage – und du weißt, wie verflucht ungern ich das zugebe –, aber Nero hat recht«, schaltet sich Suki ein. »Wenn es stimmt, was sie sagen, und es noch eine Verbindung gibt, muss sich der Hohe Rat das ansehen. Ansonsten werden die Isikós dich nicht in Ruhe lassen.«

Brandon steht von der Couch auf. »Wenn Kela geht, komme ich mit.«

»Das hast du nicht zu entscheiden«, erklärt Jerome grimmig. Seine finstere Entschlossenheit wird von Suki unterwandert, die nicht weniger entschlossen das Kinn hebt. »Ich nehme die beiden mit.«

Nero schüttelt den Kopf. »Wir sorgen für Kataleas Schutz.«

»Was willst du denn noch von ihr? Sie hat dir doch den Schlüssel gegeben. Ich bringe sie zu uns. Mit Brandon.«

»Du überschreitest deine Grenzen, Chevall-Rivaldi«, schnaubt Jerome.

»Und was ist mit euch? Ihr habt eure Grenzen schon längst überschritten. Lasst doch am besten Kela entscheiden.« Sie sieht mich an, und ich nicke zustimmend.

»Katalea.«

»Wir gehen mit Suki«, erkläre ich entschieden und stelle die Holzschale zur Seite.

Todd will etwas erwidern, doch Nero hebt die Hand. »Sie hat recht. Es ist ihre Entscheidung.«

»Entscheidung hin oder her«, brummt Grandpa in seiner blassen Gestalt. »Was ist mit mir? Was soll ich machen? Was ist mit meiner Wolke und Grace Kelly? Was ist mit meiner Aufgabe?«

»Du bleibst wohl hier«, erwidert Brandon trocken.

»Lasst uns am besten keine Zeit verlieren.« Suki beugt sich zu mir. »Kannst du dich noch an die besonderen Ringe erinnern, die ich neulich erwähnt habe, als wir auf der Picknickdecke saßen?«, flüstert sie. »Mit denen die sieben Frauen von der Heiligen Pforte belohnt wurden?«

Vage dämmert mir etwas, aber ich habe keine Ahnung, worauf sie hinauswill.

Mit einem verschwörerischen Lächeln tritt Suki an unsere Eingangstür, öffnet sie aber nicht. Stattdessen hebt sie ihren Silberring an das Türschloss, dessen Oberfläche plötzlich sanft zu glimmen beginnt. Gebannt beobachte ich, wie aus dem Blumenemblem des Ringes grazile Lichtfäden sprießen, ähnlich den zarten Trieben einer Pflanze. Sie verweben sich in der Luft zu einem leuchtenden Schlüssel aus purem Licht, der seinen strahlenden Weg ins Eingangsschloss findet. Suki dreht den Ring samt magischem Schlüssel einmal nach rechts, bevor sie eine einladende Handbewegung vollführt.

»Nach euch.«

Die Dahlie und Chrysantheme

Die Blüten der Dahlie und Chrysantheme, Angehörige derselben Pflanzenfamilie, beeindrucken durch einen unermesslichen Reichtum an Formen und Farben. Gekitzelt von den ersten Sonnenstrahlen streben diese fidelen Geschöpfe Richtung Himmel, stets umwoben von einer spielerischen Lebensfreude, die das Herz ihrer Bewunderer erfüllt. Ihre bauschige Blütenpracht wird zum Blickfang, ihr herrlicher Duft zum Sinnbild der Vielfalt, die sich im Haus der Chevall-Rivaldis in unterschiedlichen Gaben widerspiegelt.

Als Nachkommen einer gnadenlosen Jägerin schmückt die Rivaldis das Symbol der waldgrünen Dahlie gepaart mit der Fähigkeit, dem Flüstern der Tiere und Pflanzen zu lauschen. Die Chevalls hingegen, die das Emblem der tiefvioletten Chrysantheme tragen und von einer raffinierten Fälscherin abstammen, sind imstande, in die Vergangenheit zu blicken. Mit dem vereinten Zeichen der Dahlie-Chrysantheme finden folglich zwei Clans zusammen, deren Verbindung zur Schöpfung unumstritten ist, auch wenn ihre Gaben andersartige Kräfte entfalten.

Die Symbolik der Clans

Aus dem Archiv des Hohen Rates

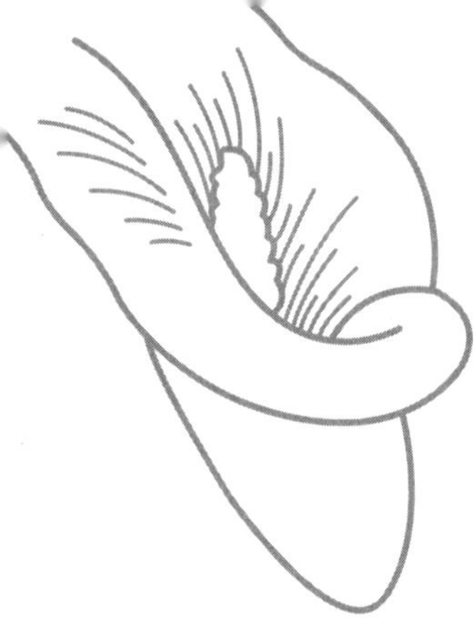

Einundzwanzig

»Das ist so was von abgefahren.«

Die Worte meines Bruders dringen abwesend an mein Ohr. Ich bin zu sehr mit Sehen und Staunen beschäftigt, als dass mein Mund irgendetwas erwidern könnte. Gerade eben waren wir noch in unserem Haus, und nach nur einem Schritt über die Schwelle befinden wir uns plötzlich an einem völlig fremden Ort, womöglich am anderen Ende der Welt.

Der Wind weht mir die Haare ins Gesicht, und ich lege den Kopf in den Nacken, um das prächtige Kloster mit der zinnenbewehrten Kalksteinfassade in Augenschein zu nehmen. Wie ein Juwel thront es auf einem mächtigen Felsplateau, umgeben von einer verwunschenen Waldlandschaft, deren sattgrüne Hügel in einem beeindruckenden Gebirgsmassiv münden. Die Bergspitzen glitzern sanft in weiter Ferne, über die sich ein strahlend blauer Himmel wölbt. Alles hier wirkt so unglaublich friedlich, so unbeschreiblich frei.

Ich reiße mich von dem einnehmenden Anblick los und starre auf das einfache Steintor, durch das wir soeben getreten sind.

»Wie … wie ist das möglich?«

»Magie. Also um genau zu sein, hat uns die Ringschlüsselmagie hierhergebracht.« Suki bindet ihre schwarzen Locken zu einem Knoten und befestigt ein paar Haarsträhnen mit einer grellgrünen Spange. »Damit ist es möglich, blitzschnell zu reisen. Und voilà! Wir stehen direkt vor der Hauptresidenz des Chevall-Rivaldi-Clans.«

Brandon beäugt die riesige Anlage kritisch und reibt sich über den Nacken. »Ihr wohnt in einem Kloster?«

»Du solltest vom Äußeren nicht auf das Innere schließen«, erwidert Suki undurchsichtig, während ich den Riemen meiner Tasche straffe, die ich mir noch schnell geschnappt habe, bevor wir durch das Portal getreten sind.

»Wo genau sind wir? Also, in welchem Land?«

»Sorry. Das darf ich dir nicht verraten.«

»Aber wir sind noch …«, setzt mein Bruder an und bringt Suki mit seinem verlegenen Stirnrunzeln zum Lachen.

»Ja, wir sind noch auf der Erde, Brandon. Schließlich sind wir keine Außerirdischen. Die Ringschlüsselmagie erlaubt es uns bloß, von einer Tür durch eine andere zu treten und dabei in Sekundenschnelle den Ort zu wechseln, auch über Kontinente hinweg.«

»Und jeder von euch hat so einen krassen Ring?«

Suki schüttelt den Kopf. »Nur Athánados, die sich einem Clan anschließen, erhalten ab einem gewissen Alter den Ring in einer speziellen Ringzeremonie überreicht.«

Ich halte inne. »Dann ist Jerome auch auf diese Art gereist, als er in unserem Gartenschuppen verschwunden ist?«

»Genau. Im Grunde kann man fast jede Tür problemlos ansteuern, außer geschützte Türen natürlich.« Sie deutet auf das riesige, schmiedeeiserne Tor der Klosteranlage. »Das hier ist ein gesichertes Portal. Schließlich wollen wir keine ungebetenen Gäste aus anderen Clans hier haben. Und eigentlich auch keine Sterblichen. Deswegen müsst ihr kurz warten, damit ich unsere Anführerin informieren kann.«

Es dauert eine Weile, bevor Suki zurückkehrt und uns durch das bogenförmige Tor ins Innere führt, wo das bescheidene Erscheinungsbild der klosterähnlichen Anlage von einem luxuriösen Ambiente abgelöst wird. Wir passieren den Eingangsbereich, in dem antike und moderne Sitzgelegenheiten von riesigen, abstrakten Gemälden und eleganten Teppichen ergänzt werden, eine stilvolle Kombination.

»Ich möchte nicht beeindruckt wirken, aber das fällt mir verdammt schwer«, erklärt Brandon, während wir durch einen herrschaftlichen Arkadengang schreiten.

Zwischen pflanzenumrankten Säulen erhasche ich einen Blick auf einen großzügigen, lebhaften Innengarten. Athánados in langen Gewändern sitzen auf schmiedeeisernen Bänken und unterhalten sich, flanieren über helle Kieswege an hübschen Springbrunnen und Kräuterbeeten vorbei oder widmen sich herrlichen Blumenrabatten, deren üppige violette und grüne Blüten um die Wette strahlen. Fröhliches Vogelgezwitscher liegt in der Luft, samt einem süßlich-frischen Duft, der in der Nase kitzelt.

Erst jetzt bemerke ich den Bernhardiner, der uns in der Kühle des Säulengangs gemächlich entgegenkommt. Suki bleibt stehen, um den Hund mit dem flauschigen weiß-braunen Fell am Hals zu kraulen.

»Friedwart. Was bist du nur für ein braver Junge.«

Wie zur Antwort bellt der Bernhardiner, woraufhin Brandon unbehaglich die Hände in seine Hosentaschen schiebt.

»Was hat er gesagt?«, fragt er mit gesenkter Stimme und entlockt Suki damit ein unterdrücktes Schmunzeln.

»Er mag dein Outfit.«

»Du verarschst mich doch.«

Suki grinst. »Er hat einfach nur gebellt, mehr nicht. Tiere reden nicht so viel wie wir Menschen. Sie kommunizieren anders. Und manchmal ist das Bellen eines Hundes einfach nur ein Bellen.« Sie setzt sich wieder in Bewegung. »Manche sind auch gesprächiger als andere. Frag mich mal, was die Spinnen in deinem Zimmer so alles über dich ausplaudern.«

»Mann, hätte ich die mal besser rausgeschmissen«, sagt er scherzhaft.

»Hey. Auch Spinnen haben Gefühle.« Suki lächelt breit zurück, als wären die beiden unter sich, dann bleibt sie vor einer doppelflügeligen Tür stehen. Mit den Fingerknöcheln klopft sie zart gegen das verzierte Türblatt, gleich darauf werden wir von einer älteren Dame hereingebeten.

»Wie schön.« Die Frau mit den kurzen weißen Haaren sitzt an einem massiven Arbeitstisch aus Holz, hinter dem auf Kopfhöhe ein wunderschönes florales Buntglasfenster in Violett- und Grüntönen in die helle Wand eingelassen ist. Das Licht der Sonne fällt durch das farbenprächtige Glas und malt bezaubernde Muster auf den grauen Steinboden.

»Margret. Das hier sind Kela und Brandon«, stellt uns Suki vor.

Die Frau steht auf und kommt zu uns. In ihrer grasgrünen Tunika mit der hellbeigen Hose sieht sie aus wie eine Hobbygärtnerin, nicht wie die Clanfürstin der Chevall-Rivaldis. Eine Weile mustert sie uns mit ihren klugen Augen.

»In drei Tagen wird sich der Hohe Rat zusammenfinden. Bis dahin betrachtet euch als unsere Gäste, Kela und Brandon.«

»Das ist sehr nett, vielen Dank«, erwidert Brandon.

»Kela wird den Rat aufsuchen. Dir ist es nicht gestattet, sie zu begleiten«, fügt Margret schlicht hinzu und bedeutet uns, auf einem der beiden amethystfarbenen Sofas mit der geschwungenen Holzlehne Platz zu nehmen, die sich vor dem Kamin gegenüberstehen. »Nur in Ausnahmefällen ist es Sterblichen erlaubt, überhaupt vor den Hohen Rat zu treten. Bei dir handelt es sich um einen solchen Ausnahmefall, Kela. Ein Kéjsaia hat dich zu seiner Beschützerin erwählt. Trotz der Übergabe an einen Athánados scheint jedoch noch immer eine Verbindung zwischen euch zu existieren.«

»Und was genau habe ich vom Hohen Rat zu erwarten?«, hake ich nach, als wir uns alle gesetzt haben. Die Aussicht, allein vor den Clanobersten zu stehen, sagt mir überhaupt nicht zu.

Margret schlägt die Beine übereinander. »In erster Linie geht es darum, Informationen zu teilen. Wie du bereits von Suki erfahren hast, sind die Clans etwas zurückhaltend, was den gegenseitigen Informationsaustausch betrifft. Es liegt jedoch im Interesse aller, keine Sterblichen in unsere Angelegenheiten einzubeziehen. Es tut mir wirklich leid, dass du überhaupt in diese Lage geraten bist.« Sie nickt, und auch ich nicke, während sich mir die Frage aufdrängt, *wie* sie mich aus *dieser Lage* wieder befreien wollen. Die Nüchternheit ihrer Worte trifft nicht ansatzweise meine verworrene Situation.

»Und was erhoffen Sie sich von diesem Informationsaustausch? Ich möchte nicht unhöflich klingen«, sage ich in vollem Bewusstsein, unhöflich zu klingen. »Immerhin gewähren Sie meinem Bruder und mir gerade so etwas wie Asyl. Aber es geht hier um mein Leben, und mir ist nicht entgangen, dass ein gewisses Ungleichgewicht zwischen uns herrscht.«

Margrets Lächeln erreicht ihre Augen nicht. »Mit Ungleichgewicht spielst du wahrscheinlich auf unsere ... Möglichkeiten an. Der Hohe Rat wird nichts tun, was deine Sicherheit oder die deines Bruders gefährdet. Wir müssen jedoch verstehen, was mit dir passiert ist.«

»Haben Sie denn eine Vermutung?«, will Brandon wissen, der sich interessiert vorgebeugt hat und mit den Ellenbogen auf seinen Oberschenkeln abstützt.

»Die Kéjsaias sind in ihrer Art recht unberechenbar. Im Laufe der Jahre ist mir ein Fall zu Ohren gekommen, in dem ein Schlüssel einen Sterblichen infiziert hat.«

»Infiziert?«, wiederhole ich irritiert.

»Vergiftet könnte man es auch nennen. Es geht um magische Rückstände, die sich in der Seele festgesetzt haben. Dieser Fall hing jedoch mit einem magischen Artefakt zusammen, das einem anderen Clan gehört, weshalb es nun darum geht, den genauen Sachverhalt zu prüfen.«

»Und welche Auswirkungen hatte diese Vergiftung?«, fragt Suki.

»Sie führte zu einer bleibenden Verbindung. Einer Verbindung zu gewissen Wesen aus der Unterwelt.«

»Der Hölle?«, stoße ich erschrocken aus und beginne, nervös

am Saum meiner kurzen Jeans herumzufummeln, aus dem sich bereits einzelne Fäden gelöst haben.

»Wir bevorzugen den Ausdruck *Unterwelt*, aber wenn du es so sagen möchtest, ja. Laut meinen Informationen bist du bereits mit den Isikós in Berührung gekommen?«

»Ich hatte das hautnahe Vergnügen«, sagt Brandon, der aussieht, als würde er am liebsten aufstehen, mich an der Hand nehmen und weglaufen.

»Ja, die Isikós sind uns schon begegnet. Was genau bedeutet das? Werden uns die Schatten weiterhin überfallen?« Meine Finger ziehen Faden für Faden aus dem Jeansstoff.

»Kela, ich verstehe deine Fragen. Und ich wünschte, ich könnte sie dir umfassend beantworten. Meinem Kenntnisstand nach werden die Isikós weiterhin deine Nähe suchen, weil sie sich von den Rückständen der magischen Verbindung zwischen dir und dem Schlüssel angezogen fühlen. Ich spreche hier nicht nur von einem, sondern von einer ganzen Schar an Schattenwesen, die eigentlich unter der Obhut der Brüder des Feuers stehen.«

Brandon wird ganz bleich. »Wer sind denn nun wieder diese Brüder des Feuers? Etwa Freunde des Teufels?«

»Entgegen allen Erzählungen gibt es nicht nur den einen«, stellt Margret ruhig fest. »Bei der Bruderschaft handelt es sich nicht um irgendwelche dämonischen Geschöpfe, sondern um Athánados, die dazu verdammt wurden, über die Unterwelt zu walten. Was kein besonders attraktiver Job ist, sondern einer grauenhaften Bestrafung gleichkommt. Niemand würde diese Aufgabe freiwillig übernehmen.« Sie faltet die Hände auf ihrem Schoß und runzelt sorgenvoll die Stirn, als würde ihr das Gesagte nahegehen und sie gedanklich in noch dunklere Gefilde abdriften lassen. Nach einem langen Atemzug glättet sich ihre Stirn wieder. »Mit ihrer Herrschaft verlieren die Brüder nicht nur ihre magische Gabe, sondern können auch nur noch für kurze Zeit auf der Erde verweilen. Viele von ihnen sehnen sich danach, ihrem Dienst zu entkommen und wieder zu ihrem Clan zurückzukehren. Aber diese Sehnsucht ist bloß eine weitere Seelenqual für sie. Natürlich wäre es ihre Aufgabe, die Isikós unter Kontrolle zu halten, doch da diese für Sterbliche in den meisten Fällen völlig harmlos sind, kommen sie ihrem Dienst nicht gerade pflichtbewusst nach. Zumal sie in der Unterwelt ganz andere Wesen bändigen müssen.«

Ich reiße die letzten Fäden aus und rolle sie zu einer Kugel zusammen, bevor ich die Schultern straffe. »Okay, und was bedeutet das jetzt für mich? Gibt es ein Gegenmittel für diese Vergiftung? Etwas, das die Rückstände auflöst?«

»Den Gerüchten zufolge gibt es eine Möglichkeit, die Verbindung zu lösen. Wie genau diese aussieht, werden wir in drei Tagen erfahren. Bis dahin bitte ich dich um Geduld, Kela. Bei uns bist du in Sicherheit.« Margret steht auf. »Selbstverständlich könnt ihr in der Zwischenzeit sämtliche Annehmlichkeiten unseres Anwesens nutzen. Wir verfügen nicht nur über ein ausgezeichnetes Restaurant, sondern auch über ein Fitnesscenter, einen wundervollen Spa-Bereich und eine große Gartenanlage im Innenhof, die mit ihren Wasserläufen und der wunderschönen Vegetation für natürliche Entspannung und Erholung sorgt.«

»Gibt es auch eine Bibliothek?«, frage ich, obwohl ich die Antwort bereits kenne.

»Sie ist nur den Athánados vorbehalten.«

Ich stehe nun ebenfalls auf. »Es macht doch keinen Unterschied, ob ich einen Blick hineinwerfe.«

Margret sieht mir fest in die Augen. »Wie bitte?«

»So wie ich das sehe, werde ich mich an die Bibliothek und deren Bücher nicht mehr erinnern können. Nach meinem Besuch beim Hohen Rat werden die Unsterblichen alles daransetzen, meine Erinnerungen zu löschen. Insofern verschwindet sämtliches Wissen ohnehin aus meinem Kopf.« Entschlossen halte ich dem Blick der Clanfürstin stand.

»Du bist ein überraschend scharfsinniges Mädchen, Kela«, erwidert sie nach einem Moment. »Deine Argumentation ist schlüssig, und sie ist mir in all meinen Jahren tatsächlich noch kein einziges Mal untergekommen. Wenn du vor den Hohen Rat trittst, rate ich dir jedoch, dich zurückhaltender zu geben. Nicht jeder Clan mag dieser erfrischenden Ehrlichkeit gegenüber aufgeschlossen sein.« Sie tritt an ihren Schreibtisch heran und lächelt mich noch einmal an. Diesmal erreicht das Lächeln ihre Augen. »Von mir aus darfst du die Bibliothek gern nutzen.«

Suki führt uns durch das Kloster, das mit allem auffährt, was man sich nur wünschen kann. Üppiges vegetarisches Büfett, großzügiger Wellnessbereich mit Naturteich, pflanzenbestückte, noble Aufenthaltsräume. Brandon und ich kommen uns vor wie in einer ökologischen Luxushotelanlage. Wir sind Gestrandete, Eindringlinge, die nicht hierhergehören, aber für einen Moment unter den Zylinder spicken dürfen, um magische Luft zu schnuppern. Würde man uns später nicht zum Vergessen zwingen, würde uns dieser Duft ein Leben lang begleiten.

»Es war ein langer Tag. Ruh dich ein wenig aus und mach dir keine Sorgen«, sagt Suki, die Brandon bereits vor seinem Zimmer abgesetzt hat. Mit dem großen Himmelbett, dem flauschigen Teppich und der frei stehenden Badewanne sieht meine Unterkunft nicht weniger beeindruckend aus.

Resigniert lasse ich den Riemen meiner Tasche von meiner Schulter gleiten. »Hat das schon jemals funktioniert?«

»Was?«

»Dass man jemandem sagt, sich keine Sorgen zu machen, und die Sorgen dann tatsächlich verschwinden.«

Suki lehnt sich gegen den Türrahmen. »Tut mir leid. Ist eine blöde Floskel, ich weiß. Ich habe nur echt keine Ahnung, was ich sonst sagen soll. War ein Scheißtag?«

»Das trifft es schon eher«, erwidere ich und lasse mich auf das Himmelbett fallen, dessen federweiche Matratze eine stumme Einladung ausspricht. »Als ich heute Morgen aufgestanden bin, hätte ich nicht gedacht, dass der Tag so enden würde.« Ich reibe mir über die Augen und versuche, keinen Gedanken an Nero zu verschwenden. Der Mistkerl hat mich die ganze Zeit über nur benutzt. »Tut mir leid, dass ich den Kéjsaia nicht an dich übergeben habe, Suki.«

»Mir auch, aber Schwamm drüber. Es gibt jetzt Wichtigeres«, erklärt Suki und atmet tief ein. »Hier bist du erst mal in Sicherheit, die Anlage ist geschützt. Du hast Margret vorhin übrigens ziemlich die Stirn geboten. Nicht schlecht, Miss Richardson.« Suki lächelt mich an.

Ich lächele zurück, dann gähne ich lauthals, weil die Müdigkeit bleiern schwer an meinen Knochen zieht und mich daran erinnert, dass ich schon zu lange wach bin und für einen einzigen Tag zu viel erlebt habe.

Nachdem Suki sich verabschiedet hat, schaffe ich es gerade noch, mich unter die Dusche zu stellen und in den weichen Pyjama zu schlüpfen, den mir eine dünne Athánados mit anderen Klamotten gebracht hat. Erschöpft schnappe ich mir meine Tasche, ziehe das kleine Büchlein mit dem bunten Einband hervor und lege mich damit ins Bett.

Zaubertricks für Anfänger. Ich schlage die erste Seite auf, streiche zärtlich über Oscars Handschrift, die vor meinen Augen langsam verschwimmt.

Für Kela, Freundin und Wolkenforscherin.

Entdecke die Magie für mich.

Die Iris

Die Blüte der Iris schimmert an manchen Tagen wie kostbarer Samt, an anderen wie glänzende Seide. Ihr mild erdiger Duft mit der zart blumigen Note erhebt sich elegant in die Luft, umfangen von jenem mystischen Hauch, den schon der Klang ihres Namens in sich trägt. Benannt nach der griechischen Götterbotin steht die Iris für Kreativität, unbändige Energie und Beständigkeit – Werte, die spitze Zungen in ihrer dunklen Ausprägung auch dem Haus von Abendsberg zusprechen. Als Nachkommen einer listigen Gedankenleserin wirkt der Clan unter dem Zeichen der saphirblauen Iris und dringt äußerst versiert in die Köpfe seiner Feinde ein, um selbst die zartesten und kostbarsten Gedanken für sich zu schöpfen.

Die Symbolik der Clans
Aus dem Archiv des Hohen Rates

Zweiundzwanzig

»Das sollte für den Anfang reichen.« Enthusiastisch legt Suki am nächsten Vormittag einen Stapel Bücher auf den antiken Studiertisch, einen wackeligen Turm aus Seiten und Einbänden, dessen Geruch nach Leder und Staub sich mit dem kühlen Bibliotheksduft vermischt. Ich kann nicht genau sagen, wonach es riecht, doch wenn Wissen einen Geruch hätte, würde es exakt so riechen. Nach altem Papier und Tinte, nach Geschichte und Magie, die jedem Buchrücken der vollgestopften Holzregale anhaftet.

Ich hatte mir keine besondere Vorstellung von der Bibliothek der Chevall-Rivaldis gemacht, und selbst wenn, wäre sie übertroffen worden. Die bibliothekarische Sammlung des Clans befindet sich in einem riesigen, kirchenähnlichen Saal, von dessen kreuzrippengewölbter Decke eine moderne Messinglampe baumelt, die im Moment nicht zum Einsatz kommt, da durch die blumenförmigen Oberlichter und die hohen Spitzbogenfenster ausreichend Tageslicht fällt. Als würden sanfte Streifen Licht das Innere dieses Ortes selbst erkunden wollen, als würden sie voller Neugierde die kunstvoll verzierten Regale aus hellem Holz betasten, die meterhoch die gesamte Halle umspannen, um sich dann hoheitsvoll über die zarte Galerie und die hübsche Wendeltreppe zu legen, welche die beiden Bibliotheksebenen miteinander verbindet.

»Erde an Kela? Hörst du mir eigentlich zu?«

Ich räuspere mich. »Sorry. Ich war nur in Gedanken versunken. Ich meine, wie viele Bücher sind das hier?«

»Keine Ahnung. Einige Tausend vielleicht?« Suki zieht sich den gegenüberliegenden Stuhl heran, der laut über den grauen Steinboden schabt. Das Geräusch wird hallend von den hohen Wänden zurückgeworfen, stört aber niemanden, da wir allein in der Bibliothek sind. »Ursprünglich sollen es noch mehr gewesen sein. Aber ein übereifriger Athánados konnte sich nicht zurückhalten und hat sich einen Teil davon einverleibt.«

Ich blinzele sie an. »Er hat die Bücher gegessen?«

In ihrem dunkelgrünen Kleid, zu dem sie eine violette Leggins trägt, setzt sich Suki mir gegenüber. »Nicht buchstäblich. Er hat eine besonders alte Magie benutzt, um mittels eines Mutationszaubers die Bücher in sich aufzunehmen und zu verschließen.«

»Also hat er sie gegessen.«

»Er hat die Essenz der Bücher in sich transferiert, damit nur noch er Zugang zu ihrem Wissen hat«, korrigiert sie mich, sieht mich an und verdreht dann die Augen. »Okay, wenn du es unbedingt so nennen willst. Dann hat er sie eben magisch verspeist.«

Ich grinse, dann gähne ich, weil ich nicht besonders gut geschlafen habe. Meine losen Träume drehten sich um einen düsteren Mann, dessen Gesicht ich nicht erkennen konnte, der mir aber irgendwie Angst machte. Auch jetzt beschleicht mich bei dem Gedanken an ihn ein ungutes Gefühl.

»Hey. Wie geht es dir denn?« Suki greift nach einem der Stifte, die sich in einer unscheinbaren Halterung in der Mitte der polierten Tischplatte befinden.

»Um ehrlich zu sein, ich weiß es nicht. Ich sollte innerlich durchdrehen, schließlich ist das alles hier total verrückt. Aber aus irgendeinem Grund tue ich es nicht.«

Suki wickelt ihre dunklen Locken zusammen, schiebt den Stift in die Haare und fixiert den Haarknoten damit. »Was ist mit deiner inneren Unruhe?«

»Die ist immer noch da, aber sie scheint kleiner und kontrollierbarer zu werden. Ich weiß, es klingt merkwürdig, aber irgendwie fühlt es sich richtig an, hier zu sein. Womöglich liegt es an der Magie, die mich einfach anzieht«, sage ich nachdenklich und atme tief durch. »Die Sache mit der Vergiftung liegt mir natürlich schwer im Magen. Ich meine, die Vorstellung, dass ich diese Isikós anlocke, ist schrecklich. Können diese Brüder des Feuers denn nichts dagegen tun?«

Ich sehe Suki hart schlucken. »Die Brüder des Feuers sind nicht gerade die Typen, mit denen man das Gespräch sucht.«

»Aber sie sind doch immer noch Athánados.«

Suki kratzt sich an der Stirn. »Ja, schon, aber eben besonders böse, die vom Orakel in die Unterwelt verbannt wurden.«

»Schon wieder dieses Orakel.« Ich seufze. »Was hat es eigentlich damit auf sich?«

»Kann ich dir nicht sagen.« Als ich die Stirn runzele, schiebt sie rasch hinterher: »Nicht, weil ich es nicht möchte, ich kann es einfach nicht. Ich habe das Orakel selbst noch nie gesehen. Ich weiß nicht einmal, ob es auf der Erde oder in einer völlig anderen

Dimension existiert. Man kann es nämlich nicht einfach besuchen wie einen entfernten Verwandten, man benötigt eine Einladung.«

»Und es hat dir auch noch nie jemand von einem Orakel-Besuch erzählt?«, will ich wissen.

»Die Einladungen sind extrem selten. Wenn man eine erhält, geht es meist um eine persönliche Angelegenheit. Ist klar, dass niemand eine große Sache draus macht.«

Ganz will mir das nicht in den Sinn. »Was ist dieses Orakel überhaupt für euch? So etwas wie eine Gottheit?«

»Nein, das nicht.« Suki trommelt mit den Fingerspitzen auf den Bücherstapel zwischen uns. »Das Orakel ist eine Art Ratgeber, eine höhere Instanz, die über die Kraft der Vorhersehung verfügt. In manchen Zeichnungen wird es als Lichtwesen dargestellt, in anderen sieht es aus wie eine vollgefressene Katze. Egal wie, vom Orakel wird immer ehrfürchtig gesprochen, als hätten die Athánados Angst, es zu verstimmen.«

Meine Finger streichen über die Tischplatte. »Verständlich, wenn es einen zum Bruder des Feuers verdonnern kann.«

»Lediglich die Kéjsaias sollen imstande sein, es mit der Kraft des Orakels aufzunehmen, da es ihnen unterstellt ist. Man munkelt, dass das Auftauchen der Schlüssel seine Macht schwächt und es gerade nicht in der Lage ist, jemanden in die Unterwelt zu verdammen. Was wiederum Tür und Tor für sämtliche Gräueltaten öffnet. Wenn die Clans keine Verdammung zu fürchten brauchen, haben sie nahezu freies Spiel bei der Schlüsselsuche. Und auch sonst. Deswegen hat Margret gestern so besorgt ausgesehen, als sie über die Bruderschaft gesprochen hat. Der Respekt gegenüber dem Orakel rührt jedoch nicht nur von seiner Möglichkeit, Unsterbliche in die Unterwelt zu befördern, sondern vor allem daher, dass es alle Seelenpläne kennt«, erklärt Suki gedämpft, und damit macht sie mich seltsam nervös. Unweigerlich denke ich an die Briefe, die ich bis jetzt für mich behalten habe. Wahrscheinlich wäre es an der Zeit, Suki davon zu erzählen. *Wahrscheinlich*. Wie ein Seiltänzer steht das Wort auf dem Drahtseil der Möglichkeiten und droht, in eine Richtung zu kippen. Ich weiß nur noch nicht, in welche.

»Suki, was genau hat es mit diesen Seelenplänen auf sich?«

Sie lässt sich auf dem grün gepolsterten Sessel zurücksinken. »In einem Seelenplan sind sämtliche Stationen deines Lebens festgehalten. Bei den Sterblichen vom Loslösen der Seelenquelle mit der Geburt als unbefleckte Säuglingsseele über die verschiedenen Seelenzyklen hinweg bis zur Beendigung des Reinkarnationskreislaufes und der Rückkehr zur Quelle. Bei den Unsterblichen sind es die einzelnen Etappen ihres einen, langen Lebens. Jedes Detail, alles, was du je erfahren und erleben wirst, ist in deinem Seelenplan fixiert.«

»Du meinst, es ist alles schon festgeschrieben?«

»Yep.«

Ich kneife die Augen zusammen. »Das spricht gegen jegliche Form des freien Willens.«

»Kennst du denn deinen Seelenplan?«

»Nein, wie sollte ich auch.«

»Eben. Dann macht es doch keinen Unterschied, ob es schon vorbestimmt ist.«

»Okay«, erwidere ich gedehnt, nehme den Bleistift, der vor mir liegt, zur Hand und werfe ihn schnurstracks gegen Sukis Kopf, wo er an einer ihrer hellgrünen Creolen hängen bleibt. »Also ist das eben auch darin festgehalten?«

»Natürlich.« Schmunzelnd befreit sie den Stift aus ihrem Ohrring und wirft ihn mir mit voller Wucht zurück. »Genauso wie das hier.«

Der Stift prallt gegen mein Kinn. Wir kichern beide auf diese kindische Weise, die für einen Augenblick sämtliche Sorgen vertreibt, zumindest so lange, bis sich das Gehirn einschaltet und den Moment sabotiert.

»Also ist das Orakel allwissend?« Ich bücke mich Richtung Steinboden und lege den Stift zurück auf den Tisch, wo er ein paar Zentimeter über die Tischplatte rollt, bis er zum Stillstand kommt.

»Sozusagen.«

»Und sonst kennt niemand die Seelenpläne? Nicht einmal diese Brüder des Feuers?«

»Die auf keinen Fall. Und nein, Seelenpläne sind natürlich streng geheim. Wobei … vor Urzeiten soll ein Clanfürst seinen Seelenplan umgeschrieben haben. Aber das ist bloß ein Gerücht, und wie du weißt, gibt es davon eine Menge bei uns.« Sie teilt den riesigen Bücherturm in zwei kleinere Stapel, von denen sie mir einen zuschiebt.

Neugierig greife ich nach dem ersten Buch, dessen samtiger, burgunderroter Einband verrucht gefährlich wirkt.

»Hoffentlich finden wir in den Büchern irgendeinen hilfreichen Hinweis über diese Vergiftung«, murmelt Suki und hält inne. »Glaubst du, Brandon stößt nachher zu uns?«

Ich hebe die Augenbrauen. »Wow. Was für ein krasser Themenwechsel.«

Sie zuckt mit den Schultern, den ertappten Blick kann sie jedoch nicht so schnell verbergen. »Ist mir nur gerade eingefallen.«

»Er wollte ins Fitnessstudio. Ich denke, Jeromes Bemerkung, er sei zu untrainiert, macht ihm etwas zu schaffen.«

»Untrainiert? Aber Brandon sieht doch super aus«, sagt Suki so schnell, dass sie es selbst bemerkt. »Also, ich meinte für einen Typen in seinem Alter. Er sieht okay aus, das wollte ich sagen.«

Ich halte das Buch in meiner Hand vor ihre Nase. »Du wirst so rot wie dieser Einband.«

»Werde ich nicht.«

»Doch, ich sehe es ja.« Ich grinse. »Ist Brandon nicht etwas zu jung für dich, Suki?«

Ihre Mundwinkel wandern verräterisch nach oben, dann verengt sie die Augen. »Wo ist noch mal der Bleistift? Ich kann ihn dir auch liebend gern ins Knie rammen.«

»Das würdest du tun? Ich denke nicht, dass das in deinem Seelenplan steht.« Für meine trockene Antwort ernte ich ein amüsiertes Augenverdrehen, dann widmen wir unsere Aufmerksamkeit den Büchern.

Ich beginne, die ersten Seiten des Samtwälzers zu studieren, auf denen über das Wesen der Hölle als Ort des seelischen und körperlichen Leidens philosophiert wird. Danach folgen seitenweise Beschreibungen der Kreaturen der Unterwelt. Dämonenhafte Wesen wechseln sich mit geflügelten Dunkelgeschöpfen und Mischwesen mit Tierköpfen ab. Viele Wesenheiten gieren danach, auf die Erde zu gelangen, um sich an den Seelen der Menschen zu laben. Sie werden jedoch von den Brüdern des Feuers in Schach gehalten, die aufgrund ihrer eigenen scheußlichen Taten in der

Unterwelt festsitzen. Ganz im Gegensatz zu den Schwestern der Quelle, die kurz Erwähnung finden und das Pendant zur Bruderschaft in der Oberwelt darstellen. Die Schwestern werden nicht verdammt, sondern berufen, um die Seelenquelle zu beschützen – was eine weitaus attraktivere Aufgabe zu sein scheint, als für die höllische Unterwelt zuständig zu sein. Trotz der bezeichnenden Namen scheint es jedoch keine strikte Geschlechtertrennung zu geben. Männer können ebenfalls in die Oberwelt und Frauen in die grauenhafte Unterwelt bestellt werden, wobei es sich jedoch um Ausnahmefälle handelt. Als es mir irgendwann zu viel wird mit den ganzen Höllenwesen, schlage ich das Buch zu und sehe Suki an, da mich noch ein ganz anderes Thema beschäftigt.

»Er mag dich, Suki.«

»Wer?« Mit dem Kinn nickt sie nüchtern in Richtung meiner Lektüre. »Ein Bruder des Feuers? Ich hoffe doch nicht.«

»Brandon.«

Sie wird ernst. »Wirklich?«

»Ja.«

Einen Moment lang wirkt sie, als hätte man ein Licht in ihrem Gesicht angeknipst, bevor sie ihre Gefühle wieder einfängt und mich anblinzelt. »Hast du schon etwas Interessantes über die Vergiftung gefunden?«

»Lenkst du etwa ab?«

»Es ist unhöflich, eine Frage mit einer Gegenfrage zu beantworten.«

»Wirklich?«, frage ich lächelnd, bevor ich seufzend nachgebe. »Noch habe ich nichts Aufschlussreiches entdeckt.« Bei dem Gedanken an die Schattenwesen und meiner möglichen Zukunft mit ihnen fangen meine Finger automatisch an, die Bücher neben mir Kante auf Kante zu legen. »Diese Unterweltstorys hellen nicht gerade die Stimmung auf. Ich bin echt nicht erpicht darauf, irgendeiner dieser dunklen Kreaturen oder diesen Brüdern des Feuers zu begegnen.«

»Das sollte auch jeder besser vermeiden«, erwidert Suki finster, klappt ihr Buch zu und beugt sich ein Stück zu mir. »Zwei der Brüder des Feuers sind besonders berüchtigt. Chelion von Abendsberg soll seine eigenen Brüder lachend im Schlaf ermordet haben, und ein Clanloser namens Acuzio hat offenbar unzählige Menschen abgeschlachtet, weil er Sterbliche als unbedeutend betrachtet. Selbst nach seiner Verbannung in die Unterwelt hat er es geschafft, seine Geliebte durch einen Herzensschwur in den Tod zu treiben.«

Ihre Worte stoßen etwas in mir an. Eine seltsame Anspannung überkommt mich, die mich rasch zu dem nächsten Buch greifen lässt, ein in Leder gebundenes Exemplar, das mit einem zarten Bändchen verschlossen ist. Es wirkt kostbar und wiegt schwer in meiner Hand. Staubkörner wirbeln herum, als ich den Knoten löse und den Buchdeckel vorsichtig anhebe.

Alte Pergamentseiten mit dunkler, kraftvoller Schrift öffnen sich vor mir, blättern von allein weiter, als wüssten sie, wonach ich suche, bis sie schließlich aufgeschlagen vor mir liegen bleiben. Die verschlungenen Zeichen und archaische Symbole auf den vergilbten Seiten lassen mich unwillkürlich an Neros Tätowierungen denken. Jeder der einzelnen geschwungenen Federstriche hat etwas Magisches an sich, und ich habe das Gefühl, ihren mystischen Nachhall bis in meine Zehenspitzen zu spüren.

»Wow. Was ist das?«, hauche ich.

Suki umrundet den Tisch und stellt sich neben mich. »Oh, sorry, das ist in der unsterblichen Sprache geschrieben. Das hätte auf meinem Stapel landen müssen. Aber sieh mal.«

Lächelnd tippt sie eines der dunklen Symbole an, das mit einem Mal zu zerfließen scheint, ganz wie die restlichen, verflochtenen Zeichen, deren Tinte in der Mitte des Buches zusammenläuft, um sich dort zu verdichten und als unaufhaltsamer Strom nach oben zu winden. Fasziniert beobachte ich die glänzende Flüssigkeit, deren spitzer Auslauf eine federkielähnliche Form annimmt und über unseren Köpfen acht Tintenkleckse in die Luft tupft, als wäre der freie Raum das beste Papier. Die schimmernden Kleckse ziehen sich zusammen und verändern ihre Gestalt, bis sich filigrane Schlüssel aus schwarzer Tinte herausausbilden, die sich stetig um die eigene Achse drehen.

»Sollen das etwa die Kéjsaias sein?«, frage ich überrascht und völlig eingenommen von der Magie des Augenblicks.

»Es handelt sich um ein Buch über magische Verbindungen, das vor langer Zeit von einem magiebesessenen, verspielten und etwas verwirrten Unsterblichen geschrieben wurde, der auch an die Existenz von Traumstädten und einer Parallelwelt voller Gefühle glaubte«, erklärt Suki und tippt sich kopfschüttelnd an die Stirn, als würde sie dem Typen den Vogel zeigen.

Da ändert der flüssige Federkiel plötzlich die Richtung und spritzt ihr eine kleine Portion Tinte ins Gesicht.

Fluchend fischt Suki ein Taschentuch aus ihrem Kleid und wischt sich die dunkle Farbe aus dem Gesicht. »Großartig. Deswegen mag ich diese Art von Büchern nicht besonders«, murrt sie, bevor sie auf die Schlüssel schielt, die noch immer um uns herumschweben.

»Du siehst hier bloß, was ich dir bereits sagte. Die Kéjsaias besitzen eine magische Verbindung, die sie dazu drängt, zusammen zu sein.«

»Aber warum sind es acht? Ich denke, es gibt nur sieben Kéjsaias?« Mein Blick huscht über die verschiedenen blütenförmigen Embleme der Schlüssel, von denen eines lediglich einen dunklen Kreis offenbart.

»Es heißt, es existiere ein achter Schlüssel. Unsere Gelehrten haben dieses Gerücht geprüft, aber es bleibt, was es ist, ein Gerücht. Schließlich gibt es auch nur sieben Clans.« Suki tippt noch einmal auf die Stelle im Buch, die sie vorhin berührt hat. Erneut rinnt die Tinte zu einem dunklen Strudel zusammen, um in feinen Rinnsalen zurück auf die Pergamentseite zu strömen, wo die archaischen Symbole wieder ihren Platz einnehmen. Erst jetzt fällt mir eine kleine Zeichnung am Seitenrand auf, ein Flakon mit einer fast silbrigen Flüssigkeit.

»Was ist das?«

»Ein spezielles Elixier namens *Enkardasia*, das finden kann, was versteckt wurde. Einige Clans haben verbissen nach diesem Elixier gesucht, um damit die Schlüssel aufzuspüren, aber vergeblich. Es wurde nie gefunden«, sagt Suki und grinst. »Bemerkst du die Ironie?«

Ich reibe mir über die Stirn und bin gedanklich schon einen Schritt weiter. »Wenn eure Vermutungen stimmen, besitzen die Balzacs nun drei, die von Rubinsteins einen und die Gwynedons zwei Kéjsaias. Was passiert eigentlich, wenn der Gwynedon-Clan den letzten Schlüssel findet und somit Gleichstand zwischen den de Balzacs und den Gwynedons herrscht? Wenn ich es richtig verstanden habe, fallen dem Clan mit den meisten Kéjsaias automatisch die anderen Schlüssel zu – also sobald alle sieben Stück entdeckt wurden und sich wieder in den Händen der Athánados befinden. Nur was geschieht, wenn keiner der Clans die Mehrheit besitzt?«

»Sollten alle Kéjsaias aufgespürt worden sein, ohne dass sich einer der Clans die meisten davon sichern konnte, bleiben die Schlüssel an Ort und Stelle. Aber glaub mir, dieser Zustand würde nicht lange anhalten, dafür sind die Clans zu motiviert. Sie würden rasch einen Weg finden, einem anderen Clan einen Kéjsaia abzuluchsen.«

Suki blättert weiter, doch die Buchseite lässt sich nur widerwillig umschlagen. Das Eigenleben des Folianten bringt mich zum Schmunzeln, das mir aber schnell wieder vergeht, als mein Blick über die nächste Doppelseite wandert. Das Pergament wirkt düsterer, unheilvoller. Als wären die Symbole darauf von einer Finsternis beseelt, die sich in jeder bedrohlich geschwungenen Linie und jedem kräftigen Federstrich wiederfindet.

»Widerspenstige Dinger sind das.« Suki seufzt und berührt ein Zeichen in der Mitte, das an eine liegende Acht erinnert. Mit einem Mal sprießen zwei gigantische helle Blütenblätter daraus hervor. Die unschuldigen Blätter wachsen über die Pergamentseite hinaus, ihre Oberfläche wirkt unglaublich zart und rein wie von der Sonne geküsst. Doch schon in der nächsten Sekunde färben sich die beiden Blätter triefend rot. Es sieht aus, als würden sie sich mit Blut vollsaugen, dickes Blut, das gefräßig ihre Unschuld vertilgt. Völlig erstarrt verfolge ich, wie sie im Anschluss auch noch Feuer fangen. Hässliche Funken sprühen in die Luft, lassen die Blätter zu Asche verglimmen, deren rauchige Fäden gefährlich langsam auf die

Buchseite niedersinken, wo sie sich wieder zu der tintenschwarzen Acht verweben, als wäre rein gar nichts vorgefallen.

»Das ist das Zeichen des Paktes mit der Unterwelt«, erklärt Suki. »Der Überlieferung zufolge sind zwei blutgetränkte Blütenblätter eines Clans nötig, um das dunkle Bündnis zu schließen, das durch eine besondere Feuerblume bestätigt wird. Sobald all ihre Blütenblätter verwelkt sind, wird eingefordert, was versprochen wurde – und das ist mit Sicherheit nichts Gutes, weshalb dieser magische Pakt vom Hohen Rat verboten wurde. Ich würde den Brüdern des Feuers auch keinen Zentimeter weit über den Weg trauen. Es gibt fürchterliche Geschichten von Athánados, die einen Pakt mit ihnen eingegangen sind, um die eigene Macht zu stärken. Im Gegenzug haben sie den Brüdern meistens einen Teil ihrer unsterblichen Seele versprochen. So ein Handel bleibt natürlich nicht ohne Konsequenzen, die Finsternis breitet sich immer in der jeweiligen Seele aus.« Sukis Stimme klingt einen Hauch tiefer, als sie weiterspricht. »Ein Athánados aus dem Clan der Zhens soll mithilfe des Paktes ein ganzes Dorf vernichtet haben, ein anderer konnte angeblich andere Clanmitglieder besetzen. Grundsätzlich ist es nur den Clanobersten möglich, Unsterbliche zu steuern, und selbst dann müssen sie besonders begabt sein. Mitglieder der Fürstenfamilien bilden hier die Ausnahme, sie können niemals kontrolliert werden – eigentlich. Denn diesem Athánados gelang es offenbar, selbst Clanfürsten zu besetzen, wodurch er sich mächtig mit dem Ranghöchsten der von Abendsbergs, Bernhard von Abendsberg, angelegt hat. Und mit diesem Athánados sollte man sich besser nicht anlegen.« Sie blinzelt unruhig. »Es wird übrigens gemunkelt, dass Ruben Gwynedon einen

Pakt mit den Brüdern des Feuers eingegangen ist, um an die Kéjsaias zu gelangen.«

Mein Blick ist noch immer auf die Buchseiten gerichtet, während Sukis Worte in meinem Kopf hässlich schwarze Funken schlagen, die bis in die hinterste Ecke meines Gehirns vordringen und eine Zeile aus dem letzten einzigartigen Brief heraufbeschwören. *Er wird Verdammnis über ihn und alle bringen, die ihm noch etwas bedeuten.*

Wie von allein blättern meine Finger weiter, was entgegen meiner Erwartung ganz leicht geht, bis ich an einer Doppelseite mit Goldrand ankomme, die von Symbolen nur so überhäuft ist. Eines von ihnen schimmert derart verführerisch golden, dass ich der Versuchung nicht widerstehen kann, es zu berühren. Abermals beginnt die Tinte des Pergamentpapiers zu fließen und sich in dem glänzenden Symbol zusammenzuziehen, als würde es die ganze Kraft der Seite zu sich rufen. Völlig gebannt beobachte ich, wie sich die Flüssigkeit vor meinen Augen verbindet und zwei Personen formt, die aus den Seiten aufzustehen scheinen. Ein Mann und eine Frau. Ich kann sehen, wie sich die Tintenfiguren küssen, wie sich ihre Handflächen berühren und sich aus den Ringen an ihren Händen ein leuchtendes Band um ihre Finger webt.

Suki lehnt sich mit dem Rücken an den Tisch. »Hier geht es um die Kardisis, den Herzensschwur, den Nivia und Nero angeblich eingegangen sind. Es ist ein sehr mächtiger Zauber, der Ausdruck tiefster Verbundenheit. Ein alter, magischer Eid, der teilt und vereint und nicht gebrochen werden darf. Seine Konsequenzen können unbekannte und dunkle Ausmaße annehmen, da sämtliche

Grenzen zu verschwimmen drohen. Ich habe von außergewöhnlichen Träumen, unmenschlicher Eifersucht und einer besonderen energetischen Mitteilungskraft gehört, doch bei jedem Paar scheint der Eid unterschiedlich auszufallen, was ihn noch unberechenbarer macht.«

Der Mann fährt der Frau zärtlich über die Wange, während sich das goldene Band zwischen ihnen weiterspinnt und immer enger zusammenzurrt.

»Es heißt, dass sich der Clan der von Rubinsteins im frühen Mittelalter nicht an diesen Herzensschwur hielt, weil dem Fürstenpaar die Wahl ihrer Tochter missfiel. Sie gingen sogar so weit, den Auserwählten töten zu lassen, was dazu führte, dass der Clan fortan vom Pech verfolgt wurde«, fährt Suki fort. »Das schadete nicht nur der Fürstenfamilie, sondern auch einfachen Clanmitgliedern – bis der Bruder des Ermordeten sich bereit erklärte, den Platz des Toten einzunehmen und somit den Eid zu erfüllen. Seitdem hat sich der Hohe Rat darauf verständigt, der Einhaltung des Schwurs oberste Priorität einzuräumen. Sollte deine Information von Todd wirklich stimmen und es tatsächlich einen Eid zwischen Nero und Nivia gegeben haben, werden die Clans alles andere als begeistert gewesen sein – und damit meine ich nicht nur die Gwynedons und de Balzacs.«

Suki beugt sich ein Stück zu mir. »Hinter verschlossenen Türen wird getuschelt, dass die von Rubinsteins etwas mit Nivias Ableben zu tun haben könnten. Mit der Verbindung zwischen den Gwynedons und den de Blazacs wären die von Rubinsteins aus dem Rennen gewesen, durch Nivias Tod sind die Karten neu gemischt. Nun steht der Heirat zwischen Nero und Giselle von Rubinstein nichts mehr im Weg, Clans und Schlüssel können vereint werden. Aber natürlich ist die Verwicklung der von Rubinsteins in die ganze Sache nur eines von vielen Gerüchten, und nicht einmal das hässlichste.«

»Und welches ist das hässlichste Gerücht?«, will ich wissen und streiche erneut über das goldglänzende Symbol, um die Tinte zurück auf das Papier fließen zu lassen.

Suki beißt sich auf die Unterlippe. »Es gibt da diesen alten Kinderreim. *Die Seele schwarz bei Tag und Nacht, nur die ihr nah sie umgebracht. Das Kleid der Schuld sich angelacht, des Feuers Brut ihr mehr vermacht.*«

»Und was soll das bedeuten?«, frage ich unsicher, während das Bild aus meinem Albtraum in mir aufblitzt, ungebeten und ohne Zusammenhang. Der düstere Mann ohne Gesicht.

»Nero selbst könnte für Nivias Tod verantwortlich sein.«

Die Wucht ihrer Worte lässt mich stocken. »Glaubst du ... das wirklich?«

»Die Unsterblichen sind ihren Familien treu, vielleicht war der Druck auf ihn schlichtweg zu groß. Ich meine, er wirkt doch so, als würde eine schwere Schuld auf seinen Schultern lasten und ... ich weiß auch nicht. Ihm ist einfach nicht zu trauen.« Seufzend schiebt sich Suki eine Haarsträhne hinters Ohr und lässt die Schultern sinken. »Nero und Ruben werden bei der Versammlung des Hohen Rates übrigens nicht anwesend sein. Es handelt sich um ein Treffen der obersten Clanfürsten, und sie zählen nicht dazu, zumindest noch nicht. Andere Clanmitglieder werden nur hinzugezogen, wenn es wirklich notwendig ist, ansonsten ist die Zusammenkunft den Ranghöchsten vorbehalten.«

Bei der Erwähnung des Hohen Rates wird mir ganz anders zumute. Ein dumpfes Gefühl breitet sich in meinem Magen aus, begleitet von einer diffusen Vorahnung.

»Hey. Es wird schon alles gut gehen, Kela«, bemerkt Suki sanft. Aufmunternd lächelt sie mich an. »Als Gast des Hohen Rates werden sie dich respektvoll behandeln. Das Treffen findet auf neutralem Terrain im Schloss der Zusammenkunft statt, dort bist du absolut sicher. Die Clanfürsten haben sich darauf geeinigt, dass jegliche Form körperlicher oder magischer Auseinandersetzungen im Schloss strikt untersagt ist.«

»Trotzdem bin ich nicht besonders scharf darauf, dorthin zu reisen«, sage ich und lehne mich zurück. »Wo befindet sich dieses Schloss überhaupt?«

»In Frankreich. Es ist für alle Clans zugänglich, daher ist der Standort nicht geheim.«

»Und werden wirklich alle Clananführer anwesend sein?«

»Ja, alle. Aber warte …« Suki springt auf, eilt zu einem der Regale und kommt mit einem großen Buch zurück. Den in Leder gebundenen Folianten vor mir schiebt sie mit einer unsanften Bewegung zur Seite, als würde sie sich für die Tintenspritzer von vorhin rächen wollen.

»Damit du etwas vorbereitet bist.« Sie schlägt das helle Buch auf und deutet auf eine Fotografie, auf der ein grauhaariges Pärchen mit asiatischen Zügen zu sehen ist. »Das sind Yuri und Gina Zhen. Sie sehen friedfertig aus, und das sind sie angeblich auch, trotzdem würde ich sie nicht unterschätzen, denn ihre Kampfkünste sind legendär. Daneben siehst du Clanfürstin Celeste von Rubinstein.« Eine rothaarige Schönheit mit blutroten Lippen blickt mir ernst entgegen. Suki blättert weiter. »Margret hast du ja bereits kennengelernt. Als Tochter des damaligen Chevall-Herrschers und der Rivaldi-Anführerin ist sie eine waschechte Chevall-Rivaldi. Sie hat die Fähigkeit der Chevalls geerbt, sprich den Blick in die Vergangenheit. Und das hier«, Sukis Zeigefinger wandert zu einem dunkelblonden, aristokratisch anmutenden Herrn im Anzug, »ist Bernhard von Abendsberg. Seine Frau hat sich vor langer Zeit freiwillig zur Seelenquelle begeben, sein Sohn ist Chelion, einer dieser gruseligen Brüder des Feuers, die ich vorhin erwähnt habe. Die von Abendsbergs können Gedanken lesen und haben eine lange, grausame Tradition der Folter aufzuweisen. Es heißt, dass Bernhard von Abendsberg den Athánados, dem er den Pakt mit der Unterwelt vorgeworfen hatte, lebendig begraben ließ. Andere hat er unter Wasser eingesperrt. Das ist alles an sich schon furchtbar, aber als Unsterblicher eine unendliche Qual.« Ein paar Seiten weiter deutet Suki auf einen gut aussehenden Mann mit grau melierten Schläfen. »Und das hier ist Anatole Gwynedon, Rubens Vater. Und Nivias Onkel.«

»Der geldgeile Frauenheld?«

Suki lacht. »Nein, das war der andere Onkel. Die Fürstenfamilie bestand aus den Brüdern Charles und Cuno sowie ihrer Schwester Venera, der Frau von Anatole Gwynedon, die angeblich total machtbesessen war. Nachdem ihre beiden Brüder der Reihe nach umgekommen waren, ist sie ihnen auf den Thron gefolgt. Doch auch sie wurde getötet, was wahrscheinlich ebenfalls den de Balzacs zuzuschreiben ist. Ihr Mann Anatole ist nun Clanfürst, doch Ruben giert schon auf seinen Platz.«

Auf einem der nächsten Fotos erscheint ein attraktives Pärchen, dessen Ähnlichkeit mit Nero nicht zu verleugnen ist. Perfekte Gesichtsproportionen, dunkle Augen, fester Blick.

»Marlon und Juliette de Balzac. Wenn ich mich richtig erinnere, sollen Marlons Eltern einem Anschlag der Gwynedons zum Opfer gefallen sein. Venera hatte hier ihre Hände im Spiel, glaube ich zumindest. Bei den ganzen Attentaten kann man schon mal den Überblick verlieren«, sagt sie, als sich plötzlich die breiten Flügeltüren schwungvoll öffnen und Margret mit zwei düster wirkenden Männern die Bibliothek betritt. Ihre festen Schritte hallen ehrfurchtsgebietend durch den Saal, während ihnen die dünne Athánados hinterhertrippelt, die mir gestern die Sachen vorbeigebracht hat. Um den Arm hat sie ein Stück seltsamen hellbraunen Stoff geschlagen.

»Es gibt eine Planänderung«, verkündet die Clanfürstin der Chevall-Rivaldis in einem Tonfall, der nichts Gutes verheißt.

Ruckartig richte ich mich auf, mein Puls schießt nach oben. »Was für eine Planänderung?«

»Die Familie Gwynedon hat Anspruch auf den Lotosschlüssel bekundet und Anklage gegen die de Balzacs erhoben«, erklärt sie nüchtern. »In einer Stunde tagt der Hohe Rat, um sich die Anschuldigungen anzuhören. Mach dich fertig. Deine Anwesenheit wird dringlichst verlangt, Kela.«

Die Calla

Die Calla, ein Gewächs vollkommener Grazie, fand bereits im Mittelalter Verwendung, um der Herzdame zu imponieren. Einmalig in ihrer Gestalt, werden die emporstrebenden, grünen Blätter von einem sanft gedrehten Hochblatt gekrönt, dessen besondere Kelchform einen klassischen Charme verströmt. Die Erhabenheit der Calla und ihre Symbolkraft für Reinheit mag auf den ersten Blick verbergen, dass sie in sumpfigem Boden gedeiht. Wie faszinierend, dass ausgerechnet das Haus Zhen das Emblem der goldfarbenen Calla trägt, sind sie doch selbst als Nachkommen einer dunklen Donnerpriesterin mit sumpfigen Gebieten vertraut. Schließlich obliegt es ihrer Gabe, den Himmel zu verdunkeln, um Regen, Blitze und Donner am Firmament sprießen zu lassen.

Die Symbolik der Clans
Aus dem Archiv des Hohen Rates

Dreiundzwanzig

Meine Finger liegen nervös auf dem hellbraunen Stoff, eine hässliche Farbe, die ich nur von Shapewear und Omaschlüpfern kenne. Man sollte meinen, dass man sich an Farben gewöhnen kann, aber ich werde mit dem scheußlichen Farbton ebenso wenig warm wie mit dem engen Robenkleid, dem tief geschnittenen V-Ausschnitt und dem drapierten Rückenteil, das in einen langen Umhang übergeht.

Pflichtkleidung für Sterbliche. Es ist lächerlich, so etwas zu tragen. Ich frage mich, wer das grässliche Teil ausgewählt hat, und vor allem wann. Sicher zu Zeiten, in denen Jungfrauen geopfert und Drachen bekämpft wurden.

Margret ignoriert meine spitzen Bemerkungen und auch meine neidischen Blicke auf ihr Outfit, das aus einem hochgeschlossenen dunkelgrünen Kleid und einer zauberhaften Blüte über ihrem Herzen besteht. Die Blume ist eine Mischung aus Dahlie und Chrysantheme, ihre Blätter erscheinen abwechselnd violett und dunkelgrün. Die anderen Anführer tragen ähnlich herrschaftliche Kleidung in den schönsten Farbtönen ihrer Häuser, nur ich steche heraus wie ein farbloses Ungetüm, als wir durch Margrets Ringschlüsselmagie in einen prächtigen Saal treten, der die vornehme Eleganz des französischen Schlosses erahnen lässt.

Wunderschöne, silberhelle Ornamente schmücken die edlen Wände, die von großen, bogenförmigen Fenstern durchbrochen werden und sich zu einer stuckverzierten Decke zusammenfinden, die ebenso aufwendig erscheint wie das glänzende Tafelparkett und der u-förmige, mit floralen Schnitzereien versehene Holztisch. Hinter ihm haben sich die Clanobersten eingefunden und weisen mich an, auf dem Stuhl vor ihnen Platz zu nehmen. Es ist ein hübscher, gepolsterter Stuhl, dennoch komme ich mir vor wie eine Angeklagte vor der Richterschaft.

»Katalea Richardson. Haben Sie vielen Dank für Ihr Erscheinen vor dem Hohen Rat«, eröffnet eine ältere Asiatin die Versammlung, in deren ergrautem, kinnlangem Haar eine goldene Calla steckt. Das muss Gina Zhen sein, das Oberhaupt des Zhen-Clans. Sie sitzt neben ihrem Mann, der seiner Frau die Wortführung überlässt. »Ursprünglich waren Sie eingeladen worden, um uns die näheren Umstände Ihres aktuellen Zustands zu erläutern, doch die Gegebenheiten haben sich geändert.« Hoheitsvoll nickt sie einem schlanken Mann am rechten Ende des Tisches zu, der sich über seine grau melierte Schläfe fährt und huldvoll zurücknickt. Ruben Gwynedons Vater Anatole.

»Das Haus Gwynedon erhebt Anspruch auf den Lotosschlüssel, den Sie der Familie de Balzac ausgehändigt haben«, fährt Gina Zhen fort. »Wir sind sehr interessiert, die Einwände der Gwynedons zu hören, zumal der gefundene Lotossschlüssel ursprünglich dem Von-Rubinstein-Clan gehörte.«

Ihre Aufmerksamkeit richtet sich auf Celeste von Rubinstein, die mich unter ihren dichten Wimpern interessiert mustert, bevor sie das Wort ergreift. »Mein Clan ehrt die Gesetze des Hohen Rates. Auch wenn es sich um den Kéjsaia unserer Familie handelt, akzeptieren wir, dass er sich nun im Besitz der de Balzacs befindet, die ihn rechtmäßig erhalten haben.«

Gina Zehns Blick wandert weiter zu Neros Eltern, einem dunkelhaarigen Pärchen, das auf der anderen Seite Platz genommen hat und sich nicht einmal die Mühe macht, mich anzusehen.

»Damit ist doch bereits alles gesagt.« Marlon de Balzacs Stimme klingt so tief wie die seines Sohnes. Die kurzen, schwarzen Locken und der dunkle Anzug, selbst die elegante Rose, die im Knopfloch seines Jacketts steckt, unterstreichen den entschiedenen Ausdruck auf seinen Zügen.

»Der Lotosschlüssel wurde ordnungsmäßig an meinen Sohn übergeben. Ich weiß nicht, womit Anatole Gwynedon heute unsere Zeit verschwenden will, aber ich hoffe, dass er sich diesmal kurzfassen wird.«

»Selbstverständlich. Wenn es nach mir geht, lässt sich die Angelegenheit äußerst kurzhalten. Sie übergeben uns den Lotosschlüssel und genießen den Rest des Tages«, erwidert Anatole mit einem gewinnenden Lächeln.

An Neros Vater prallt dieses Lächeln ab, doch seine Frau Juliette erwidert es kühl und mit undurchschaubarer Miene. »Wie schön, dass Sie trotz Ihrer Niederlage Ihren Sinn für Humor nicht verloren haben, Anatole.«

»Wir beide wissen, dass es kein Witz war.«

»Dann lassen Sie hören. Ich bin gespannt, welche irrsinnigen

Argumente Sie dieses Mal vorbringen, um uns zu erheitern.« Juliettes Worte sitzen, genau wie ihr Kurzhaarschnitt mit dem angedeuteten Pony.

»Sehr gern.« Der Blick des Gwynedon-Fürsten wandert zu der mit Intarsien geschmückten, doppelflügeligen Holztür, dem einzigen Ein- und Ausgang des Raumes. »Nur noch einen Moment.«

»Ich dachte, es wird eine kurze Angelegenheit«, stichelt Juliette und scheucht eine Fliege zur Seite, die sich genau wie ich in den Raum verirrt haben muss. »Nun hört es sich doch nach einem längeren Unterfangen an. Sind Sie sicher, dass Sie nicht unsere Zeit vergeuden? Es gibt Familien, die Bedeutenderes zu tun haben, als sich irgendwelchen Hirngespinsten hinzugeben.«

Unbeteiligt streicht sich Anatole über die Ärmel seines blütenweißen Sakkos, zu dem er ein ebenso strahlend weißes Hemd trägt. »Geduld ist eine Tugend, Juliette. Mir ist klar, dass die de Balzacs Schwierigkeiten haben, dies nachzuvollziehen.«

»Sparen Sie sich Ihre Beleidigungen. Unsere Geduld wird gerade überstrapaziert.« Marlon de Balzac richtet seinen festen Blick auf die anderen Oberhäupter. »Ich würde vorschlagen, diese gehaltlose Anklage als das abzutun, was sie ist. Ein lächerlicher Versuch, in den Besitz eines Kéjsaias zu gelangen, nachdem der klägliche Überfall seines Sohnes gescheitert ist.«

Anatole beginnt zu lächeln. »Überfall? Es war ein Rettungsversuch.«

Meine Finger, die noch immer auf dem grässlich beigen Stoff liegen, beginnen, unheilvoll zu kribbeln.

»Da sind wir wohl unterschiedlicher Auffassung«, erwidert

Marlon hart. »Nero war sehr eindeutig, was die Bemühungen Ihres Sohnes anbelangt.«

»Ruben wird gern Licht ins Dunkel bringen«, bemerkt Anatole unbeirrt.

»Und wo ist Ihr hochgeschätzter Ruben? Ich kann ihn nirgendwo sehen.« Mit der flachen Hand schlägt Juliette hallend auf den polierten Tisch und schnippt danach die tote Fliege auf das kunstvolle, mit farbigen Hölzern eingelegte Parkett. »Es ist doch offensichtlich, dass Sie den hohen Rat nur an der Nase herumführen möchten. Deshalb bitte ich alle Anwesenden nun höflich, dieser Farce ein Ende zu bereiten und die Sitzung zu beenden.«

»Ich bin dafür, der Familie Gwynedon einen Moment zu gönnen«, wirft ein Herr mit dunkelblondem Scheitel und in einem hochgeschlossenen, nachtblauen Anzug ein, bei dem es sich um Bernhard von Abendsberg handeln muss. »Ich würde gern hören, was sie vorzubringen haben.« Er nimmt einen Schluck aus seinem Wasserglas und prostet damit dem Gwynendon-Fürsten zu, der freundschaftlich zurücknickt. Aus den Augenwinkeln sehe ich, wie Neros Vater sein Handy zückt, etwas eintippt und es sofort wieder in den Tiefen seines Jacketts verschwinden lässt.

»Und wie definieren Sie diesen Moment?« Celeste von Rubinstein betrachtet Herrn von Abendsberg, als könnte sie durch ihn hindurchblicken. »Sprechen wir von ein paar Minuten, einer Stunde oder einigen Tagen?«

»Ich würde es gern auf ein paar Minuten reduzieren. Minuten, die wir wohl alle erübrigen können, wenn es um eine solch wichtige Angelegenheit geht, wie die Besitzansprüche eines Kéjsaias zu klären.« Der dunkelblonde Mann hebt das Kinn. »Mit Verlaub hätte ich mir eine ähnliche Vorgehensweise gewünscht, als es um die Klärung der Eigentumsfrage unseres Irisschlüssels ging, der sich fälschlicherweise noch immer in Ihren Händen befindet, werte Frau von Rubinstein.«

»Wollen Sie jetzt wirklich wieder damit anfangen? Der Irisschlüssel ist in unserem Besitz, weil *wir* ihn gefunden haben.«

»Gefunden? Gestohlen trifft es wohl eher«, murmelt Bernhard von Abendsberg abfällig.

In dieser Sekunde öffnet sich die doppelflügelige Tür. Ruben betritt den Saal, dicht gefolgt von Nero. Beim Anblick des dunklen Fürstensohns verstummt mein Herz. Ich fühle, wie eine Mischung aus Wut und herber Enttäuschung durch meine Adern zieht und sich mein Inneres verkrampft.

»Wohlan«, beginnt Anatole Gwynedon. »Wie ich sehe, erweist uns Nero de Balzac ebenfalls die Ehre. Nun, das wird an der Angelegenheit nichts ändern, außer dass er sich seine Schmach direkt eingestehen kann.« Rubens Vater steht auf und deutet mit einer ausholenden Geste auf seinen Sohn. »Der Hohe Rat ist schon ganz erpicht darauf, den Bericht zu deiner Rettungsaktion zu hören sowie die Beweise für unseren Besitzanspruch vorgelegt zu bekommen.«

Auf Rubens Wange prangt der blutverkrustete Schnitt meiner Messerattacke. Als er sich seitlich einige dunkle Haarsträhnen aus dem Gesicht schiebt, blitzt darunter ein widerliches Lächeln auf. Es gilt eindeutig mir. Unwillkürlich fasse ich mir an den Hals, nur zu gut erinnere ich mich an seinen eisigen Griff um meine Kehle.

»Es ist eine Lüge!«, bricht es aus mir heraus. »Es war keine Rettungsaktion, sondern ein Überfall. Ein hinterhältiger Überfall, bei dem er mich fast erwürgt hätte!« Meine Stimme hallt den Clanfürsten entgegen, gefolgt von einer fassungslosen Stille, die sich wie flüssiger Stickstoff in dem prachtvollen Saal ausdehnt.

Margret räuspert sich. »Ich bitte um Nachsicht. Wir hatten keine Zeit, Kela in die Gepflogenheiten des Hohen Rates einzuweihen.«

»Der Sohn der de Balzacs hat natürlich alles unternommen, um Katalea Richardson von uns fernzuhalten«, fährt Ruben ungeniert fort und verschränkt die Hände hinter seinem Rücken.

Nero erwidert nichts, sondern lehnt sich an die mit Ornamenten geschmückte Wand neben dem Eingang, als ginge ihn das alles nichts an. Sein schwarzes Shirt und die dunkle Jeans lassen ihn vor der hellen Mauer noch düsterer wirken als ohnehin schon. Tiefe Schatten liegen unter seinen Augen, als hätte er nicht viel Schlaf abbekommen. Ungerührt beobachtet er Ruben, der mit ätzender Selbstsicherheit an mir vorbeimarschiert. Unter seinem Arm zieht er eine Dokumentenmappe hervor und tritt damit an den Tisch des Hohen Rates, direkt vor Gina Zhen und Margret.

»Und warum hat er sie von uns ferngehalten?«, gibt Ruben selbstherrlich von sich. »Weil Nero de Balzac wusste, dass die Registereinträge zu Katalea Richardson gefälscht sind – weswegen er meinen Befreiungsversuch unterwandert und ihn als heimtückischen Angriff dargestellt hat.«

»Gefälscht?«, wiederholt Gina Zhen verblüfft. Eine tiefe Falte zeichnet sich auf ihrer Stirn ab. »Es handelt sich um keine junge Seele?«

Geschäftig zieht Ruben ein paar Zettel aus seiner Dokumentenmappe, die er an Margret weiterreicht. »Kelas Kräfte haben nichts mit einer magischen Vergiftung zu tun. Es stimmt, dass der Schlüssel sie zu seiner Beschützerin auserkoren hat, aber die Fähigkeit, die noch immer in ihr schlummert, hat einen anderen Ursprung. Kelas Eintrag im Seelenregister wurde absichtlich verändert, wie hier belegt ist.«

»Aber wieso?«, zischt Celeste von Rubinstein und schiebt sich mit spitzen Fingern eine rote Haarsträhne aus der Stirn, die sich aus ihrer Hochsteckfrisur gelockert hat. »Wieso sollte jemand den Eintrag einer einfachen Sterblichen fälschen?«

»Weil sie keine einfache Sterbliche ist«, lautet Rubens schlichte Antwort.

»Ich bin keine …?«, hauche ich und fühle, wie seine Worte in mein Bewusstsein strömen und tief in mir etwas anstoßen. Als Ruben sich langsam zu mir umdreht, schimmern seine stechend blauen Augen voller Mitgefühl.

»Du bist eine von uns, Kela.« Seine Gesichtszüge werden weicher, alles an ihm scheint weicher zu werden. Haltung, Gestik, selbst in seine Stimme mischt sich ein Unterton, der sich schmeichelnd um mein Ohr legt. »Du bist eine Gwynedon.«

Marlon de Balzac beginnt zu lachen. »Eine Gwynedon? Seid ihr so tief gesunken, eine Sterbliche in eure Arme zu schließen, um in den Besitz eines Kéjsaias zu gelangen?«

»Wenn es sich bei Kela tatsächlich um eine Gwynedon handelt, hat sie den Schlüssel ihrem eigenen Clan auszuhändigen. *Wenn.*« Margret löst den Blick von dem Dokument vor sich, um Anatole eindringlich anzusehen. »Anatole Gwynedon, erklären Sie sich. Aus diesen Unterlagen ist ersichtlich, dass der Registereintrag tatsächlich gefälscht wurde. Das ist bedauerlich, aber noch kein Beweis dafür, dass Kela der Familie Gwynedon angehört.«

»Das stimmt«, pflichtet ihr Ruben bei, dem es sichtlich missfällt, dass Margret sich an seinen Vater gewandt hat, was er mit einem dünnen Lächeln kaschiert. »Bedenken Sie jedoch die Gabe, über die Kela verfügen soll. Sie wurde der Macht des Kéjsaias zugesprochen. Die Fähigkeit, andere Kräfte kurzfristig zu übernehmen, entspricht auch den Möglichkeiten unserer Familie.« Er hält inne. »Selbstverständlich ist das nicht alles, was wir vorzubringen haben. Werfen Sie einen Blick auf die zweite Seite der ausgehändigten Dokumente. Es ist die Kopie eines Briefes, den mein Onkel kurz vor seiner Ermordung durch den Clan der de Balzacs –«

»Stopp«, unterbricht ihn Neros Vater hart. »Wir sind nicht für den Tod von Charles Gwynedon verantwortlich, ebenso wenig wie für die Attentate auf Venera, Cuno und Taraneh oder Nivia Gwynedon. Das ist doch nichts anderes als ein erbärmlicher Vorwand, um unseren Clan wieder einmal durch den Dreck zu ziehen!«

Gina Zhen hebt schlichtend die Hand. »Ich muss Marlon recht geben. Bitte konzentrieren Sie sich auf die Fakten.«

Ruben nickt pflichtbewusst. »In einem Brief hat mein Onkel Charles zugegeben, ein Kind mit einer Sterblichen gezeugt zu haben«, erklärt er ruhig. »Um diesen Fehltritt jedoch nicht vor seiner eifersüchtigen Frau gestehen zu müssen, hat er den Eintrag im Seelenregister gefälscht.«

»Sie soll ein Halbsterbliche sein?« Juliette de Balzacs geringschätziger Blick trifft mich wie eine Granate, deren Sprengkraft jedoch im Feuerwerk meiner eigenen Gedanken untergeht.

William.

Charles.

Mein Vater.

Gemessenen Schrittes kommt Anatole Gwynedon auf mich zu, ein charmantes Lächeln im Gesicht. »Meine Nichte Kela ist nicht nur eine Halbsterbliche. Sie ist besonders talentiert, betrachtet man ihre Fähigkeit. Selbst nach der Schlüsselübergabe war sie imstande, den Manipulationsversuchen von Nero de Balzac zu widerstehen. Wir alle wissen, über welch beachtliche Beeinflussungskraft er verfügt. Vor allem bei jungen Geschöpfen.« Er macht eine kurze Pause, lässt die letzten Worte nachklingen. »Um die Zweifel ein für alle Mal auszumerzen, erbringen wir gern einen letzten, unschlagbaren Beweis.« Mit spitzen Fingern löst er die schneeweiße Orchideenblüte aus dem Knopfloch seines schmal geschnittenen Anzugs und hält sie mir entgegen. Ein süßlich-lieblicher Duft weht zu mir, umfängt mich und mein Herz.

»Die *Orchidee des Hauses Gwynedon*, unsere ureigene Züchtung«, erklärt er andächtig, während mein Verstand dem Geschehen noch weit hinterherhinkt.

Meine Finger suchen nach einer Beschäftigung, nach etwas, das Ordnung schafft, werden aber nicht fündig. Nach kurzem Zögern öffne ich die Hand, in vollem Bewusstsein, dass sämtliche Blicke auf mich gerichtet sind. Meine Kehle ist trocken, mein Puls rast. Anatole lächelt mich sanft an, bevor er mir feierlich die Orchideenblüte in die Handfläche legt. Die Berührung der weichen Blütenblätter löst ein angenehmes Gefühl in mir aus, ähnlich einem zarten Lufthauch, der an einem heißen Sommertag sanft über meinen Körper streicht.

Mit einem Mal verändert sich die Atmosphäre des Raumes.

Die aufgeladene Spannung weicht einem wundersamen Staunen, das bis in die letzte Ecke des Saales dringt und mir und meinem Kleid gewidmet ist.

Und dann sehe ich es, mein hellbraunes Robenkleid, dessen Stoff sich schneeweiß gefärbt hat. Der eng anliegende Rock, das tief ausgeschnittene Oberteil, der lange Umhang, über dessen Kragen meine blonden Haare fallen, alles wirkt wie der unberührte Ausdruck purer Unschuld. Verwirrt starre ich auf die strahlend weiße Orchidee in meiner Hand, um die sich wunderschöne, glitzernde Partikel wie ein magisches Versprechen erheben.

»Es ist also wahr«, bemerkt Margret ehrfürchtig. »Kela ist eine Gwynedon.«

Anatole tätschelt mir väterlich die Schulter. »Und damit gehört der in ihrem Haus gefundene Kéjsaia in unseren Besitz und muss sofort übergeben –«

»Ihr habt etwas nicht berücksichtigt«, unterbricht ihn Nero, der sich mit einer geschmeidigen Bewegung von der Wand abstößt. Er klingt genauso gelassen, wie er aussieht, als er auf uns zukommt.

»Und was sollen wir nicht berücksichtigt haben?« Anatoles entspanntes Lächeln klebt in seinem Gesicht, das Schultertätscheln wird etwas schwerfälliger.

»Die Konsequenzen der Kardisis. Katalea ist Nivias Cousine. Ihr Eid ist somit auch für sie bindend.«

Ruben lacht verächtlich auf. »Du hast vergessen, dass du den Schwur mit Kela hättest neu besiegeln müssen. Schließlich geht es um einen Kéjsaia.«

Ein undefinierbarer Ausdruck huscht über Neros Gesicht. Ein rasches Stirnrunzeln, gefolgt von einem Zucken seines Mundwinkels. »Und du hast vergessen, dass du nicht alles weißt.«

»Der Herzensschwur ist ein magisches Bündnis, das den alten Gesetzen unterliegt. Er steht über dem Anspruch der Familie, wenn sein Recht geltend gemacht wurde«, höre ich Gina Zhen bedeutsam sagen.

Nivia. Herzensschwur. Recht. Mir schwirrt der Kopf. Ich fühle mich, als würde man mich in eine Ecke drängen, in die ich nicht gehöre.

Ruben schnaubt lauthals. »Willst du uns ernsthaft weismachen, dass du sie geküsst hast?«

Ich sehe zu Nero, dessen amüsierter Blick mir durch und durch geht. »Natürlich habe ich sie geküsst«, sagt er seufzend, tritt an seinen Vater heran, der ihm etwas aushändigt, und spaziert dann zu mir, um sich neben mich zu stellen. Mit dem Finger hebt er mein Kinn an und lässt dann die elegante, nachtschwarze Rosenblüte in seiner Hand federleicht über meinen Hals und mein Schlüsselbein streichen, bis zum tiefen Ausschnitt meines Kleides. Ich möchte ihm seine verdammte Hand wegschlagen und den dunklen Glanz aus seinen Augen kratzen, doch stattdessen keuche ich auf, als die Berührung der seidenen Blütenblätter mir ekstatisch unter die Haut fährt und eine Stoßwelle sinnlicher Empfindungen über meinen Körper schickt. Es ist ein berauschendes Gefühl, das die Luft um uns herum erschüttert.

Ein zufriedenes Lächeln taucht auf Neros Gesicht auf. Schluckend blicke ich an mir herab und betrachte mein Robenkleid, das aussieht, als hätte sich tiefe Dunkelheit über das Kleid ergossen und den blütenweißen Stoff nachtschwarz gefärbt.

Vierundzwanzig

Es ist interessant, was passiert, wenn sich die Ereignisse überschlagen, wenn das innere Erdbeben bleibt und alles weiterläuft, vor allem die Zeit. Mein rabenschwarzes Kleid bestätigt den Kuss, der nur für uns zwei bestimmt war und jetzt mit allen geteilt und herumgereicht wird wie eine bemerkenswerte Errungenschaft der de Balzacs. Trotz aller Streitigkeiten ist sich der Hohe Rat einig, dass der Kéjsaia Neros Familie zusteht – ebenso wie ich nun dem Clan gehöre.

Meine Widerworte gehen unter. Ich werde zur Zuschauerin meines eigenen Lebens degradiert, das mir entgleitet wie ein glitschiger Fisch, den man mit bloßen Händen einfach nicht fangen kann. Dennoch greife ich zu, einmal, zweimal, leiste Widerstand, der jedoch komplett verschwendet ist. Marlon de Balzac benutzt ungerührt seine Ringschlüsselmagie, und Nero schiebt mich hinter seinen Eltern her durch die schmuckvolle Tür in einen kühlen Korridor, der nach Lavendel und Zitrone riecht. Durch eine Reihe gut bewachter Gänge werde ich weitergezogen, bis sich Nero wortlos von seinen Eltern verabschiedet und mich schließlich über eine Steintreppe und verwinkelte Korridore durch eine schwere Tür in einen luftigen Wohnbereich führt. Unbehandelte Holzbalken, rötlicher Terrakottaboden und eine gemütlich moderne Einrichtung prägen den großzügigen Raum, hinter dessen offen stehenden, doppelflügeligen Balkontüren abfallende Weinberge und Olivenhaine zu sehen sind. Diesen Anblick kenne ich aus Moms italienischen Filmen, doch er fängt mich nicht ein, ebenso wenig wie die cognacfarbenen Sonnenstrahlen, die über die luxuriöse Sofalandschaft tanzen und sich in den gerahmten Gemälden und dem prächtigen Bücherregal reflektieren, das die komplette Wand des Eingangsbereichs einnimmt.

Endlich machen wir halt, und ich verspüre ein seltsames Gefühl der Auflösung. Der umwölkte Verstand lichtet sich, die Gedanken gewinnen an Klarheit und zerreißen meine Sprachlosigkeit in der Luft. »Was hast du getan?! Du hast mich benutzt!«

»Willst du etwas trinken?« Gleichmütig tritt Nero an eine kleine Bar aus Naturholz, die an der hellen Steinmauer zwischen den Balkontüren steht.

»Das war von Anfang an dein verdammter Plan!«, fauche ich.

»Dir etwas zu trinken anzubieten?« Der dunkle Fürstensohn schraubt gelassen eine bauchige Flasche auf.

»Weich mir nicht aus. Hast du mich deswegen geküsst?«

Gluckernd fließt die goldgelbe Flüssigkeit in ein Kristallglas, das er mir hinhält. »Trink.«

»Nein danke.«

»Willst du jetzt für immer nichts mehr trinken?«

Ich funkele ihn an. »Bin ich denn für immer deine Gefangene?«

»Immer ist eine verdammt lange Zeit«, erwidert er kühl, führt das Glas geschmeidig an seine Lippen und nimmt einen Schluck daraus, ohne mich aus den Augen zu lassen.

»Ich will weg von hier«, sage ich aufgebracht und hebe ungestüm die Hände. »Wo auch immer das hier ist.«

»Ich dachte, du wolltest Teil meiner Welt sein.«

»Aber doch nicht so! Ich möchte nach Hause, sofort.«

»Bist du dir sicher?«

»Natürlich.«

»Ich hätte nicht vermutet, dass du so erpicht darauf bist, zu sterben, Katalea. Aber wenn du unbedingt möchtest, dann bitte. Fühl dich frei zu gehen«, erklärt er leichthin und weist Richtung Tür.

Seine Worte sind ohne Gefühl, schießen jedoch wie ein scharfer Pfeil, der genau ins Schwarze triff. Meine Schultern beben, die innere Erschütterung ist noch nicht verebbt, aber ich straffe zumindest die Schultern. Seit heute bin ich keine einfache Sterbliche mehr, sondern irgendein ahnungsloses, obskures Mittelding, gezeugt von einem Unsterblichen namens Charles, der meine Mutter verführt hat, um mich danach wie einen peinlichen Rechtschreibfehler aus seinem Leben zu radieren.

Meine Finger krallen sich an meinem Kleid fest. »Wie meinst du das?«

Nero bedeutet mir, Platz zu nehmen. Ich will ihm widersprechen, lasse mich dann aber doch so weit entfernt von ihm nieder, wie es die riesige Couchlandschaft zulässt.

»Der Clanfürst der Gwynedons hat recht. Du bist talentiert. Es ist nicht leicht, andere Athánados zu beeinflussen, aber du bist in der Lage dazu. Ob das eine Naturbegabung oder dem Einfluss des Kéjsaias geschuldet ist, kann ich nicht sagen, und es spielt auch keine Rolle. Du bist eine Halbsterbliche. Eine Halbsterbliche, die den Clans ein Dorn im Auge ist.«

»Wie zum Beispiel den de Balzacs?«, frage ich unterkühlt.

»Wie kommst du darauf?«

»Die Heiratspläne mit der Rubinstein-Tochter. Meine Anwesenheit macht diese Pläne wohl zunichte.«

»Du lernst schnell.« Er stellt sein Glas auf dem gläsernen Couchtisch ab und betrachtet mich ungerührt. »Im Grunde profitiert jeder von deinem Tod.«

»Da bin ich aber beruhigt.«

Gelassen lehnt er sich zurück. Ein leichtes Lächeln umspielt seine Lippen. »Wenn du es möchtest, werde ich dich beschützen.«

»Du willst mich beschützen?«, frage ich ungläubig und schnaube. »Nach allem, was passiert ist? Warum sollte ich das zulassen? Ich verabscheue dich.«

Er zuckt entspannt mit den Schultern. »Nicht unbedingt die schlechteste Voraussetzung für eine Beziehung.«

»Beziehung?«, wiederhole ich bissig.

»Uns vereint die Kardisis, vergiss das nicht.« Sein Blick wandert über mein nachtschwarzes Kleid, zu dem tiefen Ausschnitt, auf dem er für mein Empfinden etwas zu lange verharrt. Ich schlinge meine Arme um meinen Oberkörper.

»Ich muss mit Brandon sprechen«, sage ich unruhig. »Und zwar schnell. Immerhin weiß er von alldem noch nichts, und wenn er erfährt, dass William gar nicht unser ...«

»Charles ist nicht Brandons Vater.«

Der Moment gefriert. »Ist er nicht?«

»Laut den Dokumenten war nur dein Eintrag gefälscht, seiner

nicht. Es wurde überprüft. Brandon ist durch und durch menschlich.«

»Brandon ist nicht ... also ist er mein ...«, setze ich an, komme aber nicht weiter, weil ich nicht weiterkommen will. Ich will nicht nach vorn, sondern zurück an die Stelle, an der ich noch glaubte, genauso sterblich zu sein wie Brandon.

»Dein Halbbruder«, beendet Nero meinen Satz.

»Halb.« Das Wort fällt aus meinem Mund wie etwas Verdorbenes, das den Magen vergiftet. Meine Kehle schnürt sich zu. Eine Träne löst sich aus meinem Auge, unscheinbar und klein. Ein salziger Tropfen, der eine brennende Spur auf meiner Wange hinterlässt.

»Es verändert nichts an deinen Gefühlen für ihn, Katalea. Außerdem werde ich mich dafür einsetzen, dass er seine Erinnerungen behalten darf.«

Mein Kopf nickt langsam, auch wenn ich ganz woanders bin. Meine Gedanken ziehen in die Vergangenheit, zu den Momenten, in denen Mom mit glänzenden Augen von der magischen Nacht meiner Zeugung gesprochen hat, von der ich ebenso wenig erfahren wollte wie von meinem Vater, der in der Erzählung William hieß und nicht Charles.

»Nein«, hauche ich, als eine gruselige Vorstellung in mir hochsteigt. »Dieser Charles ... kann er ...« Ich atme tief ein und hole so viel Luft, wie es mir möglich ist. »Kann er mit meiner Mom geschlafen haben, als er William besetzt hat?«

»Das ist möglich, wird jedoch nicht gern gesehen.«

»Warum nicht?«, gebe ich ebenso trocken zurück. »Etwa, weil es total krank ist?!«

Nero antwortet nicht sofort, aber als er es tut, klingt seine Stimme dunkel und verurteilend. »Du hast recht. Es ist eine verzweifelte, armselige Tat, die vom Hohen Rat verboten wurde. Dennoch bringt die Sehnsucht selbst Unsterbliche dazu, Dinge zu tun, die sie nicht tun dürften.«

»Sie besetzen Sterbliche, weil sie anders nicht an jemanden herankommen? Das ist absolut widerlich. Und wie können sie überhaupt Halbsterbliche zeugen, wenn sie einen Sterblichen lenken? Wenn sie gar nicht selbst anwesend sind?«

Nero beugt sich mit verschränkten Fingern vor. Eine dunkle Haarlocke fällt ihm in die Stirn, während er mir tief in die Augen sieht. »Sex ist eine besondere Art der Verbindung, die das möglich macht. Athánados sollten sich besser unter Kontrolle haben, aber Charles Gwynedon war schon immer ein etwas seltsamer Charakter. Wobei es natürlich auch ein One-Night-Stand gewesen sein könnte, von dem dir deine Mutter einfach nicht erzählt hat.«

»Kann ich mir nicht vorstellen«, sage ich dumpf und stocke. »Du kanntest meinen … Erzeuger?«

»Ich bin ihm ein- oder zweimal begegnet.« Er hält inne und betrachtet mich eindringlich, als könnte er nicht bloß mich, sondern all meine Gefühle wahrnehmen. »Mach das nicht«, erklärt er mit unmissverständlicher Deutlichkeit. »Du hast keine Zeit, dich in der Vergangenheit zu verlieren. Du musst für die Gegenwart gewappnet sein.«

»Was willst du mir damit sagen?«

Die nächsten Worte spricht Nero langsam und nachdrücklich aus, als wollte er sichergehen, dass ich sie mir genau einpräge. »Katalea, du musst dich vorbereiten. Du wirst deine Gabe trainieren, um in der Lage zu sein, sie in Sekundenschnelle abzurufen. Du wirst unsere Gepflogenheiten und die unsterbliche Sprache studieren und dir alles aneignen, was du über die Clans erfahren kannst. Du musst lernen, dich zu verteidigen, egal wann, wie und von wem du angegriffen wirst. Denn vom heutigen Tag an giltst du als Freiwild.«

Freiwild.

Freiwild.

Freiwild.

Die Unruhe überwältigt mein Herz. »Was hat das zu bedeuten?«

»Du bist eine Gwynedon, die eine Kardisis mit einem de Balzac eingegangen ist. Damit bist du für *jeden* Clan eine Bedrohung. Sollte meine Familie sich entgegen aller Wahrscheinlichkeit mit den Gwynedons zusammenschließen, haben die anderen Clans das Nachsehen, was die Kéjsaias anbelangt. Außerdem bist du eine *Halbsterbliche*. Damit bist du zwar auch unsterblich, aber es gibt eine entscheidende Ausnahme: Halbsterbliche können jederzeit von Unsterblichen getötet werden.«

Die Worte schweben über mich hinweg. Mit wackeligen Beinen stehe ich auf. Mein Körper braucht Bewegung, mein Kopf eine Auszeit. Wie von allein zieht es mich zu dem dunklen Regal mit den bunten Buchrücken, wo ich ein blaues Buch hervorziehe, dessen Titel auf dem Kopf steht. »Also kann mich jeder Athánados einfach umbringen?«

Sein eisiges Nicken geht mir durch und durch.

»Das wird ja immer besser«, erwidere ich erschöpft und stelle das Buch richtig herum zurück.

Mit dem Kinn deutet Nero auf eine der Türen, die von dem

großen Wohnraum abzweigen. »Dort ist dein Schlafzimmer, meines befindet sich gleich daneben. In Zukunft hast du einige Regeln zu beachten, wenn du dich meinem Schutz unterstellst.« Sein Tonfall wird härter. »Ich möchte immer wissen, wo du bist. Du wirst niemals ohne Begleitung diesen Bereich verlassen. Hast du das verstanden?«

Ich erwidere seinen undurchdringlichen Blick. »Und wie lange?«

»So lange, bis alle Kéjsaias gefunden wurden.«

»Und wie lange wird das dauern?«

»Vielleicht ein paar Jahre«, erklärt er sachlich.

»Du verarschst mich.«

»Ein wenig.« Er hebt eine Augenbraue, und ich glaube, die Andeutung eines Lächelns auf seinen Lippen zu erkennen. »Ist einfach zu verführerisch.«

»Was? Dass ich deine Gefangene bin?«, sage ich vorwurfsvoll. Energisch ziehe ich noch ein verkehrtes Buch heraus, drehe es um und schiebe es ebenso energisch in das Regalfach zurück, während Nero mit versteinerter Miene aufsteht.

»Katalea, ich werde dafür sorgen, dass du überlebst.«

»Zumindest, solange du es willst.«

»Wie meinst du das?« Langsam kommt er auf mich zu, wie ein Raubtier, dessen Beute bereits tot vor ihm liegt.

Rasch wende ich mich ab. Meine Finger zieht es zittrig zum nächsten Buch, einem Werk von Platon, das ebenfalls falsch einsortiert wurde. *Genau wie ich.*

»Wenn es deiner Familie dienlich ist, wirst du mich wie die anderen Clans loswerden wollen«, presse ich hervor und hasse meine eigene Hilflosigkeit, als Nero knapp vor mir stehen bleibt. Ich kann seinen Duft riechen, kann spüren, wie sein dunkler Blick mich einnehmend studiert. Fühle, wie sich mein verdammtes Herz nicht mehr an den gewohnten Takt hält, als Nero langsam seine Hand hebt und mich zwingt, ihn anzusehen.

»Du vertraust niemandem, nicht wahr?«

Ich schlage seine Hand weg. »Sagst gerade du. Du hast mich benutzt und manipuliert, wie es dir gefällt«, zische ich.

»Versteh es als deine erste Lektion.«

Ich erwidere seinen finsteren Ausdruck. »Und wenn ich keine Lektion will?«

»Wirst du hier nicht lange überleben«, erklärt er rau. Gleichzeitig strömt sein samtiger Blick so angenehm über meine Haut, dass sich meine Anspannung löst und mir Platon aus der Hand gleitet. Mit einem dumpfen Knall landet das Buch auf dem Boden.

Gelassen hebt Nero es auf. »Du kannst gern alles hier lesen. Oder neu ordnen. Was immer du möchtest.« Ein Lächeln zupft an seinen Mundwinkeln. »Platon mag ich ganz besonders.«

Ich hebe zweifelnd eine Augenbraue hoch. »Du hast das Buch gelesen?«

»Nein, ich habe mir nur die Bilder angesehen«, erwidert er spöttisch, bevor er tief einatmet und beinahe sanft über den roten Einband streicht. »Die Fabel von den Kugelmenschen hat mich schon immer fasziniert. Kennst du sie?«

Als ich verneine, beginnt Nero zu erzählen. Ich weiß nicht, ob er es tut, um mich weiter zu beruhigen oder mich erneut um den Finger zu wickeln. »Dem Mythos zufolge besaßen die Menschen ursprünglich vier Arme, vier Beine und einen Kopf mit zwei Gesichtern. Sie wurden Kugelmenschen genannt und fühlten sich absolut vollkommen und glücklich, so wie sie waren. Sie sollen die freundlichsten Wesen des Universums gewesen sein«, erklärt er. »Aber sie erregten den Neid der Götter. Zeus schleuderte seine Blitze auf sie herab, entzweite die Kugelmenschen und zerstreute ihre Hälften über den ganzen Erdball, damit sie nicht mehr zusammenfinden konnten. Doch die Sehnsucht pochte in den Menschen, die seither verdammt sind, ihre fehlende Hälfte zu suchen.«

Eine Falte legt sich auf meine Stirn. »Das ist wunderschön. Und verdammt schrecklich.«

»Das ist das Leben, Katalea«, bemerkt er mit einem Hauch Traurigkeit in der Stimme, den ich mir möglicherweise ebenso einbilde wie den aufblitzenden Ausdruck von Schuld in seinen Zügen.

Noch bevor ich ihn nach Nivia fragen kann, klopft es an der Tür. Kurz darauf schließt mich Todd auch schon in eine innige Umarmung. »Hey. Da ist ja meine Lieblingshalbsterbliche. Schön, dass du da bist, Kela.«

»Ich wünschte, ich könnte das genauso behaupten. Dennoch tut es gut, dich zu sehen.« Ich lächele zurück, nicht ganz so breit, aber von Herzen. Aus dem Augenwinkel nehme ich wahr, wie uns Nero mustert, dann bleibt mein Blick an der Tasche in Todds Hand hängen.

»Meine Sachen.«

»Zumindest ein Teil davon, alles was du bei den Chevall-Rivaldis hattest. Und bevor du fragst: Es geht Brandon gut. Und Suki auch. Leider. Ich musste sie mit all meinen Kräften davon abhalten, hier aufzukreuzen.«

»Du bist ein Schatz.«

»Dachte ich mir doch, dass du sie nicht hierhaben möchtest«, bemerkt er nüchtern, woraufhin ich die Augen verdrehe und mir meine Tasche greife, um eilig darin herumzuwühlen.

»Hey. Seit über fünfzig Jahren habe ich nichts mehr geklaut«, bemerkt Todd belustigt und streicht sich über sein Hemd mit dem schicken, bunten Blättermotiv. »Es ist noch alles da. Ehrenwort.«

»Darum geht es nicht. Ich wollte nur sehen, ob …«

»Du kannst dein Handy jederzeit benutzen, Katalea«, liest Nero meine Gedanken.

»Yep. Du kannst deinen Bruder anrufen und dich versichern, dass er noch ganz der Alte ist«, pflichtet Todd ihm bei und schnappt sich einen Apfel vom Couchtisch. »Er wird dich jedoch nicht orten können, falls du auf den Gedanken kommen solltest. Sicherheitsmaßnahme des Clans.«

»Schon okay.« Als ich endlich mein Handy aus der Tasche ziehe, fällt ein Büchlein auf den Boden.

»Scheint zur Gewohnheit zu werden, deine Bücher einzusammeln«, bemerkt Nero, als er es aufhebt. Ein nachdenklicher Ausdruck legt sich über seine ebenmäßigen Züge. »Zaubertricks für Anfänger? Das ist doch …«

Ich schlucke den Kloß in meinem Hals hinunter. »Oscars Buch. So habe ich wenigstens ein Stück von ihm bei mir.«

»Auch ohne das Buch hast du Oscar bei dir, Katalea.« Nero reicht es mir, schlendert dann zurück zur Couch und lässt sich in die Polster fallen. »Todd wird dich auf dem Anwesen herumführen. Er wird dir alles zeigen und dich in den nächsten Wochen in unsere Gepflogenheiten einweihen. Dazu gehört das Erlernen der unsterblichen Sprache und das blitzschnelle Abrufen deiner Gabe. Das körperliche Training übernimmt Jerome.«

Todd wirft seinen Apfel grinsend von einer Hand in die andere. »Ich weiß schon jetzt, wer dein Lieblingslehrer sein wird.«

»Jerome«, erwidere ich so nüchtern, dass Todd der Apfel beinahe herunterfällt.

»Wenn das so ist, werde ich wohl den strengen Lehrer spielen müssen«, erklärt er trocken und gibt mir dann etwas Zeit, um mit Brandon zu telefonieren, der von Suki bereits ein kurzes Update erhalten hat. Natürlich ist mein Bruder wenig begeistert, dass ich vorerst bei den de Balzacs bleibe, er sieht aber auch keine bessere Alternative. Die Sache mit William und Charles muss er selbst noch verdauen, genau wie ich.

Nach dem Telefonat tausche ich mein pechschwarzes Robenkleid endlich gegen bequeme Sachen, die mir Todd in der Zwischenzeit von zu Hause geholt hat. In kurzer Jeans, Shirt und Sneakers folge ich ihm durch kühle Korridore mit alten Gemälden und über eine breite Steintreppe in die untere Etage. Dort passieren wir einige toskanisch eingerichtete Räumlichkeiten mit verschiedenen Sitzgelegenheiten, wo die Clanmitglieder offenbar ihre Freizeit verbringen. Sie lesen oder unterhalten sich, spielen Schach, schlürfen Kaffee aus hohen Gläsern oder naschen bunte Eiskugeln aus eleganten, silbernen Bechern.

Schließlich treten wir durch ein breites Tor ins Freie. Die Sonne strahlt mir ins Gesicht, ich nehme einen tiefen Atemzug und lasse den herrlichen Duft nach Zypressen und wilden Rosen in meine Lunge fließen.

»Das Weingut erstreckt sich über mehr als einhundert Hektar. Das Haupthaus hinter uns bildet das Kernstück der Anlage, das neben den Aufenthaltsräumen, die du gerade gesehen hast, auch über ein Restaurant und ein Schwimmbad verfügt.« Todd deutet auf das riesige, zweistöckige Landhaus mit den grünen Fensterläden und steinernen Balustraden, das wir soeben verlassen haben, bevor er auf die kleineren Gebäude verweist, die sich überall auf dem Gelände verteilen. »In den Fincas wohnen die Clanmitglieder, also einige davon. Durch die Ringschlüsselmagie ist es uns möglich, überall auf der Welt zu leben. Gerade noch an der Côte d'Azur und im nächsten Moment schon in Melbourne, da ist es von Vorteil, dass der Clan auf jedem Kontinent mehrere Anwesen besitzt. Im Haupthaus selbst residieren nur die de Balzacs und ihre engsten Vertrauten wie meine Wenigkeit. Die Bibliothek befindet sich in dem zauberhaften Steinhaus rechts von uns.«

Ich beschatte meine Augen und folge seinem Blick zu einem hübschen Steinhäuschen, eingebettet in einen malerischen Garten mit kleinen Springbrunnen, Kieswegen und großen Steinvasen. Zwei Gärtner kümmern sich gerade um die Pflege der Sträucher.

»Die Büchersammlung ist natürlich nichts im Vergleich zu der privaten und sagenumwobenen *ewigen Bibliothek* der de Balzacs, die aus unzähligen Erstausgaben und Werken von enormem historischem Wert besteht und für andere Clans immer eine Legende bleiben wird.« Er lächelt verschwörerisch. »Für unsere Zwecke wird jedoch die Bibliothek hier vollkommen ausreichen.«

Ein warmer Wind streicht über mein Gesicht. So weit das Auge reicht, entdecke ich Weinberge und Olivenhaine, die sich in der Unendlichkeit der idyllischen Landschaft verlieren.

»Wie war das noch mal? Ihr wohnt im Norden der Stadt und musstet wegen der Kakerlaken ausziehen?«

»Kakerlaken gibt es auch hier. Sie leben schließlich überall. Vor allem bei den anderen Clans«, bemerkt er abfällig und beißt von seinem Apfel ab.

Wir spazieren einen hellen Pfad entlang, der seitlich neben dem Landhaus verläuft. »Du sorgst für eine ziemliche Abwechslung, Kela Richardson.«

»War nicht meine Absicht.«

»Kann jeder sagen. Und wie geht es dir jetzt, so ganz ohne Absicht?«

»Um ehrlich zu sein, weiß ich es nicht. Ich sollte wahrscheinlich schreiend davonlaufen, oder?«

»Wäre zumindest ein Anfang.«

»Nur wo soll ich hinlaufen?« Mein Blick schweift in die Ferne, wo der strahlend blaue Himmel die Hügel berührt. »Wahrscheinlich hat Jerome recht«, füge ich nach einem nachdenklichen Augenblick hinzu. »Man kann nicht einfach weglaufen, weil man seine Probleme immer mitnimmt.«

Todd knabbert an den Resten seines Apfels. »Das hat er wirklich gesagt? Nun, Jerome hat offenbar seine lichten Momente, die er gut vor mir versteckt«, erklärt er lapidar, bevor er mich seufzend anblickt. »Jetzt guck nicht so. Du bist eine Halbsterbliche, Kela. Das ist nichts Schlechtes, sondern etwas Gutes.«

Ich schüttele den Kopf. »Nein, ist es nicht. Nicht unter diesen Umständen.«

Todd bleibt stehen, holt aus und wirft den Apfelrest in Richtung einiger großer, schattenspendender Bäume, bevor er sich wieder zu mir dreht. »Mach dir keine Sorgen. Wir werden auf dich aufpassen. Nero war ganz …«, setzt er an, doch dann verstummt er abrupt.

»Was war er?«

Der hagere Athánados nimmt einen tiefen Atemzug, bevor er antwortet. »Am Tag nach dem Überfall durch diesen Gwynedon-Arsch Ruben war er total mies drauf. Und das, obwohl er einen Kéjsaia für seinen Clan errungen hat. Eigentlich ein Grund zum Feiern.« Seine Augen weiten sich. »Sorry, ich darf doch noch immer der Gwynedon-Arsch sagen, oder? Selbst wenn Ruben dein Cousin ist?«

»Du darfst ihn nennen, wie du willst«, erwidere ich und halte inne. »Wusstest du es? Wusstest du, wer ich bin?«

Er schüttelt den Kopf. »Nein, ich hatte keine Ahnung.«

»Aber Nero wusste es.«

»Das bedeutet noch lange nicht, dass ich mit im Boot war. Nero ist in solchen Punkten nicht unbedingt gesprächig, außerdem ist er ein Meister darin, seine Gefühle und Absichten zu verstecken. Was bei dieser ganzen Kéjsaia-Sache auch bitter notwendig ist.«

Ich weiche einem älteren Mann mit Strohhut aus, der uns entgegenkommt und Todd freundlich zunickt. Als er außer Hörweite ist, senke ich dennoch die Stimme. »Wo genau versteckt ihr sie eigentlich?«

»Die Kéjsaias? Das darf ich dir nicht verraten.«

»Und wieso nicht? Schließlich habe ich eurem Clan einen verschafft.«

Er zieht betont langsam eine Braue in die Höhe. »Solange du noch *eurem* Clan sagst, verrate ich es dir garantiert nicht.«

»Todd.« Ich sehe ihm tief in die Augen.

Er reibt sich den Nacken. »Versuchst du etwa wieder, mich zu manipulieren?«

»Wenn es sein muss.«

»Gut, es gibt da diesen geheimen Ort tief unter der Erde«, entgegnet er ächzend. »Dort werden die Schlüssel aufbewahrt.«

»Jetzt bin ich genauso schlau wie vorher. Oder soll das heißen, ihr bewahrt sie im Keller auf? Mal ehrlich: Wie viele Schlüssel habt ihr schon? Und wie viele die anderen?«, frage ich und erwähne nicht, dass Suki ihre Vermutung bereits mit mir geteilt hat.

Todd legt den Kopf schief, als müsste er überlegen. »*Das* kann ich dir wirklich nicht erzählen.« Als er sich wieder in Bewegung setzt, geht er etwas schneller als zuvor, sodass ich mein Schritttempo anpassen muss.

»Ach, komm schon«, sage ich.

»Ich kann es dir nicht erzählen, weil ich es schlichtweg nicht weiß.«

»Du weißt nicht, wie viele Kéjsaias ihr habt?«

»Nur Nero und seine Eltern wissen es mit Sicherheit. Der Rest tappt im Dunklen.«

»Und was vermutest du?«

Seine Augen funkeln belustigt. »Wir haben garantiert einen.«

»Sehr witzig.«

»Okay. Vielleicht haben wir insgesamt zwei, genauso wie der Gwynedon-Clan. Die von Rubinsteins und die Chevall-Rivaldis besitzen meiner Meinung nach auch einen.«

Automatisch werde ich langsamer. »Sukis Clan hat auch einen?«

Todd nickt. »Kauf denen bloß ihr zurückhaltendes Geschwafel nicht ab. Apropos Geschwafel: Die Stimmung deines Großvaters hat sich übrigens nicht besonders verbessert.«

Ich blinzele und versuche, die misstrauischen Gedanken mit

wegzublinzeln, die wie wachsende Ungeheuer durch meinen Kopf tapsen. »Du bist Grandpa vorhin begegnet?«

»Yep, als ich deine Sachen geholt habe. Ich soll dir ausrichten, dass du schleunigst nach Hause kommen musst. Und dass wir ein Pack Halunken und Betrüger sind.« Er verzieht mitfühlend das Gesicht. »Ich denke, der alte Mann ist einsam.«

»Wir sind nicht mal zwei Tage weg«, murmele ich widerstrebend und versuche, kein schlechtes Gewissen zu bekommen.

Inzwischen haben wir die Rückseite des gewaltigen Landhauses erreicht. Hier befinden sich Tennisplätze und Trainingsparcours, an denen einige Frauen und Männer sportlich aktiv sind, sowie eine riesige Terrasse mit modernen Rattan-Sitzgruppen.

»Sie wollen es doch nicht bereuen«, höre ich Celeste von Rubinstein sagen, die mit Neros Eltern an der Steinbalustrade der Terrasse steht.

»Wir werden eine Lösung finden«, versichert ihr Marlon de Balzac, woraufhin Todd sich augenblicklich neben mir verspannt. Offenbar sind wir in einen Moment hineingeplatzt, der nicht für fremde Ohren bestimmt war. Für einen Rückzug ist es jedoch zu spät, Neros Vater hat uns bereits gesehen.

Der Clanfürst räuspert sich. »Lassen Sie uns drinnen weitersprechen.« Der Blick aus seinen dunklen Augen ist noch herablassender als der, den mir Celeste von Rubinstein zuwirft. Sie sieht mich an wie etwas, das man am besten gleich entsorgen sollte. An der Seite von Neros Vater kehrt sie ins Haus zurück, während Juliette de Balzac über die breite Steintreppe auf uns zukommt. Ihr dunkles Seidenkleid flattert im Wind.

»Todd. Die Ringzeremonie findet in dreizehn Tagen statt, und ich möchte hier keine Blamage erleben. Ich bestehe darauf, dass du Kela entsprechend vorbereitest.«

Der Athánados nickt ergeben. »Das werde ich.«

»Gut«, erwidert sie und schiebt sich eine lose Haarsträhne aus der Stirn. »Lässt du uns bitte für einen Moment allein?«

»Nero hat mich angewiesen, bei Kela zu bleiben.«

»Und ich sage dir, dass ich gern mit ihr allein sprechen möchte. Auch wenn mein Sohn irgendwann Clanfürst sein wird, hat er jetzt noch nicht das Sagen«, weist sie Todd zurecht, der nach einem Moment des Zögerns nachgibt.

»Ich warte am Haupteingang auf dich. Wenn du etwas brauchst, schrei einfach nach mir.«

Ich bin mir nicht sicher, ob er das mit dem Schreien wortwörtlich meint, möchte darüber aber auch lieber nicht nachdenken. Juliette de Balzac wartet, bis Todd verschwunden ist, erst dann richtet sich ihre durchdringende Aufmerksamkeit auf mich.

»Kela, ich erwarte, dass du dich an sämtliche Clanregeln hältst. Wir haben unsere Traditionen, und wir haben unsere Ansprüche. Sobald wir imstande sind, die Heilige Pforte mit den Kéjsaias zu öffnen, sind wir auch in der Lage, diese unsägliche Verbindung zwischen dir und Nero aufzulösen. Dann wird die Kardisis Geschichte sein. Bis dahin«, ihre dunklen Augen verengen sich, »stehst du unter unserem Schutz. Mir sollte jedoch nicht zu Ohren kommen, dass du dich unseren Anweisungen widersetzt. Ich kann eine sehr unangenehme Frau werden, wenn es sein muss.«

»Das bezweifle ich nicht.«

Sie atmet tief ein, ihr Blick wird noch härter. »Das solltest du auch nicht, nicht für den Bruchteil einer Sekunde. Du bist eine

Halbsterbliche, die in unsere Welt hineingestolpert ist und keinen blassen Schimmer hat, was ihr hier alles bevorsteht. Ich rate dir, unseren Bestrebungen nicht im Weg zu stehen und dich vom Gwynedon-Clan fernzuhalten. Du bist jetzt ein Teil *unserer* Familie.« Ein gefährliches Glitzern taucht in ihren Augen auf. »Ein Teil, den wir uns nicht freiwillig ausgesucht haben. Vergiss das niemals.«

Fünfundzwanzig

»Du musst härter rangehen.« Jerome baut sich in seinem schwarzen Muskelshirt und der grauen Trainingshose über mir auf. Er schwitzt nicht mal, während ich im Gras liege, als wäre ich samt Sportklamotten in den Teich hinter dem Steinhäuschen gefallen. Es ist heiß, die Kleidung klebt an meinem Körper, und ich wette, dass ich einen Sonnenstich habe.

Der muskulöse Athánados streckt mir auf dem kleinen Wiesenstück gnädig eine Hand entgegen. »Du darfst nicht zögern, nicht einen Moment. Oftmals geht es bloß um Sekunden, Kela. Sekunden, die über Sieg und Niederlage entscheiden.«

Ich greife nach seiner Hand, er zieht mich ruckartig hoch, nur um mich im nächsten Augenblick wieder fallen zu lassen. Ungebremst knalle ich zurück ins Gras.

»Scheiße. Was soll das?« Stöhnend reibe ich mir über den Hinterkopf.

»Nur eine weitere Lektion. Vertraue niemandem.«

»Also dir auch nicht?«, blaffe ich. Ich habe genug von diesen bescheuerten Lektionen und stimme Todd innerlich zu, dass er mein

Lieblingslehrer ist. Während der letzten Tage habe ich mit Todd meine Fähigkeit als halbsterbliche Gwynedon trainiert, die alte Sprache studiert und in der Bibliothek mehr über die Athánados erfahren, während Jerome mich nur über das Trainingsgelände hetzt, als wäre der Teufel höchstpersönlich hinter mir her.

»Hör auf, im Selbstmitleid zu versinken, und steh auf. Ich hab keine Lust, meine Zeit zu verschwenden.«

»Dann lass es bleiben.« Langsam rappele ich mich hoch. Auf den Tennisplätzen links von uns spielen ein paar Clanmitglieder, die mir immer wieder verstohlene Blicke zuwerfen.

»Würde ich total gern. Glaub mir, ich habe echt keinen Bock, den Babysitter zu spielen. Aber so lauten nun mal meine Anweisungen.«

Mit dem Handrücken streiche ich mir eine verschwitzte Haarsträhne aus der Stirn. Meine Muskeln schmerzen, mein Kopf dröhnt, und ich habe in der Nacht wieder von diesem ominösen Mann ohne Gesicht geträumt, der mich auf eine merkwürdige Art verängstigt.

»Und du hältst dich immer an deine Anweisungen?«, erwidere ich schroff.

»Versuchst du etwa, mich zu provozieren? Vergiss es, ich habe schon ganz andere Sachen durchgezogen.« Jerome nimmt erneut die Angriffsposition ein. »Achte auf deine Haltung.«

Ich gehe leicht in die Knie, verlagere das Gewicht nach vorn, der Oberkörper bleibt gerade. »Was für Sachen?«

Der Athánados fixiert mich, folgt jeder meiner Bewegungen. »Greif mich an.«

»Beantworte meine Frage.«

»Wenn du einen Treffer landest.«

Ich atme ein, täusche links an, um ihn rechts zu attackieren. Ich fühle, wie meine Bewegungen schneller werden, für Jerome bin ich aber noch immer zu langsam. Mit Leichtigkeit wehrt er meinen Angriff ab und versetzt mir einen heftigen Schlag in die Magengrube. Mit zusammengekrümmtem Körper schnappe ich nach Luft.

»Ach, komm schon. Ich hab dich kaum angefasst«, meint er abfällig und lässt seine Fingerknöchel knacken. Dann bückt er sich nach seiner Wasserflasche, um ein paar gierige Schlucke daraus zu nehmen.

Mein Körper schreit nach einer Pause, doch ich bin auch wütend. So wütend, dass ich die Zähne zusammenbeiße und auf Jerome zustürme. Er fängt meine Faust ab, rechnet aber nicht mit dem Tritt, den ich ihm gegen das Schienbein verpasse. Für eine Mikrosekunde wankt er, kontert jedoch sofort mit einem kräftigen Schlag gegen meine rechte Seite, wirbelt herum und tritt mir von hinten so heftig in die Kniekehle, dass ich falle und bäuchlings im Gras lande.

»Schon besser. Wut treibt dich also an«, höre ich ihn sagen.

Völlig erschöpft drehe ich mich um. Die Sonne brennt auf mich herab und meine Beine fühlen sich an wie Blei. Ich bin vollkommen fertig, was kein Wunder ist. Schließlich bin ich Jerome mit seinen Muskeln und seiner Kampferfahrung weit unterlegen. Gegen den Unsterblichen zu kämpfen, fühlt sich an, als würde ich mit einem verfluchten Löffel zu einem Messerkampf antreten.

Jeromes grimmiges Gesicht taucht über mir auf. Anerkennend hält er mir die Hand hin. »Das war gar nicht so schlecht, aber du musst deine Wut auch richtig nutzen.«

Ich schlage seine Hand weg und richte mich schwerfällig auf. »Noch mal falle ich nicht darauf herein.«

»Umso besser. Selbstverständlich muss es dein oberstes Ziel sein, keine Fehler zu machen. Solltest du dennoch einen machen, dann auf keinen Fall ein zweites Mal.« Er hebt seine Wasserflasche, um sie mit einem Zug zu leeren.

»Ist das deine Devise?«, schnaube ich.

»Der zweite Platz ist der erste Verlierer, das ist meine Devise.«

»Was für ein Lebensmotto. Macht wahrscheinlich viele Leute unglücklich.«

»Nur die Verlierer.« Der Athánados geht zu seiner Trainingstasche, die auf der steinernen Bank neben uns liegt und wirft mir eine Wasserflasche zu.

»Und du bist ein Gewinner?«

»Wer steht denn nicht gern auf der Gewinnerseite? Warum sollte ich sonst bei den de Balzacs sein? Nero ist stark, er ist der Stärkste unter den Mitgliedern der Fürstenfamilien. Es wäre ein Fehler, sich ihm nicht anzuschließen.«

»Du warst ein Clanloser?«, frage ich und schraube die Flasche auf, um ein paar Schlucke daraus zu trinken. Das Wasser rinnt angenehm kühl meine Kehle hinunter.

»Ursprünglich gehörte ich dem Zhen-Clan an. Doch ihre verbindende, friedfertige Ideologie ist nichts für mich. Sie sind zwar hervorragende Kämpfer, haben aber nicht den richtigen Biss, deswegen habe ich den Clan gewechselt, auch wenn es eine kräfteraubende, immens schmerzhafte Prozedur ist. Wirklich nichts für Weicheier.« Er macht eine kurze Pause und wirft mir einen bezeichnenden Blick zu, dann zuckt er mit den Schultern. »Womöglich kann ich deshalb ein wenig verstehen, wie du dich fühlst.«

»Ach ja?«

»Es war kein Zuckerschlecken, hier von allen akzeptiert zu werden. Aber irgendwann hatten sie einfach keine andere Wahl. Außerdem wusste ich tief in meinem Inneren, dass es richtig ist, zu den de Balzacs zu wechseln.«

Ich denke an mein eigenes Inneres, in dem noch immer dieses eigenartige Gefühl pocht, auf etwas Größeres zuzusteuern. Nach allem, was passiert ist, weiß ich nur nicht, was da noch kommen soll. Schließlich muss ich erst mal die letzten Tage verarbeiten.

»Du wusstest wahrscheinlich auch, dass irgendetwas nicht stimmt«, fährt Jerome fort. »Ich meine instinktiv. Deshalb auch dieser komische Ordnungsfimmel. Es heißt ja, dass die Psyche mehr mitkriegt, als man glaubt.« Er macht einen Schritt auf mich zu. »Ich weiß, wie es ist, wenn man nicht von Anfang an dazugehört, aber bei dir ist es noch heftiger. Alle Clans beobachten dich. Der Gwynedon-Clan wird versuchen, ein Schlupfloch in den alten Gesetzen zu finden, um dich und den Schlüssel doch noch zu bekommen, während die de Balzacs dich als eine von ihnen aufgenommen haben, auch wenn sie das nicht wirklich wollen. Du darfst keine Schwäche zeigen, Kela. Nicht den kleinsten Hauch davon, sonst wirst du zermalmt. Verstanden?«

»Ich denke schon«, sage ich. Trotz seiner ruppigen Art beginne ich, Jerome langsam zu mögen. »Und wie ist es jetzt bei dir? Bist du zufrieden mit deiner Entscheidung? Fühlst du dich bei den de Balzacs angekommen?«

»Sonst wäre ich nicht hier. Wie heißt es bei den Sterblichen so schön? Das Leben ist zu kurz, um irgendetwas zu verpassen. Bei den Unsterblichen ist es eher zu lang, um etwas nicht rechtzeitig zu verändern. Das hier ist ein guter Ort. Speziell dieser Platz«, sagt er, wirft seine Flasche zur Seite und setzt unverblümt das Training fort. Er zeigt mir neue Griffe und Verteidigungsaktionen, und als er mich gegen Abend ins Haupthaus zurückbegleitet, fühlt sich mein Körper an, als wäre eine Dampfwalze darüber hinweggerollt.

Schnell schlüpfe ich in mein Zimmer, nehme im angrenzenden Bad eine kalte Dusche und streife mir danach Shorts und Shirt über. Das schmiedeeiserne Bett ist eine einzige Verlockung, der ich nur widerstehen kann, weil ich unglaublichen Durst habe.

»Wie war das Training?«, fragt Nero, der mit einem Cognacglas an der Balkonbrüstung lehnt. Mittlerweile habe ich mich daran gewöhnt, mit ihm zusammenzuwohnen, zumal wir uns nur selten über den Weg laufen.

»Anstrengend. Wenn ich daran sterben könnte, wäre ich jetzt nicht hier.« Ich trinke mein Glas aus, schenke mir eiskaltes Wasser nach und trete in die sternenklare Nacht hinaus. Das Licht des Mondes fällt über den Balkon und Neros markante Gesichtszüge.

»Dann scheint Jerome seinen Job gut zu machen«, bemerkt er ungerührt und nippt an seinem Glas, über dessen Rand hinweg er mich intensiv betrachtet. Das Klirren der Eiswürfel vermischt sich mit dem Zirpen der Grillen. »Wie läuft es mit Todd?«

»Du meinst unsere gemeinsamen Lernstunden?«

Seine Augen verengen sich. »Könnte ich etwas anderes meinen?«

»Nein, natürlich nicht«, entgegne ich. »Es läuft gut, auch wenn ich noch weit davon entfernt bin, die unsterbliche Sprache zu sprechen. Dafür weiß ich jetzt, dass ich keine Lust auf die Ringzeremonie habe.«

»Und wieso nicht? Du erhältst dort deinen eigenen Ring. Die meisten Athánados können dieses Ereignis kaum erwarten.«

»Alle Clanobersten werden anwesend sein. Reicht das?«

»Die Zeremonie findet auf neutralem Terrain im Schloss der Zusammenkunft statt.«

»Als ich dieses neutrale Terrain das letzte Mal betreten habe, war ich danach eine Halbsterbliche und eine Gwynedon«, erkläre ich nachdrücklich.

Neros dunkle Augen leuchten amüsiert auf. »Okay. Der Punkt geht an dich.«

Mit einem Mal hört sich seine Stimme wärmer an, und ich genieße die sanfte Brise, die mir über das Gesicht streicht. Nachdenklich trete ich an die Brüstung heran und blicke auf die Lichter der Fincas und die stille Hügellandschaft, die in der Außenbeleuchtung des Weinguts friedlicher wirkt denn je.

»Jerome meinte, dieses Anwesen ist ein guter Ort.«

Nero stellt sich neben mich. »Siehst du das anders?«

»Deine Eltern meiden mich«, sage ich forsch und betrachte sein ebenmäßiges Profil. »Alle sehen mich an, als würde ich nicht hierhergehören, als wäre ich ihr Feind, ein Spion der Gwynedons.«

Er nickt langsam. »Sie sind vorsichtig. Es ist zu viel passiert, als dass sie einem fremden Clanmitglied unvoreingenommen gegenübertreten könnten.«

Ich nehme einen Schluck aus meinem Glas. »Todd hat mir von euren Verlusten erzählt, aber er konnte mir nicht sagen, wann diese

Fehde zwischen den de Balzacs und Gwynedons überhaupt angefangen hat.«

»Weil es niemand mehr weiß. Absurd, nicht wahr?« Er führt sein Glas noch einmal an die Lippen.

»Und dennoch beschützt du mich. Obwohl ich eine Gwynedon bin.« Ich drehe mich zu ihm um. »Warum?«

Er sieht noch immer zu den Lichtern, die sich unter uns in alle Richtungen verlieren. »Weil es kein anderer tun würde.«

»Das ist der Grund?«

»Ist der Grund denn wichtig, Katalea? Ich werde zusätzlich Wachen vor der Tür postieren. Du bist in Sicherheit, das sollte dir genügen.«

»Tut es aber nicht«, sage ich und schiebe mir eine widerspenstige Haarsträhne hinters Ohr. »Es geht um den Kéjsaia, nicht wahr? Du hast Angst, dass sie ihn euch wieder wegnehmen.«

Sein dunkler Blick geht mir durch und durch. »Glaubst du das wirklich? Glaubst du, dass ich davor noch Angst haben könnte?« Automatisch denke ich an unser erstes Gespräch in der Küche zurück, in dem er mir offenbarte, dass er keine Angst mehr hat – weil es nichts mehr gibt, was ihm noch genommen werden könnte.

»Was sollte es denn sonst sein?«, will ich wissen.

»Ich bin eine Verpflichtung eingegangen, und diese Verpflichtung werde ich einhalten«, erklärt er ernst und starrt wieder in die nächtliche Landschaft.

»Du meinst die Kardisis?«, hake ich nach, gleichzeitig gefällt es mir nicht, als Verpflichtung verstanden zu werden. »Du beschützt mich, weil du mit Nivia diesen Herzensschwur eingegangen bist? Das ist deine Motivation?«

Er schweigt ein paar Atemzüge lang. »Ich werde mit dir nicht über Nivia sprechen.«

»Wieso nicht?«

»Das ist meine Entscheidung, Katalea.«

»Deine Entscheidung? Dieser bescheuerte Schwur bindet mich an dich und lässt mir keine andere Wahl, als hierzubleiben – und ich darf nichts darüber erfahren? Es wäre nett, wenn du mich wenigstens etwas aufklären könntest.«

Er leert sein Glas in einem Zug, bevor er sich vollends zu mir dreht. »Ich bin nicht nett, Katalea.« Sein düsterer Blick ist unmissverständlich eine Warnung, die meinen Herzschlag unheilvoll beschleunigt.

»Das habe ich schon lange verstanden«, gebe ich zornig zurück. »Inzwischen habe ich auch genug über die Clans erfahren, um zu wissen, dass nichts, absolut nichts, rein zufällig passiert.«

Nero macht einen Schritt auf mich zu, die Schatten der Nacht lassen seine Züge noch bedrohlicher erscheinen. Ich widerstehe dem Impuls, zurückzuweichen, als seine Stimme gefährlich leise an mich herandringt. »Das ist gut, Katalea. Unterschätze niemanden. Selbst mich nicht.«

Wie von allein entgleitet mir das Wasserglas, fällt zu Boden und zerbricht klirrend auf dem gefliesten Steinboden. Unzählige Kristallscherben ergießen sich über den Balkon. Von den scharfkantigen Splittern, die wunderschön und geheimnisvoll im Mondschein funkeln, geht eine seltsame Vibration aus, wie eine mystische Frequenz, die direkt aus dem Herzen der Schöpfung kommt. Ich staune nicht schlecht, als sich die Scherben im nächsten Moment sachte zu bewegen beginnen und mit einem plötzlichen Sog zu einem grellen Leuchten zusammenschließen, das mich kurz blendet und dann so schnell erlischt, wie es aufgeblitzt ist. Zurück bleibt ein schimmernder Schlüssel aus feinstem Kristall, der vor meinen Füßen liegt.

Mein Herz zuckt nervös in meinem Brustkorb. »Ist das … ein Kéjsaia?«, flüstere ich.

Nero lächelt ruhig. »Nein, ist es nicht.«

»Was ist es dann?« Ich starre noch immer auf den gläsernen Schlüssel, in dessen Inneren kleine Lichtblitze zucken.

»Eine Einladung«, sagt er. »Sie ist für dich bestimmt.«

Vorsichtig umschließen meine Finger den zarten Schlüssel, als ich ihn aufhebe. Wider Erwarten erhalte ich keinen Stromstoß, sondern fühle bloß das Glas, das glatt und kühl in meiner Hand liegt, bevor mich Nero wortlos zur Eingangstür des Wohnbereichs führt und mich auffordert, den Schlüssel zu benutzen.

»Und wohin bringt er mich?«, frage ich.

»Das wirst du gleich erfahren.«

»Das ist mir zu wenig«, entgegne ich stur. »Wohin wird mich die Magie des Schlüssels schicken?«

»An einen Ort, den nur wenige Athánados betreten dürfen.«

Die blitzenden Bewegungen in meiner Hand nehmen zu, genauso wie die magische Anspannung, die durch den Raum pulsiert.

»Katalea, du wurdest eingeladen, das Orakel aufzusuchen.«

Sechsundzwanzig

Nero und ich treten durch den steinernen Torbogen auf einen Kiesplatz, der am Fuße eines farbenfrohen Hügels liegt. Die Nacht ist verschwunden, dafür steht die Sonne hoch am Zenit. Ihre feinen Strahlen tanzen über das Meer wild wachsender Blumen, durch dessen Pracht eine schmale Holztreppe nach oben führt. Der Anblick des sanft ansteigenden Blumenfeldes hat etwas Einnehmendes an sich. Dieser Teppich aus blühenden Formen und Farben ist wie ein Sinnbild purer Lebensfreude, das sich vor uns erstreckt. Als würden sämtliche Möglichkeiten bunt vor uns liegen, als müssten wir uns einfach nur bücken, um eine von ihnen zu pflücken.

Eine warme Brise streicht über meine Haut, weht über den Hang und wirbelt ein paar Blütenblätter auf. Wie ein bunter Schwarm trudeln die zarten Blüten fröhlich durch die Luft und einmal um uns herum, bevor sie langsam zu Boden sinken.

Ich halte mir eine Hand über die Augen, atme die leichte, süße Brise ein, die nach Aufbruch und Frühling riecht und mein Herz umspielt. Dabei begegnet mein Blick einem Mann, der gerade die Treppe hinunterkommt. Seine dunkelblonden Haare sind zurückgelegt, ein Bartschatten bedeckt Kinn und Wangen seines kantigen Gesichts. Er trägt einen Sommeranzug, der hell und freundlich wirkt, aber nicht zu dem finsteren Ausdruck in seinen Augen passt.

»Nero de Balzac. Was für ein überraschender Zufall, dich hier anzutreffen.« Eine unheimliche Aura umgibt den Typen, der über den Kiesplatz auf uns zugeschlendert kommt.

»Chelion von Abendsberg.« Nero nickt ihm frostig zu.

Ich erstarre, als ich den Namen höre, der bis in den letzten Winkel meines Körpers gefährlich vibriert.

Chelion von Abendsberg. Ein Bruder des Feuers.

»Ich kann nur hoffen, dass es sich um einen Zufall handelt«, sagt Nero.

»Ich kann dir versichern, dass ich nicht überall meine Finger im Spiel habe. Aber was soll ich sagen? Ich genieße die irdische Landschaft und die Weisheit des Orakels, und natürlich den Zugang zu seinem unerschöpflichen Wissen.« Er lächelt ein freudloses Lächeln. »Mein Angebot steht nach wie vor. Du hast jedoch nicht ewig Zeit, mir dein Einverständnis zukommen zu lassen. Wenn du zu beschäftigt bist, kannst du gern einen deiner Lakaien schicken.« Er hebt die Hand in meine Richtung.

Neros Muskeln spannen sich an und lockern sich ein wenig, als mir Chelion ein rotes Blütenblatt aus dem Haar zupft.

»Wunderschön, nicht wahr?«, fragt er, während seine düsteren Augen auf mir verweilen. Ein kalter Schauer rast meine Arme empor, dringt eisig bis in die Tiefen meines Selbst. Chelions Augen sehen aus, als würden seine Pupillen von innen brennen, als würde tiefe Boshaftigkeit darin lodern. Es vergeht ein kurzer Moment, der mir viel zu lang erscheint, bis er sich widerwillig von meinem Anblick löst.

Ein abfälliges Zucken umspielt seine Mundwinkel. »Wie schade. Meine Brüder rufen mich. Wohl oder übel muss ich mich jetzt von euch verabschieden, dabei waren mir Abschiede schon immer ein Graus. Sie haben so etwas Endgültiges.« Mit diesen Worten tritt er an uns vorbei durch den steinernen Bogen und verschwindet im Nichts.

Ich reibe mir über die Arme. »War das wirklich ... ein Bruder des Feuers?«

»Ja«, entgegnet Nero kühl. »Du solltest dich besser von ihm fernhalten.«

»Und was ist mit dir? Oder gelten für dich und den unheilvollen Pakt etwa andere Regeln?«

»Du darfst das Orakel nicht warten lassen«, erwidert er umgehend, ohne meine Frage zu beantworten oder auch nur irgendwie auf die Anspielung des Briefes einzugehen. »Ich werde hier unten auf dich warten, Katalea.«

Widerstrebend setze ich mich in Bewegung. Ich habe mir nie Gedanken darüber gemacht, wie es wohl wäre, dem Teufel zu begegnen, aber so hätte ich es mir garantiert nicht vorgestellt. Ohne mich noch einmal umzudrehen, marschiere ich die schmale Holztreppe hinauf.

Ich habe keinen blassen Schimmer, was ich von dem Orakel erwarten soll. Nichts zu erwarten, wäre das Richtige, doch der bloße Gedanke an nichts macht daraus etwas, ein sphynxartiges Wesen mit weisem Blick und hallenden Worten – das ich nicht antreffe, als ich oben angekommen bin und durch einen natürlich gewachsenen

Korridor aus Zweigen und Blättern schreite. Das Sonnenlicht zaubert tanzende Lichtreflexe auf den erdigen Boden, meine Anspannung tanzt mit. Nach einigen Schritten mündet der grüne Gang in einen blättergeschützten Ort, ein Refugium, das an ein verwunschenes Waldversteck erinnert, in dem Kinder wilde Schätze horten und kostbare Geheimnisse tauschen.

Auf der moosbewachsenen Steinbank, die unter dem großzügigen Blätterbaldachin um einen dicken Baumstamm verläuft, sitzt jemand, der seine dünnen Beine baumeln lässt.

Mein Herz steht still.

»Stillstand gehört nicht zum Leben. Beständigkeit ist eine Illusion, der sich die Menschen nur zu gern hingeben. Alles ist dem Wandel unterworfen, alles ist vergänglich«, sagt der kleine Junge mit den roten Haaren und einem ausgeblichenen Shirt, auf dem ein Spruch von John Lennon prangt: *Everything will be okay in the end. If it's not okay, it's not the end.*

»Oscar …«

Er lächelt mich an, und dieses Lächeln geht mir durch und durch, als würde es direkt in meine Seele strahlen.

»Ich bin das, was du sehen möchtest.«

»Du bist nicht Oscar?«, frage ich.

»Ich bin es, und doch bin ich es nicht. Wir sind alle eins, geschaffen aus dem gleichen göttlichen Licht. Aber ich bin nicht der, den du vermisst.« Sein Lächeln vertieft sich. »Ich bin auch keine Sphynxkatze. Und mein weiser Blick kann auch ziemlich doof aussehen.« Er verzerrt den Mund und beginnt, auf eine skurril lustige Weise zu schielen.

»Ich muss auf meine Gedanken aufpassen«, bemerke ich.

Das Orakel sieht mich an. »Nicht nur du solltest das tun. Die Gedanken nehmen den Menschen die Verbindung zu ihrer wahren Existenz. Sie wären besser dran, wenn sie weniger denken und mehr wahrnehmen würden, doch das ist leichter gesagt als getan. Der Verstand plappert die ganze Zeit, er wiederholt und verliert sich. Im Grunde ist es Wahnsinn, ihm zuzuhören. Die Frage ist nur, ob man seinen eigenen Wahnsinn bemerkt.« Mit der Handfläche klopft das Orakel auf den Platz neben sich. »Setz dich, Katalea.«

Ich lasse mich auf die Steinbank sinken und kann dabei nicht aufhören, es anzustarren. Es sieht exakt aus wie Oscar, was mich verwirrt, glücklich und traurig macht, alles gleichzeitig.

»Mach dir keine Sorgen. Es geht ihm gut«, erklärt das Orakel und blickt mit diesem gewitzten Ausdruck im Gesicht nach vorn, den man Kindern und alten Leuten nachsagt, nicht aber allwissenden Wesenheiten. »Du wirst ihm wieder begegnen. Es wird noch etwas dauern, aber es wird passieren. Er wird dir helfen, dein wahres Ich zu finden.«

»Wann? Wenn ich tot bin?«

Der rothaarige Junge neben mir schüttelt den Kopf. »Du bist niemals wirklich tot. Die Seelen aller Menschen sind unsterblich. Unter all den Schichten und Mustern, die sie sich über ihre Inkarnationen angeeignet haben, sind sie nichts anderes als der Funken puren Lebens.« Seine Chucks zeichnen Kreise in den erdigen Boden. »Du hältst die Welt für einen grausamen Ort. Nach dem, was du erlebt hast, ist das kaum verwunderlich. Es ist wie bei einem Spiegel, der in unzählige Splitter zerbricht. Jeder hat nur seine Scherbe, nur ein klitzekleines Stück, das er dennoch für die vollkommene Wahrheit hält. Manche Menschen sind besonders scharfe

Splitter, doch alle funkeln wunderschön, wenn man sie gegen das Licht hält. Alles was du erlebst, jedes einzelne Ereignis, dient dem Zweck, dieses Funkeln in dir zu entdecken und das größere Bild zu erahnen. Die schmerzhaften Momente des Lebens sind da, um deine wahre Natur zu erfahren. Sobald du dies erkennst, wirst du weniger leiden. Es nutzt jedoch nichts, das mit dem Gehirn zu verstehen«, er tippt sich lächelnd an die Stirn und schüttelt den Kopf. »Man muss es in seiner gesamten Dimension begreifen, mit seiner Seele. Das ist das große Geheimnis des menschlichen Daseins. So einfach, und doch so schwer. Aber deswegen bist du nicht hier.«

»Weswegen dann?«, frage ich irritiert.

»Du kennst die Antwort nicht?«

Die Blätter rauschen über unseren Köpfen, der Wind trägt den Geruch von blühenden Wildblumen an uns heran, der mich an meine Kindheit und die Vergangenheit denken lässt.

»Ich glaube nicht. Sollte ich denn?«

Das Orakel lehnt sich mit dem Rücken an den breiten Baumstamm hinter uns. »Die Antworten liegen in dir. Sie liegen immer in dir.«

»Sie scheinen sich aber gut zu verstecken.«

Grinsend fängt das Orakel eine blauviolette Blüte in der Luft auf und streicht sanft über die zarten herzförmigen Blütenblätter, die sich unter seiner Berührung zu bewegen scheinen. Ich kann mich nicht erinnern, jemals so eine Blume gesehen zu haben.

»Hast du auch nicht. Sie wachsen nur in meinem Garten, denn hier wachsen die unwirklichsten Möglichkeiten. Die *Xechasthym* ist eine besondere Pflanze. Sie hilft zu vergessen und zu erinnern, je nachdem, was gebraucht wird. Verliert man etwas und gewinnt es wieder, ist es noch wertvoller als zuvor, merk dir das. Jede Blume ist in ihrer Natur – in sich – vollkommen. Doch auch sie vergeht, um wieder aufzublühen.« Das Orakel richtet seine Aufmerksamkeit auf die Blütenblätter in seiner Handfläche, die sich mit einem Mal zusammenziehen und austrocknen, bis sie völlig verdorrt und dunkel vor ihm liegen. Im nächsten Augenblick schießt jedoch neue Lebenskraft durch sie hindurch, eine goldene, fließende Energie, die sich zart leuchtend in den herzförmigen Blättern verästelt, um sie in voller Blüte erstrahlen zu lassen.

»Die Lebendigkeit des Moments ist einzigartig. Die Menschen könnten aus der Tiefe eines jeden Augenblicks schöpfen, stattdessen stecken sie in ihrem Kopf fest. Sie drehen sich um ihre Gedanken, um die Vergangenheit und die Zukunft, und hetzen durchs Leben, um Minuten zu sparen, doch dabei verschwenden sie unbewusst ihre gesamte Existenz. Es ist verrückt.«

Seine Worte werden von einer angenehmen Stille begleitet, die mich ganz ruhig werden lässt. Für einige Atemzüge genieße ich das gemeinsame Schweigen, bis sich ein Gedanke in meinen Kopf stiehlt.

»Hast du mir die einzigartigen Briefe geschrieben?«, will ich wissen.

Der rothaarige Junge, der Oscar ist und doch nicht, verneint. »Dennoch fühle ich mich dem Verfasser sehr verbunden.«

»Sind die Briefe von meinem leiblichen Vater? Sind sie von diesem Charles?«

»Nein, sind sie nicht. Wenn der richtige Zeitpunkt gekommen ist, wirst du erfahren, wer dir die Briefe geschrieben hat. *Der richtige Zeitpunkt*, denk daran. Es muss der richtige Zeitpunkt sein.«

Ich runzele die Stirn, das Orakel lacht. Ich liebe dieses Lachen, weil es nach Oscar klingt.

»Es ist dir nicht geheuer, dass ich deinen Seelenplan kenne, nicht wahr?«

»Es ist eigenartig, mehr als das«, antworte ich und frage mich, was das Orakel alles über mich weiß.

»Ich kenne deine Vergangenheit, die in den Chroniken festgehalten ist, und mein Herz weiß über deine Zukunft Bescheid.«

»War dieses Treffen hier auch schon festgeschrieben?«

»Natürlich. Und nein, ich werde dir nicht sagen, was dich erwartet. Du bist neugierig, und das ist gut so. Doch das bloße Wissen um deine Zukunft würde bereits etwas verändern. Es ist wie bei einem Kaleidoskop – eine winzige Drehung genügt, um ein gänzlich anderes Bild zu erzeugen. Entfernt man ein kleines Steinchen hier und fügt ein anderes dort hinzu, steht man auf einmal vor einem vollkommen anderen Plan. Man muss sehr behutsam mit den Seelenplänen sein. Sie sind alle miteinander verwoben.«

»Das heißt aber, dass du sie verändern könntest?«, frage ich und erinnere mich an mein Gespräch mit Suki in der Bibliothek der Chevall-Rivaldis.

»Ja, das könnte ich. Wenn ich es wollte. Aber es würde mir einen Teil meiner Energie rauben, außerdem müsste ich Schritt für Schritt vorgehen. Ich müsste wie ein Chirurg arbeiten, dem die Konsequenzen jedes noch so kleinen Schnittes bewusst sind.« Die dünnen Beine wippen freudig, das Orakel lächelt mich noch immer an. Ich werde das Gefühl nicht los, dass mir die wahre Bedeutung seiner Worte entgeht, dass etwas zwischen uns liegt, was mein Verstand nicht greifen kann.

»Ist mein Seelenplan verändert worden?«

»Würdest du es denn wollen?«

»Ich weiß nicht«, sage ich und reibe mir über die Stirn. »Ich weiß im Moment so vieles nicht.«

»Gib dir Zeit. Versuche nicht, etwas beschleunigen zu wollen. Nichts geschieht ohne Grund. Wenn es so weit ist, wirst du verstehen, was ich meine. Hab Vertrauen, Katalea.«

»Nicht gerade meine Stärke.«

»Damit bist du nicht die Einzige.«

»Warum wolltest du mich treffen?«, frage ich als Nächstes.

»Nicht ich wollte dich treffen, du wolltest es. Aber oftmals wissen die Menschen nicht, was sie wirklich wollen, ist es nicht so?«

Es ist wieder keine Frage, die mir das Orakel stellt, sondern eine Feststellung. Ein Teil von mir wünscht sich, sehen zu können, was es sieht, und nicht so planlos durchs Leben zu stolpern.

»So planlos bist du nicht«, bemerkt das Orakel und hüpft von der Bank. »Ich befürchte, dass unser Treffen vorbei ist.«

»Was hat es mit diesen Chroniken auf sich? Kann ich wenigstens einen Blick hineinwerfen?«, frage ich schnell. »Schließlich geht es um die Vergangenheit, die ist doch bereits passiert.«

Das Orakel betrachtet mich mitfühlend. »Die Chroniken sind nicht für die Wesen der Erde bestimmt. Es ist nun Zeit, uns zu verabschieden, Katalea. Die Erinnerungen werden dir in deinen Nächten begegnen. Du wirst wissen, was du tun musst und wem du vertrauen kannst. Brich aus den bequemen Mauern aus und sorge dich nicht. Alles wird gut.« Das Orakel grinst Oscars spitzbübisches Grinsen. »Immerhin steht das auf meinem T-Shirt.«

Nur ungern löse ich mich von ihm.

Mein Kopf ist seltsam leer, als ich die Holztreppe nach unten steige, an deren Ende Nero auf mich wartet. Er stellt keine Fragen, und ich bin ihm dankbar, weil ich nicht wüsste, was ich erwidern sollte. Die Begegnung mit dem Orakel schwingt merkwürdig in mir nach, wie eine lose Erfahrung, deren Unwirklichkeit sich nebelartig in mir auflöst.

Selbst als ich schon längst zurück auf dem Weingut bin und von meinem Bett aus die Deckenbalken über mir anstarre, begleitet mich noch das Gefühl der Stille. Irgendwann schlafe ich ein. Träume erneut von diesem düsteren Mann, dessen Gesicht ich nicht zu fassen kriege. Ich bin in einem Schlafzimmer, hauchzarte Vorhänge bauschen sich im Wind, eine dunkle Haarsträhne fällt mir in die Stirn. Eine diffuse Angst steigt in mir hoch, als mir der Mann einen silbernen Kelch reicht, den ich langsam an die Lippen führe. Bevor ich daraus trinke, wache ich schweißgebadet auf. Mein T-Shirt klebt an meiner Brust, mein Herz rast und die Worte des Orakels kehren zu mir zurück. *Die Erinnerungen werden dir in deinen Nächten begegnen. Du wirst wissen, was du tun musst und wem du vertrauen kannst.*

Siebenundzwanzig

»Erde an Kela. Schläfst du gerade?«, dringt Todds Stimme in meinen Kopf. Blinzelnd betrachte ich den dunkelhaarigen Athánados, der seine Füße auf den Holztisch zwischen uns abgelegt hat und das dicke Buch in seinen Händen so geräuschvoll zuschlägt, dass kleine Staubwölkchen in der Luft tanzen.

»Sorry, ich war nur etwas abgelenkt«, sage ich und versuche, mich wieder auf die dunklen Symbole vor mir zu konzentrieren, auch wenn ich gedanklich bei dem unheimlichen Mann bin. Die ganze letzte Woche habe ich von ihm geträumt. Inzwischen bin ich mir sicher, dass er etwas mit Nivia zu tun hat und dass es sich um ihre Erinnerungen handelt, die sich mir im Schlaf offenbaren.

»Und was genau lenkt dich ab?«, will Todd seufzend wissen, während mein Blick durch das Zimmer schweift, das mit den Natursteinwänden, dicken Teppichen, dunkelbraunen Bücherregalen und dem hübschen Kamin behaglicher, aber weniger großzügig ausfällt als die Bibliothek der Chevall-Rivaldis. Ich weiß nicht, wie viele Stunden ich hier schon verbracht habe, aber wenn ich nicht gerade mit Jerome trainiere oder mit Suki oder Brandon telefoniere, sitze ich gewöhnlich auf dem Holzstuhl mit der geschwungenen Lehne, um Bücher zu studieren und mehr über den verhängnisvollen Herzensschwur zu erfahren. Bislang ohne großen Erfolg.

»Die Kardisis«, beantworte ich Todds Frage, auch wenn mir ein Gefühl rät, ihm nicht alles zu erzählen.

»Aha, die Kardisis also. Weshalb beschäftigt sie dich?«, hakt er nach und richtet das Lederband seiner Armbanduhr. »Und wieso gerade jetzt?«

»Suki hat etwas über die Konsequenzen des Schwures fallen lassen, das mir einfach nicht aus dem Kopf gehen will. Sie hat von ungewöhnlichen Träumen, übertriebener Eifersucht und einer besonderen Mitteilungskraft gesprochen.«

Er hebt eine Augenbraue. »Und jetzt fragst du dich, ob deine nächtlichen, lusterfüllten Träume, in denen Nero eine nicht unbedeutende Rolle spielt, damit zu tun haben?«

»Hätte ich Träume von ihm, wären es wohl eher Albträume«, kontere ich bissig.

Selbstzufrieden kippelt Todd auf seinem Stuhl. »Deine Stimme klingt überzeugend, aber dein Gesicht sagt etwas anderes.«

»Und was sagt meine Hand?«, frage ich herausfordernd und bewege meine Finger, bevor ich mit dem Mittelfinger stoppe.

»Oh, Kela. Was für eine wenig huldvolle Geste«, gibt Todd theatralisch von sich. »Bei der morgigen Ringzeremonie musst du mir versprechen, böse Handzeichen wie diese sein zu lassen. Und dich auch sonst zurückzuhalten.«

»Ich soll also nur stumm neben euch hermarschieren?«

Er deutet mit den Fingern in meine Richtung. »Gute Schülerin. Wenn du dich nicht im Zaum hältst, bekomme ich mächtigen Ärger mit Juliette. Und niemand möchte mächtigen Ärger mit der Clanfürstin haben. Sie hat übrigens ein Kleid für dich ausgesucht.«

»Großartig. Ist es wieder so ein nettes, altertümliches Robenkleid, bei dem mir der Ausschnitt bis zum Bauchnabel reicht?«

»Nein, das hattest du doch schon. Ich denke, diesmal ist es ein etwas züchtigeres Gewand. Ich habe etwas von Reifrock und Kniestrümpfen gehört.«

Für einen Moment halte ich inne, dann wird mir klar, dass er sich nur über mich lustig macht. »Sehr witzig. Die Garderobe scheint bei euch offenbar ein wichtiges Thema zu sein. Suki hat mir auch schon alles über ihr Outfit erzählt.«

»Bei ihr würde ich einen Kartoffelsack empfehlen.«

»Du hast kein Mitspracherecht.«

»Schade«, erwidert er, als mein Handy vibriert.

Es ist eine Nachricht von Brandon. Letzte Woche ist er nach Hause zurückgekehrt und beschwert sich seitdem ständig über Grandpa, der ihm tierisch auf die Nerven geht. Auch wenn ich meinen Bruder vermisse, bin ich heilfroh, nicht ihren Streitigkeiten ausgesetzt zu sein.

Ich tippe eine kurze Antwort und richte meine Aufmerksamkeit wieder auf Todd. »Zurück zu der Kardisis. Was genau weißt du darüber?«

Der Unsterbliche schwingt seine langen Beine elegant vom Tisch und setzt sich mir gegenüber aufrecht hin. »Solltest du nicht lieber mit Nero darüber sprechen?«

»Glaubst du denn, dass er mit mir darüber sprechen würde?«, frage ich zurück. Seit dem Besuch beim Orakel habe ich Nero kaum gesehen. Ich vermute, dass er seine Zeit hauptsächlich mit der Suche nach dem letzten Kéjsaia verbringt, was er natürlich genauso wenig mit mir teilt wie seine Erkenntnisse zum Herzensschwur.

»Gut, damit triffst du ins Schwarze.« Todd reibt sich über die Stirn. »Ich weiß nicht viel über die Kardisis oder die Konsequenzen daraus, aber ich habe gehört, dass sie sich schneller entfalten, je *näher* sich die beiden Beteiligten kommen.«

Ich schlucke hart. »Definiere näher.«

Seine Augen verengen sich, ein leichtes Glitzern ist darin zu sehen. »Na ja, so wie man sich eben näherkommen kann. Ich muss dich jetzt aber nicht auch noch aufklären, oder?« Ein listiges Lächeln umspielt seine Lippen, das mit jeder Sekunde breiter wird. »Also, falls du etwas von der Kraft der Kardisis spüren möchtest, müsstest du Nero bloß näherkommen, und zwar im *körperlichen* Sinn.«

Todds Worte hallen noch immer unselig in mir nach, als ich Stunden später in Trainingsklamotten auf der hellen Sofalandschaft liege, die Nase in einem Buch vergraben. Das Exemplar habe ich aus Neros Bücherregal, das abseits diverser Dichter und Philosophen interessante Werke über die Athánados und die Kéjsaias bietet. Leider sind die Bücher allesamt in der unsterblichen Sprache verfasst, und meine Sprachkenntnisse sind noch überschaubar, doch ich arbeite mich durch. Gerade lese ich etwas über dunkle Flüche, mit deren Kraft unsterbliche Seelen in den Selbstmord getrieben wurden. Womöglich ist auch von Doppelmord oder Untergang die Rede, da bin ich mir nicht sicher. Irgendwann schlage ich das Buch resigniert zu, aus dessen Seiten eine Fotografie fällt und Richtung Terrakottaboden segelt. Es ist das Bild einer jungen Frau, einer orientalischen Schönheit mit herzerwärmendem Lächeln. Ohne es zu wissen, weiß ich, dass es sich um Nivia handelt. Sie hat dunkelgrüne, offene Augen und lange dunkle Wimpern, ihre Haut ist von einem zarten Oliveton. Bei ihrem Anblick fühle ich ein kühles Kribbeln in meinen Fingerspitzen.

Schnell stecke ich die Fotografie zurück ins Buch, lege es zu den anderen auf den Couchtisch und versuche, mich mit Oscars *Zaubertricks für Anfänger* auf andere Gedanken zu bringen, indem ich etwas über Illusionstechniken, die Macht der Ablenkung und das Training von Fingerfertigkeiten lese. Meine Bemühungen, eine silberne Münze unbemerkt verschwinden zu lassen, werden immer besser, jedoch bin ich nicht ganz bei der Sache. Das mysteriöse Kribbeln ist noch immer da, und es bringt mich dazu aufzustehen, während meine Gedanken mit mir Fangen spielen. Das Training mit Jerome beginnt erst in einer Stunde, unter Umständen genau der richtige Zeitpunkt, um den Worten des Orakels zu folgen und aus meinen bequemen Mauern auszubrechen.

Die Wachmänner vor Neros Unterkunft stellen kein Problem dar. Mittlerweile beherrsche ich meine Gabe so gut, dass es ein Leichtes ist, die Typen mit ihrer eigenen Fähigkeit zu manipulieren und mich allein nach unten zu begeben. Dabei achte ich darauf, von niemandem gesehen zu werden. Weder von den Athánados in den Gemeinschaftsräumen noch von den Clanmitgliedern im Restaurant, an dem ich flink vorbeigehe. Der kribbelnde Ruf führt mich zu einer unscheinbaren Treppe, die sich hinter einem dicken Vorhang verbirgt. Als ich die Stufen hinabsteige, treffe ich auf ein Labyrinth aus Korridoren, deren dicke Steinmauern den Geruch nach Erde und Feuchtigkeit absondern. Das prickelnd kühle Gefühl drängt mich rasch weiter, dirigiert mich nach links, nach rechts und wieder nach links. Es ist, als wüsste es genau, wann ich anhalten und warten muss, und wann ich problemlos weitergehen kann. Geschickt weiche ich einigen postierten Wachmännern aus, folge meiner Eingebung und dringe immer tiefer in das Geflecht aus unterirdischen Gängen ein, bis ich schließlich an einer Ecke zurückzucke, an der mir schwere Schritte entgegenkommen. Die Schritte gehören zu zwei uniformierten Männern, die den schwach beleuchteten Korridor entlangmarschieren. Sobald sie außer Sichtweite sind, schleiche ich zu dem Durchgang, aus dem sie gekommen sind. Leise klassische Klaviermusik weht mir daraus entgegen – eine zarte, melodische Einladung, die ich annehme, indem ich den nüchternen Raum betrete, der auf den zweiten Blick gar nicht so nüchtern ausfällt.

Als ich die kolossale Glaswand entdecke, bin ich wie gebannt. Hinter einer meterlangen Scheibe, wie man sie sonst nur aus Riesenaquarien kennt, erhebt sich ein wogendes Meer nachtschwarzer Rosen. Ihre samtigen Blütenblätter, die unter der künstlichen Deckenbeleuchtung verführerisch schimmern, wiegen sich sanft zu einem Stück von Beethoven. Selbst durch das dicke Glas strömt der liebliche Duft des Rosenfeldes zu mir, leicht und zärtlich, unterlegt von einer dramatischen Note, begleitet von dem dunkel pulsierenden Licht der Blüten, das auf zwei schlanken Marmorblöcken seinen Höhepunkt findet. Mein Fingerkribbeln weicht einem hauchzarten, elektrisierenden Schlag, als mein Blick an den beiden Glasbehältern hängen bleibt, die in der Mitte des Feldes thronen, erfüllt von einem magischen Leuchten, das nicht von dieser Welt ist.

Die Kéjsaias.

»Was machst du hier?«

Ich erstarre.

»Katalea, was machst du hier?«, wiederholt Nero seine unversöhnliche Frage. Kalte Wut tropft aus seinen Worten, rinnt eisig meine Wirbelsäule hinab.

»Ich ...«, beginne ich, komme aber nicht weiter, weil mich Nero bereits am Oberarm packt und aus dem Raum schleift.

»Lass mich los!«

Der Fürstensohn macht keine Anstalten, mich aus seinem Griff zu entlassen. Wie ein störrisches Vieh zerrt er mich hinter sich her. Ich will mich losreißen, schaffe es aber nicht. Erst als wir uns ein gutes Stück von dem unterirdischen Rosenfeld entfernt haben, bleibt Nero in einem der Gänge stehen und starrt mich zornig an. Sämtliche Muskeln seines Gesichts sind angespannt, und in seinen Augen funkelt eine eiskalte Finsternis, die mein Inneres erzittern lässt.

Siedend heiß wird mir bewusst, was er in mir sieht. »Nero, ich bin nicht dein Feind. Ich bin nicht hier, um dich auszuspionieren.«

»Was hast du dann hier unten zu suchen?!« Seine tiefe Stimme hallt gebieterisch durch die langen Korridore. Noch nie habe ich ihn derart wütend erlebt. Seine Augen sprühen Funken, sein Gesichtsausdruck ist hart und unerbittlich. Sein Kiefer arbeitet, als müsste er sich zusammenreißen, um nicht vollends die Beherrschung zu verlieren. Bei seinem Anblick zieht sich mein Magen zusammen, und meine Gedanken laufen Amok.

»Da bist du ja«, erhebt sich plötzlich eine Stimme hinter uns. Es ist Jerome, der entspannt auf uns zukommt und sich dann leicht verhalten über die kurz rasierten Haare fährt. »Entschuldige, Mann. Das geht wohl auf meine Kappe. Ich war mit Kela unterwegs zur kleinen Halle, als mir einfiel, dass ich etwas vergessen habe. Ich hab sie dann vorgeschickt, aber bei meiner Wegbeschreibung muss sie wohl was kräftig missverstanden haben.«

Reglos wendet sich Nero seinem Freund zu, das Gesicht eine einzige Maske. Er antwortet Jerome nicht sofort, sondern blickt ihn ein paar Atemzüge lang düster an.

»Du kennst meine Anweisungen«, bemerkt er schließlich unbarmherzig. »Ich möchte nicht, dass Katalea sich allein auf dem Gelände aufhält.«

»Es war mein Fehler. Es wird nie wieder vorkommen.«

Ein paar weitere Atemzüge vergehen, in denen Nero seinen Freund stoisch mustert, bevor er langsam nickt und mich schließlich loslässt, um sich mit schnellen Schritten zu entfernen.

»Komm.« Wortlos führt mich Jerome durch die Korridore bis in eine der angrenzenden Fincas, die als Trainingshalle umfunktioniert wurde. Der Boden ist mit dunkelroten Trainingsmatten ausgelegt, an den Natursteinwänden stehen verschiedene Geräte aus glänzendem Metall sowie ein langer Tisch mit Wasserflaschen und Handtüchern.

»Warum hast du mir geholfen?«, will ich wissen, kaum dass sich Jerome in Aufstellung bringt.

Er atmet tief ein, sein muskulöser Brustkorb hebt sich. »Nero steht enorm unter Druck. Er kann etwas ... schwierig im Umgang mit Frauen werden, wenn es ihm zu viel wird. Ich wollte nicht, dass er das an dir auslässt.«

»Inwiefern schwierig?«

»Misstrauisch. Mach jetzt bloß keine große Sache daraus, sonst bereue ich gleich, dir geholfen zu haben.« Er hält kurz inne, seine Stirn legt sich in Falten. »Wie bist du überhaupt an den Wachposten vorbeigekommen?«

»Durch meine Gabe.« Zum ersten Mal wird mir klar, dass die Wachen nicht vorrangig mich beschützen sollen, sondern etwas *vor* mir.

»Dann stimmt es also«, bemerkt Jerome trocken.

»Was genau?«

»Dass du deine Fähigkeit tatsächlich bei Unsterblichen anwenden kannst. Das können grundsätzlich nur Mitglieder der Fürstenfamilien, was du ja bist, aber für Halbsterbliche ist es beinahe unmöglich. Ich bin fast beeindruckt.«

»Warum nur fast?«

Er grinst grimmig. »Du bist noch immer eine Halbsterbliche.«

Kopfschüttelnd wärme ich meine Arme auf. Da ist nach wie vor dieser Knoten, der sich tief in meine Brust gräbt, wenn ich an Neros feindseligen Blick denke. »Was ist, wenn Nero deine Geschichte von eben überprüft? Wenn er mit den Wachmännern spricht und herausfindet, dass ich sie manipuliert habe?«

»Das wird er nicht tun. Nero vertraut mir.« Jeromes Kinn spannt sich an. Sein Blick wird finster, als er mich ins Visier nimmt. »Bring mich niemals wieder dazu, für dich zu lügen. Ich belüge meine Freunde nicht. Hast du verstanden?«

Meine Antwort ist ein Nicken, das der Athánados kurz abwartet, bevor er mich angreift. Während der nächsten Stunde nimmt er mich noch härter ran als sonst. Immer wieder lande ich auf dem Boden, um gleich darauf die nächste Attacke abzubekommen. Als sich irgendwann die Holztür der Finca öffnet und Todd in Begleitung von Nero die Trainingshalle betritt, bin ich völlig außer Atem.

»Hey, Kela, du siehst aus, als hättest du gerade unter der Dusche gestanden«, frotzelt Todd. »Oder hat dich Jerome etwa mit dem Gartenschlauch abgespritzt? Ist es das, was ihr hier so treibt? Kindische Wasserspiele?«

»Ich weiß nicht, was du in deinen Unterrichtsstunden abziehst, aber wir trainieren«, kontert Jerome, während Nero auf uns zukommt. Er hat sich umgezogen und trägt nun eine lockere, schwarze Sporthose zu einem grauen, ärmellosen Shirt, das die archaischen Tätowierungen auf seinen Schultern und Oberarmen preisgibt.

»Aus genau diesem Grund sind wir hier«, bemerkt er kühl. »Ich will mir Kataleas Fortschritte ansehen.«

»Wenn du das möchtest.« Jerome nickt mir aufbauend zu, bevor er sich in den seitlichen Bereich zurückzieht.

Beherrscht atme ich ein. Meine Muskeln schmerzen und mein Körper ist mit blauen Flecken übersät. Jetzt gegen Nero antreten zu müssen, kommt mir verdammt grausam vor.

»Damit es nicht ganz so nass wird.« Lächelnd reicht mir Todd eines der Handtücher, mit dem ich mir den Schweiß von der Stirn wische, und beugt sich unauffällig zu mir. »Du lenkst Nero ab. Nutze das. Sonst hast du keine Chance«, flüstert er mir zu, um sich gleich darauf neben Jerome an den Rand der Halle zu stellen.

Ich werfe das Handtuch auf den Boden und binde meine Haare zu einem Knoten, während die Gedanken wild durch meine Synapsen springen. Mein Atem geht viel zu heftig, mein Puls ist schon jetzt auf dem Höchststand.

»Können wir?«, erkundigt sich Nero.

»Natürlich.« Egal was passiert, ich werde keine Schwäche zeigen, sage ich zu mir, während Nero den Abstand zwischen uns verringert. Er hat offenbar nicht vor, mich zu schonen. Für einen Moment tänzeln wir umeinander herum, aber der Moment ist kurz. Mit einer geschmeidigen Bewegung holt Nero zum ersten Schlag aus, unter dem ich mich hinwegducke. Als Reaktion will ich ihm gegen die Beine treten, doch er fasst meinen Fuß, zieht ihn blitzschnell zu sich heran und befördert mich hart auf den Boden. Der Aufprall schmerzt bis in den letzten Winkel meines Körpers, dennoch rappele ich mich keuchend auf, um mich so rasch wie möglich wieder in Position zu bringen.

Die nächsten Angriffe verlaufen nach dem gleichen Muster. Während meine Bewegungen schwerfälliger werden, atmet Nero ruhig und gleichmäßig, als würde er gegen ein Kind antreten. Er pariert meine Schläge, scheint jedes Manöver vorherzusehen. Immer wieder lande ich auf der Matte. Mein gepeinigter Rücken will nicht mehr, und auch der Rest von mir ist knapp davor aufzugeben, wäre da nicht diese Sturheit in mir, die sich keine Schwäche eingestehen möchte.

Was auch immer Nero hier tut, es ist seine Antwort auf meinen Ausflug.

Ob diese Antwort mir gilt oder Jerome, der mit zusammengekniffenen Augen unseren ungleichen Kampf verfolgt, kann ich nicht sagen.

»Hey. Lasst es gut sein«, meint Todd schließlich vom Mattenrand aus. Er versucht, unbeschwert und leicht zu klingen, aber ein unsicherer Unterton schwingt in seiner Stimme mit.

Nero sieht mich ungerührt an. »Wenn Katalea danach verlangt«, verkündet er dunkel.

Ich komme gerade wieder auf die Beine und wische mir mit dem Handrücken eine klebrige Haarsträhne aus der Stirn. »Nein, danke«, schnaufe ich, während ich seinem kühlen Blick standhalte. »Von mir aus können wir gern weitermachen.«

»Sehr gut. Du scheinst heute voller Tatendrang zu stecken.«

Ich hebe beide Augenbrauen. »Willst du mir etwas sagen, Nero?«

»Nein, wieso?«

»Ich hatte nur den Eindruck, dass du etwas loswerden möchtest. Aber wenn dir nichts auf dem Herzen brennt«, erwidere ich und lächele in Jeromes Richtung, um Nero zu provozieren. Es ist nicht besonders klug, das weiß ich, aber ich kann einfach nicht anders. Außerdem bleibt mir etwas Zeit zum Luftholen, wenn wir nicht sofort weitermachen.

»Was soll das, Katalea?«, fragt Nero kalt.

»Was genau?«

»Jetzt bist du es, die tanzt. Du weißt, dass du deine Räumlichkeiten nicht allein verlassen darfst. Wieso hast du dich vorhin dort unten herumgetrieben?«

Ich blicke Nero unbewegt an. »Jerome hat dir diese Frage doch bereits beantwortet.«

»Ich möchte es von dir hören.«

»Wieso? Bist du etwa eifersüchtig?«, frage ich im Scherz, verstumme jedoch, als ich Neros zerrissenen, düsteren Blick sehe.

»Machen wir weiter«, erklärt er hart, dann attackiert er mich erneut. Diesmal sind seine Schläge noch schneller, noch versierter, noch schmerzhafter. Als er in überirdischer Geschwindigkeit einen Fuß um mein Bein hakt, schnappe ich rechtzeitig nach ihm und bringe ihn mit mir zu Fall.

Gemeinsam landen wir auf der Matte. Neros Gewicht drückt mich nach unten, lässt mich jeden Zentimeter seines trainierten Körpers spüren. Seine harte Brust, die muskulösen Beine. Ich fühle seinen kräftigen Herzschlag, nehme seinen Atem in meinem Gesicht wahr. Anstatt mich zu wehren, mich von ihm zu befreien, erwidere ich seinen dunklen Blick. Schiebe ihm mein Becken langsam entgegen, so sanft und verführerisch, dass ein irritierter Ausdruck in seinen Augen aufblitzt. Sein Atem beschleunigt sich, und auch ich atme stockend ein. Jede Faser meines Körpers steht unter Spannung, unterliegt der hitzigen, aufgeladenen Atmosphäre zwischen uns. Ein paar Herzschläge lang starren wir einander keuchend an wie zwei Ertrinkende, deren gemeinsame Welt untergeht, bis Neros Blick unbeherrscht zu meinen Lippen rutscht. Einladend beiße ich mir auf die Unterlippe und fache damit die lodernde Spannung weiter an. Als Nero schließlich blinzelt, die Kontrolle wiedererlangt und sich aufrichten will, nutze ich den Moment, um meine Wut zu kanalisieren und ihm so kräftig ins Gesicht zu schlagen, wie ich nur kann.

Blut schießt aus Neros Nase, ergießt sich in einem dunkelroten Schwall über die Matte. Noch nie habe ich Jerome derart zufrieden grinsen gesehen. Er wirft Nero eines der Handtücher zu, das der Fürstensohn sich gegen die Nase hält.

Todd beginnt zu klatschen, als wäre der Kampf besonders siegreich zu Ende gegangen. »Großartig. Dann habt ihr das jetzt auch geklärt.«

Ich komme langsam hoch. »Haben wir das?«, frage ich Nero forsch.

»Fürs Erste«, gibt er nüchtern von sich, aber irgendwie traue ich ihm nicht.

Achtundzwanzig

»Wie lange dauert es denn noch?«, frage ich angespannt. Ich hätte niemals vermutet, dass man so viele Stunden mit Ankleiden, Schminken und Frisieren verschwenden kann, werde aber von Paolo eines Besseren belehrt. Gemeinsam mit seiner Entourage hat er mein Zimmer in ein buntes Chaos aus dunklen Stoffen und Make-up verwandelt. Ein rollbarer Kleiderständer mit eleganten Abendkleidern steht neben der mit Stolas überhäuften Couch, auf dem schmiedeeisernen Bett stapeln sich Schuhkartons, und eine Armada silberfarbener Koffer umzingelt meine Kommode, während sich Pinsel, kleine Döschen, Kämme und diverse Kosmetikprodukte auf dem hübschen Holztisch in der Ecke verteilen, an dem ich nun schon seit einer gefühlten Ewigkeit sitze.

»Juliette hat mir den Auftrag erteilt, ein Meisterwerk zu vollbringen. Und Meisterwerke benötigen ihre Zeit. Vor allem bei solch … *Rohdiamanten*«, erklärt Paolo mit sonorer Stimme.

Ich werfe ihm einen gequälten Blick zu. Paolos helle Haut und die zu einem dicken Pferdeschwanz gebundenen weißblonden Haare bilden einen starken Kontrast zu seiner dunklen Kleidung;

ebenso unterschiedlich scheint auch unsere Auffassung von Geduld auszufallen.

»Wie oft muss ich es dir denn noch sagen? Halte die Augen geschlossen, Kela. Oder willst du, dass ich noch einmal ganz von vorn beginnen muss?«

»Bloß nicht«, stöhne ich, gehorche seiner Anweisung und höre ihm während der nächsten Minuten erneut dabei zu, wie er seine beiden Angestellten durch mein Schlafzimmer scheucht und fachgerecht nach bestimmten Pinseln, Haarklemmen oder Farbschattierungen verlangt.

»Du hast unglaubliches Glück«, bemerkt er schließlich und steckt eine Haarnadel so tief in mein Haar, dass ich das Gefühl habe, sie direkt in mein Gehirn gerammt zu bekommen.

»Muss das so fest sein?«

»Selbstverständlich. Du willst doch nicht so eine Tragödie erleben wie dieses junge Ding … wie war noch mal ihr Name?« Die beiden Frauen, die neben uns knien und gerade dabei sind, vorsichtig die Riemchen meiner schwarzen Pumps zu schließen, zucken mit den Schultern.

»Ist auch egal. Jedenfalls war ihre Frisur nach dem Gabengang ein Desaster. Sie sah aus, als wäre sie in einen Sturm geraten. Das möchtest du nicht, nicht an der Seite von Nero de Balzac. Alle Augen werden auf dich gerichtet sein, Mädchen«, sagt er und feuert damit das mulmige Gefühl in meinem Magen weiter an. »Und jetzt steh auf.«

Ich raffe den Saum meines Kleides, um mich behutsam aufzurichten. Zeitgleich greift Paolo nach einem hübschen silbernen Flakon, betätigt versiert den Sprühknopf und hüllt mich in eine zarte Parfümwolke, die nach Rosen und Verführung duftet. Unwillkürlich muss ich husten.

»Echt jetzt? Ist das notwendig?«

»Auf besonderen Wunsch von Nero de Balzac.« Feierlich ergreift er meine Hand, um mich zu dem hohen Spiegel neben der Kommode zu führen. Das Laufen in den Pumps ist ungewohnt, aber glücklicherweise sind sie nicht unendlich hoch.

»Voilà.« Mit zusammengepressten Lippen legt sich Paolo eine Hand auf die Brust. Er sieht aus, als müsste er gleich losheulen. »Was für ein Meisterwerk.«

Langsam betrachte ich mein Spiegelbild. Meine blonden Haare sind zu einer kunstvoll drapierten Hocksteckfrisur verflochten, aus der einzelne, sanft gewellte Strähnen gekonnt herausfallen und mein Gesicht zart umspielen. Das Make-up, das mir Paolo aufgetragen hat, wirkt mit dem leicht schimmernden Lipgloss und dem Hauch Rouge vornehm dezent, bis auf die verrucht geschminkten Smokey Eyes, die von langen, tiefschwarzen Wimpern umrahmt werden und meinen grünen Augen eine unglaubliche Strahlkraft verleihen.

Mein Blick gleitet weiter zu dem atemberaubenden, nachtschwarzen Kleid. Es ist ärmellos und mit Sicherheit das Teuerste, was ich jemals getragen habe. Elegante Blütenspitze ziert das hauchzarte, rückenfreie Oberteil, das sich verführerisch um Schlüsselbein und Brust spinnt und an der Taille in einen bodenlangen, eng anliegenden Rock mit Schleppe übergeht, dessen Stoff sich weich um meine Beine schmiegt.

Ich atme tief ein.

Noch nie in meinem Leben habe ich so schön ausgesehen.

»Und?«, will Paolo wissen.

»Danke«, sage ich nur, weil ich ansonsten sprachlos bin. Zaghaft lächele ich den Meister an, der mich auch ohne Worte zu verstehen scheint. Er nickt voller Stolz zurück, als ein ungeduldiges Klopfen an der Tür erklingt, das ihn erschrocken auf seine goldene Armbanduhr schielen lässt.

»Herrgott. Es ist doch schon etwas spät. Adriana, Claudette, husch, husch. Keinesfalls wollen wir uns den Ärger des Fürstensohns zuziehen.« Er klatscht energisch in die Hände, und ich beobachte erstaunt, wie die drei in Windeseile ihre Sachen zusammenpacken und gleich darauf mit Koffern und Kleiderständer aus dem Zimmer eilen, als wären sie nie hier gewesen.

Mit klopfendem Herzen trete ich hinaus in den Wohnbereich, auf dessen heller Sofalandschaft es sich Todd und Jerome in ihren schicken schwarzen Anzügen bequem gemacht haben. Als sie mich sehen, springen sie beinahe zeitgleich auf.

»Wow. Kela. Du siehst ... unglaublich aus.« Todd schlägt seinem muskulösen Freund auf die Schulter. »Sieht sie nicht unglaublich aus?«

»Ganz nett«, erwidert Jerome, dessen anthrazitfarbenes Hemd sich um seine muskulöse Brust spannt. Langsam lässt er seinen Blick über meine Gestalt gleiten, um sich dann breit grinsend über die Bartstoppeln an seinem Kinn zu reiben. »Wirklich ganz nett.«

»Nett? Das ist die Untertreibung des Jahrhunderts. Kela, du bist wunderschön.«

»Danke. Juliette hat mir anscheinend doch kein antikes Ungetüm ausgesucht«, sage ich und spüre, wie sich meine Wangen leicht röten. »Ich bin etwas nervös.«

»Musst du nicht sein. Wir sind an deiner Seite. Die Fürstenfamilie ist bereits ins Schloss der Zusammenkunft aufgebrochen. Wir sollen mit dir nachkommen.«

»Babysitterdienst. Nero hat uns angewiesen, dich keine Sekunde aus den Augen zu lassen«, blafft Jerome und lässt seinen Nacken knacken, bevor er uns eintrichtert, dass wir viel zu spät dran sind, und uns fluchend aus dem Wohnbereich treibt.

Über eine der kühlen Steintreppen gelangen wir in die unterste Etage, wo das Geflecht aus schwach beleuchteten Korridoren beginnt, das ich vor gut zwei Wochen mit Nero und seinen Eltern das erste Mal betreten habe. Seitdem habe ich die Hauptresidenz der de Balzacs nur für meinen Ausflug zum Orakel verlassen. Als wir schließlich vor einer pechschwarzen Tür mit eingelassenen Rosenornamenten stehen bleiben, ist mein ganzer Körper von einer pochenden Aufregung erfüllt. Die Zeremonie an sich ist weder besonders kompliziert noch langwierig, dennoch bin ich nicht erpicht darauf, mich als Halbsterbliche vor den anderen Clans zu präsentieren.

»Es wird schon schiefgehen«, flüstert mir Todd aufmunternd zu und nutzt die Magie seines Ringes, um uns durch den dunklen Durchgang direkt in das Schloss der Zusammenkunft zu befördern. Entgegen meiner Erwartung landen wir nicht im Sitzungssaal des Hohen Rates, sondern in einem mit dunkelrotem Teppich ausgelegten Gang. Geschwungene silberfarbene Wandlampen tauchen den langen Korridor in ein warmes Licht, dessen Schein auch auf sieben gewaltige Ölgemälde fällt, die in regelmäßigen Abständen an den ornamentgeschmückten Wänden angebracht sind.

Am Ende des Flurs erspähe ich einen älteren Herrn in einem

hellblauen Smoking. Er schlüpft gerade durch einen silberhellen Brokatvorhang, als mein Blick an dem ersten Gemälde rechts von mir hängen bleibt. Der breite Rahmen wird von zarten, goldenen Callas umwoben, deren Anmut der düsteren Malerei eine seltsame Eleganz verleiht. Das Bild zeigt eine junge, schwarzhaarige Frau mit wirr abstehenden Haaren. Sie ist an einen eisernen Stuhl gekettet, umgeben von riesigen, unwirklich erscheinenden Fliegenpilzen. Mit Händen und Füßen wehrt sich die Dame gegen die Blitze, die als Funkenregen auf ihren Körper niederprasseln. Beim Anblick ihres schmerzverzerrten Gesichtes stellen sich die Härchen auf meinen Armen auf, und ich erschrecke, als mir plötzlich ein heftiger Windstoß entgegenfegt. Noch bevor ich zurückstolpern kann, hält Jerome mich fest. Als ich mein Gleichgewicht wiedergefunden habe, verstehe ich auch, was Paolo vorhin mit dem Gabengang gemeint hat, und danke ihm innerlich, dass meine Frisur noch immer sitzt.

»Die Kunstwerke im Schloss der Zusammenkunft können manchmal recht stürmisch ausfallen«, bemerkt Todd und legt mir beruhigend seine Hand auf den Rücken, um mich sanft weiterzudirigieren.

»Richte den Blick am besten nach vorn«, weist mich Jerome von der anderen Seite aus an. »Sie lassen sich hier immer neue Warnungen einfallen.«

»Warnungen?«, wiederhole ich.

»Es handelt sich um mehr oder weniger dezente Hinweise, mit der uns anvertrauten Verantwortung gut und weise umzugehen. Eigentlich sollen es bloß Kunstwerke sein, doch es steckt immer mehr dahinter. Die Exponate des Gabengangs wechseln jedes Jahr, manchmal sind es irrwitzige Interpretationen, schließlich obliegt es dem Ermessen der beauftragten Künstler, was genau gezeigt wird. Das Bild von eben nimmt augenscheinlich auf diesen Athánados aus dem Hause Zhen Bezug, der untreue Geliebte, zumeist Sterbliche, mit seiner Gabe grausam bestrafte«, konkretisiert Todd, während wir das nächste Gemälde passieren. Der von violetten Chrysanthemen besetzte Rahmen weist auf den Clan der Chevalls hin, und ich erkenne das Abbild einer alten Frau mit wallendem, weißem Haar, die in einem langen Gewand über einer in Dunkelheit gehüllten Schneelandschaft schwebt. Ihre Augen leuchten unheilvoll, während sich aus dem Schnee eine Figur zu formen scheint, nicht Mann oder Frau, sondern ein überirdisches Wesen, dessen Strahlen die diesige Finsternis erhellt.

»Was ist das?«, will ich wissen, gleichzeitig werde ich das Gefühl nicht los, dass sich das Ölgemälde bewegt. Als könnte ich die sanften Schwingungen der schwebenden Frau, das Knirschen des Schnees und die Kälte der Eislandschaft auf meiner Haut wahrnehmen.

»Ein Blick in die Vergangenheit. Die Prophezeiung des sogenannten *Dyodorus*, eines Unsterblichen, der angeblich nicht über eine, sondern über zwei magische Fähigkeiten verfügen soll«, sagt Todd.

Am liebsten würde ich mir das einnehmende Gemälde genauer ansehen, doch die Jungs lassen mir keine Zeit. Diesmal ist es Jerome, der mich antreibt, über den dunkelroten Teppich weiterzugehen, sodass ich nur einen kurzen Blick auf das Werk der Rivaldis werfen kann. Im goldenen Licht der geschwungenen Wandleuchten offenbart das Gemälde einen Garten mit üppigen Bäumen, an deren Ästen keine Früchte, sondern Bücher hängen, die von einem gefräßigen, bärtigen Mann gepflückt und mittels eines Zauberwirbels einverleibt werden. Unwillkürlich muss ich schmunzeln. Offenbar eine Anspielung auf den Typen, den Suki in der Bibliothek erwähnt hat. Auf dem nächsten Ölbild, dessen Rahmen von schwarzen Rosen geziert wird, duellieren sich zwei Männer mit dunklen Zylindern in einer viktorianisch anmutenden Stadt. Eine mit einer riesigen Rose bekleidete Dame rekelt sich verführerisch vor einem Brunnen, ihr Blick ist eine einzige sinnliche Herausforderung. Ich kann gar nicht anders, als sie anzustarren.

»Kela. Wir sind spät dran«, flüstert Todd neben mir und schiebt mich an dem nächsten Objekt vorbei, ein von roten Lotosblüten umranktes Gemälde, auf dem Dutzende burgunderrote Schmetterlinge über das Gesicht einer wunderschönen Frau streichen. Ich staune nicht schlecht, als sich die schillernden Schmetterlinge anmutig aus dem Bild erheben, um an uns vorbei über den Gang zu flattern. Schlagartig verändert sich das Gesicht der Frau, es wird von Narben übersät, ihre Wangen fallen ein, und in ihre Augen tritt der Ausdruck purer Boshaftigkeit. Gleichzeitig zerfallen die bezaubernden Schmetterlinge zu rotem Staub, der träge in das Ölgemälde zurückweht.

Wir gehen weiter. Auf dem vorletzten Kunstwerk ist ein Mann mit engelsgleichem Gesicht zu sehen. Dunkles, dämonenhaftes Feuer umspielt seine Züge, während er von zwei hünenhaften Typen gepackt und brutal in einen glänzenden Sarg verfrachtet wird. *»Rette mich. Rette mich*«, stiehlt sich eine Stimme in meinen Kopf, so flehend und eindringlich, dass sich mein Herz zusammenzieht.

»Ich hasse alle Kunstwerke, die mit dem Abendsberg-Clan zu

tun haben. Diese verdammten Dinger dringen einem immer ins Hirn«, brummt Jerome und zieht mich weiter.

»Das war doch dieser Tao, nicht wahr? Er soll Bernhard von Abendsberg durch einen Pakt besetzt und sich mit seiner Frau vergnügt haben. Dafür wurde er für immer weggesperrt«, bemerkt Todd finster, lacht dann aber leise auf, als er das allerletzte Gemälde erblickt. Das von weißen Orchideen geschmückte Kunstwerk wirkt mit seinen vielen unterschiedlichen Elementen eigenartig befremdlich. Riesige Fliegenpilze ragen neben büchertragenden Bäumen auf, unter denen der Mann mit dem Engelsgesicht und die halb nackte Rosenfrau in einer Schneelandschaft sitzen, umflattert von burgunderroten Schmetterlingen.

»Eine sehr mutige Interpretation, die Gabe der Gwynedons derart darzustellen. Das Werk wird deinem Cousin bestimmt nicht besonders gefallen«, sagt Todd und bleibt stehen. Die Gemälde haben mich derart abgelenkt, dass ich das Ende des Korridors komplett ausgeblendet hatte.

Mein Herz klopft mir bis zum Hals, als Jerome den schweren Brokatvorhang zur Seite schiebt und wir eine Empore betreten, von der aus eine breite Marmortreppe in den prächtigen Festsaal führt. Funkelnde Kronleuchter aus glänzendem Silber lassen ihre strahlenden Lichtpunkte über die monumentalen Malereien der stuckverzierten Wände tanzen, überfluten den hellen Marmorboden und die eleganten Gewänder der Athánados. In den schillerndsten Farben ihrer Clans gekleidet, unterhalten sich die Unsterblichen an Stehtischen, die mit Damast überzogen sind, an der längsseitig aufgebauten Bar oder rund um das große, in der Mitte thronende Podest, das mit fünf hüfthohen Säulen bestückt ist.

Blinzelnd tauche ich in das Meer aus wunderschönen Farbschattierungen ein, das mir entgegenschwappt, untermalt von einem Kaleidoskop blumiger Düfte. Zart erdige, mild exotische und sinnlich betörende Noten liegen in der Luft, begleitet von Stimmengewirr und Gelächter. Die wohlklingende Musik, die sich daruntermischt, täuscht wie das Lächeln der Anwesenden jedoch nicht darüber hinweg, dass unter dieser strahlenden Oberfläche die düstere Melodie des Argwohns und Misstrauens summt.

Es dauert nicht lange, bis ich Nero mit einem Cognacglas in der Hand an der Bar entdecke. Die zurückgegelten Haare und der rauchschwarze Anzug stehen ihm außerordentlich gut, ebenso wie sein hintergründig hinreißendes Lächeln, mit dem er die Traube an Verehrerinnen um ihn herum verzückt. Bis auf Weiß ist offenbar jede Farbe vertreten.

»Bist du bereit?«, fragt mich Todd, der sich rechts neben mich stellt.

»Ich denke nicht«, erwidere ich, auch wenn es keinen Unterschied macht. Jerome händigt einem silberfarben gekleideten Mann mit Hornbrille und Stock eine schwarze Karte aus, bevor er sich links von mir postiert. Der Brillenträger klopft daraufhin mit dem reichlich verzierten Stock so fest auf den Marmorboden, dass das Geräusch von den hohen Wänden widerhallt.

»Todd Harmsworth und Jerome Dupont aus dem Haus de Balzac in Begleitung von Katalea Richardson, ebenfalls aus dem Haus de Balzac«, erklingt seine volltönende Stimme, die den ganzen Saal erfüllt. Die Szene erinnert mich an einen dieser alten Filme, die Mom so gern geguckt hat.

Das Stimmengewirr verebbt. Mit einem Mal richtet sich die gesamte Aufmerksamkeit des Festsaals auf uns, als hätte man mit mir das einzige Licht in einem dunklen Raum angeknipst. Ich versuche, gleichmäßig zu atmen und mich von dem verstörenden Interesse nicht aus dem Konzept bringen zu lassen. Vor allem nicht von Nero, der mitten in der Bewegung innegehalten hat. Sein Cognacglas verharrt vor seinen Lippen, aber er trinkt nicht daraus, sondern sieht mich nur an, als würde er mich zum allerersten Mal sehen.

Sein dunkler Blick brennt sich glühend unter meine Haut, dringt bis in mein nervöses Herz. Mit zittrigen Händen hebe ich die schwarze Schleppe meines Kleides an. Unter keinen Umständen darf ich fallen, nicht jetzt, nicht hier, bete ich innerlich, während ich Schritt für Schritt zwischen Jerome und Todd die Treppe hinunterschreite. Alle Unsterblichen in dem Saal scheinen uns zu beobachten, und ich bin heilfroh, als wir endlich unten angekommen sind und der Mann mit der Hornbrille die Ankunft eines neuen Gastes verkündet, die das Stimmengewirr wieder einsetzen lässt.

»Oje. Das hatte ich befürchtet«, höre ich Todd sagen, als Suki angerauscht kommt. Mit dem langen, schwingenden Rock und dem herzförmig geschnittenen Oberteil aus grüner Seide sieht sie sehr hübsch aus.

»Was für ein Auftritt«, erklärt sie grinsend und macht eine abfällige Geste Richtung Todd. »Ich meine natürlich Kela, nicht dich.«

Todd streicht sich den Ärmel seines Sakkos glatt und lässt den Blick bezeichnend über Sukis Kleid wandern. »Sollte man dich in diesem Outfit im Wald aussetzen, würde man dich niemals wiederfinden. Willst du nicht ein wenig durch die Wälder streifen?«

»Willst du dir nicht an der Bar ein paar Drinks genehmigen, bis du bewusstlos umfällst? Das würde das Niveau des Saals enorm heben«, lautet ihre trockene Antwort, auf die Todd schon etwas erwidern will, von Jerome jedoch zurückgehalten wird.

»Ausnahmsweise hat Chevall-Rivaldi einmal recht. Wir sollten uns einen Drink genehmigen.« Der Blick des muskulösen Unsterblichen richtet sich auf mich. »Wir behalten dich im Auge, Kela. Du bleibst schön in unserer Nähe.«

»Wo sollte ich denn auch hin?«, frage ich seufzend und sehe zu den hohen Fenstern und Balkontüren hinüber, die an der Stirnseite des Raumes in die Nacht hinausführen. Neben dem Durchgang, durch den wir soeben getreten sind, bilden sie die einzigen Ausgänge des herrschaftlichen Saals.

Als Jerome und Todd in der Menge verschwinden, zieht mich Suki in eine Ecke, an deren Wand düstere Kreaturen aus der Unterwelt gegen hell entbrannte Wesenheiten kämpfen. Erst jetzt erkenne ich in der beeindruckenden Wandmalerei die Geschichte der Kéjsaias, die mit ausdrucksstarken Farben und kräftigen Pinselstrichen festgehalten wurde und die Wände des gesamten Saals ziert. Nur schwer kann ich den Blick von der überwältigenden Malerei abwenden, um Suki von meiner gestrigen Auseinandersetzung mit Nero zu berichten. Die Sache mit den Kéjsaias und dem Rosenfeld im unterirdischen Labyrinth des De-Balzac-Anwesens lasse ich dabei jedoch unter den Tisch fallen.

»Wo hast du ihn erwischt?«, will sie aufgeregt wissen, als ich zu Ende erzählt habe. »Und hast du danach gleich mit Todd weitergemacht?«

Ich ziehe die Augenbrauen zusammen. »Wieso sollte ich Todd schlagen?«

»Was ist denn das für eine Frage? Dafür gibt es tausend Gründe.«

»Nein, ich habe Todd nicht geschlagen«, erkläre ich nachdrücklich und spüre die Blicke der anwesenden Gäste, die ständig auf mir landen, als wäre ich ein verdammter Magnet. Ich mag diese Aufmerksamkeit nicht. Meine Finger nesteln nervös an meinem Kleid herum. »Ich habe Nero nur eine verpasst, weil der Moment günstig war und er davor keine Skrupel hatte, auf mich loszugehen. Unter dem Kleid ist meine Haut blau und grün, und wie du weißt, ist das nicht meine Farbe.«

Suki grinst.

»Die Flecken auf meinem Rücken mussten mit Make-up überdeckt werden«, fahre ich fort. »Ich war so wütend, dass ich ihm am liebsten die Nase gebrochen hätte.«

»Ist Blut geflossen?«

»Ja, einiges. Das Handtuch, das Jerome entsorgt hat, war völlig durchtränkt«, sage ich, fühle aber nicht die Genugtuung, die ich fühlen sollte. Mein Blick wandert zu Todd und Jerome, die nicht weit entfernt an der Bar stehen und mir mit ihren Longdrinkgläsern zuprosten.

»Du musst vorsichtig sein.«

»Ich weiß.«

»Nein«, wispert Suki und zieht mich noch weiter zu einer der Terrassentüren, hinter denen der Mond rund und strahlend am Nachthimmel steht. »Ich meine nicht nur wegen deiner Halbsterblichkeit. Denk an den Kinderreim, der von der dunklen Seele handelt. *Die Seele schwarz bei Tag und Nacht, nur die ihr nah sie umgebracht. Das Kleid der Schuld sich angelacht, des Feuers Brut ihr mehr vermacht.*«

Eine scheußliche Gänsehaut kriecht über meine nackten Oberarme. Mein Magen sackt ein Stück weit nach unten. »Du denkst wirklich, dass Nero diese schwarze Seele ist?«

»Was ist, wenn das hässlichste Gerücht von allen stimmt und er tatsächlich deine Cousine auf dem Gewissen hat?« Wie heißer Teer sickert ihre Frage in mein Gehirn und bleibt an einem anderen Gedanken kleben.

»Und was, wenn Nivia selbst diese schwarze Seele war?«, frage ich vorsichtig.

»Wie meinst du das? Glaubst du etwa, dass sie Selbstmord begangen hat? Oder denkst du, dass Nero sie aus Notwehr abgemurkst hat, weil sie verrückt geworden ist?« Sukis Augen weiten sich, als könnten sie gleich aus ihrem Kopf springen.

»Vergiss es, ich weiß auch nicht. Ich habe nur so einen komischen Text gelesen. Aber es passt ja gar nicht zu meinen …« Ich stoppe abrupt, doch Suki verfolgt bereits das energische Zupfen meiner Finger und betrachtet mich misstrauisch. »Wozu passt es nicht? Sag mal, vertraust du mir etwa immer noch nicht? Kela, ich dachte, wir hätten das geklärt«, zischt sie.

Ich atme tief ein. »Es heißt, dass ihr einen Kéjsaia besitzt.«

»Behauptet wer? Ein de Balzac? Etwa Todd?« Ihr verletztes Zischen weicht einem ungläubigen Schnauben. »Ihm glaubst du, aber mir nicht? Was soll ich denn bitte schön noch tun, damit du mir endlich vertraust?«

»Ich weiß einfach nicht mehr, was oder wem ich glauben soll«, erwidere ich gedämpft.

»Ich bin deine Freundin, Kela! Egal was passiert. Ich war schon deine Freundin, als du noch eine ganz normale Sterbliche warst, und ich dachte, dass du auch meine Freundin bist, aber langsam denke ich, dass du –«

Noch bevor Suki ihren Gedanken zu Ende führen kann, reißt uns eine tiefe Stimme aus dem Gespräch. »Guten Abend, die Damen.«

Neunundzwanzig

Suki und ich schrecken zusammen, als plötzlich Ruben vor uns steht, der sich in seinem hellen Anzug mit dem perlweißen Hemd lautlos genähert hat. Alles an ihm scheint eine Verkleidung zu sein, sauber und unaufrichtig. Vor allem sein Lächeln, als er den Blick über mich wandern lässt.

»Kela. Es freut mich, dass du heute deinen Ring erhältst. Weniger freut mich jedoch die Farbe deines Kleides. Weiß würde dir viel besser stehen.«

Ich straffe die Schultern und lächele ebenso kühl zurück. »Bei beidem hattest du wohl wenig mitzureden.«

Sein schmallippiges Lächeln verharrt an Ort und Stelle. »Du irrst dich. Ohne die Bemühungen der Gwynedons würdest du heute deinen Ring nicht erhalten.«

Ich widerstehe dem Impuls, darauf einzugehen, weil es genau das ist, was er will.

»Oh. Er hat es dir wohl nicht erzählt«, fährt Ruben fort. »Die de Balzacs hatten sich kurzfristig doch gegen die Verleihung deines Rings entschieden. Mein Vater sah sich gezwungen, beim Hohen Rat zu intervenieren, damit du an der Zeremonie teilhaben darfst. Er war der Meinung, dass dir wenigstens diese Freiheit eingeräumt werden sollte, nachdem du schon die Bürde meiner verblichenen Cousine zu tragen hast.«

»Das ist garantiert eine Lüge«, faucht Suki abfällig, sieht mich jedoch nicht an.

Ruben betrachtet sie gleichgültig. »Ich muss wohl etwas verpasst haben. Seit wann sind die Chevall-Rivaldis zu Fürsprechern der de Balzacs geworden? Du kannst dich gern bei deiner Clanfürstin informieren.«

»Das werde ich.«

»Nur zu. Wie wäre es zum Beispiel mit ... *jetzt*? Ich würde gern einen Moment allein mit Kela sprechen.«

Suki zögert kurz, und in ihrem Blick blitzt abermals das enttäuschte Glimmen auf, als sie mich schließlich doch ansieht. »Wenn es unbedingt sein muss.« Verärgert verlässt sie uns, um zwischen den elegant gekleideten Athánados unterzutauchen. Die Musik wechselt in ein schnelleres Tempo, mein Herzschlag wechselt mit. Jede Sekunde mit Ruben ist eine zu viel.

»Was willst du?«, frage ich den dunkelhaarigen Unsterblichen ungehalten.

»Ich wollte dich wissen lassen, dass wir um deine Sicherheit besorgt sind. Trotz allem bist du noch immer Teil unserer Familie und musst beschützt werden. Es heißt, dass sich ein Spion unter den de Balzacs befindet, der seine ganz eigenen Ziele verfolgt.«

»Ach, heißt es das?«, frage ich ungerührt. »Und ist diese Information ebenso zuverlässig wie die deiner Rettungsmission, bei der du mir fast die Kehle zerquetscht hättest?«

Seine stahlblauen Augen glänzen amüsiert. Lässig schiebt er sich eine schwarze Haarsträhne hinters Ohr, als könnte er damit zeitgleich meine Bedenken wegschieben. »Wir hatten unsere Anfangsschwierigkeiten, das gebe ich zu. Aber Blut ist bei den Unsterblichen dicker als alles andere. Selbstverständlich suchen wir voller Elan nach Möglichkeiten, um diese abscheuliche Kardisis doch noch zu lösen und dich endlich mit offenen Armen aufnehmen zu können.«

»Damit der Kéjsaia wieder in eure Hände fällt?«

»Ein netter Nebeneffekt.« Vertraulich neigt sich Ruben zu mir, seine Worte dringen geflüstert an mein Ohr.

Ich komme nicht umhin, die Blicke zu bemerken, die auf uns fallen. Skeptische, interessierte Blicke. Womöglich beabsichtigt er genau diese Reaktion.

»Die Verführungskünste von Nero de Balzac sind weithin bekannt. Du solltest nicht den Fehler machen, ihnen zu erliegen, schließlich willst du doch nicht das gleiche Ende erleiden wie meine hochgeschätzte Cousine, nicht wahr?«, warnt er mich leise. »Für die de Balzacs wirst du immer der Feind sein, aber für uns bist du ein Wunder. Nach all den Toden, die wir beklagen mussten, bist du ein Stückchen Leben, mit dem wir nicht gerechnet haben.«

Ich halte inne. Ruben klingt ungewohnt ehrlich, aber ich kenne ihn kaum. Zu viele Gedanken füllen meinen Kopf, zu viele Varianten und Absichten, Lügen und Wahrheiten, die sich undurchdringlich miteinander verflechten. Ich bin unfähig, das eine vom anderen zu trennen, und schlucke, als ich den wachsamen Blick von Neros Mutter auffange, die mit ihrem Mann und Celeste von Rubinstein an einem der Stehtische um das runde Podest verweilt.

Die Musik verstummt, das Stimmengewirr verklingt. Das Licht wird gedämpft und die Bühnenspots gehen an. Ich nutze den Moment, um mich von Ruben zu lösen und mich rasch unter die Anwesenden zu mischen. Meine Hände würden am liebsten die silbernen Kerzenleuchter auf den Stehtischen perfekt ausrichten, stattdessen halten sich meine Finger aneinander fest. Wie einsam man sich fühlen kann, selbst wenn man unter so vielen Menschen ist.

In einem goldfarbenen Anzug betritt Yuri Zhen das Podest in der Mitte des prachtvollen Saals. Der Clanfürst mit den grauen Haaren tritt an die fünf hüfthohen Säulen heran, auf denen kleine Kissen in unterschiedlichen Farben gebettet liegen. »Willkommen zur Ringzeremonie.«

Es ist das erste Mal, dass ich den dünnen Mann sprechen höre. Ich hatte eine zittrige Stimme erwartet, doch sie klingt weder zittrig noch schwach. Seine Worte gleiten samtig und fest über die Gäste, während ich mich in den Bereich begebe, von dem aus ich freien Zugang zu den Podeststufen habe.

»Als Ringmeister wird mir die unschätzbare Ehre zuteil, heute Abend fünf Ringe an auserwählte Athánados zu übergeben, die von ihren Clans für würdig befunden wurden. Es ist ein Privileg, den Ring seines Hauses tragen zu dürfen, denn der Ring ist ein Symbol. Er ist mehr als ein simples Schmuckstück, er birgt das Zeichen der Unendlichkeit. Er steht für Beständigkeit, für Zugehörigkeit. Die Übergabe geschieht nicht unbedacht. Sie bedeutet, angekommen zu sein, endgültig aufgenommen in die Reihen seines Clans. Ein Kreis, der niemals durchbrochen werden soll.« Er stellt sich neben die erste Säule und ruft einen schlanken Mann auf, der kurz darauf über die schmale, seitliche Treppe das Podest erklimmt.

»Vincent van Hagen, hiermit übergebe ich Ihnen den Ring der Familie von Rubinstein. Tragen Sie ihn mit Stolz und Ehrfurcht. *Ein Ring für die Ewigkeit.*« Vorsichtig hält Yuri Zhen das rötliche Kissen in die Höhe.

Der schlanke Mann nimmt den Ring an sich, um ihn sich an den Finger zu stecken. Das Schmuckstück blitzt auf, und einen Sekundenbruchteil später wird das leuchtende, dunkelrote Symbol des Lotos auf den Podestboden projiziert, was die Anwesenden anerkennend applaudieren lässt.

Meine Hände klatschen mit, während mein Blick die Säule mit dem schwarzen Kissen fixiert und mich eine plötzliche Nervosität befällt. In dem Moment werde ich von der Seite angestoßen.

»Verzeihung«, sagt eine Frau in meinem Alter, die in ihrem bodenlangen karminroten Satinkleid mit Beinschlitz umwerfend aussieht. Die roten Haare fallen ihr in Wellen über die Schulter. Wenn Verführung eine Optik hätte, wäre es diese. Entspannt lächelt sie mich an.

»Du bist Kela, nicht wahr? Ich habe schon viel von dir gehört. Mein Name ist Giselle. Lass dich von dem Geschwafel da oben nicht nervös machen, trotz allem ist es nur ein Ring. Ein ziemlich praktischer Ring, aber eben nur ein Ring.«

Verhalten lächele ich zurück. *Giselle von Rubinstein.* Für Small Talk fehlen mir gerade die Worte, außerdem kaufe ich der Von-Rubinstein-Tochter ihre Freundlichkeit nicht ab. Meine Aufmerksamkeit strebt zurück Richtung Bühne, wo die nächsten Ringübergaben nach dem gleichen Schema ablaufen: Athánados betritt

Bühne, bekommt den Ring überreicht, der an seinem Finger leuchtet, Applaus. Sieht einfach aus. Hoffentlich ist es das auch. Todd hat mich darauf vorbereitet, dass ich mir den Ring bloß anstecken und in mich hineinhören muss, dann erstrahlt das Blumensymbol des Clans von ganz allein.

Nur nicht fallen. Nur nicht fallen, ist das Mantra, das durch mein Gehirn dröhnt, als ich an der Reihe bin und über die schmale Treppe das Podest erklimme. Mit einem Mal kommt es mir stiller vor, als hätten die Gäste das Atmen einfach eingestellt.

Wenn ich könnte, würde ich davonlaufen.

»Katalea Richardson, auf besonderen Wunsch werde ich Ihnen den Ring heute nicht überreichen«, erklärt Yuri Zehn, sobald ich neben ihm auf der Bühne stehe, und löst damit ein verblüfftes Raunen im Saal aus.

Irritiert blicke ich auf die Säule zu meiner Rechten, auf der das schwarze Kissen mit dem Schmuckstück vorbereitet liegt, zeitgleich stellt sich mir die Frage, warum die de Balzacs die Übergabe doch noch gestoppt haben.

»Nach dem Gesetz des Herzensschwurs hat Nero de Balzac von seinem Recht Gebrauch gemacht, Sie mit der heutigen Zeremonie persönlich in den Kreis seiner Familie aufzunehmen.«

Das überraschte Raunen weicht einer erdrückenden Stille, die gefühlt noch stiller wird, als Nero in seinem rauchschwarzen Anzug das Podest betritt. Alles an ihm strahlt pure Düsternis aus – die zurückgelegten Haare, die eisernen Gesichtszüge, die unergründlichen Augen. Mein Herz will fliehen, stolpert aber nur. Ich habe keine Ahnung, was Nero hier abzieht. Vielleicht nimmt er mir meine Attacke noch übel, vielleicht soll das eine perfide Form von Revanche sein, denke ich noch, als Yuri Zhen zur Seite tritt, um dem Fürstensohn Platz zu machen. Ohne den eindringlichen Blick von mir zu nehmen, greift Nero nach meiner Hand. Seine Berührung ist beinahe zärtlich, als er mir unter der gebannten Aufmerksamkeit der Anwesenden den wunderschönen Ring des Clans an meinen Finger steckt.

»Katalea Richardson, hiermit übergebe ich dir den Ring der Familie de Balzac«, erklärt er mit tiefer Stimme und so verheißungsvoll, dass ich ihn nur anstarren kann. Sein Blick ist ein einziges dunkles Versprechen, das meinen Puls noch weiter nach oben treibt. »Trage ihn mit Stolz und Ehrfurcht. Ein Ring für die Ewigkeit, ein Ring für uns.«

Atemlos lausche ich seinen Worten und betrachte das silberne Schmuckstück. Die eingravierte Rose beginnt zu leuchten, als könnte ihr Strahlen die Ewigkeit überdauern. Ich bin erleichtert, gebannt und vor allem verwirrt, als Nero seine Handfläche so zärtlich auf meine legt, dass mein Herz für einen Schlag innehält. Aus unseren Ringen beginnen glühend zarte Triebe zu sprießen, die unsere Finger leuchtend miteinander verweben. Und dann beugt sich Nero langsam zu mir, um mich vor den Augen aller Unsterblichen zu küssen.

Es kommt mir vor, als würde der Saal verblassen. Als würde dieser Kuss nur uns gehören, obwohl wir ihn doch mit allen teilen. Als würde die Zeit für einen Augenblick stillstehen und sich die glühend hellen Bänder noch weiter um unsere Finger spinnen, um uns und unsere Hände zu vereinen. Ich schmecke Neros Lippen auf meinen, fühle, wie seine Zunge samtweich die meine umspielt und diese sanfte Berührung in einer Zärtlichkeit gipfelt, die von tiefem Gefühl und seelischer Verbundenheit spricht.

Als Nero sich schließlich von mir löst, ist es so still, dass man das Fallen einer Stecknadel hören könnte. Die Magie der Kardisis erfüllt knisternd den Raum, wird mit staunenden und argwöhnischen Blicken quittiert, bis schließlich zaghafter Applaus aufbrandet und den Moment beendet.

Wortlos führt mich Nero von der Bühne zu einem der abseitigen Stehtische, an dem wir uns ungestört unterhalten können.

»Wieso hast du das gemacht?«, will ich wissen.

Die Flammen des Kerzenleuchters zwischen uns werfen dunkle Schatten auf sein Gesicht. »Es war das Richtige.«

»Du tust doch nichts ohne Hintergedanken«, sage ich und fühle mich seltsam beschämt, weil ich mich vollkommen widerstandslos von ihm habe küssen lassen. »Also noch einmal: Warum hast du es gemacht?«

»Wer sich mit dir anlegt, legt sich auch mit mir an, Katalea. Mir war es wichtig, das unmissverständlich klarzustellen«, erklärt er mit ernster Stimme, aber gleichzeitig so sanftem Blick, dass ich ihm alles glauben würde. »Du siehst übrigens überwältigend aus.« Ein verboten verführerisches Lächeln teilt seine Lippen, und seine dunklen Augen betrachten mich derart intensiv, dass ich schlucken muss. In einiger Entfernung spricht Yuri Zhen seine abschließenden Worte. Die Lichter springen wieder an, ebenso die Wirklichkeit. Musik erklingt, die Unterhaltungen des Saals werden fortgesetzt, nur unsere nicht.

»Warte. Ich bin gleich wieder da«, sagt Nero und verschwindet in der Menge.

Überrumpelt blicke ich ihm hinterher, während meine Finger nachdenklich über den zarten Ring an meiner Hand streichen. Neben mir wird das Büfett eröffnet. Die Leute stellen sich an, die Zeit vergeht. Minute um Minute fühle ich mich nutzloser und unruhiger. Die Blicke der Anwesenden sind nicht weniger geworden, doch sie haben sich verändert. Sie sind zurückhaltender, vorsichtiger, gehen auf Abstand. Vielleicht bilde ich mir das aber auch nur ein, genau wie das Wort *Freiwild*, das plötzlich leise und lauernd zu mir hinüberschwappt.

Eine kalte Gänsehaut rinnt meine Wirbelsäule entlang, meine Kehle trocknet aus. Meine Finger beginnen, nervös die Wachstropfen von dem hellen Stehtischtuch zu pulen. Mit einem Mal wirkt alles um mich herum rauer und weniger farbenfroh. Die Messer vom Büfett blitzen bedrohlich auf, die Blicke der festlich gekleideten Athánados gewinnen an Schärfe. Suchend sehe ich mich nach Suki, Todd oder Jerome um, während sich die Eindrücke um mich herum weiter verdichten. Die Stimmen werden lauter und dröhnender, die Musik fast unerträglich.

Ich muss hier raus.

Keuchend schnappe ich mir meine Schleppe und kämpfe mich durch den Saal, bis ich durch eine der Terrassentüren nach draußen flüchten kann. Erst als ich die Brüstung erreicht habe, die rings um die gesamte Etage verläuft, und sich meine Finger um das verchromte Geländer legen, schaffe ich es, wieder frei durchzuatmen. Die kühle Luft strömt wohlig in meine Lunge, die Strahlen des Vollmondes fallen zart auf mein Gesicht. Die Nacht und das leise Rauschen des Flusses legen sich beruhigend auf mich und meine Sinne, bis irgendwann ein Lachen den Moment durchbricht.

Ich folge dem Lachen und erspähe neben der Terrassentür ein knutschendes Pärchen, das im Schatten der Nacht derart mit sich selbst beschäftigt ist, dass die beiden mich nicht einmal bemerkt haben. Von hier aus erkenne ich nur seinen Rücken, doch als er sich umdreht und der Mond sein Gesicht erhellt, offenbart sich mir sein ebenmäßiges Profil.

Nero.

Wie im Rausch bewegen sich seine Hände über Giselle, verlangend und gierig, seine Lippen an ihren Hals gepresst. Ich höre sie aufstöhnen, höre ihn keuchen und fühle, wie alles in mir zusammenfällt. Wie das Gefühl des Verrats Oberhand gewinnt, weil ich nur ein Spielball bin, nicht mehr als ein Stück Wachs. Wie meine Beine die Kontrolle übernehmen und mich von hier wegbringen, während der Ring schwer und unerbittlich an meinem Finger zieht, als wollte mich sein Gewicht über die Brüstung werfen, um mich in den Tiefen des Flusses zu versenken.

Die Verführungskünste von Nero de Balzac sind weithin bekannt. Du solltest nicht den Fehler machen, ihnen zu erliegen, schließlich willst du doch nicht das gleiche Ende erleiden wie meine hochgeschätzte Cousine, nicht wahr?

Rubens Stimme ist in meinem Kopf, heftet sich an meinen Schmerz, der durch meinen Körper pocht. Meine Brust verengt sich, und nur ein Gedanke leitet mich.

Ich muss hier weg. Ich muss hier weg.

Kopflos biege ich um die Ecke, laufe das seitliche Terrassenstück entlang, bis ich endlich auf eine Tür stoße, die nicht zurück in den Festsaal führt. Meine Hand hebt sich Richtung Türschloss, beseelt von dem Wunsch, an einen sicheren Ort zu gelangen. Schon im nächsten Moment schießt ein prickelndes Gefühl durch meine Finger und entfesselt die Leuchtkraft meines Silberrings. Zarte Fäden aus reinstem Licht sprießen aus dem Symbol der Rose, um sich im Dunkel der Nacht zu einem magisch leuchtenden Schlüssel zu verweben und mich von hier fortzuführen.

Dreißig

»Du wirst ihn nicht öffnen!«, höre ich Brandon aus dem Wohnzimmer kläffen, als ich den Vorraum unseres Hauses betrete und die Eingangstür hinter mir schließe. Noch nie zuvor habe ich mich derart gefreut, die angepisste Stimme meines Bruders zu hören.

Ich bin zu Hause.

Meine Finger tasten über den Silberring, dessen eingravierte Rose erloschen ist. Da ist Erleichterung und Dankbarkeit in mir, aber nicht nur. Meine Gedanken driften wirr durch die Kanalisation meines Gehirns, locken mich an schummrige Orte, vor denen man Warnschilder aufstellen sollte, am besten schon meilenweit davor, um gar nicht erst in den dunklen Sog zu gelangen, der einen immer tiefer hineinzieht – bis zu dem Punkt, an dem alles nur noch schwarz ist. *Nero.*

»Himmelherrgott! Kela ist nicht hier, es interessiert sie doch gar nicht mehr!«, höre ich Großvater motzen. »Sie ist abgehauen, so wie alle Frauen irgendwann abhauen!«

»Doch nur, wenn es um dich geht!«, schnauzt Brandon zurück, als ich erschöpft die Holzschiebetüren öffne. Mein Bruder steht neben dem Couchtisch und hält einen Brief in die Höhe wie ein Kind, das ein Spielzeug aus der Reichweite eines anderen Kindes bringt. Nur ist es in diesem Fall Grandpa, der danach greifen möchte.

»Kela!«, ruft Brandon und schließt mich sofort in eine herzliche Umarmung, die so guttut, dass ich am liebsten losheulen möchte. »Hast du meine Nachricht bekommen?«

Ich löse mich von ihm. »Welche Nachricht?«

Irritiert mustert mich Brandon. Offenbar fällt ihm erst jetzt mein spitzenbesetztes, nachtschwarzes Kleid und meine kunstvolle Hochsteckfrisur auf. »Die Nachricht, dass der alte Drecksack einen deiner Briefe öffnen wollte?«

»Sag mal, wie redest du von mir, Bürschchen? Und verdreh die Wahrheit nicht wie einen alten Nudelteig!«

Mein Bruder hebt die Augenbrauen. »Ich soll die Wahrheit nicht verdrehen? Du weißt doch gar nicht, was Wahrheit bedeutet! Dein alter Sturkopf legt sich doch immer alles so zurecht, wie es ihm gerade passt!«

»Ach, kommst du mir jetzt erneut mit der ewigen Leier? Geht es wieder um deinen verfluchten Vater?«

»Lass ihn da raus und halt endlich die Klappe!«, schreit Brandon und dreht sich zu Grandpa um, der in seiner durchlässigen Gestalt neben der Couch steht und das faltige Gesicht zornig zusammenkneift. »Junge, du erteilst mir keine Befehle!«

»Stopp! Ihr alle beide!«, fahre ich in einer Lautstärke dazwischen, die sie abrupt zum Schweigen bringt. Entschieden sehe ich die beiden Streithähne an. »Ich habe heute einen wirklich anstrengenden Tag hinter mir und gerade nicht die Kraft, eurem sinnlosen

Gekläffe zuzuhören«, erkläre ich, steuere auf die Couch zu und stolpere dabei über die Schleppe meines Kleides, die ich kurzerhand abreiße. Den dunklen Stoff schleudere ich wütend zu Boden, bevor mein Körper müde auf dem Sofa niedersinkt.

»Aber die Kraft, das Kleid zu zerstören, hast du wohl noch«, bemerkt Grandpa beleidigt und fängt sich für den Kommentar einen bitterbösen Blick ein, der ihn augenblicklich verstummen lässt.

»Du wolltest also meinen Brief öffnen?«, frage ich.

»Du warst einfach weg«, schnappt er.

»Und das gibt dir das Recht, meine Post zu lesen?« Mein Blick wandert von dem durchsichtigen alten Mann mit der grauen Schirmmütze zu unserem Couchtisch mit dem Keramikschwan, der eigentlich zerbrochen sein sollte. Genau wie die anderen Figuren, die durch die Druckwelle des Lotosschlüssels in Scherben zersprungen sind, jetzt aber überall im Wohnzimmer verteilt stehen, als wäre nichts passiert. Erst bei genauerer Betrachtung fallen mir die feinen Risse auf, die goldfarben schimmern. Ich atme tief ein. »Habt ihr die ganzen Figuren geklebt?«

Brandon schüttelt den Kopf. »Nero hat jemanden geschickt.«

»Er hat jemanden geschickt, um alle Figuren wieder zusammenzukleben?«

Mein Bruder kratzt sich am Hinterkopf. »Sorry, ist mir durchgerutscht, das zu erzählen. Was wahrscheinlich daran liegt, dass ich mit dem alten Kerl an der Backe noch durchdrehe!«

Nachdenklich nehme ich den Schwan in die Hand, während sich Grandpa weiter verteidigt.

»Wie sollte ich denn wissen, dass du überhaupt wiederkommst, Kela? Ich wollte den Brief nur lesen, um einen Tipp zu bekommen.

Einen Hinweis, wie ich endlich von hier verschwinden kann.« Vorwurfsvoll reckt er das Kinn und verschränkt die Arme vor der Brust. »Du hast versprochen, mir zu helfen.«

»Ja, es tut mir leid, aber ich kann doch auch nicht alles auf einmal tun«, sage ich, stelle den Schwan unsanft zurück auf den Tisch und stehe auf, um mir den Brief aus Brandons Hand zu schnappen und den Umschlag aufzureißen.

Katalea,

du hast das Gefühl, vor dem Abgrund zu stehen, selbst der Abgrund zu sein, aber das bist du nicht. Der Weg, der sich dir zeigt, ist immer der richtige, auch wenn er nicht gerade verläuft. Er ist holprig und steil, und manchmal scheint er ins Nichts zu führen, doch er bringt dich weiter. Er bringt dich zu dir. Der Weg bringt uns immer zu uns, wie weit wir auch laufen mögen.

Die Vergangenheit prägt, aber sie bestimmt nicht, wer du bist. Vergangenes ist vergangen, es sei denn, man zerstört mit ihr die Gegenwärtigkeit und zieht sie in seine Gedanken, in seine Worte, in sein Herz. Lausche in dich, folge deiner inneren Weisheit, und du wirst finden, wonach du suchst, und lösen, was nicht zusammengehört. Wird öffnen die verbindende Pforte, wird lösen alle magischen Worte. Achte auf die falsche Verbeugung, Katalea.

PS: Wenn Flügel fallen, ist es an der Zeit, auch die Vergangenheit fallen zu lassen.

»Verdammt! Halte dich von dem Brief fern!«, höre ich Brandon neben mir schimpfen, der sich plötzlich zwischen mich und Grandpa stellt.

Mein Blick saugt sich an den Zeilen fest, um ihren Sinn zu erfassen. *Lausche in dich, folge deiner inneren Weisheit, und du wirst finden, wonach du suchst, und lösen, was nicht zusammengehört.* Ich habe keine Ahnung, was es mit der Lösung auf sich hat, ob damit der verfluchte Herzensschwur gemeint ist oder etwas ganz anderes.

»Sie hat ihn doch schon gelesen«, rechtfertigt sich Großvater, wirft die Hände in die Luft und nimmt mich ins Visier. »Und was steht drin? Endlich ein Hinweis, wie ich auf meine Wolke komme?«

»Nein, davon steht hier nichts«, erwidere ich und lasse resigniert das Papier sinken, um es zusammengefaltet in meinen Ausschnitt zu stecken. »Es steht nie etwas Konkretes in diesen Briefen, offenbar scheint es ein ungeschriebenes Gesetz zu geben, mir immer nur kryptische, nichtssagende Hinweise zu verpassen, die mich kein Stückchen weiterbringen!« Ich spüre den aufgestauten Frust, spüre, wie er sich in jedem Wort weiter entlädt. »Warum zum Teufel kann es nicht einfacher sein? Warum muss alles kompliziert und anstrengend sein, warum kann nicht einmal etwas einfach so funktionieren?« Eine Strähne löst sich aus meiner perfekten Frisur, wie zum Beweis, dass nichts perfekt ist. Mit wütenden Fingern schnappe ich mir eine geklebte Glasschale aus dem Regal, auf der zwei Zwerge hocken, und beginne, die dünnen Nadeln aus meinem Haar zu ziehen, die nun klackernd in der Schale landen.

»Ich war beim Orakel, dem Orakel, das alles weiß«, fahre ich schnaubend fort. Klack. Klack. »Und was habe ich bekommen? Verworrene Ratschläge, nichts als seltsame Worte. Ist es zu viel verlangt, mir einfach mal richtig zu helfen? Mein Leben war noch nie ein Regenbogen, doch momentan ist es ein einziger Orkan, der mich von links nach rechts schleudert. Ich wusste schon immer, dass ich nicht normal bin, aber jetzt bin ich auch noch halbsterblich und habe einen Vater, den ich nie zu Gesicht bekommen werde, weil er tot ist und wahrscheinlich von den de Balzacs ermordet wurde, bei denen ich gerade lebe, zumindest so lange, bis mich einer von ihnen oder jemand aus den anderen Clans umbringt!« Ich reiße weitere Haarklemmen aus meiner Frisur und schleudere sie zornig in die Schüssel. Meine Stimme schwillt weiter an, wird zu einem ganz eigenen Gewitter. »Ich habe keine Ahnung, wem ich überhaupt noch trauen kann! Auf mein Gefühl soll ich hören, aber selbst mein beschissenes Gefühl redet nicht mit mir!« Die letzten Haarnadeln fallen wie metallene Donnerschläge.

Auf meinen Ausbruch folgt ein Moment beschämender Stille, in dem sich Grandpa und Brandon einen irritierten Blick zuwerfen.

»Na, bravo«, schnauzt Großvater, der sich in Sicherheit gebracht hat und nun vor der Kommode mit den Engelsfiguren steht. »Das hast du jetzt davon. Es wäre besser gewesen, ihr den Brief nicht zu geben. Schau, was du mit ihr gemacht hast! Schon mal was von Rücksichtnahme gehört?«

»Sag mal, hast du sie noch alle? Daran bin doch jetzt nicht ich schuld! Schon mal was von Briefgeheimnis gehört? Stehlen wolltest du den Brief!«

Grandpas Augenbrauen ziehen sich mürrisch zusammen. »Willst du etwa behaupten, dass ich ein Dieb bin?!«

»Das behaupte ich nicht nur, alter Mann.«

Ein unruhiges Zucken geht durch unseren Großvater, der eine

ausholende Bewegung macht und damit eine der Engelsfiguren von der Kommode fegt, die auf den Boden kracht.

Beim Anblick der Scherben beginnt Brandon, abfällig zu klatschen. »Und schon wieder hast du etwas kaputt gemacht! Großartig! Das ist wohl dein Ding, nicht wahr? Aber das hier ist auch ein Zeichen«, bemerkt er selbstgefällig. »Das Zeichen, dass du es niemals in den Himmel schaffen wirst!«

»Die Hölle kann nicht schlimmer sein, als noch mehr Zeit mit dir zu verbringen!«

Meine Schultern sinken nach unten. Ich habe diese Streiterei satt, habe keine Energie mehr für ein weiteres Chaos. »Lasst es endlich gut sein!«, verlange ich und fühle die Verzweiflung, die sich ungestüm in meiner Brust ausbreitet. »Ihr seid so mit euch selbst beschäftigt, dass ihr gar nicht mitbekommt, was alles um euch herum passiert. Habt ihr mir vorhin nicht zugehört? Ich bin *Freiwild* für die Unsterblichen«, sage ich und gebe damit zu, was ich bislang vor Brandon zurückgehalten habe, weil ich ihn nicht beunruhigen wollte. »Ich bin eine Halbsterbliche und kann von jedem Unsterblichen getötet werden, und das wird auch irgendwann passieren, weil ich mich in ihrer Welt nicht auskenne, weil ich sie und ihre verdammten Absichten nicht durchschaue! Ich bin dort vollkommen allein.« Eine tiefe Hoffnungslosigkeit überwältigt mich, lässt Tränen aus mir herausbrechen, die über meine Wangen laufen, als müssten selbst sie vor mir davonlaufen. Hastig vergrabe ich mein Gesicht in den Händen.

»Nein, das bist du nicht«, höre ich Brandon sagen, der mit schnellen Schritten bei mir ist und mich zwingt, ihn anzusehen. »Du bist nicht allein, Kela«, versichert er mir, bevor ein gequälter Ausdruck über sein Gesicht huscht. »Es tut mir leid. Du hast immer gesagt, dass alles okay ist, und ich wollte dir glauben, weil mich die Sorge sonst aufgefressen hätte. Ich komme mir hier so verflucht nutzlos vor, und ich hatte keine Ahnung, wie gefährlich das alles für dich ist. Fuck, warum hast du denn nichts gesagt?«

»Ich … ich wollte dich beschützen«, erwidere ich tränenerstickt.

Brandon legt seine Hände auf meine Schultern und sieht mich liebevoll an. »Aber ich bin doch da, um dich zu beschützen.«

»Das hast du schon zu lange getan, Brandon«, sage ich leise, als mein Blick an den Scherben des gefallenen Engels haften bleibt. *Wenn Flügel fallen, ist es an der Zeit, auch die Vergangenheit fallen zu lassen.* Sofort sehe ich zu Grandpa, der mich unbeholfen anschaut, während die Worte des Briefes langsam in mir versinken.

»Ihr müsst das endlich zwischen euch klären. Kriegt das irgendwie auf die Reihe.« Ich sehe die beiden nachdrücklich an, die in ihrer Sturheit gefangen sind. Sowohl Grandpa als auch Brandon reagieren mit undurchdringlichem Schweigen.

»Ist das euer Ernst? Ihr könnt euch stundenlang anzicken, aber jetzt seid ihr still?«, frage ich ungläubig. »Ich habe kapiert, dass ihr nicht miteinander könnt, aber reißt euch endlich mal zusammen, wenigstens für mich! Denn ich brauche eure Hilfe. Ich brauche euren Ratschlag.« Meine Stimme wird schwächer. »Ihr seid doch die einzigen Menschen, denen ich vertrauen kann.«

Grandpa schluckt, und auch meinem Bruder scheinen die Argumente ausgegangen zu sein. Doch keiner sagt was.

»Ach, kommt schon«, füge ich entkräftet hinzu und sehe Brandon an, der scharf die Luft einzieht.

»Wie soll ich das mit ihm denn hinbekommen? Er hat Dad vertrieben«, erklärt er schroff. »Grandpa ist der Grund, warum er nie zurückgekommen ist! Ich habe mitbekommen, wie er auf ihn losgegangen ist, wie er ihn verjagt hat!«

»Du hast was?!« Großvaters geisterhafte Gestalt blinzelt, immer und immer wieder, als hätte er sich verhört.

»Ja, ich habe dich gesehen«, faucht Brandon anklagend. »Du hast gedacht, dass es dein dreckiges, kleines Geheimnis bleibt, aber ich habe mitgekriegt, wie du ihn angegriffen hast, wie du dich auf ihn gestürzt hast, weil du es nicht ertragen konntest, dass Mom endlich einmal glücklich war. Dad hat mir versprochen zu bleiben, er wollte zu uns kommen, aber natürlich hat dir das nicht gepasst. Wegen dir ist er geflüchtet, wegen dir mussten wir ohne Vater aufwachsen!«

Großvaters Lippen beben, als würde ihn Brandons Vorwurf innerlich zerreißen. »Soll ich dir mal was über Väter erzählen, Bürschchen?«, blafft er, doch eine ungeheure Traurigkeit schwingt in seiner Stimme mit. »Die sind nicht immer das, was man in ihnen sehen möchte. Nur weil sie einen gezeugt haben, muss man ihnen nicht auch etwas bedeuten. Da gibt es keine Garantie, Himmel, kein Recht auf irgendetwas. Wenn einer ein Scheißkerl ist, dann ist er auch als Vater ein Scheißkerl, dann ist er als Vater vielleicht noch schlimmer.« Grandpas durchscheinender Körper wird von einem heftigen Zittern erfasst. Ich habe den alten Mann noch nie so erlebt, habe noch nie gesehen, dass ihn etwas derart mitnimmt. Als wäre Brandon direkt auf seine Gefühle getreten.

»Ich habe deinen Vater weggejagt. Ja, das habe ich. Weil der Mistkerl die Hand gegen sie erhoben hat! Eure Mutter hat getan, als wäre es nur ein Ausrutscher, eine einmalige Sache. Aber diese Sachen sind nicht einmalig.« Tränen schimmern in seinen Augen, als er weiterspricht. »Ich mag ein verdammt schlechter Vater gewesen sein, aber ich habe mir geschworen, mein Kind niemals anzurühren und auch sonst keinem das zu erlauben. Ich habe William gedroht, dass er es nicht noch einmal wagen soll, bei ihr aufzukreuzen, sonst hätte ich ihn … ich hätte ihn umgebracht.« Stockend presst er die Lippen aufeinander. »Eure Mutter war das Beste, was ich jemals zustande gebracht habe. Kein Tag vergeht, an dem ich mich nicht selbst dafür verfluche, ihr das nie gesagt zu haben. Ja, ich bin ein verbitterter, alter Trottel, der zu lange gewartet hat. Herrje, das habe ich doch schon längst verstanden! Deshalb sitze ich doch noch hier fest, ich alter Depp!« Er reckt die Hände in die Höhe und beginnt, bitter und haltlos zu weinen, als wäre ein Damm gebrochen. Als würde die Trauer endlich aus ihm herausbrechen, als könnte er endlich zulassen, was er so lange versteckt hielt. Das Schluchzen rüttelt Grandpas Körper durch, während er an die Decke starrt, als könnte er Mom dort oben irgendwo sehen. Bei seinem Anblick wird mir ganz schwer ums Herz, und auch Brandons Ärger fällt in sich zusammen.

Unauffällig gebe ich meinem Bruder einen Stoß in die Seite, woraufhin er unsicher am Ärmel seines Hemdes zupft. »Warum hast du es mir nie erklärt? Warum hast du kein einziges Wort gesagt?«

Grandpa schluchzt auf. »Was hätte es denn geändert? Du hast deinen Vater angehimmelt, auch wenn er dir eine Lüge nach der anderen aufgetischt hat. Zuerst warst du zu klein, um dir die Wahrheit zu sagen, und dann war ich zu alt, um sie überhaupt noch zu kennen.«

Mit beiden Händen fährt sich Brandon durch die Haare. »Scheiße. Ich … ich weiß nicht, was ich sagen soll.« Er holt Luft, so tief und lange, dass sich der Moment ewig auszudehnen scheint, durchdrungen von Grandpas heftigem Wimmern.

»In meiner Erinnerung warst nur du der Böse«, erklärt Brandon gedämpft. »Jedes Mal hatte William eine Erklärung, wenn er nicht aufgetaucht ist, und er hat mir dabei immer das Gefühl gegeben, dass du schuld bist.« Er blickt Grandpa verhalten an. »Die ganzen Jahre über war ich mir so verdammt sicher, dass du ihn vertrieben hast.«

»Was ja auch stimmt«, erwidert der alte Mann und schnappt nach Luft. »Zum Teufel hab ich den Dreckskerl geschickt.«

»Aber es ist nur ein Teil der Geschichte«, sagt mein Bruder und erinnert mich damit an die Worte des Orakels. An den Spiegel und seine unzähligen Scherben, die nur ein Stück der eigenen Wahrheit preisgeben.

»Es … tut mir leid, wie … alles gelaufen ist. Ich konnte einfach nicht aus meiner Haut, aber ich … ich hätte mehr für euch … für euch da sein müssen«, sagt Grandpa schließlich und schluckt. Jeder einzelnen Silbe ist anzuhören, wie schwer sie ihm über die Lippen gehen. Für ihn ist das komplettes Neuland, genau wie für Brandon.

Unbehaglich reibt sich mein Bruder über den Nacken. »Hey. Ist passiert. War beschissen. Aber ist eben passiert. Ändern können wir es nicht mehr, also Schwamm drüber.«

Die beiden sehen sich unbeholfen an, als hockten sie auf einer Eisscholle, die jeden Moment kippen könnte. In der Sekunde beginnt Grandpas durchsichtige Figur, in einem ätherischen Licht zu flimmern, das die schillernden Farben des Regenbogens durch den Raum wirft.

»Herrje! Ist es so weit?«, jauchzt Großvater schniefend und strahlt mit einem Mal über das ganze Gesicht. »Das muss es sein, nicht wahr? Ich spüre es, ich spüre, dass es so weit ist!«

Das farbenfrohe Licht nimmt das ganze Zimmer ein, legt sich wie ein wunderschöner Filter über uns und den alten Mann, dessen Körper sich langsam vor unseren Augen auflöst.

»Mach's gut, Grandpa«, sagt Brandon langsam und lächelt schief. »Und komm ja nicht wieder, okay?«

Lachend richtet Großvater seine Schirmmütze. »Das habe ich auch nicht vor, Bürschchen. Pass mir auf deine Schwester auf, ihr macht das schon. Ihr ... ihr seid gute Kinder.« Mit den letzten Worten verblasst seine Erscheinung, genauso wie das regenbogenartige Licht.

»Ist er weg?«, frage ich nach ein paar Atemzügen in die Stille unseres Wohnzimmers hinein.

»Offenbar.« Brandon lässt sich auf die Couch fallen.

Ich setze mich neben ihn. »Und wie geht es dir jetzt?«

»Keine Ahnung.« Mein Bruder runzelt die Stirn, als würden sich die vergangenen Minuten noch einmal in seinem Kopf abspielen. »Habe ich mich soeben wirklich mit dem alten Kerl versöhnt?«

Ich lasse meinen Kopf gegen Brandons Schulter sinken. Fühle, dass mich der Abschied ein wenig traurig macht, aber auch unendlich glücklich. Grinsend nicke ich meinem Bruder zu. »Sieht verdammt danach aus.«

Einunddreißig

Brandon und ich atmen gemeinsam durch, doch dieses Durchatmen endet abrupt, als wir das Knallen der Eingangstür hören. Sofort ist mein Körper in Alarmbereitschaft und die Erinnerung an Rubens grausamen Überfall wieder da.

Brandon und ich springen auf.

Es ist jedoch nicht Ruben, der plötzlich keuchend auftaucht, sondern Nero, der noch immer den rauchschwarzen Anzug der Zeremonie trägt. Eine dunkle Haarlocke fällt ihm wüst in die Stirn, und in seinen Augen liegt ein erleichterter Ausdruck, der sogleich einer unbarmherzigen Härte weicht.

»Katalea. Was hat du dir nur dabei gedacht?!«

»Was ich mir wobei gedacht habe?«

Zornig tritt er an mich heran. »Du kannst doch nicht einfach abhauen!«

Sofort sind die Bilder von ihm und Giselle wieder da, und dieser Stich, der sich tief in meine Seele bohrt, weil es auf der Terrasse keinen Zorn gab, sondern nur diesen Rausch, hemmungslos und gierig.

»Ich habe es satt, deine Gefangene zu sein!«, blaffe ich.

»Du hast keine Ahnung, was du tust«, erwidert er düster und greift nach meinem Oberarm, um mich mit sich zu ziehen.

»Hey. Lass sie in Ruhe!«, mischt sich Brandon ein. »Lass Kela sofort los!«

Neros dunkle Aufmerksamkeit richtet sich auf meinen Bruder. »Es ist besser, wenn du dich raushältst.«

»Lass sie los«, wiederholt Brandon. »Mir ist egal, ob du ein Unsterblicher oder sonst was bist, nimm deine Finger von ihr. Ich dachte, du wolltest Kela beschützen!«

»Das tue ich auch.«

»Ach ja?«, stoße ich hervor. »Etwa so, wie du Nivia beschützt hast?«

Der Vorwurf poltert aus meinem Mund, ohne Vorwarnung, aber mit einer düsteren Zerstörungskraft. Augenblicklich lockert sich Neros Griff.

»Sprich nicht über Dinge, die du nicht verstehst.«

Ich bereue, was ich gesagt habe, und erwarte, dass er umdreht und geht. Doch anstatt sich abzuwenden, fixieren mich seine Augen unnachgiebig. »Heute Abend hat jemand versucht, die Sicherungsmaßnahmen des Festsaals zu umgehen. Der Versuch ist gescheitert, aber er fand statt.«

»Und wieso?«, will Brandon wissen.

»Katalea ist den Clans ein Dorn im Auge. Wahrscheinlich wollte jemand eine Waffe einschleusen.«

Freiwild.

Freiwild.

Freiwild.

Das Wort dröhnt hässlich durch meinen Kopf, während sich die finsteren Arme der Angst um meinen Brustkorb schlingen.

»Eine Waffe? Dann sind sie also wirklich hinter ihr her?!« Brandon betrachtet mich fassungslos. »Du darfst dort nie wieder hin, Kela. Wir packen unsere Sachen und hauen heute noch ab, okay?«

Sein *okay* schwebt in der Luft, hoffnungsvoll und zerbrechlich, und ich wünschte, ich könnte ihm nachgeben. Aber das kann ich nicht.

»Ich werde dich nicht in Gefahr bringen«, sage ich.

»Wir können uns irgendwo verstecken, ich habe doch noch etwas Geld, und wenn wir gleich aufbrechen –«

»Nein.« Meine Stimme weht kompromisslos durch das Wohnzimmer. »Ich werde nicht davonlaufen«, sage ich mit Nachdruck, während ich das Flehen in Brandons Augen sehe, die Sorge, die in mir widerhallt. »Auch ich habe Angst. Aber ich kann nicht einfach davonlaufen, ich will nicht so leben. Ich will nicht, dass wir so leben müssen, Brandon. Wir haben schon zu viel verloren, um jetzt auch noch unsere Freiheit aufzugeben.« Ich presse die Lippen zusammen. »Heute Abend bin ich davongelaufen, weil es am einfachsten war, aber wenn jemand wie Grandpa es schafft, den hölzernen Weg zu gehen und über seinen Schatten zu springen, dann kann ich das auch.«

»Das kannst du doch nicht vergleichen. Niemand war hinter ihm her. Ich …«, hält mein Bruder dagegen und schluckt schwer, »ich … kann dich doch nicht auch noch … wenn dir etwas passiert, Kela …«

»Mir wird nichts passieren«, beteuere ich mit einer seltsamen Gewissheit und umarme ihn sanft.

»Ich werde mich um sie kümmern«, erklärt Nero. Seine Züge wirken noch immer angespannt, doch der unnachgiebige Ausdruck in seinen Augen lässt nach. »Aber mit jeder Sekunde, die wir hier verschwenden, erhöht sich das Risiko, dass etwas passiert. Katalea, wir müssen gehen.«

Es ist klüger, auf ihn zu hören, so ungern ich das auch zugebe. Widerstrebend lässt mich Brandon los.

»Bist du dir sicher?«, fragt er.

»Wann ist man sich denn jemals wirklich sicher?«, erwidere ich leiser als beabsichtigt und nicke. »Ich melde mich. Regelmäßig. Versprochen.«

Brandon rauft sich die Haare und nimmt Nero ins Visier. »Wann ist dieser Horror endlich vorbei? Wann kann sie wieder zurückkommen?«

»Sobald alle Kéjsaias gefunden sind und der Anspruch der Clans geklärt ist, besteht keine Gefahr mehr für Katalea. Der Prophezeiung zufolge geschieht das schon bald.«

Brandon scheint mit der Antwort nicht zufrieden zu sein. Energisch macht er einen Schritt auf Nero zu. »Kela ist meine gesamte Familie. Sollte ihr irgendetwas passieren, sollte ihr jemand auch nur ein Haar krümmen, wirst du dafür bezahlen, Mann. Mir ist egal, ob du ein Unsterblicher bist, ich werde einen Weg finden, dich dafür büßen zu lassen.«

»Davon gehe ich aus«, entgegnet Nero ernst und blickt mich an. »Aber jetzt müssen wir los.«

Ich umarme Brandon. »Es wird alles gut werden. Sonst ist es doch nicht das Ende«, flüstere ich und löse mich von ihm.

Mithilfe von Neros Ringschlüsselmagie kehren wir auf das Anwesen der de Balzacs zurück, wo uns bereits zwei Wachen erwarten. Sie eskortieren uns direkt in das Arbeitszimmer von Neros Eltern, das durch die dunkle Einrichtung düsterer ausfällt als die sonstigen Räumlichkeiten des Anwesens. Die dicken Vorhänge sind zugezogen, das massive Bücherregal neben dem Kamin ist mit ausschließlich schwarzen Büchern bestückt. Der Duft von Tabak und Oliven hängt träge in der Luft. Auf dem Boden liegt ein schwerer, pechschwarzer Teppich, dessen finstere Aura mit dem wuchtigen Ölgemälde harmoniert, das an der Wand irgendeinen Vorfahren der de Balzacs zeigt, der stolz das Kinn in die Höhe reckt.

Marlon de Balzac thront nicht weniger stolz hinter seinem Schreibtisch, seine Frau Juliette steht neben ihm. Wie wir tragen beide die elegante Kleidung der Zeremonie, die bei Marlon aus einem tiefdunklen Anzug mit glänzendem Reverskragen und bei Juliette aus einem langen, ärmellosen Samtkleid besteht, das sich perfekt an ihre schlanke Figur schmiegt. Es wundert mich, dass die zwei hier sind, das Fest ist sicherlich noch nicht vorbei.

»Wo warst du?«, herrscht der Clanfürst seinen Sohn an. Seine Finger krallen sich um den Kugelschreiber in seiner Hand, die Knöchel treten weiß hervor.

Neros Blick wandert von seinem Vater zu seiner Mutter und wieder zurück. Seine Augen verengen sich. »Was ist passiert? Wieso seid ihr bereits zurück?«

»Das wüsstest du, wenn du nicht einfach verschwunden wärst.« In einer Mischung aus Missgunst und Vorsicht mustert mich Juliette, bevor sie sich ihrem Sohn zuwendet. »Lass sie draußen bei den Wachen warten. Dann werden wir dir erzählen, was vorgefallen ist.«

Ich konnte es noch nie leiden, wenn jemand in meiner Anwesenheit in der dritten Person von mir spricht. Das jetzt zu erwähnen, wäre jedoch ebenso unsinnig, wie sonst irgendwie aufzubegehren. Was auch immer geschehen ist, es scheint ernst zu sein.

»Katalea wird hierbleiben«, erwidert Nero in der gleichen kühlen Intensität wie seine Mutter. »Sie setzt täglich ihr Leben aufs Spiel und hat ein Recht zu erfahren, was los ist.«

Ich versuche, mir meine Überraschung nicht anmerken zu lassen, ebenso wie die kurze Kränkung durch Marlons Reaktion, als er abfällig die Luft ausstößt. »Nun, mit ziemlicher Sicherheit erzählen wir ihr nichts, was sie sowieso nicht schon weiß. Zwei Kéjsaias sind gestohlen worden!« Seine Stimme schwillt bedrohlich an, seine Augen funkeln gefährlich. »Ich hätte nicht übel Lust, deine geschätzte Freundin einer Befragung zu unterziehen und dabei eine der Methoden anzuwenden, die bereits im 17. Jahrhundert Wirkung gezeigt haben.«

Ein kühler Schauer rinnt über meinen Rücken, und ich wünschte, ich könnte Neros Gelassenheit teilen, der keine Miene verzieht. »Welche zwei Kéjsaias? Der Lotos- und der Rosenschlüssel?«

»Der Lotosschlüssel ist weg. Es gibt nicht die geringsten Anzeichen eines Einbruchs, rein gar nichts. Der Rosenschlüssel befindet sich glücklicherweise noch in unserem Besitz.«

»Und welcher ist dann der zweite Kéjsaia?«, will Nero wissen.

»Die Familie Gwynedon hat einen Verlust zu verzeichnen«, beantwortet die Clanfürstin die Frage. »Die Ringzeremonie wurde genutzt, um zwei Schlüssel zu entwenden – zumindest, wenn man dem Haus Gwynedon Glauben schenken kann. Eventuell gaukeln sie uns den Diebstahl auch bloß vor, um nicht selbst in Verdacht zu geraten. Es ist schon ein merkwürdiger Zufall, dass gerade unsere beiden Clans beraubt wurden, nicht wahr?« Der Blick aus Juliettes dunkel geschminkten Augen richtet sich auf mich.

»Was willst du damit sagen?«, erwidert Nero. »Dass Katalea bei beiden Clans eingedrungen ist, um die Kéjsaias zu stehlen?« Seine Frage klingt wie ein böser Scherz, doch dieser Scherz scheint seine Eltern nicht zu erreichen.

»Sie muss es nicht selbst gewesen sein«, bemerkt sein Vater ungehalten.

»Ich ... ich habe keinen Schlüssel geklaut«, verteidige ich mich, weil die Unruhe in meiner Brust immer stärker wird. »Warum sollte ich das überhaupt tun?« Mir ist bewusst, wie naiv die Frage klingt. Wahrscheinlich gibt es unzählige Antworten darauf, doch keine trifft zu. »Diese Kéjsaias haben keine Bedeutung für mich. Am liebsten hätte ich mit der ganzen Sache überhaupt nichts zu tun!« Das ist die Wahrheit, aber vielleicht auch nur ein Splitter davon.

Neros Gesichtszüge sind wie festgefroren. Mein kurzer Ausbruch scheint ihn ebenso wenig zu berühren wie die Anschuldigungen seiner Eltern. Zumindest lässt er sich nichts anmerken. »Es geht keine Gefahr von Katalea aus«, sagt er.

»Pass nur auf, dass der Herzensschwur nicht dein Urteilsvermögen trübt«, zischt Marlon hartherzig, als es klopft.

Jerome tritt ein und schließt mit ernstem Gesichtsausdruck die Tür hinter sich. Die Ärmel seines Hemdes sind hochgekrempelt, er sieht ein wenig müde aus. »Die Männer durchkämmen das ganze Anwesen. Bislang ohne Erfolg. Es gibt nichts, was auch nur im Entferntesten auf ein gewaltsames Eindringen hindeutet. Wie geht es Todd?«

Marlon lässt sich auf dem Schreibtischstuhl zurücksinken. »Die Ärzte kümmern sich um ihn.«

»Was ist mit Todd?«, fragt Nero augenblicklich.

»Er wurde niedergeschlagen, konnte aber offenbar vorher noch den Alarm auslösen.«

»Er war hier?« Nero dreht sich mit einem gnadenlosen Blick zu Jerome um. »Ihr hattet den Auftrag, Katalea im Auge zu behalten. Was hat Todd dann hier gemacht?«

»Keine Ahnung. Irgendwann musste er zur Toilette und ist nicht mehr zurückgekommen. Ich habe das Schloss nach ihm abgesucht, konnte ihn aber nirgends finden. Und dann kam schon die Nachricht, dass Überfälle stattgefunden haben.« Jerome sieht mich an. »Alles okay mit dir?«

Ich nicke.

»Todd ist im Moment noch nicht ansprechbar. Die Ärzte haben ihm etwas gegeben, damit er die Nacht durchschlafen kann. Morgen kann er uns hoffentlich mehr erzählen«, sagt Juliette, bevor sich ihre unselige Aufmerksamkeit auf mich richtet. »Wenn du irgendetwas über die Vorfälle weißt, ist jetzt der richtige Zeitpunkt, etwas zu sagen. Ich versichere dir, dass dieser Diebstahl nicht ungesühnt bleibt und dass jeder, der etwas damit zu tun hat, es bitter bereuen wird.« Finster schwebt ihre Drohung durch den Raum, stellt mich an einen Pranger, an den ich nicht gehöre.

»Ich habe nichts damit zu tun«, sage ich angespannt und lege so viel Sicherheit in meine Stimme, wie es mir möglich ist. »Weder habe ich irgendeinen Kéjsaia gestohlen noch irgendjemandem Informationen über die Schlüssel oder sonst was gegeben.«

Ungläubig zieht Juliette eine perfekt gezupfte Augenbraue in die Höhe. »Und was hattest du dann heute Abend mit deinem werten Cousin zu besprechen? Es muss äußerst wichtig gewesen sein, schließlich hatte ich dir nahegelegt, dich von den Gwynedons fernzuhalten.«

»Ruben wollte sich mit mir unterhalten, nicht ich mit ihm. Er hat mich vor dem Clan der de Balzacs gewarnt und erklärt, dass es hier offenbar einen Spion gibt.«

Neros Vater beginnt zu lachen. Es ist kein schönes Lachen. »Was für eine vertrauenswürdige Information.«

»Das habe ich auch nicht behauptet«, gebe ich widerborstig von mir. »Ich habe nur erzählt, was er mir gesagt hat.«

Juliette sieht mich zweifelnd an. »Und sonst hat er nichts gesagt? Kein Wort zu dem Überfall?«

»Ich weiß nichts darüber«, wiederhole ich.

Das schwarze Hemd spannt sich um Neros Oberkörper, als er sich mit den Händen auf dem Schreibtisch seines Vaters abstützt und in Richtung seiner Eltern lehnt. »Katalea ist eine von uns. Sie ist nun eine de Balzac. Sie weiß, wo ihr Platz ist«, erklärt er so unmissverständlich, dass ich nicht weiß, ob ich mich geschmeichelt oder bedroht fühlen soll. »Ohne Katalea wären wir überhaupt nicht in den Besitz des Lotosschlüssels gelangt.«

»Der uns nun wieder abhandengekommen ist!« Marlons Blick verdunkelt sich. »Du weißt, dass wir das nicht auf uns sitzen lassen können und werden. Die Schlüssel sind von unsagbarem Wert. Wir werden Untersuchungen anstellen und herausfinden, was genau vorgefallen ist. Bis dahin wird Kela ihren Ring zurückgeben. Ebenfalls ist es ihr untersagt, deine Räumlichkeiten zu verlassen. Hast du mich verstanden, Nero?«

Zweiunddreißig

»Du bist ja immer noch da«, bemerke ich nüchtern, als ich in meinem Schlafshirt aus dem Badezimmer trete und mir meine feuchten Haare zu einem Dutt hochbinde.

»Daran wird sich auch nichts ändern.« Nero sitzt gelassen auf der weißen Couch in meinem Schlafzimmer, den Arm über die Lehne gelegt. Auf dem hellen Möbelstück, das sich an der Steinmauer zwischen den beiden Fenstern befindet, wirkt der dunkel gekleidete Fürstensohn noch düsterer als sonst.

Konzentriert streiche ich mir eine Haarsträhne hinters Ohr. »Wieso willst du bleiben?«

Nero öffnet den obersten Knopf seines nachtschwarzen Hemdes. »Ist das nicht offensichtlich? Weil ich dich nicht allein lassen kann.«

»Ich dachte, du traust mir.«

»Das habe ich nie behauptet.«

Ich runzele die Stirn. »Du hast mich vor deinen Eltern verteidigt.«

»Das ist nicht dasselbe.«

»Okay. Vertraust du mir? Oder glaubst du auch, dass ich für den Diebstahl der Schlüssel verantwortlich bin?«, frage ich energisch und beobachte, wie Nero sich langsam nach vorn beugt, den linken Ellenbogen auf dem Oberschenkel abgestützt. Während er mich nicht aus den Augen lässt, fährt er sich mit dem Daumen nachdenklich über die Lippen. »Vertraust du mir denn, Katalea?«

Ich halte seinem wachsamen Blick stand. »Du tanzt schon wieder.«

Er lacht dunkel auf. »Nicht weniger als du. Wieso bist du heute aus dem Festsaal abgehauen?«

»Weil es mir zu viel wurde.«

Nero lehnt sich zurück. »Du lügst.«

»Nein, tue ich nicht. Es wurde mir alles zu viel, weil es verdammt viel ist.«

»Ich weiß nicht, ob du dich selbst belügst oder es nicht wahrhaben möchtest. So leicht wirft dich sonst nichts aus der Bahn, zumindest nicht so eine läppische Ringzeremonie. Also, was ist passiert?« Neros finstere Frage vermischt sich mit dem Prasseln des Regens, der hinter ihm an die Fensterscheiben klopft, und mich an mein eigenes kleines Gewitter erinnert, das ich vor dem Unsterblichen nicht preisgeben möchte.

Wortlos lasse ich mich auf die weiche Matratze meines Betts fallen. Bei der Bewegung rutscht mein Schlafshirt ein Stück nach oben. Rasch ziehe ich es wieder hinunter.

»Du kannst dir gern etwas anziehen, wenn es dir unangenehm ist«, bemerkt Nero mit diesem rauen Unterton in der Stimme, der nicht gut für meinen Herzschlag ist.

»Mir ist nichts unangenehm«, erwidere ich und spüre den Trotz, der durch meine Adern fließt. »Zumindest nicht das. Ich habe verstanden, dass ich nun eure Gefangene bin. Aber genügt es nicht, wenn du in *deinem* Schlafzimmer schläfst? Vor der Tür stehen doch Wachen.«

»Das hat dich letztes Mal auch nicht aufgehalten«, kontert er kühl, richtet sich auf und beginnt, sein Hemd weiter aufzuknöpfen, unter dessen Stoff seine trainierte Brust mit den archaischen Tätowierungen und dem sexy Sixpack zum Vorschein kommt.

»Was soll das?«, frage ich mit trockenem Mund und versuche, mein Gehirn dazu zu bringen, den Anblick einfach auszublenden. Was leichter wäre, wenn Neros Muskeln nicht so unglaublich definiert und meine bescheuerten Fingerspitzen nicht so verdammt erpicht darauf wären, über seine glatte Haut zu streichen.

»Ich ziehe mich aus.«

»Das sehe ich. Aber warum?«

Sein Hemd fällt zu Boden, kurz darauf folgen Anzughose und Socken. Noch immer bemühe ich mich, total ungerührt zu bleiben, als sich der Unsterbliche in seinen engen schwarzen Boxershorts auf das Sofa setzt und dabei wirkt wie ein verfluchtes Unterwäschemodel.

»Es schläft sich nicht besonders gut im Anzug. Aber keine Sorge, die Couch reicht völlig aus. Du musst dein Bett nicht teilen.«

»War ja klar.«

»Wie meinst du das?«

»Ich meine gar nichts«, entgegne ich forsch und schlüpfe rasch unter die Bettdecke.

Er verschränkt lässig die Hände hinter dem Kopf. »Willst du das jetzt die ganze Nacht spielen, Katalea? Auch wenn ich der Meinung bin, dass du wahrscheinlich nichts mit dem Diebstahl zu tun hast, hat dich heute doch irgendetwas aus dem Konzept gebracht. Ich wüsste gern, was das war. Was auch immer hier im Gange ist, es ist nicht ungefährlich, vor allem nicht für dich. Nur aus diesem Grund schlafe ich übrigens in deinem Zimmer.« Er betrachtet mich eindringlich. »Neben meinen Eltern werden auch andere auf die Idee kommen, dass du in das Verschwinden der Kéjsaias verwickelt sein könntest. Jemand, der wie du womöglich Hinweise zu zwei verschwundenen Schlüsseln geben kann, ist für die Clans Gold wert.«

Ich ziehe meine Bettdecke näher an mich heran. »Du denkst, dass sie es jetzt noch mehr auf mich abgesehen haben?«

»Wahrscheinlich nicht unmittelbar heute Nacht, aber dieser Gedanke wird reifen, und er wird Gefallen finden.«

»Dann musst du auch heute Nacht nicht bei mir schlafen«, ist das Einzige, was mir spontan dazu einfällt, weil mich der Rest überfordert. Einen Augenblick lang sieht mich Nero stumpf an, dann streckt er die Beine aus und legt sich gemütlich aufs Sofa. »Du wirst mich nicht los.«

»Sicher?«

Sein ebenmäßiges Profil zeigt keinerlei Regung. »Ganz sicher.«

»Meinetwegen. Wenn es dir so wichtig ist«, gebe ich von mir, schalte die Deckenbeleuchtung und meine kleine bronzefarbene Nachttischlampe aus und drehe Nero den Rücken zu. »Gute Nacht.«

»Gute Nacht, Katalea.« Seine Stimme klingt noch immer in mir nach, als ich mich schon längst in mein Kopfkissen kuschele. Erschöpft lausche ich dem Fallen des Regens, unter das sich Neros gleichmäßige Atemzüge legen. An schlafen ist gar nicht zu denken, dafür macht mein Kopf Überstunden. Die Gedanken arbeiten in mir und beginnen alles, vor allem mich selbst, infrage zu stellen. Ich bin Nero dankbar, dass er vor seinen Eltern für mich eingetreten ist. Und auch wenn mir bei der Erinnerung an sein Stelldichein mit Giselle kotzübel wird, ist er mir gegenüber in Wahrheit doch zu nichts verpflichtet.

»Denkst du immer so laut?«, höre ich ihn irgendwann fragen.

»Wie bitte?«

Der Regen trommelt noch immer ruhelos gegen die Scheiben. Zarte Streifen Mondlicht fallen durch die Fenster auf Neros markantes Gesicht, das Richtung Zimmerdecke blickt. »Du wälzt dich in deinem Bett hin und her, Katalea.«

»Das habe ich gar nicht gemerkt«, sage ich. »Tut mir leid. Habe ich dich etwa geweckt?«

»Nein, mein Schlaf ist nicht der beste.«

»Wieso?«

Er antwortet nicht sofort, aber als er es tut, hört er sich aufrichtig an. »Liegt vielleicht daran, dass mir das Aufwachen zusehends schwerer fällt.«

Ein Blitz erhellt das Zimmer, gefolgt von einem heftigen Donnerschlag.

»Träumst du denn noch oft von Nivia?«

»Ich hatte dir gesagt, dass ich nicht über sie sprechen werde.« Er atmet geräuschvoll aus. »Versuch zu schlafen. Es war ein anstrengender Tag.«

Ich seufze. »Machen die Leute immer, was du sagst?«

»Meistens. Du bildest selbstverständlich die Ausnahme.«

»Erfrischend, nicht wahr?«

»Übertreib es nicht«, bemerkt er, doch sein Tonfall klingt gelöster.

Ich drehe mich von einer Seite zur anderen, finde aber keine gute Schlafposition. Auch das Kissen fühlt sich irgendwie seltsam an, weshalb ich mich aufrichte und es ausklopfe. »Ich weiß echt nicht, wie ihr das aushaltet.«

»Was genau? Dich?« Das Lächeln in seiner Stimme ist nicht zu überhören. »Was hat dir das arme Kissen denn getan?«

»Es macht nicht das, was ich will.«

»Und das ist ein Fehler?«

»Fragst gerade du?«, höhne ich und lasse mich erschöpft zurückfallen. Ich starre auf die Deckenbalken über mir, während mein Kopf versucht, die Ereignisse des heutigen Tages zu verarbeiten. Wie der Regen, der in seinem ganz eigenen Rhythmus stetig gegen die Fenster schlägt, prasseln auch die Erinnerungen auf mich nieder. Mein Gespräch mit Suki, bei dem ich sie verletzt habe. Die Zeremonie, in der ich unfreiwillig zur Hauptattraktion wurde. Der Kuss, der nur dazu da war, um eine Botschaft zu senden. Großvater, der nun für immer aus meinem Leben verschwunden ist.

»Ich bin es leid, in eurem Sumpf aus Intrigen und verschleierten Absichten festzustecken. Wie könnt ihr das nur aushalten, niemandem jemals wirklich zu vertrauen? Ständig auf der Hut sein zu müssen.« Ich reibe mir über die Stirn. »Dadurch ist man doch unendlich … einsam. Und übrigens auch nicht besonders sympathisch.«

Ein kehliges Lachen erklingt. »Du findest mich also unsympathisch? Was ist denn aus nett und charmant geworden?«

»Es ist mir egal, wenn du mich nicht ernst nimmst. Ich werde mich von eurer Welt nicht verdrehen lassen, ich werde meinem Gefühl folgen. Wenn ich Suki glauben möchte, dann glaube ich ihr auch und werde nicht ...« Der Regen peitscht nun vehementer gegen die Fensterscheiben, läuft in langen Rinnsalen am Glas entlang.

»Was hat denn jetzt Suki mit der Sache zu tun?«

»Ich war ihr heute keine besonders gute Freundin und habe mich mächtig danebenbenommen. Und du ...«, die nächsten Worte fallen mir nicht leicht. »Ich meine, du hast nach unserem Kuss gleich mit Giselle rumgemacht. Aber du hast auch dafür gesorgt, dass jemand Moms Figuren zusammenklebt. Das war sehr aufmerksam von dir. Und selbst wenn garantiert wieder irgendein Hintergedanke dahintersteckt, war die Geste doch nicht weniger liebenswert.«

»Ich habe was?«

»Moms Figuren, die bei der Übergabe des Kéjsaias zerbrochen sind. Du hast jemanden geschickt, der –«

»Nein, das davor«, unterbricht er mich.

»Dass du mit Giselle rumgemacht hast? Ich habe euch auf der Terrasse gesehen. Was mich nicht wundern sollte. Schließlich ist sie deine Verlobte, und plötzlich tauche ich auf und bringe alles durcheinander.«

Nero lacht bitter auf. »Es stimmt, du bringst alles durcheinander, Katalea. Ich habe mit Giselle nicht ... rumgemacht. Dir ist bewusst, über welche Fähigkeit die von Rubinsteins verfügen?«

Ich runzele die Stirn und komme mir mit einem Mal unglaublich blöd vor. »Sie können Illusionen erzeugen«, sage ich schwer, fühle mich aber dennoch irgendwie erleichtert.

»Genau. Und jetzt zähle eins und eins zusammen«, erwidert er betont langsam, wie jemand, der einem das Offensichtliche näherbringen will.

Angespannt setze ich mich auf und lasse mich gegen die schmiedeeiserne Rückwand meines Betts sinken. »Aber es war so verdammt echt.«

»Das ist der Sinn und Zweck einer Illusion.«

Ich ziehe die Beine zu mir heran. »Und du hast sie nicht geküsst?«

Der Ausdruck in Neros Gesicht ist vollkommen ernst, der Blick aus seinen Augen tiefgründig und einnehmend, als er meine Frage beantwortet. »Seit Nivias Tod habe ich genau eine einzige Frau geküsst. Und die hat mich beim ersten Mal gleich einen Frosch genannt. Ich hatte eigentlich nicht gedacht, dass meine … Fertigkeiten derart verkümmert sind.« Ein amüsiertes Funkeln taucht in seinen Augen auf. »Es heißt übriges Kintsugi«, sagt er dann. »Eine alte japanische Kunst, bei der zerbrochene Keramikgegenstände mit Goldlack geklebt werden. Dadurch werden die Risse zum Teil ihrer Geschichte und die Stücke noch wertvoller.«

»Hört sich sehr schön an.«

»Schön und aufwendig. Aber mir gefällt der Gedanke, etwas Zerbrochenes wieder zusammenzufügen«, bemerkt er nachdenklich, bevor er mich herausfordernd anblickt. »Du könntest dich übrigens dafür revanchieren.«

»Und wie?«

»Indem du mir den Rest deines Gedichtes verrätst.«

Kraftlos lehne ich meinen Kopf gegen das Bettgestell. »Also gab es doch einen Hintergedanken.«

Feine, silberne Mondstrahlen umschmeicheln sein Gesicht. »Du solltest nicht immer das Schlechteste von mir annehmen.«

»Tue ich doch gar nicht«, sage ich.

»Dann lass es mich hören.«

»Dafür müsste ich das Gedicht auswendig können.«

»Was du garantiert kannst.«

»Vielleicht«, sage ich verhalten und hole tief Luft. Es ist nicht viel, was er verlangt, und vielleicht ist es an der Zeit, mich aus meiner Komfortzone zu bewegen. »*Wenn du Regen wärst, dann gäbe es dich überall*«, beginne ich schließlich. »*Du würdest einfach fallen, in großen und in kleinen Tropfen. Wenn du Regen wärst, dann würdest du auf Dächern liegen, auf Pflastersteinen und auf Bäumen, du wärst ganz nah bei mir.*« Ich mache eine kurze Pause. Atme noch einmal tief durch und versuche, mich von Neros Aufmerksamkeit nicht aus dem Konzept bringen zu lassen, auch wenn mein Herz unruhig gegen meinen Brustkorb trommelt. »*Wenn du Regen wärst, dann würdest du fallen, und wieder auferstehen – um noch einmal zu fallen. Wenn du Regen wärst, wärst du so schön wie Tränen, und wenn du mal die Sonne siehst, brichst du für mich das Licht. Brichst du für mich die Farben.*« Mit dem Verklingen der letzten Silbe komme ich mir nackt und unglaublich verletzbar vor, als wäre ich mit Anlauf ins Nichts gesprungen.

»Katalea. Das ist sehr schön«, erklärt Nero nach einem Moment sanft, bevor er scharf die Luft einzieht. »Wie heißt er?«

»Wer?«

»Dein Regen.«

Irritiert blinzele ich. »Es gibt keinen Regen. Also nicht *meinen* Regen.«

»Es gibt keinen Mann in deinem Leben?«

»Nein. Das Gedicht ist nur … keine Ahnung, was es ist. Meine Mom hat immer an die eine große Liebe geglaubt, die alles verändert. Das muss wohl irgendwie auf mich abgefärbt haben. Es ist furchtbar, ich weiß. Kitschig und albern.« Ich knete meine Hände, die sich auch noch immer nackt anfühlen und das Gewicht des Ringes vermissen, der viel zu kurz an meinem Finger saß.

»Es ist nicht albern, an die große Liebe zu glauben. Ganz und gar nicht.«

Neros Ehrlichkeit überrascht mich, aber noch mehr überrasche ich mich selbst. »Ich habe von ihr geträumt«, höre ich mich selbst sagen. »Von Nivia, meine ich.«

»Und was hast du geträumt?«, fragt er weniger aufgeregt, als ich es vermutet hätte.

»Ich denke, dass ich von ihrer Ermordung geträumt habe. Da war dieser Mann, dieser dunkle Mann«, sage ich, auch wenn Sukis Reim bedrohlich in meinem Hinterkopf dröhnt. »Der Typ hat Nivia einen Kelch zu trinken gegeben. Sie hatte Angst vor ihm.«

»Und hast du das Gesicht des Mannes gesehen?«

»Nein, leider nicht.«

»Dann hilft es nicht weiter«, erwidert er kühl.

»Aber das ist es, was du willst, nicht wahr? Du willst wissen, wer an ihrem Tod schuld ist.«

Es dauert einen Moment, bis er reagiert. »Die letzten Jahrzehnte habe ich damit verbracht, Hinweise aufzuspüren, und bin doch kein Stück weitergekommen.« Schnaubend starrt er Richtung Decke. »Würdest du es denn nicht wissen wollen?«

»Doch. Selbstverständlich.« Ich schiebe meinen Arm unter den

Kopf. »Wolltest du deshalb den Pakt mit den Brüdern des Feuers schließen? Mit diesem Chelion?« Die bloße Nennung des Namens lässt eine hässliche Gänsehaut über meinen Nacken kriechen.

»Fragst du wegen der Andeutung in dem einzigartigen Brief?«

»Ja und weil du dieses Zeichen über deiner Schulter trägst«, sage ich und deute auf das verschlungene Symbol. »Es ist das Zeichen für Vergeltung.«

Im Halbdunkeln sehe ich Neros Lächeln, das nicht lange währt. »Todd ist ein gewissenhafter Lehrer. Ihr seht euch offenbar auch die Symbolik der Clans an.«

Bei Todds Erwähnung muss ich sofort an den Übergriff denken. »Machst du dir Sorgen um ihn?«

»Um Todd?« Nero schüttelt den Kopf. »Er ist hart im Nehmen. Er wird schon wieder.«

Ich hoffe, dass er recht hat, und lasse meine Gedanken weiterziehen. »Was ist der Preis?«, frage ich.

»Wofür?«

»Der Preis für den Namen von Nivias Mörder.«

Ein paar Sekunden vergehen. »Der Preis ist hoch, sehr hoch, Katalea.«

Ich blinzele. »Und du … wirst ihn bezahlen?«

Erneut dauert es einen Augenblick, bevor Nero antwortet. »Das wollte ich. Ich war schon knapp davor, das Bündnis zu bestätigen, doch dann …« Der Fürstensohn hält inne, als würde er im selben Moment bereuen, überhaupt etwas gesagt zu haben. Mit den Fingern reibt er sich über die Augen, dreht nach einem tiefen Atemzug den Kopf in meine Richtung und sieht mich an. Sein durchdringender Blick breitet sich intensiv und wärmend auf meiner

Haut aus, als könnte ich seine ganze Aufmerksamkeit auf mir spüren. »Katalea, wieso erzählst du mir gerade jetzt von deinen Träumen?«

»Keine Ahnung. Vielleicht habe ich verstanden, dass Vertrauen keine Einbahnstraße ist«, sage ich nachdenklich. »Womöglich kann man nichts erwarten, was man selbst nicht bereit ist zu geben. Todd meinte übrigens auch, dass es möglich wäre, meine Verbindung zu Nivias Erinnerungen weiter zu vertiefen.«

»Aha. Und was genau kam ihm da in den Sinn?«

Meine Wangen werden heiß. »Er hat von körperlichem Kontakt gesprochen«, erwidere ich unruhig. »Wenn sich die Kraft der Kardisis stärker entfalten soll, müssten wir uns näherkommen.«

»Und woher weiß Todd das?«

»Hat er mir nicht verraten. Stimmt es denn nicht?«

»Kann ich dir nicht sagen. Jeder Herzensschwur ist anders. Außerdem haben wir uns doch bereits geküsst, Katalea.« Neros Stimme hört sich rau und so verdammt sexy an, dass ich mir unwillkürlich auf die Unterlippe beiße.

»Vielleicht müsste es ehrlicher sein. Ohne Absicht.«

»Und uns zu küssen, damit sich fremde Erinnerungen in deinen Träumen entfalten, wäre ehrlicher?«, fragt er provokant.

Ich komme mir unheimlich dämlich vor, es überhaupt angesprochen zu haben. »Stimmt. War eine blöde Idee«, sage ich und lasse mich zurück in mein Bett sinken.

»Vielleicht ist es doch keine so blöde Idee.«

Ich höre, wie er aufsteht und zu mir herüberkommt, spüre sein Gewicht, als er sich neben mich auf die Bettkante setzt. Langsam richte ich mich auf, sehe in seine dunklen Augen, die von einem

Blitz erhellt werden und eine Mischung aus neugierigem Interesse und unterschwelligem Verlangen preisgeben.

»Manche Dinge muss man einfach ausprobieren. Einen Versuch ist es wert.« Seine Finger streichen verheißungsvoll über meinen Arm, zu meinem Schlüsselbein, über meinen Nacken den Rücken entlang. Jede Berührung hinterlässt ein sehnsüchtiges Feuer, das auflodert, als mich Nero plötzlich an der Hüfte packt und auf seinen Schoß hebt. Zittrig keuche ich auf, schlinge meine Arme um seinen Hals und genieße es, als seine Hände meine Oberschenkel entlangwandern und meinen Po umfassen, um mich ganz nah an sich heranzupressen und zu küssen. Seine Lippen legen sich auf meine, seine Zunge dringt in meinen Mund, zuerst ganz zärtlich, dann immer hitziger. Ich zerfließe unter jeder einzelnen Bewegung, die nach mehr als einem Kuss verlangt, als mich ein kräftiger Donnerschlag plötzlich zusammenzucken lässt.

Mit einem gequälten Knurren löst sich Nero von mir, als hätte ihn das krachende Geräusch wieder zur Besinnung gebracht. Auch wenn seine Augen rebellisch leuchten, liegt doch der herbe Ausdruck der Entschlossenheit auf seinen Zügen.

»Wir sollten jetzt lieber schlafen, Katalea.«

»Wieso?«, frage ich atemlos.

»Ich denke, es reicht«, erklärt er, hebt mich sanft von sich und steht auf. »Zumindest für den ersten Versuch.«

Dreiunddreißig

Der Regen hat aufgehört. Ich liege in meinem Bett, das sich wohlig und warm anfühlt, und richte mich auf, weil er da ist. Ich weiß, weshalb er gekommen ist. Es ist so weit. Die Vorhänge tanzen zum Abschied im Wind.

»Du siehst hübsch aus. Bist du fertig?«

Ich nicke. »Nur noch einen Augenblick«, sage ich, setze mich an den Frisiertisch und zeichne meine Lippen nach. Im Spiegel kann ich ihn sehen. Er ist nicht dumm und wendet mir den Rücken zu. Ich sollte Angst vor ihm haben, und ich habe auch Angst vor ihm. Und vor dem, was er ist.

Schließlich kommt er auf mich zu. Seine Gestalt wird im Spiegel größer und unheimlicher. »Hier. Du trinkst doch immer zu wenig.«

»Du sorgst dich um mich?«, frage ich, drehe mich zu ihm um und streiche mir eine Haarsträhne aus der Stirn.

»Ich muss auf dich aufpassen. Irgendwann sind wir doch alles, was wir haben.« Er reicht mir den silbernen Kelch, der mich an meine Eltern denken lässt.

»Danke«, sage ich und lächele Ruben an, bevor ich den Kelch an meine Lippen führe und einen großen Schluck daraus nehme. Schlagartig breitet sich das giftige Feuer in mir aus, durchdringt mich mit gefräßigen Flammen, ein heißer Nebel, der mich von innen erstickt, Stück für Stück.

Mein Körper sackt zu Boden. Ein heftiges Zittern durchfährt mich, meine Augen zucken. Ich sehe Rubens mitleidsloses Gesicht, das langsam näher kommt, bis es vor meinen Augen verschwimmt.

»Katalea, wach auf!«

Jemand rüttelt an meinen Schultern, holt mich aus dem Traum, zurück in die Gegenwart. Benommen öffne ich die Augen, meine Arme und Beine beben.

»Katalea, schau mich an«, höre ich Nero energisch sagen. »Es war nur ein Traum, nur ein Traum.«

Es dauert, aber dann erkenne ich endlich sein Gesicht, das im Halbdunkel über mich gebeugt ist, höre das Prasseln des Regens, der ungestüm gegen die Fensterscheiben fällt. Ich nicke, einmal, zweimal. So lange, bis ich es selbst glaube.

»Alles ist gut. Du bist in Sicherheit.« Nero streicht mir eine Haarsträhne aus der Stirn, hilft mir, mich aufzusetzen. Meine Schultern beben, als er mich sanft zu sich zieht. Ich spüre die Wärme seines Körpers, spüre mein inneres Chaos und seinen beruhigenden Herzschlag, der sich besänftigend über meine Sinne legt. Ich fühle seine Hände, die mich festhalten, als könnten sie mich vor allem beschützen.

»Sie … er hat … sie vergiftet. Ruben hat sie … vergiftet«, flüstere ich abgehackt.

Nero löst sich ein Stück von mir. Draußen blitzt und donnert es, als wäre der Himmel erbost, als wäre die Gewalt der Natur entfacht und nicht mehr aufzuhalten. Das Grollen erfüllt den Raum, tief und bedrohlich wie der Blick aus Neros dunklen Augen, die düster aufleuchten, als ein greller Blitz hinter den Fensterscheiben vom Himmel schießt.

»Es war Ruben? Bist du dir sicher?«

»Ich bin mir ganz sicher. Er hat Nivia einen Kelch mit diesem Gift, diesem Nekronicum zu trinken gegeben. Ich habe gespürt, wie sie gestorben ist. Es war … grauenvoll.«

Ich sehe den tiefen Schmerz in Neros Gesicht, erkenne aber auch etwas anderes. Etwas, das mir Angst macht.

»Der Mistkerl wird dafür büßen«, sagt er derart hartherzig und hasserfüllt, dass mir speiübel wird.

»Du wirst ihn töten, nicht wahr?«, frage ich atemlos.

Sein Kiefer spannt sich an. »Das ist meine Sache.«

»Aber dann wird es niemals aufhören«, erwidere ich aufgebracht. »Nero, du kannst etwas verändern. Du musst etwas verändern.« Auffordernd berühre ich seine Hand, doch er steht auf und entreißt sie mir.

»Ich muss etwas verändern? Wieso sollte ich das wollen?«, wirft er mir entgegen. In seinem Gesicht spiegelt sich bodenlose Kälte wider, die bis in mein Inneres dringt.

»Du willst keinen Frieden?«

»Das ist nicht meine Aufgabe.«

»Vielleicht ist es nicht deine Aufgabe, aber es ist deine Möglichkeit! Du kannst den anderen zeigen, was passiert ist!« Doch meine Worte stoßen auf Granit.

»Selbst wenn sich der Hohe Rat von der Echtheit dieser Erinnerungen überzeugen lässt, muss das rein gar nichts bedeuten, Katalea!«

»Vielleicht hast du recht, vielleicht aber auch nicht! Du wirst es nur herausfinden, wenn du es auch versuchst. Außerdem ist da noch etwas.« Ich ringe mit mir, es auszusprechen. »Nivia wusste es. Sie wusste, dass sie sterben wird.«

»Was?!« Sein ungläubiger Blick schneidet mir direkt ins Herz.

»Sie hat den Kelch dennoch genommen.«

Er schüttelt den Kopf. »Nein, das ist nicht wahr.«

»Doch. Sie wusste, dass es unvermeidbar ist, Nero.«

»Nein, sie hätte mir etwas gesagt! Sie hätte es nicht einfach geschehen lassen! Es gab doch uns zwei!«

Ein ohrenbetäubendes Krachen hallt durch das Schlafzimmer, gefolgt von einem tiefen Donnergrollen und hellen Lichtblitzen, die Neros Gestalt noch einschüchternder wirken lassen. Mit bebendem Brustkorb starrt er mich an.

»Ich weiß auch nicht, was vorgefallen ist«, sage ich, um irgendetwas zu sagen, während er sich seine Anzughose schnappt und überzieht.

»Was hast du vor?«, will ich wissen und stehe ebenfalls auf.

»Leg dich wieder hin, Katalea.«

»Was hast du vor?«, wiederhole ich und fühle einen kalten Kloß in meiner Brust, der sich wie knirschendes Eis ausdehnt. »Du willst ihn doch nicht noch heute Nacht töten, oder? Ist das dein Plan? Auge um Auge, Zahn um Zahn? Das hätte sie nicht gewollt!«

Er greift nach seinem Hemd und dreht sich abrupt zu mir um. »Woher willst du wissen, was sie gewollt hätte? Du kanntest sie nicht!«

»Ja, aber ich träume ihre Erinnerungen! Ich habe gefühlt, was sie gefühlt hat! Aus irgendeinem Grund war sie bereit zu gehen, Nero. Es war in Ordnung für sie.« Ich presse die Lippen zusammen, halte seinem finsteren Blick stand. »Es war in Ordnung für sie«, sage ich noch einmal.

Jeder Muskel in Neros Gesicht ist dem Zerreißen nahe. »Aber es ist nicht in Ordnung für mich! Wenn sie es wollte, warum hat sie dann nichts gesagt? Warum hat sie nichts hinterlassen?« Unendliche Zerrissenheit dringt aus seiner Stimme. »Von einem verfluchten Tag auf den anderen war sie einfach weg!«

»Ich weiß nicht, was in ihr vorging. Noch nicht. Aber wenn ich ihren Tod im Traum erleben kann, bin ich womöglich auch in der Lage, von ihrem Leben zu träumen.« Ich klammere mich an diesen Gedanken und sehe Nero fest in die Augen. »Ich werde dir helfen herauszufinden, was vorgefallen ist. Aber das tue ich nur, wenn du versprichst, Ruben nicht umzubringen.«

»Das werde ich nicht versprechen«, erwidert er unmissverständlich.

»Dann wirst du auch nie erfahren, was passiert ist.«

Er schaut mich abfällig an wie etwas, das nur zufällig sein Leben gekreuzt hat. »Liegt dir etwas an ihm?«

»Überhaupt nicht«, beteuere ich. »Dennoch möchte ich nicht für seinen Tod verantwortlich sein. Es sterben schon genug Leute ohne mein Zutun.« Ich straffe die Schultern. »Ich bin der Schlüssel zu Nivias Vergangenheit, Nero. Ich bin deine einzige Chance.«

Sein dunkler Blick geht mir durch Mark und Bein, doch ich versuche, mir davon nichts anmerken zu lassen, und wende an, was ich gelernt habe. Ich verschließe mein Gesicht, verschließe meine

Gefühle, verschließe alles vor ihm, um zu zeigen, dass ich in dieser Sache nicht diskutieren werde. Das hier ist mein einziges Angebot.

Die Zeit vergeht, und es kostet mich all meine Energie, meine Maske nicht fallen zu lassen, sondern sie ihm entgegenzuhalten, in ihrer ganzen Größe.

»Okay«, willigt er schließlich düster ein. »Ich verspreche, ihn nicht zu töten, bis ich weiß, was vorgefallen ist. Kannst du damit leben?«

Mir ist klar, dass ich nicht mehr bekomme.

Also nicke ich.

Vierunddreißig

Als ich am nächsten Morgen aufwache, liegt Nero nicht mehr auf der Couch. Ich befürchte schon, dass er sich nicht an unseren Deal hält, da entdecke ich ihn auf dem Balkon, wie er mit einer Kaffeetasse in der Hand gedankenversunken über die Weinberge und Olivenhaine des Anwesens blickt. Er trägt ein dunkles Shirt zu einer schwarzen Jeans, seine Haare sind feucht. Der Duft von Duschgel weht mir entgegen.

»Gut. Du bist wach«, höre ich ihn nüchtern sagen. »Auf dem Tisch steht das Frühstück. Jerome wird gleich kommen und sichergehen, dass dir nichts passiert.«

»Jerome? Und was machst du?«

»Ein Treffen mit dem Hohen Rat wurde einberufen. Todd ist aufgewacht.«

Mir fällt ein Stein vom Herzen. »Wie geht es ihm?«

»Er ist noch etwas wortkarg und verwirrt, aber er konnte meinen Eltern einen Namen nennen. Den Namen desjenigen, der ihn niedergeschlagen und den Kéjsaia gestohlen hat.«

»Und wer war es?«, frage ich aufgeregt.

»Ruben.« Der Name strömt gefährlich aus seinem Mund wie ein grauenhaftes Urteil. Unbewegt leert er seine Kaffeetasse und tritt an mir vorbei ins Innere.

»Ruben? Wirklich? Und was habt ihr jetzt vor?«

»Wir werden ihn vor den Hohen Rat bringen. Das wolltest du doch, oder?«

»Und ihr werdet auch Nivias Erinnerungen ansprechen? Soll ich mitkommen?«, frage ich.

Nero stellt die Kaffeetasse auf der Anrichte ab. »Vorerst nicht. Das hier wird nicht leicht. Die Gwynedons werden alles abstreiten, weshalb wir schnell handeln müssen. Sie dürfen ihre Spuren nicht verwischen, und wir dürfen ihnen keine Zeit lassen, den Lotosschlüssel zu verstecken.« Er geht zu dem antiken Schreibtisch, der wie eine Requisite in der Ecke steht, und nimmt etwas aus der ersten Schublade.

»Hier.« Er drückt mir ein silberfarbenes Handy in die Hand. »Für den Notfall. Es ist bloß eine Nummer darauf gespeichert. Falls etwas sein sollte, musst du es nur einmal klingeln lassen, dann komme ich umgehend zurück.«

»Was sollte denn schon sein?«

Er runzelt die Stirn. »Denk an deine letzten Wochen. Was sollte denn da schon alles passieren?«

»Okay. Der Punkt geht an dich«, gebe ich zu.

In der Sekunde klopft es an der Tür. Zu meinem Erstaunen ist es nicht bloß Jerome, der eintritt. Er ist in Begleitung von Suki. Mit ihrem violetten Kleid und der grünen Leggings wirkt die Unsterbliche wie immer, bis auf das schwarze Stofftuch, mit dem ihre Augen verbunden sind.

»Ich dachte mir, dass du vielleicht ein vertrautes Gesicht um dich haben möchtest«, bemerkt Nero distanziert und entfernt sich, bevor ich mich noch irgendwie bedanken kann.

»Und das ist okay?«, frage ich leicht perplex.

Jerome schließt die Tür hinter sich. »Ich habe mich darum gekümmert, dass Chevall-Rivaldi von keinem gesehen wird, und dabei soll es auch bleiben. Ihr dürft diesen Bereich nicht verlassen. Habt ihr das verstanden?«

»Hey. Ich habe auch einen Vornamen«, motzt Suki und reißt sich das Stofftuch vom Gesicht.

»Von mir aus.« Jerome sieht mich an. »Ich werde zwei der besten Männer vor der Tür postieren und regelmäßig nach euch sehen. Du benimmst dich. Okay?«

Ich nicke.

»Versprich es. Keine Ausflüge, Kela.«

»Ich werde artig sein.«

»Gut, denn aktuell wäre es ein verdammt schlechter Zeitpunkt, um Ärger zu machen.« Mit diesen Worten lässt er uns allein. Draußen an der Tür höre ich ihn noch etwas mit den Männern besprechen, doch meine Aufmerksamkeit wandert bereits zu Suki, die ihre Arme trotzig vor der Brust verschränkt hat.

»Du bist noch sauer«, sage ich.

»Ich? Sauer? Wieso?«

»Weil ich dir schon wieder nicht vertraut habe. Es tut mir leid. Es war blöd von mir.« Ich kneife die Augen zusammen. »Gibt es vielleicht einen Freundschaftskodex für Unsterbliche mit einem entgegenkommenden Passus für Halbsterbliche, die sich noch einleben müssen?«

»Nein, gibt es nicht.«

»Womöglich im Kleingedruckten?«

»Auch nicht«, behauptet Suki und lehnt sich an Neros riesiges Bücherregal.

Ein kribbelnd kühles Gefühl drängt mich seltsam zu ihr, doch ich verharre an Ort und Stelle.

»Das war echt scheiße von dir«, schnaubt sie. »Ich habe einiges für dich riskiert, Kela, aber egal, wie viel ich getan habe, es hat nicht gereicht. Ich komme mir vor wie bei einer Prüfung, die ich nicht bestehen kann, weil mein Prof schon vorher beschlossen hat, dass ich durchfallen werde.«

»Du hast recht«, erwidere ich. »Deswegen sage ich dir jetzt auch alles und lasse garantiert nichts aus.«

Sie pustet sich eine dunkle Haarsträhne aus der Stirn und zuckt mit den Schultern. »Und wenn mich das gar nicht mehr interessiert?«

»Dann musst du mir nicht zuhören«, erwidere ich.

Ich erzähle ihr von den Briefen, Giselles Illusion und meinen Träumen, die mir Nivias Erinnerungen gezeigt haben.

Bis auf die Details über das Rosenfeld und die Kéjsaias packe ich alles auf den Tisch, was sich Nero gegenüber nicht als Vertrauensbruch anfühlt. Ich berichte vom Orakel und Grandpas Auflösung sowie von der gestrigen Nacht mit Nero. Verrate ihr, dass meine innere Unruhe irgendwie schwächer wird, während die Empfindung, auf etwas Großes zuzusteuern, nach wie vor stärker wird. Je länger ich rede, desto weicher werden Sukis Gesichtszüge, und umso leichter fühle ich mich.

»Oh, Mann. Das ist wirklich eine Menge«, meint Suki, als ich irgendwann fertig bin. »Ich weiß nur nicht, ob ich jetzt versöhnter oder wütender sein soll. Seit Wochen hast du mir die Sache mit den Briefen verschwiegen.« Sie macht ein paar Schritte in den Raum und lässt sich samt ihrem Vorwurf auf das helle Sofa fallen. Draußen hat sich der Himmel komplett zugezogen, es beginnt wieder zu regnen. Ich schließe die Balkontüren und setze mich neben Suki, achte aber auf genügend Abstand.

»Also ich wäre für versöhnlich«, versuche ich es und lege Neros Handy auf den Couchtisch vor uns, gleich neben das reichlich gefüllte Frühstückstablett.

»Du hast kein Mitspracherecht.«

Nachdenklich schnappe ich mir ein Brötchen vom Tablett.

»Ich habe Mist gebaut, okay. Mich hat das alles hier überfordert, tut es noch immer. Ich fühle mich wie eine Nichtschwimmerin, die man ins tosende Meer geworfen hat«, erkläre ich matt und breche ein Stück vom Brötchen ab. »Ich versuche doch nur, nicht zu ertrinken.«

»Wir versuchen alle, nicht zu ertrinken, Kela.«

»Aber ihr könnt schwimmen.«

»Das kannst du auch. Schau, wie gut du dich machst. Nero hat mich extra für dich herbringen lassen. Damit hat er sich ordentlich aus dem Fenster gelehnt.«

»Doch nur, damit ich auch wirklich hierbleibe. Du bist seine Versicherung. Er weiß, dass ich es nicht riskieren kann, dass du auffliegst und wegen mir Ärger bekommst.«

»Egal, weshalb. Er kümmert sich um deine Sicherheit. Der dunkle Fürstensohn Nero de Balzac kümmert sich um eine Halbsterbliche, dass ich das noch erleben darf, Erinnerungen hin oder her«, bemerkt sie kopfschüttelnd und beugt sich ein Stück vor in Richtung Orangensaft. »Darf ich?«

»Klar.«

Nachdem sie sich ein Glas eingeschüttet und ein paar Schlucke daraus genommen hat, wandert ihre Aufmerksamkeit wieder zu mir. »Die Sache mit Ruben kommt mir allerdings etwas zu glatt vor.«

»Wie meinst du das?«

»Na ja. Dass er Nivias Mörder ist, passt ins Bild, immerhin hatte sie nach dem Mord an ihren Eltern Anspruch auf die Anführerschaft des Clans. Ob der Tod seines Onkels Charles oder seiner Mutter Venera auch auf Rubens Konto gehen, kann ich nicht sagen. Jetzt ist jedenfalls Anatole an der Macht, und wir alle wissen, wer ihm folgen wird.« Sie wischt sich den Mund mit der Serviette ab.

»Glaubst du, dass Anatole in Gefahr ist?«

»Ist nicht auszuschließen. Aber im Grunde interessiert das jetzt niemanden. Zwei Schlüssel sind verschwunden und der Hohe Rat tagt, weil er den Dieb zur Verantwortung ziehen muss.«

»Aber wieso eigentlich? Solche Diebstähle wurden doch bislang auch nie geahndet«, halte ich dagegen.

»Isst du das noch?« Suki zeigt auf eine Schüssel mit Müsli und frischen Früchten.

»Kannst du gern haben.«

»Danke. Natürlich ist es nicht verboten, anderen Clans die Schlüssel zu klauen. Doch der Zeitpunkt war falsch. Während der Ringzeremonie ist quasi die weiße Fahne gehisst.« Sie greift nach der Müslischale und stockt. »Also du verstehst schon, es geht nicht um die Farbe, sondern um das Zeichen. Sämtliche Übergriffe sind während der Ringübergabe verboten, weshalb die Sicherheitsmaßnahmen der Häuser auch minimal ausfallen.« Suki kaut und nickt gedankenverloren, beides abwechselnd. »Ich habe auch schon einen Verdacht, wer hinter dem Überfall stecken könnte.«

Meine Finger umschließen das abgebrochene Brötchen. »Wer?«

»Todd.«

Ich lache auf. »Ehrlich? Warum überrascht mich das nicht?«

»Überleg mal. Die ganze Story hinkt doch. Der Kerl wird niedergeschlagen – von Ruben? Ruben, der über Leichen geht, verpasst ihm bloß eine und geht damit das Risiko ein, dass Todd ihn später verpfeift?«

»Todd hat den Alarm ausgelöst, vielleicht musste Ruben schnell abhauen. Und was hätte er denn sonst tun sollen, immerhin ist Todd ein Unsterblicher.«

»Ruben scheint doch Zugang zu diesem Nekronicum zu haben, da hätte er sich schon mehr einfallen lassen können. Eine vergiftete Messerspitze zum Beispiel.«

»Vielleicht ist sein Vorrat erschöpft. Das Gift ist doch angeblich so schwer zu bekommen.«

»Ist es, aber das ist nicht der Punkt.« Suki hebt beide Augenbrauen. »Ich bin ziemlich überzeugt, dass sich Todd das Ganze bloß ausgedacht hat.«

»Womöglich willst du aber auch nur, dass er schuldig ist«, erwidere ich, als ein Klopfen erklingt und Jerome den Kopf durch den Türspalt steckt. »Alles gut bei euch?«

»Alles bestens. Ich bin noch immer hier, wie du siehst«, sage ich und deute auf mich selbst, wobei mir bewusst wird, dass ich noch immer mein Schlafshirt trage.

»Und so soll es auch bleiben. Vergiss das bloß nicht.«

»Keine Sorge. Das vergesse ich nicht so schnell«, bemerke ich seufzend, als er die Tür wieder schließt. »Das geht jetzt garantiert den ganzen Tag so. Jerome versucht offenbar gutzumachen, dass er sich gestern nicht hundertprozentig an Neros Anweisungen gehalten hat. Warte. Ich ziehe mich lieber schnell um.«

Suki nickt abwesend.

»Alles okay?«

»Ja, klar. Wo waren wir gerade?«

»Du warst bei Todd und deiner Vermutung, dass er den Kéjsaia der de Balzacs gestohlen hat. Wobei er vorher natürlich auch den der Gwynedons an sich genommen haben müsste, es sei denn, er hat einen Komplizen. Wenn wir ihn schon verdächtigen, sollten wir es doch richtig machen, nicht wahr?« Ich lächele Suki schelmisch an, die seltsam entgeistert wirkt.

Sie blinzelt. »Der Kéjsaia. Was ist, wenn er deswegen noch nicht abgehauen ist?«

»Wie bitte?«

»Todd ist noch immer da«, erklärt sie starr. »Vielleicht wurde er überrascht oder hat irgendwie versehentlich den Alarm ausgelöst. Wahrscheinlich hatte er keine Möglichkeit mehr, einfach abzuhauen. Er musste sich schnell eine Story ausdenken, irgendetwas, damit man ihn nicht verdächtigt, und deswegen hat er ...«

»Hat er sich selbst niedergeschlagen?«, vervollständige ich den abstrusen Gedanken und stehe auf. »Ich glaube, die Theorie hat noch ein paar Schwachpunkte, über die du nachdenken solltest, während ich mich umziehe.«

Doch Suki hat nicht vor, allein nachzudenken. Sie folgt mir in mein Schlafzimmer, wo ich mir eine kurze Jeans und ein blaues Shirt überstreife, während sie ihren Verdacht weiterspinnt.

»Wenn ich recht habe, befindet sich der Lotosschlüssel noch immer auf dem Anwesen, immerhin konnte Todd ihn nicht wegschaffen, er wird doch die ganze Zeit beaufsichtigt, nicht wahr? Sollte sich der Kéjsaia wieder verwandelt haben, ist es natürlich gar nicht so leicht, ihn zu entdecken. Kela, verstehst du? Du bist die Einzige, die ihn wiederfinden kann.«

Stirnrunzelnd schließe ich den Knopf meiner Jeans. »Wieso ich?«

»Weil du noch immer die Beschützerin des Kéjsaias bist, die Verbindung wurde doch nicht gekappt. Erinnere dich an das seltsame Kribbeln, das dich zu ihm geführt hat, auch wenn ich nicht weiß, wohin genau, weil du mir diesen Teil nicht verraten hast.«

»Du gehörst noch immer zu einem fremden Clan, Suki.«

»Ist schon gut, und es ist ja auch gar nicht wichtig. Der Punkt ist, dass deine Verbindung zu dem Schlüssel noch immer existiert, ob du willst oder nicht. Vielleicht ruft er dich, wenn er dich braucht oder in Gefahr ist. Wahrscheinlich sucht er deine Nähe. Das ist es: Der Schlüssel ist womöglich schon ganz nah bei dir!«

Ihre Augen weiten sich, die Aufregung steht ihr ins Gesicht geschrieben. Ich bin mir nur nicht sicher, ob es wirklich Aufregung oder Wahnsinn ist.

»Du machst mir Angst«, sage ich langsam.

»Sehr witzig. Probier es einfach aus!«

Suki ist schon längst zum Tornado mutiert. Ich wäge ab, was mich mehr Kraft kostet, mich dem Wirbelsturm entgegenzusetzen oder nachzugeben. Die Antwort ist klar.

»Okay.« Rasch schließe ich die Augen und spüre einen Moment in mich hinein, bevor ich sie wieder öffne. »Sorry. Es passiert nichts.«

»Du hast dich nicht wirklich bemüht.«

»Woher willst du das wissen?«

»Das sehe ich dir an. Streng dich an, du schuldest mir was für dein wochenlanges Misstrauen.«

Ich stöhne auf. »Bitte sag, dass wir jetzt nicht den ganzen Tag damit verbringen, dass ich hier jeden Gegenstand anfassen muss, um dich zufriedenzustellen.« Schaudernd denke ich an die unzähligen Stunden zurück, die ich damit in unserem Haus vergeudet habe.

»Ich gehe davon aus, dass sich eure Beschützer-Schlüssel-Beziehung weiterentwickelt hat. Zumindest hoffe ich das für dich«, erklärt sie lächelnd. »Immerhin hast du ihn schon einmal gefunden. Also los, nimm Kontakt zu deinem Kéjsaia auf.«

Widerrede hat keinen Zweck, das sehe ich Suki an. Seufzend schließe ich erneut die Augen, versuche, mich vollends auf den Lotosschlüssel zu konzentrieren und darauf, ihm helfen zu wollen. Ich atme ein, ich atme aus und komme mir ungemein dumm vor. Aber ich halte durch, zumindest für einige Minuten. Gerade, als ich schon aufgeben will, spüre ich ein sanftes Pochen in meinen Fingerspitzen. Ein Kribbeln, das ich schon einmal gefühlt habe. Umgehend schlage ich die Augen auf.

»Und?«, fragt Suki nervös.

Ich bedeute ihr, ruhig zu sein, um den Kontakt nicht zu verlieren. Der kribbelnd kühle Ruf wird stärker, je mehr ich mich darauf einlasse. Er führt mich hinaus in den Wohnbereich, direkt zu dem großen Bücherregal, das den gesamten Eingangsbereich umspannt. Meine Finger tasten sanft über die Buchrücken, bevor sie bei einem halt machen und ich verstehe, warum es mich vorhin schon hierhergezogen hat.

»Ehrlich?«, wispere ich, als ich zwei identische Werke von Platon entdecke, von denen ich eines bereits in der Hand hatte. Bedächtig ziehe ich das andere heraus. Die bloße Berührung genügt, um einen angenehmen elektrischen Schlag durch meine Finger knistern zu lassen und die Magie des Kéjsaias zu erwecken.

Ein Nebel aus tanzenden Lichtpunkten umhüllt den Umschlag. Er wirbelt um das Buch herum und entfesselt eine überwältigende Leuchtkraft, die wie ein gewaltiger Lichtstrahl aus dem Inneren des Werkes bricht. Ich blinzele und fühle die enorme Macht des Lotosschlüssels, fühle, wie er sich in meiner Handfläche materialisiert.

»Du hattest recht«, flüstere ich ehrfurchtsvoll.

»Natürlich hatte ich recht. Gib ihn mir.« Sukis Blick ist seltsam glasig, als sie an mich herantritt. Hinter ihr trommelt der Regen unnachgiebig gegen die Fensterscheiben, und mit einem Mal gewittert es in einer Heftigkeit, die die Geduld des Himmels infrage stellt und den Wohnraum in ein unwirkliches, fahles Licht taucht.

»Wir sollten Nero verständigen«, bemerke ich unruhig.

»Nein, sollten wir nicht.«

»Suki? Was ist hier los?«, frage ich und erschrecke, als ich das blitzende Brotmesser in ihrer Hand entdecke.

Fünfunddreißig

»Gib mir den Kéjsaia«, verlangt sie hart.

»Du?«, hauche ich erstickt. Ich will meinen Augen nicht trauen, will nicht glauben, dass Suki in all das verwickelt ist, während meine Hand den Lotosschlüssel rasch in meiner Hosentasche verschwinden lässt.

»Für Erklärungen habe ich keine Zeit.« Suki holt aus und sticht mit dem scharfkantigen Brotmesser zu.

Gerade noch rechtzeitig springe ich zurück, stolpere rückwärts zum Couchtisch. Ich kralle mir das silberne Frühstückstablett und fege damit nicht nur Neros Handy von der Tischplatte. Teller und Gläser fallen scheppernd zu Boden, der Orangensaft ergießt sich über die erdfarbenen Fliesen und den kleinen Fellteppich, während Tomaten, Brötchen und Mozzarella in alle Richtungen kullern.

Suki setzt mir nach, attackiert mich noch einmal. Schützend hebe ich das Tablett vor meine Brust, wo mich die Klinge am Handrücken erwischt. Ein glühender Schmerz jagt durch meinen Arm, während rotes Blut wie ein schlechtes Omen auf den schneeweißen Teppich tropft.

»Ich werde tun, was notwendig ist, Kela.« Sukis Blick ist kaltblütig. Ich erkenne meine Freundin nicht wieder. »Gib mir den Kéjsaia.«

»Nein«, sage ich.

»Wie du willst.« Ihre Locken wippen, als sie noch einmal ausholt. Ich denke an Jeromes Kampftraining, ducke mich nach links und nutze Sukis Schwung, um ihr mit dem Tablett so kräftig gegen die Hand zu schlagen, dass sie das Messer fallen lässt. Anstatt ihm nachzusetzen, greift sie mich direkt an und verpasst mir einen brutalen Tritt in die rechte Seite. Reflexartig kontere ich mit einem Schlag in die Magengrube.

Krachend fällt das Tablett zu Boden, als die Unsterbliche den nächsten Angriff startet, den ich mit Armen und Beinen abwehre. Das Adrenalin peitscht meine Atmung und meinen Blutdruck in die Höhe. Suki ist gut, aber auch mein Training macht sich bezahlt. Wir liefern uns einen verbissenen Kampf, in dem ein Schlag dem nächsten folgt.

Eine dunkle Erkenntnis sickert dabei hässlich in mein Bewusstsein. Suki wird mich töten, wenn sie auch nur die allerkleinste Chance dazu erhält.

Als ich ihr keuchend gegen das Standbein trete, weicht sie geschickt aus und erwischt mich am Kinn. Mein Kiefer schmerzt, doch ich täusche links an und verpasse ihr rechts einen Schlag, der sie seitwärts taumeln lässt. Blitzschnell setze ich hinterher, doch sie packt mich an den Schultern, zieht mir das Bein weg und bringt mich zu Fall. Ich schnappe nach ihr, reiße sie mit mir auf den Terrakottaboden, wo sie die Überhand gewinnt, indem sie sich auf mich wirft und mir ihre Hände fest um die Kehle legt. Ich hätte nicht gedacht, dass sie derart schnell und stark ist. Ich habe Suki unterschätzt, auf allen Ebenen.

»Gib mir den Schlüssel. Sofort«, presst sie hervor und lässt ihren Nacken knacken. Der Griff um meinen Hals festigt sich. Ich spüre, wie mir die Luft entweicht. Wie der Raum zu kippen beginnt. Mein ganzer Körper schmerzt, doch das ist nichts gegen die verdammte Enttäuschung, die gegen mein Herz drückt.

»Okay … okay«, krächze ich. »Du … bekommst ihn.«

Sie löst den Druck ein wenig. Meine Hände tasten nach unten, Richtung Hosentasche, greifen aber nach dem Tablett neben mir, um es Suki mit der hemmungslosen Wucht meiner Wut gegen den Kopf zu knallen. Das Geräusch ist dumpf und hässlich, doch der Schlag verfehlt seine Wirkung nicht. Sukis Körper fällt schlaff von mir. Rasch rutsche ich zur Seite, um mich atemlos gegen das Bücherregal zu lehnen.

Mein Herz pocht bis in meine Fingerspitzen, Tränen fließen über meine Wangen. Mein Körper zittert, mein Gehirn ist nicht bereit, einen klaren Gedanken zu fassen, da taucht Jerome plötzlich neben mir auf, blickt von der bewusstlosen Suki zu mir und wieder zurück.

»Kela. Was zum Teufel …?«

»Suki … sie hat versucht, mich zu töten.«

Jerome zieht mich in die Höhe. Heulend falle ich ihm um den Hals.

»Wieso?« Er drückt mich sanft an seine Brust. Streicht mir beruhigend über den Rücken und atmet tief ein.

»Der Lotosschlüssel«, erkläre ich tränenerstickt. »Sie wollte den Kéjsaia, sie wollte, dass ich ihn finde.« Mehr bringe ich nicht heraus.

»Du hast den Schlüssel gefunden? Wo ist er?«

Mein Mund will etwas erwidern, will Worte formen. Stattdessen kommt es mir vor, als würde mich ein Blitz treffen, der meinen Verstand wieder anspringen lässt. Vorsichtig trete ich einen Schritt zurück.

»Wo ist er, Kela?«

»Wieso haben uns die Wachen nicht gehört? Wieso haben sie nicht reagiert? Wir waren nicht gerade leise.« Fragend blicke ich zur Eingangstür, die einen Spaltbreit offen steht. »Wo sind die Wachen, Jerome?«

»Ich habe sie kurz zur Pause geschickt. Gib mir den Kéjsaia, Kela«, beharrt er.

Ich schüttele den Kopf, weiche einen weiteren Schritt zurück, und noch einen, bis ich mit dem Unterschenkel gegen den Couchtisch stoße.

»Du warst es, du steckst hinter alldem«, keuche ich. Mein Puls schnellt nach oben, mein Gehirn arbeitet auf Hochtouren, beginnt, zu verknüpfen und zu verstehen, und kapiert schlagartig, warum mich der Schlüssel auf das unterirdische Rosenfeld gerufen hat. Schon damals hat jemand versucht, ihn an sich zu nehmen.

Jerome.

Er war nicht zufällig da, als mich Nero erwischt hat.

Für einen Sekundenbruchteil sieht mich der Unsterbliche irritiert an, dann fährt er sich über seinen Dreitagebart und schließt die Tür. Ein wildes Lächeln legt sich auf sein Gesicht, als er langsam auf mich zukommt.

»Du bringst da etwas kräftig durcheinander. Ruben ist für den Diebstahl des Kéjsaias verantwortlich, schließlich ist er ein Gwynedon. Und du hast ihm geholfen, Kela«, bemerkt er gelassen, als würde er die reine Wahrheit von sich geben. »Du hast begriffen, dass du eine von ihnen bist, dass du die de Balzacs bis aufs Blut hasst. Deswegen hast du deinem Cousin all die Informationen gegeben, die er brauchte, und bist zu seinem persönlichen Spitzel geworden. Als dir deine treue Freundin Suki dann aber auf die Schliche gekommen ist, bist du auf sie losgegangen. Sie wollte dich nicht töten, aber es war Notwehr.«

»Du hast Suki gesteuert, das war nicht sie«, gebe ich gepresst von mir.

»Leider sind andere Körper nicht so effektiv wie der eigene. Am Ende muss man doch alles selbst erledigen.«

»Aber … weshalb?«, frage ich schockiert.

»Das fragst gerade du, Kela? Ich sagte dir doch, dass ich mich immer für die Gewinnerseite entscheide.« Ein tiefer Schatten fällt auf seine Züge. »Ich habe diese lange, beschissen qualvolle Prozedur nicht auf mich genommen und den Clan gewechselt, um am Ende leer auszugehen und meine Unsterblichkeit zu verlieren. Nero ist abgelenkt, was ihn an Stärke einbüßen lässt.«

»Es wird nicht funktionieren«, sage ich schroff, um Zeit zu schinden, doch die Angst rinnt bereits meinen Nacken entlang. Jerome ist niemand, der Gefangene macht. Vor allem keine halbsterblichen.

»Was genau?«, will er wissen.

»Deine Geschichte. Sie hinkt. Todd wird dich entlarven.«

»Todd hätte mir nicht hinterherschleichen sollen. Er wird einfach vom Erdboden verschwinden, dafür sorge ich.«

»Aber Suki wird die Wahrheit erzählen.«

»Suki wird meine Wahrheit erzählen, das was ich sie glauben lasse. Unterschätze meine Möglichkeiten nicht.« Er schnaubt abfällig. »Die Clans sind so sehr mit sich selbst beschäftigt. Sie bemerken nicht, dass hier eine viel größere Macht zugange ist«, erklärt er düster. Zeitgleich zieht er gemächlich ein Klappmesser aus seiner Hose, das er mit einer raschen Bewegung aufschnappen lässt.

»Ich kann es kurz und schmerzlos machen oder lang und qualvoll. Liegt ganz bei dir, Kela. Sieh es positiv. Vielleicht begegnest du bald deinem kleinen Freund mit dem kaputten Herzen.«

Bei seinen Worten schnürt es mir die Kehle zu. Meine Finger beginnen zu zittern, mein Blick irrt Richtung Terrakottaboden, der mit dem zerbrochenen Geschirr, dem verschütteten Orangensaft und den zerquetschten Tomaten wie ein kleines Schlachtfeld aussieht, das bald zu einem großen wird, überströmt von meinem Blut.

»Oscars Herz war tausendmal besser als deins«, fauche ich wütend, als draußen ein Donnerschlag erklingt, dicht gefolgt von einem Blitz, der den ganzen Raum erhellt. Ich bücke mich und beginne hastig, die Scherben aufzuklauben und der Größe nach zu sortieren, während ich unbeirrt an Oscar und sein Zauberbuch denke, und an die Magie, die man auf so viele Arten entdecken kann.

Jerome lacht hart auf. »Ist das dein Ernst? Ich dachte, dein beschissener Ordnungsfimmel hätte sich gelegt. Eigentlich müsstest du mir dankbar sein, dass ich dein armseliges Leben gleich beenden werde.«

Meine Augen starren ihn an, und er starrt zurück, gleichzeitig wandert meine Hand unauffällig nach hinten, um etwas Größeres aufzuheben und Fingerfertigkeit zu beweisen, wie es mich Oscars Buch gelehrt hat. Hinter meinem Rücken beginne ich, wild zu tippen und zu hoffen.

»Oder ist das der erbärmliche Versuch, dich mit einer Scherbe zu verteidigen?« Ungläubig schüttelt er den Kopf. »Ich dachte, ich hätte dir mehr beigebracht.«

»Du wirst auffliegen«, sage ich zornig.

»Ja, irgendwann. Aber dann ist es zu spät.«

»Hast du auch den Schlüssel der Gwynedons geklaut?«

»Mit der Sache habe ich nichts zu tun, die geht ganz allein auf das Konto deines Cousins. Der Teufel steckt schließlich in jedem von uns, nicht wahr?«, bemerkt er schnippisch und ist mit einem Satz bei mir.

Adrenalin peitscht durch meinen Körper, als ich rasch zurückweiche, das Handy in meine Hosentasche gleiten lasse und versuche, Jerome und sein Messer mit gezielten Schlägen und Tritten von mir fernzuhalten. Doch der Unsterbliche treibt mich stetig rückwärts.

»Nicht schlecht«, erklärt er beinahe anerkennend, »aber auch nicht gut genug.«

Schonungslos holt er erneut aus. Ich pariere, ducke mich seitlich weg, wirbele zurück, doch er reagiert blitzschnell und schleudert mich hart gegen die Wand. Der Aufprall ist so schmerzhaft, dass es mir die Tränen in die Augen treibt. Egal was passiert, ich will nicht weinen, will dem Arsch diese letzte Genugtuung nicht geben.

»Sag Lebewohl, Kela.« Tödliche Entschlossenheit trieft aus seiner Stimme, als er mir seinen muskulösen Unterarm gegen die Kehle presst. Mit dem anderen Arm lässt er die blitzende Klinge in meine Richtung sirren, so rasch und heftig, wie auch mein Leben gleich vorbei sein wird, als das Messer mitten in der Bewegung aufgehalten und Jerome plötzlich von mir weggerissen wird. In unmenschlicher Geschwindigkeit wird er von Nero Richtung Couch befördert. Es folgt ein unerbittlicher Kampf, in dem eine versierte Kombination aus Schlägen und Tritten die nächste ablöst. Obwohl Jerome ein exzellenter Kämpfer ist, ist ihm Nero überlegen. Die Bewegungen des Fürstensohns sind schneller, seine Attacken präziser und hemmungsloser. Sie verfliegen vor meinen Augen, nehmen ein überirdisches Tempo an, in dem Nero keinerlei Erbarmen zeigt.

»Nero! Nicht!«, schreie ich. »Du bringst ihn noch um!«

»Er hat es nicht anders verdient«, zischt er, lässt Jerome jedoch kurz los, der nach Luft schnappend auf dem Sofa landet.

Mit dem Daumen fährt sich Jerome über die blutige Lippe. »Es ist noch nicht zu Ende«, keucht er.

»Wieso?«, will Nero wissen, der einen Schritt auf ihn zumacht. Kalte Enttäuschung trieft aus jedem seiner Worte. »Du warst einer von uns!«

Jeromes Gesicht versteinert sich, sein Blick fällt geringschätzig auf mich, bevor er Nero anblickt, der nun direkt vor ihm steht. »Sie macht dich schwach.«

Ein abfälliger Laut entweicht Neros Kehle. Seine dunklen Augen strahlen pure Düsternis aus, jeder sehnige Muskel seines Körpers scheint von Zorn erfüllt. »Sieht das etwa schwach aus?«, donnert er eiskalt und verpasst Jerome einen so kräftigen Kinnhaken, dass er ausgeknockt zu Boden geht.

Schon in der nächsten Sekunde ist der Fürstensohn bei mir. Er mustert mein Gesicht. »Katalea, du blutest.«

Erst jetzt bemerke ich das warme Rinnsal, das von meiner Stirn läuft. »Nicht so schlimm.« Ächzend stemme ich mich von der Wand hoch und fühle mich wie jemand, der es gerade noch vom Schlachtfeld geschafft hat.

»Wie war das noch mal? *Was sollte denn schon sein?*« Zärtlich schiebt mir Nero eine blutverklebte Haarsträhne aus dem Gesicht.

»Okay. Du hattest recht«, gebe ich geschlagen zu. »Danke für das Handy. Es hat mir das Leben gerettet.« Ich stocke. »Du hast mir das Leben gerettet.«

Leise seufzend lehnt Nero seine Stirn an meine. Er sieht mich eindringlich an. »Dich kann man wirklich nicht eine Sekunde aus den Augen lassen, Katalea.«

Seine unvermittelte Nähe erzeugt ein aufgeregtes Prickeln auf meiner Haut, das durch meinen ganzen Körper strömt. So intensiv, dass ich Probleme bekomme, überhaupt noch klar zu denken. »Jerome ist dein Freund, schon vergessen?«, sage ich leise.

»Deine Freundin liegt hier doch auch irgendwo«, erwidert Nero rau. Er lächelt, und dieses Lächeln fährt mir direkt in den Bauch, während seine Fingerspitzen über mein Gesicht tasten, als müssten sie sich versichern, dass ich noch da bin. Seine Hand streicht sanft über meine Wange und meinen Hals hinab.

Ich versinke in Neros dunklem Blick, mein Herz zieht sich nervös zusammen. Jede Faser meines Körpers sehnt sich danach, die wenigen Zentimeter zwischen uns zu überbrücken. Die Erinnerung an unseren gestrigen Kuss flammt wieder in mir auf, lässt mich nur noch daran denken. Doch eine Erinnerung ist nur eine

Erinnerung, nicht vergleichbar mit der Gegenwart. Meine Augen können nicht anders, als auf Neros Lippen zu starren, die sich so weich und perfekt angefühlt haben, und ich erwische mich selbst dabei, wie ich kurz davor bin, den Fürstensohn zu küssen.

Irritiert blinzele ich. »Stimmt. Suki. Ich muss mich um sie kümmern.«

Nero stöhnt frustriert auf, hilft aber mit, Suki auf die Couch zu heben. »Sie sollte besser nach Hause zurückkehren«, erklärt er kühl, während ich ein nasses Handtuch hole, das ich Suki auf die Stirn lege. Langsam kommt sie wieder zu Bewusstsein.

»Was ist passiert?«, murmelt sie benommen und reibt sich über die Stirn, bevor sie das Gesicht verzieht. »Scheiße, tut das weh. Mein ganzer Körper fühlt sich an, als hätte man ihn verprügelt. Wer war das?« Sie kneift die Augen zusammen. »Etwa Todd?«

Ich schüttele den Kopf, kann mein Grinsen nur schwer unterdrücken, diese verrückte Art von Grinsen, wenn alles anders kommt und man froh ist, überhaupt noch da zu sein. »Nein, sorry, Suki. Das war wohl ich.«

Sechsunddreißig

»Suki ist zurück bei ihrem Clan. Jerome ist in Gewahrsam und Todd kommt gerade auf die Beine. Er hat bestätigt, Jerome während der Ringzeremonie nachgeschlichen zu sein, um herauszufinden, was er vorhat.« Nero atmet tief ein und reibt sich über die Nasenwurzel. »Jerome hätte das niemals allein durchziehen können. Vor allem nicht so. Er konnte Suki steuern und auf ihre Erinnerungen zugreifen.«

»An wen denkst du?«

»Bei den Kräften müssen die Brüder des Feuers ihre Hände im Spiel haben. Offenbar ist Jerome einen Deal eingegangen und hat sich ihnen angeschlossen, um von ihrer Macht zu profitieren. Wir hatten die Brüder nie als Konkurrenten im Sinn, doch sie sind immer noch Athánados, selbst wenn sie in der Unterwelt leben«, erklärt Nero und öffnet die Balkontüren, hinter denen heftig der Regen prasselt. Ein Schwall warmer Luft dringt in den Raum und legt sich wohlig über mein müdes Gesicht, während die Vorstellung, dass die Bruderschaft an allem beteiligt ist, mein Herz zusammendrückt.

»Wieder ein Beweis, dass es besser ist, keinen Pakt mit den Brüdern zu schließen«, sage ich. »Gut, dass du dich dagegen entschieden hast.«

Nero schenkt sich einen Drink ein. »Willst du auch einen?«

»Nein, danke.« Ich lasse mich in die Sofakissen sinken. Jeder Muskel meines Körpers schmerzt. Auf dem Terrakottaboden liegen die Reste meines Frühstücks verteilt, Zeugen der Kämpfe, die eben stattgefunden haben und deren Bilder immer noch hässlich durch meinen Kopf spuken.

»Meine Eltern sind informiert und besprechen sich gerade mit dem Hohen Rat«, erklärt Nero.

Ich hebe eine Augenbraue. »Besprechen oder diskutieren sie?«

Ungerührt führt er das Glas an seine Lippen. »Anschreien wäre wohl der passende Ausdruck. Die Sache mit Ruben hat viel Staub aufgewirbelt. Dazu kommt die Tatsache, dass die Brüder des Feuers hinter den Kéjsaias her sind.«

»Musst du gleich wieder zum Hohen Rat?«

Er nickt.

»Okay«, sage ich und versuche, mir meine Enttäuschung nicht anmerken zu lassen.

»Da ist aber noch etwas, was ich vorher zu erledigen habe.«

»Ah, natürlich.« Ich richte mich auf und fummele den Lotosschlüssel aus meiner Hosentasche. »Den willst du wahrscheinlich wiederhaben.«

»Willst du ihn mir denn geben?«

Ich atme tief ein, bevor ich nicke. »Ein Gefühl sagt mir, dass er bei dir in guten Händen ist.«

»Ein Gefühl?«

»Gefühl, Intuition, nenn es, wie du willst. Vermutlich ist es besser, gewisse Dinge einfach anzunehmen.« Der dunkelrote Schlüssel mit dem Emblem der Lotosblüte liegt schwer in meiner Hand. »Mit zwei Kéjsaias in eurem Besitz seid ihr nun in Führung, nicht wahr?«

Er schüttelt den Kopf. »Sollten unsere Informationen stimmen, sind inzwischen sechs Schlüssel entdeckt worden. Zwei gehören uns, drei dem Haus Gwynedon und einer der Familie von Rubinstein. Wenn jemand tatsächlich den Gwynedons gestern einen Schlüssel abgenommen hat, würde uns das auf Gleichstand setzen – was den letzten Kéjsaia noch bedeutender macht. Womöglich kann er uns den entscheidenden Vorteil verschaffen.«

Ich reiche Nero den Lotosschlüssel. Als sich dabei unsere Finger berühren, ziehe ich sie schnell zurück.

»Okay. Jetzt kannst du gehen«, sage ich und lehne mich wieder zurück.

Wortlos stellt Nero sein Glas auf dem Couchtisch ab. Seinen Zügen haftet ein ernster Ausdruck an. »Ich sagte, dass ich noch etwas zu erledigen habe.«

»Den Kéjsaia hast du doch jetzt.«

»Ich meinte nicht den Kéjsaia.« Er steckt den Schlüssel ein und zieht dafür etwas anderes aus seiner Hosentasche, das er mir in seiner offenen Handfläche präsentiert.

Den silbernen Ring der de Balzacs.

Überrascht sehe ich Nero an. »Was sagen deine Eltern dazu?«

»Sie werden nicht begeistert sein, aber das tut nichts zur Sache. Es ist dein Ring, Katalea. Du solltest ihn tragen.« Er setzt sich neben mich aufs Sofa und räuspert sich. »Selbstverständlich nur unter der Voraussetzung, dass du ihn auch tragen möchtest.«

»Natürlich möchte ich das.« Meine Antwort kommt etwas zu schnell aus meinem Mund. »Also, der Ring ist ganz schön praktisch«, füge ich verlegen hinzu.

»Aha. Praktisch«, wiederholt er, während ein unverhohlenes Lächeln seine Mundwinkel umspielt.

»Zumindest kenne ich keine andere Möglichkeit, Orte so schnell zu wechseln.«

»Willst du den Ort denn gerade wechseln?« Interessiert studiert er mein Gesicht. Sein tief gehender Blick lässt meinen Herzschlag schneller werden. Sanft hebt er meine Hand, um mir den Ring an den Finger zu stecken.

»Nein, ich möchte den Ort nicht wechseln«, gebe ich zu, bevor ich Nero verwundert ansehe. »Aber wieso gibst du mir den Ring überhaupt zurück?«

»Gefühl, Intuition, nenn es, wie du willst. Womöglich ist Vertrauen das beste Wort dafür. Jemand hat nämlich behauptet, dass Vertrauen keine Einbahnstraße ist.« Er runzelt die Stirn. »Wenn der Ort für dich gerade okay ist, warum rückst du dann ständig von mir ab?«

»Tue ich das?«

»Und ob.«

Röte schießt mir in die Wangen, unangenehme, heiße Röte. »Keine Ahnung, offenbar vertraue ich mir gerade selbst nicht.«

»Und deswegen gehst du auf Abstand?«, raunt er und beugt sich ein Stück zu mir.

»Ein wenig. Nur zur Sicherheit«, erwidere ich, während Nero

mich durchdringend ansieht und mir das Gefühl gibt, von einer Welle knisternder Energie erfasst zu werden. Unsere Blicke versinken ineinander, die Luft um uns beginnt, erwartungsvoll zu vibrieren. Ich rechne schon damit, dass Nero den letzten Abstand zwischen uns überwindet, als er sich plötzlich aufrichtet. »Ich sollte jetzt besser gehen.«

»Wieso?«

»Weil ich sonst etwas tue, das du bereuen wirst«, erklärt er, und will aufstehen, doch ich lege ihm meine Hand auf die Schulter und halte ihn davon ab. »Woher willst du wissen, was ich bereuen werde?«

Sein Blick verdunkelt sich. »Hast du unsere Küsse denn nicht bereut?«

»Die ersten beiden schon, und zwar aus gutem Grund. Du hast mich benutzt.«

»Und wer sagt dir, dass ich es jetzt nicht auch tue?«

»Tust du es denn?«

Er lacht bitter auf. »Ich werde aus dir nicht schlau, Katalea. In einem Moment bist du zerbrechlich und biegsam, im anderen stur und stark. Du bist ein einziger verdammter Widerspruch.«

»Und was soll ich über dich sagen?«, erwidere ich. »Ich meine, du bist meistens … ein Arsch.«

Er lacht auf. »Ein Arsch?«

»Ja, und zwar ein taktierender Arsch. Und dann bist du wieder einfühlsam und beschützend und lässt Moms Figuren kleben, weil du weißt, dass sie mir wichtig sind.« Meine Hand liegt noch immer auf seiner Schulter, streicht von dort aus langsam über seinen Arm. »Ein Teil von mir wünschte, du würdest mir vertrauen.«

»Und ein Teil von mir wünschte, du wärst nie in mein Leben getreten.«

»Und der andere Teil?«

Nero schließt die Augen, atmet tief ein und öffnet sie wieder. »Würde gern verstehen, was hier vor sich geht. Als ich vorhin beim Hohen Rat war und mein Handy klingelte, hatte ich ...«

»Was hattest du?«, frage ich unruhig nach, als er nicht weiterspricht.

Erschöpft fährt sich Nero mit beiden Händen durch die Haare. Er sieht aus, als könnte er es selbst nicht glauben, weil es keinen Sinn ergibt, weil nicht sein kann, was nicht sein darf.

»Ich hatte Angst, Katalea. Angst um dich.«

Draußen donnert und gewittert es, aber das ist nichts im Vergleich zu dem aufwühlenden Sturm in meinem Inneren.

»Das hört sich nach etwas Schlechtem an. Aber es ist doch nichts Schlechtes, oder?«

Für einen Moment blickt er mich nur an. »Das weiß ich noch nicht«, erwidert er schließlich schnaubend. »Ich konnte nicht mehr klar denken.« Sein glühender Blick geht mir durch und durch. »Ich weiß nicht, was du mit mir anstellst. Du bringst alles durcheinander.«

»Du bist doch auch nicht besser«, sage ich. »Schau dir mein Leben an. Es ist total verrückt. Du treibst mich regelmäßig in den Wahnsinn, gleichzeitig beruhigt mich deine Anwesenheit aber auch irgendwie. Das ist doch absurd.«

Er zieht eine Augenbraue hoch. »Beruhigt im Sinne von einschläfern oder in Form von besänftigen, auf die gute, angenehme Art?«

»Das weiß ich noch nicht«, wiederhole ich seine Worte von vorhin und erhalte dafür ein inniges Lächeln. Langsam hebt Nero seine Hand und schiebt mir eine Haarsträhne aus dem Gesicht, bevor seine Züge wieder ernst werden.

»Die Vorstellung, dich heute zu verlieren, hätte mich fast um den Verstand gebracht«, sagt er mit durchdringendem Blick.

Seine Worte schleichen sich in mein Herz, sind wie ein Sprengsatz, der es zum Explodieren bringt, in den verrücktesten Farben. Und als Nero mich dann endlich zu sich zieht und küsst, versinkt jeder Millimeter meines Körpers im Glück. Versinkt in diesem Kuss, der mich von innen elektrisiert, der prickelt, vibriert, alles auf einmal. Ein sinnliches Erdbeben, das niemals enden soll, weil es mich auf die allerbeste Art durcheinanderrüttelt.

Ich spüre die hauchzarte Berührung seiner Finger, die meine Wirbelsäule entlangstreichen. Fühle seine Küsse, die meinen Hals entlanggleiten, als wir gemeinsam auf die Couch sinken und ich meine Hände in seinen Haaren vergrabe. Ich sauge jede Sekunde auf, jeden Atemzug. Presse meinen Körper sehnsüchtig an seinen, weil nichts zwischen uns liegt, nichts zwischen uns liegen darf. Keine Gedanken, keine Unsicherheiten. Kein Vorher und kein Später, nur noch jetzt, die Tiefe des Augenblicks.

Nur noch wir zwei.

»Katalea«, höre ich Nero meinen Namen sagen, die Stimme dunkel vor Lust. Seine Hände gleiten über meine Oberschenkel, wandern unter mein Shirt, umfassen zärtlich und verlangend meine Brust. Seine Zunge dringt erneut in meinen Mund ein, diesmal ungestümer und leidenschaftlicher, während meine Fingerspitzen über seine unglaublichen Brustmuskeln streichen und zu dem

Bund seiner Jeans tasten. Mein Denken setzt komplett aus. Ich will nur noch ihn, das fühle ich mit meinem ganzen Körper, als es plötzlich an der Tür hämmert.

»Nicht jetzt!«, keucht Nero an meinen Lippen.

Ich höre, wie die Tür aufgeht.

»Ich sagte nicht jetzt!«, donnert er noch einmal.

»Die Wachen haben darauf bestanden, dass ich klopfe. Es liegt mir nicht, zu klopfen. Oh, offenbar störe ich.«

Widerwillig löst sich Nero von mir, und ich sehe zum Eingang, wo Chelion in einem eng geschnittenen hellen Anzug den Raum betritt. Ein beklemmendes Gefühl legt sich um meine Brust, während Nero aufsteht und sich unsanft dem Bruder des Feuers zuwendet.

»Was willst du?«

Auf Chelions kantigem Gesicht erscheint ein Lächeln. »Mir ist zu Ohren gekommen, dass ihr einen anstrengenden Tag hattet. Zwei Kéjsaias sind verschwunden. Wie bedauerlich. Da dein Freund nicht zu mir zurückgekehrt ist, nehme ich an, dass er leider versagt hat.«

»Es ist also tatsächlich dein Werk.«

Galant fährt sich Chelion über seinen Dreitagebart. »Nur ungern beanspruche ich die Lorbeeren für mich allein. Der Gwynedon-Fürstensohn hat sich als äußerst hilfreich erwiesen … ich meine, der Chrysanthemenschlüssel. Was die Leute bereit sind, für eine beträchtliche Menge Nekronicum zu tun, ist immer wieder erstaunlich.«

Neros Körper verkrampft sich neben mir. In seinen Augen tobt bodenloser Hass. »Verschwinde von hier.«

»Warum so unhöflich? Tja, nur selten ist meine Anwesenheit erwünscht. Dennoch kamst du zu mir, als du etwas brauchtest. Nun komme ich zu dir, nicht weil ich etwas brauche, sondern weil ich etwas für dich habe. Ich habe den Namen aus den Chroniken herausgelesen. Ruben Gwynedon ist der Mörder deiner Geliebten Nivia – womit ich meinen Teil der Abmachung erfüllt habe.«

Chelion hält Nero die offene Hand hin, in der zwei schwarze Rosenblätter liegen, die zusammen eine liegende Acht formen. Blut tropft aus ihrem Inneren auf den Boden, langsam und verhängnisvoll. *Der Pakt.* Das Symbol, das ich in der Bibliothek der Chevall-Rivaldis gesehen habe.

Eine eiskalte Gänsehaut erreicht mein Herz. Chelions helle Augen beginnen zu flackern, als würden Flammen in seinen Pupillen tanzen. Seine Mundwinkel zucken nach oben, und wie von allein entzünden sich die Rosenblätter in seiner Hand. Schwarze Funken stieben durch die Luft, wirbeln zu allen Seiten, während sich das Feuer durch die Blätter frisst, die im nächsten Augenblick verglühen. Aus der Asche entwächst eine nebelartige, schwarze Rose, geformt aus dem zerfließenden Rauch der Zerstörung.

Chelion hält Nero die düstere Blume mit den schemenhaft wehenden Konturen entgegen. »Der Pakt ist beschlossen. Sobald das letzte Blatt der Feuerrose gefallen ist, werde ich meinen Preis fordern und deinen Platz auf Erden einnehmen. Ich würde dir raten, deine letzten irdischen Tage vollends zu genießen.«

Die Worte versinken grausam in mir.

»Ich habe den Pakt nicht bestätigt«, erwidert Nero kalt.

»Du nicht, aber dein Lakai. Man sollte vorsichtig sein, wem man vertraut.«

»Jerome«, flüstere ich und denke an das blutbeschmierte Handtuch, das er nach dem Training unbedingt entsorgen wollte. Und an seine Behauptung, dass es noch nicht zu Ende ist.

Meine Gegenwart zerreißt.

Ich spüre, wie mich die Angst erstarren lässt, wie sich das Gefühl des Verlustes hinter mich stellt, wie es mir leise in den Nacken atmet und sich um mich schlingt, hässlich vertraut. Ich spüre, dass es mir stehlen will, was ich gerade erst gefunden habe.

»Aber … so kann das nicht funktionieren!«, bricht es aus mir heraus.

Mit geneigtem Kopf betrachtet mich Chelion mitleidig, gleichzeitig flackert ein gieriges Glitzern in seinen Augen auf. »Doch genauso funktioniert es. Nur wenige Athánados sind derart verzweifelt, ein solches Bündnis einzugehen. Nur jene, die nichts mehr zu verlieren haben, sind dazu bereit.«

Sein Blick wandert zu Nero, dessen Züge von tiefer Abscheu durchdrungen sind.

»Es war eine Falle, von Anfang an.« Nero schnaubt, sieht Chelion düster an. Tiefer Zorn bebt in seinen Augen. »Aber wozu der Diebstahl der Schlüssel?«

»Nun, sagen wir so: Ich habe mein ganz eigenes Abkommen. Dennoch würde ich das alles hier nicht als Falle bezeichnen, eher als eine Art Notausstieg. Man muss schließlich nehmen, was man bekommen kann. Wie lange habe ich schon darauf gewartet, dieses fürchterliche, dämonische Dasein hinter mir zu lassen. Und in genau zweiundzwanzig Tagen wird es so weit sein.«

Ich blinzele. »Du warst bereit, in die Unterwelt zu gehen?«

»Es war mir egal«, erwidert Nero hart und versteift sich. »Damals war es das.«

Ich fühle, wie der Abgrund an uns zieht, während ich verzweifelt nach meinem eigenen Notausstieg suche, nach etwas, das die Unwiderruflichkeit des Pakts durchstößt. Doch da ist nichts, und erst als Chelion lächelt und eine kurze, seltsam huldvolle Verbeugung vollführt, die sich furchtbar und falsch anfühlt, weil sie keinerlei Dankbarkeit, sondern triefende Zufriedenheit ausstrahlt, erkenne ich den Notausgang, erkenne, wie er sich einen Spaltbreit öffnet und die Zeilen des letzten Briefes in meinen Kopf wehen lässt. *Wird öffnen die verbindende Pforte, wird lösen alle magischen Worte. Achte auf die falsche Verbeugung, Katalea.* Mit einem Mal leuchtet es mir ein.

Nicht der Herzensschwur war gemeint, sondern der Pakt, der durch das Öffnen der Pforte gelöst werden kann.

Die Pforte ist unser Notausstieg.

Aber dafür müssen wir den letzten Kéjsaia finden.

Die Clans und ihre Fähigkeiten im Überblick

Clan Zhen

Abstammung: dunkle Donnerpriesterin

Symbol: goldene Calla

Fähigkeit: Wetter beeinflussen

Clan de Balzac

Abstammung: schamlose Verführerin

Symbol: schwarze Rose

Fähigkeit: Gefühle manipulieren

Clan von Abendsberg

Abstammung: listige Gedankenleserin

Symbol: blaue Iris

Fähigkeit: Gedanken lesen

Clan Rivaldi

Abstammung: gnadenlose Jägerin

Symbol: grüne Dahlie

Fähigkeit: Tiere und Pflanzen verstehen

Clan Chevall

Abstammung: raffinierte Fälscherin

Symbol: violette Chrysantheme

Fähigkeit: in die Vergangenheit blicken

Clan Gwynedon

Abstammung: dreiste Diebin

Symbol: weiße Orchidee

Fähigkeit: fremde Fähigkeiten übernehmen

Clan von Rubinstein

Abstammung: notorische Lügnerin

Symbol: roter Lotos

Fähigkeit: Illusionen erzeugen

Danksagung

Ganz viele Leute haben an diesem Buch mitgewirkt, wissentlich und unwissentlich, und ich hoffe, dass ich jetzt niemanden vergesse. Es ist spät, es ist nachts, aber ich bin voller Koffein (da reicht aktuell eine kleine Flasche fritz-kola) und Glücksgefühle. Die Wörter fließen aus mir heraus, das Baby schläft und tiefe Dankbarkeit erfüllt mich. Ich habe den besten Job, den man sich nur wünschen kann, und ich bin jenen unglaublich dankbar, die mich auf diesem Weg begleiten, so verrückt er auch sein mag.

Zuallererst möchte ich mich bei meinen Testleser*innen bedanken, die sich ohne Murren durch meine Wortberge gearbeitet haben. Ich wünschte, meine Kinder hätten dieses Durchhaltevermögen beim Wandern. Vielen Dank an euch treue Seelen! Euer Feedback hat mir geholfen, nicht zu sehr in philosophische Gefilde abzudriften und auf den rechten Pfad zurückzufinden!

Ein großes, leuchtendes Danke geht an das Team von Ravensburger. Gerade in Zeiten wie diesen ist es nicht selbstverständlich, dass ein Verlag sich dermaßen hinter Autor*innen stellt, mit so viel Liebe und Feingefühl, dass ich allen Schriftsteller*innen eine solche Heimat wünsche. Ein herzliches Danke wandert hier speziell zu Kathrin, die mit ihrem Feedback Nero den richtigen Schliff verpasst hat, sowie zu Iris, die stets den Glauben behielt und deshalb einfach als eigene Blume in dem Buch erblühen musste. (Und wen wundert es da, dass die grazile Iris für Beständigkeit und Treue steht?) Danke auch an Steffi und Kristina für ihren unermüdlichen Einsatz!

Bedanken möchte ich mich selbstverständlich auch bei meiner großartigen Lektorin Franziska, die aus jedem Wort das Beste herausholt und bei der jeder Rotstrich einfach nur halb so wehtut, weil er von Herzen kommt. Es ist mir eine Freude, mit dir zusammenarbeiten zu dürfen!

Danke auch an Leonie, meine Superhelden-Agentin, die mich berät und keine Sekunde gezweifelt hat, dass dieses Projekt einfach umgesetzt werden muss.

Außerdem möchte ich mich bei Ulf Haase bedanken, der mit seiner Ich-Zeit unwissentlich den Impuls für dieses Buch gesetzt hat – und für so viele weitere fantastische Impulse verantwortlich ist. Ulf, du bist einfach wunderbar! Und wenn wir schon bei wunderbar sind: Danke Anika und Susanne, für die leuchtende Weisheit, die in euch pocht.

Vielen Dank auch an Isa, ohne die es dieses Buch einfach nicht gäbe, sowie an Nina, die mich mit ihren Spaziergängen immer wieder an die frische Luft gezerrt hat, um meine Gedanken durchzulüften. Ein Dankeschön geht auch an Michael Kiwanuka sowie an Ludovico Einaudi und Yann Tiersen, die mich mit ihrer zauberhaften Musik beim Schreiben begleitet und beflügelt haben. Und natürlich an Yiruma, der sich wie von selbst zwischen den Seiten entfaltet hat und in Band zwei noch besonders hervortreten wird.

Ein übergroßes, pulsierendes Danke strebt zu Margarete, die mich regelmäßig daran erinnert, langsam zu machen und den Regenbogen anzusehen, wenn er am Himmel erscheint. Da steckt so viel Klugheit, Einfühlungsvermögen und Liebe in einem einzelnen Menschen, dass ich es als ungemeines Privileg empfinde, dich in unserem Leben zu wissen. Danke, dass es dich gibt, und danke, dass du immer für uns da und zu so einem wichtigen Teil unserer Familie geworden bist! Und: Ich kenne keine Achtzigjährige, die so verdammt cool ist.

Natürlich möchte ich mich auch bei dem Rest meiner Familie bedanken. Ich bin mit drei tollen Schwestern gesegnet und einer Mutter, die ganz schön viel Liebe in sich trägt. Wir sind oft laut und eine wahre Naturkatastrophe, aber wir sind ehrlich und offen zueinander, was ich ungemein schätze.

Und zum Schluss sage ich DANKE zu meinem Mann und meinen Kindern, die mich in meinem Schreiben unterstützen, weil sie wissen, wie wichtig es für mich ist.

Mein Herz schlägt für euch, Tag für Tag.

LESEPROBE

aus Rose Snow

12 – Das erste Buch der Mitternacht

ISBN 978-3-473-40190-1

Die Nacht ist von einer schmerzhaften Schönheit. Verschwommene Lichter pulsieren auf den Leuchtreklamen der Wolkenkratzer. Aus den Lautsprecherboxen des silbernen Porsches wummert Musik. Der rhythmische Klang vermischt sich mit Phoenix' Lachen, mein Herz schlägt im Takt dazu. Selbstsicher trete ich aufs Gas. Menschen, Geschäfte und Autos fliegen in der hoch aufragenden Häuserflucht an uns vorbei. Die Straße vor mir ist leer, Ampeln locken mit strahlendem Grün. Der Geschmack von Freiheit liegt mir auf der Zunge. Ich fühle mich lebendiger als je zuvor. Phoenix berührt meinen Oberschenkel, ich umfasse das Lenkrad fester. Mein Körper will mehr davon.

Plötzlich schießt uns ein schwarzer Jeep entgegen. Blaues Licht explodiert gleißend hell hinter meiner Netzhaut. Irgendwie gelingt es mir, auszuweichen. Unser Porsche schlittert über den Bürgersteig. Das blaue Licht überflutet meine Sinne, es durchtränkt jede einzelne Zelle. Mit aller Kraft trete ich auf die Bremse. Ich spüre den Verlust der Kontrolle, höre die laute Musik und mein ersticktes Keuchen. Nur Phoenix' Lachen ist verstummt.

Und dann ist da plötzlich nur noch Dunkelheit, gefolgt von einer tiefen Stille.

Als ich wieder zu mir komme, bin ich nicht mehr ich, das fühle ich. Auch meine Welt hat sich verändert. Mattschwarze Seerosen schweben über einem spiegelnden See. Es ist noch immer Nacht, doch die Luft riecht geheimnisvoller als zuvor. Ich stehe auf einer gebogenen Brücke. Eine einzelne Gaslaterne wirft ihren spärlichen Schein auf die marmorglatte Brüstung, in deren dunklem Stein sich blaue Lichtfunken bewegen. Mein Nacken kribbelt auf eine unheilvolle Art.

Ich bin hier nicht sicher. Und ich weiß auch warum.

Der Schatten eines hochgewachsenen Mannes schält sich aus der Dunkelheit. Cajus Conterville. Ich kenne seinen Namen, genau wie sein Gesicht. Er trägt seltsame Kleidung, passend zu diesem seltsamen Ort. Die hohen Stiefel sind pechschwarz wie der Mantel, der bedrohlich um seinen schlanken Körper flattert. Seine funkelnden Augen mustern mich unbarmherzig. Ein kurzer dunkler Bart bedeckt seine Wangen. Seine Bewegungen sind entschlossen, während er lautlos näher kommt.

Ich greife in meine Tasche.

Ich bin bereit, zu kämpfen.

Kapitel 1

Panisches Luftholen. Wie nach einem langen Tauchgang schrecke ich aus dem Schlaf hoch, breche erschöpft durch die Oberfläche der Realität. *Es war nur ein Traum. Nur ein Traum.* Zwei Atemzüge lang glaube ich mir selbst. Dann kommt die Erinnerung zurück. Die Party am Rande der Stadt. Phoenix' Lippen an meinem Hals. Seine Hände an meinen Hüften. Die Bässe der Musik, unsere ausgelassenen Bewegungen, der Geschmack von Cola, vermischt mit Alkohol. Die Fahrt zurück durch das hell erleuchtete Seattle. Seine Finger auf meinem Oberschenkel. Mein trommelnder Herzschlag. Der schwarze Jeep. Danach nur noch Dunkelheit und Schuld.

Seit vier Wochen begleitet mich diese Schuld, als würde sie eine verdammte Auszeichnung dafür bekommen, mich überallhin zu verfolgen. Sie ist da, Tag und Nacht. Seit achtundzwanzig Tagen gehört sie zu mir wie das Muttermal über meiner Lippe, das ich noch nie leiden konnte.

Aber so ist das nun mal. Nur ein Moment kann dein Leben verändern. Niemand fragt dich um Erlaubnis. Bloß ein paar Sekunden, das reicht, um den Unterschied zu machen. Plötzlich ist alles anders. Jeder Blick, jeder Atemzug, selbst jedes Gefühl, das du hast, wird bestimmt durch den Moment. In letzter Zeit frage ich mich häufig, wie viele dieser Momente so ein Menschenleben erträgt. Ob es eine Obergrenze gibt, oder ob alles doch nur Willkür ist, ohne irgendwelche Regeln, nicht mehr als ein Glücksspiel.

Noch vor vier Wochen hatte ich das Glück vielleicht nicht gerade gepachtet, aber zumindest führte ich das normale Leben einer Neunzehnjährigen – mit einem langweiligen Job, der meine Rechnungen bezahlt und einem neuen Freund, der mich glücklich machte. Ich hatte mich treiben lassen, ganz ohne Zukunftspläne. Jetzt hat meine Zukunft einen Plan. In einigen Wochen findet mein Gerichtstermin am King County Superior Court statt. Dann wird entschieden, ob ich die Schuld an Phoenix' Zustand trage, der seit dem Autounfall im Koma liegt. Ich kenne die Antwort auf diese Frage. Es ist zu offensichtlich. Wie ein treuer Hund wird mir die Schuld auch bis ins Gerichtsgebäude folgen, doch nur ich werde sie sehen, die Jury wird sie ignorieren. *Unschuldig*. So wird ihr Urteil lauten und das nur, weil die Sache mit Phoenix nicht zu erklären ist. Weil es ein gottverfluchtes Rätsel ist. Es ist weder aufregend noch fesselnd, es ist ein schwarzes Loch, für das jeder seine eigene Lösung findet.

Mit einem frustrierten Seufzen donnere ich mein Kissen quer durch mein Zimmer. Es prallt an der halb heruntergelassenen Jalousie ab und fällt unbeeindruckt auf die darunter stehende Kommode, die mir Mom und Dad zum Einzug in die WG geschenkt haben. Das Kissen landet genau auf dem Teller mit den Resten meines Currys, die grüne Sauce spritzt direkt auf meine neuen Bleistiftskizzen. Das Mondlicht, das durch das Fenster dringt, beleuchtet die seltsamen Farbkleckse und lässt meine düsteren Skizzen darunter noch unwirklicher erscheinen.

Na toll. Genervt schlage ich die Bettdecke zurück und stehe auf.

Mein Handy zeigt 5:12 Uhr an.

Ich habe drei Stunden geschlafen, mehr als in den letzten beiden Nächten. Ich schnappe mir das Curry-Kissen, ziehe den schmutzigen Bezug ab und mache mich zusammen mit dem Teller auf in Richtung Waschmaschine. Blaues Fernsehlicht strahlt mir entgegen, als ich die Tür zum Wohnzimmer öffne. Nur mit Boxershorts und einem grauen T-Shirt bekleidet sitzt mein bester Freund Scott auf dem Sofa und zockt mit Inbrunst eines seiner Onlinespiele, bei denen es darum geht, so viele Leute wie möglich niederzumetzeln.

»Hey …« Er sieht mich nicht an, während er wie wild auf die Knöpfe seines Controllers drückt.

»Hey, solltest du nicht schlafen?«, frage ich.

»Yep. Und du, Harper?«

»Kann nicht.« Ich steige über eine zerknüllte Jeans, Scotts alten Baseballschläger und eine einsame Socke, die mir auf dem Weg zur Küche begegnen. Dann stelle ich den Teller in die Spüle und stopfe den Kissenbezug in die Waschmaschine, die mal wieder bis oben hin voll ist. Da ich keinen Ärger mit den Nachbarn will, widerstehe ich dem Drang, sie einzuschalten. Stattdessen lasse ich ein Glas kaltes Wasser ein. Es tut gut, aber das Gefühl der Enge in meiner Brust wird dadurch auch nicht besser.

»Fuck!«, schreit Scott. Er wirft den Controller neben sich auf das olivgrüne Sofa. »Diese verdammten Idioten! Was ist so schwer daran, sich mal für zwei Sekunden zu verschanzen, statt sich direkt ins Kreuzfeuer zu stürzen?!«

Lächelnd gehe ich zurück ins Wohnzimmer, dafür braucht es nicht viele Schritte. Unsere WG hat gerade mal einundsechzig Quadratmeter, die wir uns seit ein paar Monaten teilen. »Sei nicht zu hart mit ihnen. Du spielst wahrscheinlich mit irgendwelchen Dreizehnjährigen.«

»Diese Dreizehnjährigen können mich mal«, mault Scott, bevor er seinen kabellosen Kopfhörer neben den Controller pfeffert. Dann fährt er sich durch seine unordentlichen braunen Haare, die beinahe den gleichen Farbton wie meine haben. »Sei so nett und lenk mich von dieser bescheuerten Tragödie ab. Was hat dich um diese Zeit aus dem Bett getrieben? Schon wieder ein Albtraum?«

Ich hebe eine Augenbraue. »Müssen wir wirklich darüber reden?«

»Hast du denn ein besseres Thema?«

»Ich hätte da einige.« Ich deute auf den halb leeren Pizzakarton, der vor Scott auf dem Boden steht. »Wie wäre es zum Beispiel mit der Vereinbarung, die wir letzte Woche getroffen haben?«

»Dass du aufhören sollst, dich selbst zu hassen?«

»Dass du aufhören sollst, überall dein Zeug rumliegen zu lassen.«

Er nimmt den Pizzakarton und stellt ihn zwischen ein paar leere Getränkedosen auf den Couchtisch. »Das esse ich noch.«